KB259957

마법의 산을 찾아서

Finding Magic Mountain

마법의 산을 찾아서

펴 냄	2007년 10월 1일 1판 1쇄 박음 / 2007년 10월 5일 1판 1쇄 펴냄
지은이	캐롤 자파타 – 웰란
옮긴이	정경란
펴낸이	김철종
펴낸곳	(주)한언
	등록번호 제1–128호 / 등록일자 1983. 9. 30
주 소	서울시 마포구 신수동 63–14 구 프라자 6층(우 121–854)
	TEL. 02-701-6616(대) / FAX. 02-701-4449
책임편집	최선혜 sunhae@haneon.com
디자인	김신애 sakim@haneon.com
홈페이지	www.haneon.com
e-mail	haneon@haneon.com

이 책의 무단전재 및 복제를 금합니다.
잘못 만들어진 책은 구입하신 서점에서 바꾸어 드립니다.
ISBN 978-89-5596-405-9 03040

마법의 산을 찾아서

Finding Magic Mountain

캐롤 자파타-웰란 지음 | 정경란 옮김

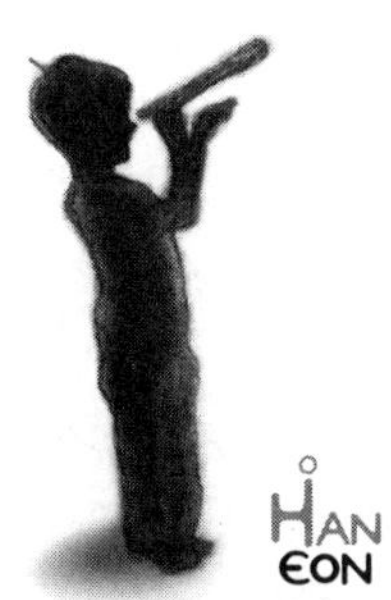

FINDING MAGIC MOUNTAIN by Carol Zapata–Whelan

Copyright © 2006 by Carol Zapata–Whelan
Foreword copyright © 2006 by Frederick S. Kaplan
Afterword copyright © 2006 by Michael Henrickson
"The FOP Laboratory Today" copyright © by Verena Dobnik
All rights reserved.

This Korean edition was published by Haneon Community Co. in 2007
by arrangement with Marlowe & Company, An imprint of Avalon
Publishing Group, Inc., USA
through KCC(Korea Copyright Center Inc.), Seoul

이 책의 한국어판 저작권은 (주)한국저작권센터(KCC)를 통한 저작권자와의 독점
계약으로 (주)한언 커뮤니티가 소유합니다. 저작권법에 의하여 한국 내에서 보호
를 받는 저작물이므로 무단전재와 무단복제를 금합니다.

우리의 인생은 그 자체로

아름다운 산입니다

to

from

❋ contents

헌사   009

서울대학교 어린이병원 정형외과 교수 조태준

국내 FOP 환자 ❋ Kim Okja, Kim kyowon

펜실베이니아 의과대학 정형외과 교수 프레데릭 S. 카플란

프롤로그 ❋ 마법의 산을 찾아서   025

1장 ❋ FOP의 불꽃이 일어나다, 2003년 6월   033

2장 ❋ 간절히 바라는 것은 의외로 가까이 있다, 2003년 7월   057

3장 ❋ 누군가의 걱정이 짐이 될 때, 2003년 8월~9월   072

4장 ❋ 드디어 밝혀진 병, 2003년 9월~10월   093

5장 ❋ 살아 있는 석상, 2003년 11월   111

6장 ❋ 빈센트의 은제 트럼펫, 2003년 12월   136

7장 ❋ 카플란 박사를 만나다, 2004년 1월   159

8장 ❋ 빈센트의 첫번째 댄스파티, 2004 2월   174

9장 ❋ 영혼의 친구를 만나다, 2004년 3월   197

10장 ❋ 분노하라, 분노하라, 2004년 4월　　211

11장 ❋ 빈센트가 가야 할 대학, 2004년 4~5월　　229

12장 ❋ 작은 기적을 만나다, 2004년 4월~6월　　250

13장 ❋ 모든 일에는 이유가 있습니다, 2004년 4월~7월　　275

14장 ❋ 기금마련 바자회에서 있었던 일, 2004년 8월　　302

15장 ❋ 빈센트가 집을 떠난 날, 2004년 8월　　315

16장 ❋ 별이 총총한 밤, 2004년 9월　　331

17장 ❋ 이제는 염려하지 않으리, 2004년 10월　　348

18장 ❋ 빈센트, 앞으로 가는 거야!, 2004년 10월~11월　　360

에필로그 ❋ FOP의 축복이란　　377

❋ 헌사

FOP 원인 유전자를 밝히다

-서울대학교 어린이병원 정형외과 조태준 교수

FOP라는 질병은 발병률이 희박함에도, 병이 갖고 있는 증상이 너무 심각하기 때문에 의학계에서는 알려져 있는 질환이다. 소아정형외과 의사로서 이 병을 접한 것은 진료를 시작하던 약 12년 전 내가 근무하는 병원에서 몇몇 환자들을 만난 것이 처음이었고, 이후 우연찮은 기회에 미국의 어떤 학회에서 이 책에 등장하는 프레데릭 카플란 박사가 FOP에 대해서 강의하는 것을 듣게 되었다. 강의 후 개인적으로 우리나라에서 만났던 FOP환자들에 대해서 카플란 박사와 의견을 나누면서 더 많은 관심을 가지게 되었다. 그 때만 해도 질병의 원인은커녕 치료 방법도 속 시원히 밝혀진 것이 없어 여러 가지 약제를 시도하는 과정이었다. 그 학회에 참석했을 때 가장 큰 인상을 받았던 것은 미국이나 유럽의 활발한 FOP환자 모임이었다. 휠체어를 타고 카플

란 박사의 강의를 들으러 그 학회장까지 오는 환자가 많아서 놀
라웠다.

당시 FOP는 유전자 이상에 의해 발병되는 질환이라고 추측
만 하고 있는 상태였고, 이를 규명하기 위해서는 부모 자식 간
이 질병이 유전된 가족들에서 유전자 검사를 하는 것이 필수적
이었다. 그러던 차에 우리나라에서도 아버지에서 자녀(남매)에
게 질환이 유전된 가족을 찾게 되어 이를 전 세계에서 발견된
가족성 발병의 예들과 합하였고, 이를 바탕으로 2006년도에 카
플란 박사 연구팀은 FOP의 원인 유전자를 찾아내는 쾌거를 거
두었다. 나 역시 의사로서, 또 개인적으로 이러한 연구에 참여
하게 된 것을 큰 영광으로 생각하고 있다. FOP원인 유전자가
규명됐다고 해서 지금 당장 환자들에게 적용 가능한 치료법을
개발할 수 있는 것은 아니지만 근본적인 치료기술을 개발하는
데에 필수적인 시금석이라고 생각한다.

지금까지 제가 만나온 FOP 환자들은 그 증상의 정도도 다양
하고 질병에 대하는 태도도 다양하다. 어떤 이는 10세를 전후하
여 몸의 거의 모든 관절이 굳어지는가 하면, 어떤 이는 대학생
이 되어 학교에 다니는 평범한 일상을 살기도 한다. 또한 어떤
이는 이러한 질병을 가지고 있다는 사실에 너무 낙심하여 할 수
있는 다른 일을 모두 놓아버리는 경우도 있는 반면, 그러한 장
애를 갖고도 인생을 음미하며 지내는 이도 있다. 이런 경우에
환자를 가장 큰 영향을 미친 부분은 가족들의 헌신적이고 균형

있는 도움이었다고 생각된다. 그만큼 FOP라는 병뿐만 아니라 큰 질병을 겪는 환자들에게 가족들의 사랑은 더 말할 필요가 없을 정도로 그들을 일으키는 큰 힘이 된다. 마지막으로 내가 가장 가슴 아픈 일은, FOP나 다른 장애가 많은 질병을 가지고 있는 가족들이 장애를 가지고 살기 어려운 우리나라를 떠나서 이민을 가고 싶다는 이야기를 듣는 것이다. 그러나 이러한 가족들에게 그렇게 생각하지 말라고, 틀린 생각이라고 자신 있게 말씀드릴 수 없는 현실에 나는 더 가슴이 아프다. 이 책을 통해서 우리나라가 FOP와 같이 심한 장애를 가진 환자가 살기에 어려운 곳이 되지 않기를 기원한다. 적어도 지구상 다른 곳보다 말이다.

❋ 헌사

희망이라는 삶의 버팀목을 찾아

— Kim okja (옥이)

이 이야기를 통해 또 다른 한 가족에 대한 삶을 보게 되었다. FOP를 겪고 있는 빈센트와 그의 가족의 삶을 그린 이 글은 마치 나의 삶처럼 느껴지기도 했다. 그 이유는 아마도 같은 아픔을 지니고 있기 때문일 것이다. 현재 국내의 FOP 환자는 20~30명 정도라고 한다.

빈센트가 처해 있는 환경과 문화, 삶의 방식은 나를 비롯한 국내 환자들의 상황과 다르지만 더욱 중요한 것은 FOP와 함께 하면서 부딪혀야 하는 문제들과 고통은 같다는 점이다. 나는 빈센트와 그의 가족 이야기를 읽으면서 자연스럽게 과거에 내가 겪었던 일들을 떠올릴 수 있었다.

그 누구보다 빈센트와 가족들은 FOP와의 싸움에서 현명하게 잘 대처하고 있었다. 저자인 빈센트의 어머니가 말하는 것처럼, FOP는 우리가 살며 생활하는 모든 일상에 항상 그림자처럼 따라다니며 큰 영향을 끼친다. FOP는 정말 종잡을 수 없는 병이다. 낮 시간의 생활은 물론이고 잠든 시간에도 우리를 공격하려는 듯 고요히 대기하고 있으며, 그 증상을 순식간에 진행시키기도 한다. 몇 가지 예를 들자면, 잠을 자다가 옆 사람의 잠버릇 때문에 영향을 받아 증상이 심해질 수 있고, 잠자리가 불편해도 쉽게 재발이 된다.

또 주사를 맞음으로써 병세가 악화되기도 한다. 그래서 치료과정에서 주사에 대한 갈등을 할 때가 있다. 나 역시 환자로서 모든 결정권은 환자 본인에게 달려 있다고 생각한다. 그 선택으로 인해 남은 일생 동안 움직임의 자유를 잃을 수도 있으므로 부모나 보호자가 아닌 자신의 판단이 가장 중요하다. 이는 FOP뿐만 아니라 모든 질병에서, 또한 자신이 처한 모든 환경에서 똑같이 적용될 것이다. 만약 주사를 맞아야 할 부위에 병이 진행이 되고 있다면 일단은 피하는 것이 좋다고 생각한다. 주사 치료로 재발되지 않으면 다행이지만, FOP는 그 후 언제가 되든 우리가 알 수 없는 시간 안에 또 다시 공격을 해오는 병이기 때문이다.

FOP는 언제 어떻게 어느 때에 나타날지 모르고 예측이 불가능한 병이기 때문에 우리를 더 힘들게 만든다. 그러나 나는 아무리 어려운 질환이라도 반드시 치료법이 있다고 믿는다. 나는

FOP든 다른 병이든 '이 세상에 존재하는 것이라면 마찬가지로 없앨 수 있다'고 생각한다. 단지 그 없애는 방법이 우리 앞에 놓여 있지 않거나, 찾지 못했거나, 또는 방법을 모를 뿐이지 반드시 길은 있다. 좌절하거나 절망하며 부정적인 삶을 살아가면 자신만 더 힘들어지고, 그것이 가족에게도 영향을 주게 된다. 오랜 병고의 투병과 간호, 그리고 그 사이에서 많은 풍파가 일어나 나중에는 가정이 파괴되는 경우도 적지 않게 보았다.

그럼에도 빈센트의 가족은 쉽게 지치거나 포기하지 않는다는 점에서 감동을 받았다. 같은 병을 갖고 있는 내가 보기에도 빈센트와 가족들은 FOP와의 끝나지 않는 기나긴 여정을 나아가면서 일상생활에서 부딪히는 소소한 일, 사람들과의 대면, 시련, FOP의 두려움과 공포 등의 많은 것을 잘 적응해나가고 있다. 또한 FOP와 싸워 이겨내면서 자신만의 삶의 방법을 터득했고, FOP의 재발이나 위기의 상황에서 차분하고 용기 있게 대처하며 많은 어려움을 잘 헤쳐나갔다. 빈센트와 그의 가족은 지금까지 이겨내며 싸워왔듯이, 앞으로의 여정 동안에 발생할 재발과 시련들을 잘 견뎌낼 것이며, 어떤 어려운 역경과 맞닥뜨리더라도 좌절하지 않고 최선의 방법으로 뚫고 나갈 것이라고 나는 믿는다. 가족의 사랑만큼 환자들에게 중요한 것은 없다.

그리고 FOP라는 진단을 받았다면 되도록 빨리 사실을 받아들이는 것이 자신과 가족을 위한 일이다. 시간을 오래 끌면 마음만 더 괴로울 뿐이다. 있는 그대로 일찍 받아드리고, FOP에 대하여, 미래의 일 등을 미리 걱정하지 말라고 말해주고 싶다. 또

한 병의 증상이 심각해서, 병 자체가 너무나 희귀한 것이라서 두렵다면 그것은 자신이 마음먹기에 따라 이겨낼 수 있는 부분이다. 모든 것은 자신의 생각과 마음에 달렸다고 하지 않는가. 힘들겠지만, 현실을 받아들이고 지금 이 상태에서 앞으로 나가려는 마음가짐이라면 아무리 힘든 상황에서도 행복해질 수 있을 것이다.

누군가는 이 이야기를 읽고 한편으로는 희망적이지 않다고 생각할 수도 있다. 끝도 없고, 결과도 없고, 치료할 수 있다는 희망이 당장 눈앞에 있지 않기 때문에 그렇게 느껴질 수 있을지도 모르겠다. 하지만 FOP를 지니고 살아간다는 것 자체만으로도 사실 엄청난 시련과 고통이 따르는 일이다. 그래서 현재까지 빈센트가 병을 이겨내며 포기하지 않는 긍정적인 삶을 살아온 것만으로도 나는 그의 이야기를 충분히 희망적이라고 말할 수 있다고 생각한다. 빈센트가 병을 이겨내고 현재 멋진 삶을 살고 있다는 사실을 통해 아픔을 지닌 많은 사람들이 희망을 바랄 수 있다고 생각한다. 특히 FOP를 가진 아이를 둔 부모나 가족에게는 물론이고, 삶이 힘들어 지친 사람, 좌절, 절망, 포기, 벼랑 같은 막막한 현실에 놓여 있는 사람들에게도 마찬가지일 것이다. 희귀질환이나 난치성질환, 중증의 질환을 가진 사람에게 이 책을 권하고 싶다. 희망을 위해서 말이다.

마지막으로 FOP를 가진 사람들 또한 이 이외에도 아픔으로 고통 받는 사람들에게 하고 싶은 말은, 비록 현실이 고난의 연속이어도 절대로 건강과 삶을 포기하지 말라는 것이다. 희망을 가지고 포기하지 않는다면, 좋은 일도 생기고, 치료의 열쇠도 만들어진다. FOP로 인해 도움이 필요하거나, 삶의 친구가 필요한 사람이라면 기꺼이 내가 손을 잡아주고 싶다. 비록 내 자신이 부족해서 많은 도움이 되지 못하겠지만, 있는 힘을 다해 마음의 친구가 될 수 있다면 그것만으로 서로에게 행복과 축복이 아니겠는가. 희망이야말로 우리 삶에 크나큰 버팀목이 될 수 있다는 것, 그것을 항상 잊지 말기를 바란다.

❄ 헌사

절망을 희망으로 바꾸는
축복의 길이 아닐런지!

—Kim kyowon

내가 지금까지 FOP와 함께 걸어온 시간도 꽤 오래되었다. 처음 FOP라고 병을 진단 받았을 당시, 난 20세도 넘기지 못할 것이라고 짐작했었다. FOP가 나의 삶에 구체적으로 어떤 영향을 미칠지 그 누구도 가늠치 못했던 시절이었지만 말이다. 나는 언제 어느 곳에서 어떤 위험이 닥칠지 모를 무방비 상태에서 끝이 보이지 않는 목적지를 향해 그저 걷고 또 걸을 수밖에 없었다.

세월이 흐를수록 고통의 시간은 길어지고 짊어져야 할 무게도 커져만 갔다. 끝이 보이지 않는 끈질긴 고통의 길을 가는 동안, 시간이 흐를수록 심신은 지켜갔고 심하게는 삶을 포기하고 싶을 정도의 고통을 받기도 했다. FOP는 나의 모든 것을 포기하도록 재촉했고, 살아갈 용기조차 무너뜨리는 엄청난 고비를 선사했다. 결국 육체의 감옥이란 말을 실감할 수 있는 상황까지 이르렀지만, 결코 나는 FOP 앞에 주저앉지 않았고, 오히려 FOP를 통해 많은 것을 깨닫고 배울 수 있다는 것을 알게 되었다.

내가 FOP란 어떤 것인지, 어떤 최후를 맞는 것인지 어렴풋이 알게 된 것도 불과 몇 년 되지 않았다. 그리고 아직 그 끝이 어디까지인지 그 누구도 모를 일이다. 나에겐 현재가 가장 힘든 시기란 것이 분명하다. 물론 아직 끝이 아니며 나아갈 길이 참 길다는 사실에 마음이 아프지만, 손을 놓고 그저 슬퍼한다고 해결되는 건 아무것도 없지 않은가? 결국 이제는 나 자신과의 싸움이 남은 것이다.

지난 시간의 흔적을 되돌아본다. 나의 심연에 눈물이 바다를 이루고도 남을 만큼 나는 오랜 세월 많이 아파하고 힘들어했던 사실이다. 그러나 그건 FOP에 대한 절망이나 좌절이나 두려움 때문이라고 말할 수 없다. 다른 이들과 마찬가지로 나의 성장과 정 속에는 수많은 고통이 따랐지만, 그 모든 것을 감내하며 내가 살아있음에 감사할 수 있었다. 때론 내가 감당해야 할 몫이 너무나 커서 내동댕이치고 싶었던 때도 있었지만, 그래도 나는 그렇게 크나큰 몫을 감당해낼 수 있었던 나 자신이 스스로 대견스럽다.

그렇다고 내가 다른 사람보다 훨씬 더 강직한 의지를 가진 사람은 아니다. 오히려 누구보다도 작고 여린 사람이기에 나 혼자의 힘으로만 이 여정을 결코 끝까지 감당할 수 있다고 생각하지 않는다. 낯설고 어두운 터널을 얼마나 가야하는지 모르지만, 지금까지 견딜 수 있었던 것은 내 곁에 있었던 나의 가족과 나를 위해 아낌없는 사랑의 격려와 응원을 보내준 많은 고마운 이들 때문이다. 그들은 나에게 살아갈 용기 그 자체가 되어주었다. 그리고 가장 큰 이유는 고통의 순간마다 내 깊은 마음속에 강한 힘과 의지가 되어주신 하나님이 함께 계셨기 때문이다. 나는 지금 이 순간에도 이 긴 여정이 어둠의 골짜기가 아닌 축복의 통로, 축복의 걸음이 될 것이라는 것을 믿고 감사하고 있다. 실상은 어둠뿐인 세상을 걸어가는 듯 하지만, 내 마음속에는 희망의 빛이 나를 든든히 밝혀주고 있기에 나의 삶은 어둠이 아닌 밝은 여정의 길이라 확신한다. 절망을 희망으로, 좌절을 강한 의지로 바꿀 수 있는 삶을 산다는 것은 위대한 축복의 길을 걷는 것이 아닐까 라는 생각을 해본다.

나는 끝이 없는 시작은 없다고 믿는다. 그러므로 FOP도 반드시 끝이 있을 거라 믿는다. 오랜 시간 FOP의 원인을 규명하고 치료법을 위해 불철주야로 쉼 없이 달려가는 분들이 있기 때문이다. FOP는 반드시 정복될 것이다 우리나라의 교수님들을 포함하여 FOP 연구팀 모든 분들의 노고에 깊은 감사와 힘찬 응원의 박수를 보내드린다.

모두 희망을 잃지 않고 끝까지 승리의 걸음으로 나아가시길 바랍니다.

❊ 헌사

FOP라는 현실을 이겨내는 고귀한 영혼

프레데릭 S. 카플란*Frederick S. Kaplan,*
펜실베이니아 의과대학 정형외과 교수

신체적인 장애는 그 장애를 가진 당사자뿐만 아니라 가족 구성원 전체에게도 큰 영향을 미친다. 그러나 이 책의 저자 캐롤 자파타 웰란*Carol Zapata-Whelan*과 그녀의 가족이 '진행성 골화성 섬유이형성증(Fibrodysplasia Ossificans Progressiva : FOP)'이라는 희귀병과 힘겹게 싸워나가는 과정에는 유머, 희망, 열정이 가득하다. 이 책에는 인간에게 알려진 여러 가지 질병 중에서도 가장 희귀하고, 또 결과적으로 큰 장애를 가져다주는 질병과 좌충우돌하면서도 꿋꿋하게 가족들의 삶을 이끌어나가는 한 어머니의 의지가 담겨 있다. 놀이공원의 롤러코스터에서 그 이름을 따왔다는 '마법의 산(Magic Mountain)'은 소설가 토마스 만*Thomas Mann*의 유명한 장편소설의 이름이기도 하다. 캐롤의 아들 빈센트는 이 작품에 등장하는 주인공 한스 카스토프와 마찬가지로 일상의 자연법칙에서 약간 벗어난 초월적 세계에 떨어지게 된다. 언젠가 캐롤은 이렇게 말했다. "우린 마치 중세 시대에 살고 있는 것 같았죠. 우리 가족 모두는 FOP라는 보이지 않는 길을 따라가고 있습니다. 물론 자신의 유전자 속에 그 병을 지닌 채 용기와 유연함으로 살아가는 사람은 우리 빈센트죠."

검사인 남편 월트와 다섯 명의 '반짝거리는 아이들'과 함께 다소 시끌벅적하면서도 창조적인 가족을 이끌어나가는 캐롤의 모습을 보면 예술적이라는 생각이 들 정도다. 요즘 시대가 가진 광적인 혼란함에 하나를 더하는 이야기인지도 모르겠지만, 캐롤의 둘째 아들 빈센트는 인류에게 알려진 질병 중에서도 아주 희귀한 질병 중 하나로, 이백만 명 중 한 명꼴로 나타나는 장애를 가졌다. 그야말로 머리칼이 곤두서는 '마법의 산'에 올라타는 예측할 수 없는 승차권을 얻게 된 것이다.

늘 지각대장이면서도 역설적으로 효율적인 빈센트의 엄마 캐롤이 맞이하게 된 롤러코스터 인생은 생각의 속도보다 더 빠르게 움직인다. 그래서 지켜보는 세상의 관객들을 숨 가쁘게 한다. 그럼에도 그것은 너무나도 현실적인 FOP라는 질병의 속도를 따라 잡기에는 역부족이다. 캐롤은 우리를 반-마술적이고 초현실적인 어지러운 세상으로 우리를 안내한다. 시간, 공간, 인생, 의료계 전 분야에서 전동스쿠터와 손수레가 분주히 돌아다니는 바로 그곳으로 말이다. 캐롤이 표현했듯이, FOP와 살아야 하는 삶은 바로 '시간과의 싸움'이고 '미래에 대한 무차별 공격'이기도 했다.

그러나 FOP는 소설도 아니고 가상세계도 아니다. 놀이동산은 더더욱 아니다. FOP는 모든 상상을 뛰어넘는, 아주 완고하고 어떻게 해볼 도리가 없는 목메는 현실이다.

FOP의 희생양이 되는 어린 환자들은 태어날 당시 엄지발가락이 약간 기형인 것을 빼고는 정상아와 똑같다. 그러다 10세 정도가 되면 천천히 신체의 근육과 관절 부분이 뼈로 변해서, 나중에는 완전히 운동성을 상실하는, 즉 움직이지 못하는 비정상적 골화 과정을 겪는다. 이렇게 생긴 2차적인 뼈를 제거하면, 또 다시 새로운 뼈가 빠르게 생겨난다. 현재로선 FOP에 대한 효과적인 예방이나 치료법이 없다.

현재까지 완벽한 치료법이 없긴 하지만, FOP 연구자들의 목표는 너무나도 분명하다. 바로 FOP 유전자의 분자적 구조를 밝혀 그 지식을 토대로 FOP의 효과적인 예방, 치료, 완치를 가능하게 만드는 것이다.

다행히 지난 10여 년간 알 수 없는 이 질병의 원인에 대해 괄목한 만한 지식이 쌓였지만, 아직도 규명되어야 할 부분들이 많다. 그리고 언젠가는 이 수수께끼의 모든 것이 선명하게 밝혀질 것이다. 유전적 원인, 분자적 근원, 생화학적 경로, 변형이 일어나는 세포와 그 다음 대상이 되는 표적의 규명, 이를 예방하는 약물과 치료법들이 속속 등장할 것이다. 물론 그때가 언제인지는 확실히 알 수 없지만 그 언젠가를 향한 여정, 그리고 마법의 산을 향한 등반은 지혜와 확신과 함께 지금도 계속되고 있다.

지금까지 FOP에 대한 이야기는 공포와 분노와 함께 진행과정을 그저 보고만 있어야 하는 수동적인 상황이었다. 그러나 이제는 희망을 말할 수 있을 정도로 발전되었다. 결과적으로 이 작업은 FOP를 겪고 있는 환자에게 실질적이고 유용한 해답을 줄 수 있는 의료적 치료로 마무리되어야 할 것이다. 이 일은 언젠가 꼭 실현될 것이다. 이 연구는 FOP 환자들에게 희망을 줄 뿐만 아니라, 일반 골형성(骨形成) 질환인 골다공증, 골관절염, 선천적 골 기형을 가진 사람들에게도 희망적인 소식을 전해줄 것이다.

마지막으로, FOP가 인간의 신체를 파괴할 수 있다 하더라도 정신까지 굳어지게 하지 않는다고 말하고 싶다. 그녀가 쓴 이 책 페이지마다, 그녀의 가족의 일상 모든 면에, 또한 각 장의 첫머리를 장식하고 있는 FOP 환자 가족들의 이야기 속에 그 증거가 고스란히 존재한다. 1장에 등장하는 FOP 소녀 소피아의 엄마인 코니 그린은 "소피아와 나는 지은 죄도 없는데 적에게 생포되어 종신형을 선고받았다는 사실을 받아들이는 것 외에는 다른 방법이 없다는 것을 알게 되었습니다"라고 말한다. 그러자 캐롤은 희망을 향해 이렇게 선언한다. "FOP는 저주가 아닙니다. 오히려 그것은 더 높은 곳으로 오르기 위한 하나의 과정이죠."

마법의 산으로 오르는 그 길 가운데, 캐롤이 이토록 험하고 현기증 나는 여정을 시작하고 끝내는 지점이 있다. 그녀는 빈센트의 용기에 대해서 이렇게 말한다. "그건 고통을 감내한 영혼

의 표정이었어요." 빈센트의 용기는 영혼의 고귀함이자 평온함
이다. 그래서 마법의 산으로 가는 FOP 여정에 운 좋게 참가하
게 된 우리에게 감동과 영감을 준다. 미국의 작가 윌리엄 포크
너 *William Faulkner*는 1950년 10월 10일 스톡홀름에서 노벨문
학상을 수상하면서 이렇게 말했다. "나는 믿습니다. 인간은 단
순히 인내만 하는 것이 아니라, 어려움을 이겨낸다는 것을 말입
니다. 인간은 무한합니다. 다른 피조물 가운데서 유일하게 지칠
줄 모르는 목소리를 가져서가 아니라, 영혼을 가졌기 때문입니
다. 자비와 희생과 인내할 수 있는 영혼을 가졌기 때문입니다."

'자비와 희생과 인내할 수 있는 영혼' 이것이야말로 캐롤이
이 책을 통해 전해주고자 하는 메시지의 정신일 것이다.

프레데릭 카플란은 현재 필라델피아 소재 펜실베이니아 대
학*University of Pennsylvania School of Medicine* 의과대학 정형외
과의 아이작 앤드 로즈 나소 석좌교수(Isaac and Rose Nassau
Professor)로 재직 중이다.

마법의 산을 찾아서

✼ 제가 처음 FOP 진단을 받고 난 후, 우리 가족은 나를 위해 첫 FOP 기금 마련 바자회를 열었죠. 그때 저는 바자회 안내문에 제 이름이 들어가는 것이 싫었어요. 왜 내가 이렇게 알려져야 하냐고, 그냥 다른 아이들처럼 평범했으면 했죠. FOP라는 병의 이름도 너무 생소해서 내가 그런 질병을 앓고 있다고 세상에 광고하는 것이 영 못마땅했어요. 그러나 지난번에 열었던 바자회부터 제 생각이 180도 바뀌었어요. 저는 자신 있게 600명이나 되는 청중 앞에서 지난 8년을 어떻게 헤쳐 왔는지 들려주었습니다. 그 순간은 FOP와 함께 한 내 인생에서 아주 특별하고 기념할 만한 순간이었습니다. 왜냐하면 내가 FOP에 대해서 말하는 걸 더 이상 두려워하지 않는다는 것을 사람들에게 보여주었기 때문이죠. 그리고 내가 이런 희귀한 질병을 가지고 있는 까닭은 나처럼 FOP를 가진 친구들과 그들의 가족의 편에 서는 선구자가 되어야 하기 때문이라는 것

을 깨닫게 되었고요. 나는 이제 FOP와 싸우는 것이 두렵지 않아요. 앞으로 FOP치료법과 완치법이 발견될 때까지, 여러 사람들에게 계속 내 이야기를 알릴 겁니다.

—홀리 풀라노 Holly Pullano, 25세. 16세에 FOP를 진단 받음

'우리 인생은 그 자체로 마법의 산이다.' 미국 캘리포니아 주의 놀이공원에서 90도 경사의 수직으로, 온몸을 얼어붙게 하는 속도로 회전하기로 악명 높은 롤러코스터에 앉아서 나는 문득 그런 생각을 했다. 두 눈을 제대로 뜨지도 못하고 앉아 있는 나와는 달리, 당시 13세던 둘째 아들 빈센트는 즐거워하며 소리를 질러댔다.

"엄마, 괜찮아?" 놀이기구가 멈췄을 때, 내가 한 대답이라곤 내내 기절하는 것만 생각했다는 것이었다. "걱정 마, 엄마. 만약 엄마가 떨어진다 해도 원심력이 엄마를 잡아당겨서 의자에 꼭 붙들어줬을 거야." 그래, 우리 가족이 어려움을 헤쳐나가도록 붙들어준 힘도 원심력 같은 것이 아니었을까.

남편 월트와 나는 다섯 아이를 두었다. 다섯 아이들과의 생활은 자잘한 충돌이 끊이지 않는 긴장된 혁명의 순간과도 같았다. 불쑥 불쑥 들러야 하는 병원, 찾을 수 없는 아이들 숙제, 사라진 신발 한 짝, 붉은 줄이 그어진 성적표, 차 뒷좌석에서 벌어지는 다툼들. 물론 다른 엄마들은 나와 다르다는 것을 안다. 아이들이 헐레벌떡 학교에 뛰어오도록 하지 않고, 아이에게 같은

짝의 신발을 찾아 신기고, 딸의 머리를 예쁘게 빗겨서 데려오는 엄마들이 있다는 것을 안다. 물론 현기증이 날 정도로 빙빙도는 내 삶을 이해해줄 사람도 있을 것이다. 하지만 나는 언제나 바쁘고 뒤죽박죽이었다. 심지어 9년 전 모든 것이 더 힘들어지기 전부터도 말이다.

9년 전, 흠잡을 데 없이 건강하기만 하던 아들 빈센트가 다리를 절기 시작했다. 이 증상은 이상하게도 계속되었고, 아무리 유능한 의사, 엑스레이 촬영, 의료기계들도 제대로 진단을 내리지 못했다. 그러다 결국 빈센트는 FOP(Fibrodysplasia Ossificans Progressiva : 진행성 골화성 섬유이형성증)라는 진단을 받았다. 이 질병은 아주 희귀한 유전적 질병으로, 근육과 연결조직이 뼈로 변해서 그 결과 원래의 골절구조에 새로운 골 구조가 생겨 신체가 운동성을 잃고 완전히 마비되는 무서운 병이었다.

9년 전의 빈센트는 다른 형제들인 브라이언, 루카스와 마찬가지로 축구와 야구를 즐기는 평범한 남자아이였다. 하지만 지금은 자기 머리를 빗을 만큼 팔을 들어 올릴 수 없고, 스스로 허리를 굽혀 운동화 끈을 매지도 못한다. FOP는 무작위로 신체 여러 곳의 근육에 종양 같은 돌기를 만들고, 또 없어지기도 한다. 그리고 자리를 이동해 반복하면서 원래의 신체 골격에 흔적을 남기는 질병이다. 그리고 사소한 상처도 FOP의 진행을 가속화시킬 수 있기 때문에 빈센트는 더 이상 여럿이 하는 운동을 즐길 수 없게 되었다. 그냥 가볍게 넘어지는 것조차 교통사고 같은 무서운 결과를 초래할 수 있기 때문이다.

빈센트 역시 처음에는 자신의 병에 대해 무척 화를 냈다. 그러나 이제는 갑작스런 신체의 변화에 대해 의지와 유연함으로 적응해나가고 있어 이 엄마의 목을 메이게 한다. 1년 전까지만 해도 빈센트는 고등학교의 밴드부에서 아주 열심히 활동했다. 1학년 때에는 밴드 내에서 '가장 용기 있는 학생' 상을 타기도 했고, 다섯 개의 센트럴 캘리포니아 앙상블과 협연을 했고 하와이에서 있었던 밴드 퍼레이드 대회에서 1등을 하기도 했다. 빈센트의 용기에 대해서 말하자면, 결코 평범하지 않으며 고갈되지 않는 영혼의 산 증거였다. 빈센트는 가족 구성원 중에서 친구의 수학숙제를 인내심 있게 봐줄 수 있는 유일한 사람이었고, 어린 동생이 마당에서 놀면 항상 돌봐주던 아이였다. 다른 형제들이 농구경기에 나가는 날이면 잘 안 보이는 관람석에 앉더라도 트럼펫을 불며 끊임없이 응원을 했다. 그리고 나는 내 아들의 영혼과 정신을 지켜보면서 생생하고 본질적인 무엇인가를 배웠다. 나와 우리 가족은 그 아이의 영혼의 뒤를 쫓아 조그만 은총의 발자국을 따라간 셈이다.

어느 해 여름, 캘리포니아 주 산 호아킨 벨리*San Joaquin Valley*의 모든 아스팔트가 흐물흐물해질 만큼 뜨겁던 여름 오후, 나는 당시 여섯 살인 이사벨을 데리고 주차장으로 가고 있었다. 나를 지나친 어느 젊은 엄마는 이리저리 깡충거리는 어린 아이를 쫓아다니고 있었다. 이사벨이 아주 평화롭게 찬 음료수를 홀짝거리고 있는 동안, 나는 이제 막 엄마가 된 그 젊은 여자에게 말해주고 싶었다. '지금은 힘들겠지만 점점 더 나아질 거예요.' 나는 정말 그 젊은 엄마에게 이렇게 말하고 싶었지만, 하지 않았다. 왜냐하면 가던 길을 멈추고 너무나도 뻔한 그런 이야기를 할 수는 없었기 때문이었다. 만약 그랬다면 그 신참 엄마에게 누구보다도 천방지축이었던 브라이언이 이제 19세가 되었고 방금 샌프란시스코에서 전화해서는 '엄마, 내 생애 최고의 날 이에요'라고 이야기했던 사연을 들려주었을지도 모르겠다. 그러다 이야기는 둘째 아들 빈센트로 이어져서, 절대 어딘가에 부딪쳐서는 안 되고 사소한 상처나 외상으로도 근육이 뼈가 되어 영원히 굳어지게 되는 희귀한 병을 앓고 있다는 이야기까지 늘어놓았을 것이다. 그렇지만 나는 그날 젊은 아기엄마를 붙잡고 이런 이야기들을 늘어놓을 수 없었다.

그래서 나는 그 이야기를 이렇게 글로 쓰기 시작했다. 날이 갈수록 지치는 싸움, 희망의 빛, 신념, 좋은 날과 나쁜 날들, 용감한 아들 빈센트에게서 배웠던 것들, 그의 형 브라이언과 셋째 아들 루카스, 여동생 셀린과 이사벨에게서 배웠던 것들을 이렇게 쓰고 있다. 나는 가족을 통해서 참으로 많은 것을 배웠다. 아이들과 가족 구성원 하나하나가 선택하고 겪었던 여러 가지 길을 통해서 배운 것은 내가 읽었던 그 많은 책 속의 가르침보다 더 클 것이다. 우리 가족 모두는 아무것도 모르고 길을 따라 오다가 갑자기 FOP와 부딪혔다. 물론 그 유전자를 자신의 뼈 속에 지니고 살면서 용기와 은총으로 견딘 것은 빈센트였지만 말이다.

FOP는 이백만 명 중에 한 명꼴로 걸리는 매우 희귀하고 재앙 같은 질병이다. 인생이란 놈이 우리가 서 있는 땅을 비틀고 넘어지게 하지만, 그럼에도 꼿꼿하게 다시 일어나고자 했던 내 아들의 투쟁과 우리 가족 모두의 투쟁은 다른 사람들의 이야기와 크게 다르지 않을 것이다. 물론 우리 가족의 개성은 독특하겠지만 누구나 인생의 고난과 역경을 겪지 않는가? 그렇지만 우리는 빈센트이든 누구든 커다란 짐을 지고도 꿋꿋이 앞으로 나아가는 사람을 보면 큰 감동을 받는다.

그래서 나는 빈센트의 이야기, 우리 가족의 이야기를 소개하고자 한다. 다른 사람들과 용기를 나누고 우리가 걸어온 남다른 길에 대해서 세상과 이야기하고자 한다. 그 이야기 속에는 우리의 일상이 들어 있고, 대가족에서 벌어지는 좌충우돌 이야기가 있고, 나를 무사(武士)로 만들던 인생의 거칠고 구불구불한 길이 있다. 그 가운데 작은 기적들이 있고, 우주에 대한 굳건한 믿음을 갖게 된 여러 가지 지혜가 살아 있다.

나는 신이 계획하시는 일을 믿는다. 그리고 신의 계획하시는 일의 일부분은 나와 내 남편이 우리 아이들을 데리고 '마법의 산'을 잘 오를 수 있도록 인도해야 한다는 것임을 안다. 그 길이 어지럽고, 때로는 웃기며, 조마조마할 것이지만 말이다. 물론 우리가 '마법의 산' 정상까지 오르는 데 필요한 모든 것을 알고 있지는 않다. 그러나 우리는 그 길에서 겪는 큰 변화를 감당하고 또 굳건히 버티리라 믿는다.

빈센트가 중학교 2학년을 무사히 마친 것을 기념으로 놀이공원에서 어지러운 하루를 보냈는데도 나는 평소만큼도 피곤하지 않았다. 그리고 나는 깨달았다. 왜 내가 '보통'의 피로감도 느끼지 않는지. 그리고 나는 또 알게 되었다. 내 아들 빈센트가 그렇게 무서운 놀이기구를 탔을 때 왜 소리를 지르거나 두려워하지 않았는지. 그런 어지러움은 빈센트에게 너무나도 익숙한 것이었고, 빈센트는 이미 스스로 감당하고 견디고 있었기 때문이다.

절룩거리는 빈센트 - 1995년 4월

"힘내, 빈센트! 힘내!"

잔뜩 자신감에 부푼 표정의 3학년 아이가 선두로 달리고 있었다. 그 아이는 돌고래 색의 파란 유니폼을 입고 평소 때처럼 목표물을 향해 빠르게 움직였다. 4월의 캘리포니아 날씨답게 날씨는 따뜻했고, 하늘빛을 닮은 저 너머 산들은 아지랑이 속에서 가물거리고 있었다.

"늦었네." 남편이 말했다. 남편은 내게 키스를 해주고는 다시 야구장을 향해 큰 소리로 응원을 했다.

나는 우리 가족이 이사갈 집을 둘러보고 오는 길이었다. 한창 짓고 있는 우리의 꿈 같은 집은 이곳에서 살짝 떨어져 있었기 때문에 오늘 내 지각의 좋은 변명거리가 되기에 충분했다. 다행히 비디오카메라로 촬영을 하기에 늦지 않았다. 나는 카메라의 작은 렌즈를 통해 내 아들이 홈을 향해 달려오는 모습을 보았다. 아이는 아직도 다리를 절고 있었다. 익숙한 불안감과 염려의 고통이 잠시 고개를 들었다.

"그냥 근육이 늘어난 것입니다." 소아과 의사는 그렇게 말했다. 아이의 주치의는 내 염려와 불안감을 한 방에 날려버리는 데 소질이 있었다.

빈센트는 자신이 절룩거리며 베이스로 들어오는 모습이 찍히는 걸 싫어할 것이다. 나는 카메라를 옆에 내려놓았다. 다음번에 또 찍으면 되지, 뭐.

I

FOP의 불꽃이 일어나다
2003년 6월

맨 처음 소피아의 몸에 FOP가 발화했을 때, 저는 아는 사람이라면 누구를 마다하지 않고 연락하면서 돌아다녔죠. 신체에 대해서는 거의 모든 것을 안다고 생각했었는데 전혀 그렇지가 못한 걸 깨달게 되었죠. 아무런 준비가 없었던 우리에게 닥친 스트레스는 엄청났습니다. FOP가 워낙 생소하고 그 자체로 스트레스를 주는 요인이 되다보니, 심리적인 욕구에 빠져들어 인생의 달콤함 같은 지극히 평범하고 정상적인 것을 좇게 되더군요. 고통을 벗어나기 위해서 말예요. 하지만 소피아와 나는 지은 죄도 없이 적에게 생포되어 종신형을 선고받았다는 사실을 받아들이는 것 외에는 다른 방법이 없다는 것을 알게 되었습니다.

— 소피아의 엄마 코니 그린*Connie Green*. 소피아, 8세. 14개월에 FOP를 진단 받음

"엄마, 필리핀에서 온 전화예요." 스테로이드 약물 때문에 동그래진 얼굴, 등이 약간 부풀어 오른 열한 살 빈센트가 수화기를 건네주었다. 1997년 여름 끝자락에 나는 바다 건너편에 있는 한 치료술사에게 편지를 썼다. 나는 빈센트의 건강했던 어릴 적 사진과 함께 '단백질이 제 2차 골화를 진행시킨다'라는 〈사이언스 Science〉 지의 기사를 함께 동봉했다. 이 기사는 아주 희귀한 유전적 질병인 FOP에 대한 것이었는데, FOP는 몸에 이상한 돌기가 생기면서 근육을 뼈로 만들어 굳게 하는 병이라는 기사였다.

"안녕하세요!" 수화기를 들자, 한 여인의 목소리가 들렸다. 남편 월트와 브라이언, 빈센트, 루카스, 셀린, 아직 어린 이사벨까지 남편과 다섯 아이들은 식탁에 앉아 중국음식을 차리고 있었다.

"아 네, 안녕하세요" 나 역시 인사를 했다.

"당신이 보내주신 편지는 신의 계시 같군요." 동양인 특유의 말투가 느껴지는 영어로 여자가 말을 시작했다. "당신의 편지가 도착하기 며칠 전 당신 아들의 꿈을 꾸었거든요."

점괘가 들어있는 포춘쿠키 fortune cookie를 차지하려는 아이들의 고함소리가 커지고 있었다. 잘 안 들려서 자리를 옮겨야 했지만 나는 움직일 수 없었다. 그 여자는 계속 말을 이었다. "그 다음날 밤, 나는 한 번도 본 적이 없는 외국인 아이의 꿈을 꾸었죠. 그리고 나서 당신의 편지를 받았답니다. 꿈에서 본 그 아이는 바로 빈센트였어요." 나는 수화기 너머로 들리는 소리를 간신히 겨우 알아들었다.

적어도 그 사람은 사기꾼이 아니었다. 바다 저 건너편에 살고 있는 이 여인은 의료 자격증을 가진 유명한 의사였고, 수녀였으며, 믿을 만한 친구가 소개해준 사람이었다.

이사벨의 울음소리와 포춘쿠키를 둘러싼 아이들의 싸움은 남편도 말릴 수 없을 정도로 커졌다. 이젠 정말 자리를 피하지 않으면 안될 상황이었다. 그러나 내가 미처 양해를 구하는 말을 꺼내기도 전에 다음과 같은 말이 수화기 건너편에서 흘러나왔다. "어머니 혹은 아버지 쪽 가족 중의 누군가에 의해 저주나 죄가 전해져서 그런 거예요."

나는 스페인어 책과 세탁물 바구니가 가득한 옆방으로 갔다. 그리고 어둑한 그곳에 앉아서 이야기를 들었다.

잠깐만. 예수님도 눈먼 소경을 고치고 그 부모의 죄를 사하여 주지 않았던가? 전화 저편의 설명은 다소 과장되고, 무지했으며, 진부하고, 한편으로 아주 민감한 그런 말이었다.

그 수녀는 말을 계속했다. "어떤 저주, 혹은 죄악이 있어요. 선조 때부터 내려오고 있죠. 악마가 주는 고통을 정화시켜야 해요."

도대체 어느 선조 때의 죄악이 아직도 그 죗값을 다 치르지 못하고 남았단 말인가? 물론 그 선조는 의심할 여지없이 엄마인 나와 내 직계 쪽일 것이다. 카드 도박에 빠져서 남의 집안의 포도밭을 조금씩 날려버린 고조부님? 아니면 우리 엄마의 사촌? 남편의 집안은 어떨까? 예의라고는 조금도 없는 영국인 삼촌?

분명한 것은 이 사람이 말하는 저주는 엄마인 내게서 온 것이라는 것뿐이었다.

수화기를 내려놓고 나는 그 복잡하고 어두운 방 한쪽에 앉아 있었다. 나는 라틴 아메리카인이라 신비하고 마술적인 세계에 익숙하다. 내가 자라온 곳은 이상한 것이 평범하고, 평범함이 오히려 이상할 지경인 주술적인 세계였다. 그리고 조그만 일에도 죄책감을 느끼는 엄마이기도 하고, 사실이 아닌 허구의 세계에 사로잡히기 쉬운 문학 전공자이기도 했다. 그래서 수화기 너머 치료사의 말은 나를 사로잡았다. 아니, 사로잡기 시작했다. 내게 FOP는 너무 비현실적인 질병이었다. 너무나도 비사실적이어서 오히려 상상의 세계에 끼워 맞추기가 더 어려웠다. 내가 처음 F-O-P라는 세 글자를 들었을 때 그것은 아무 의미도 없었다. 그러다가 어느 시구가 너무나도 절절하게 다가왔다. '우리 인생에는 갑작스런 광풍이 분다. 신의 증오로부터 밀려오는 광풍.'

이런 전화를 받은 것은 우리가 아직 예전 집에 살던 때다.

맨 처음 이곳에 집을 짓기 위해 주변의 경관을 둘러보았을 때, 나는 내 고향 아르헨티나의 농촌 도시 멘도사 *Mendoza*로 돌아간 듯 했다. 그리고 남편 역시 올리브 나무를 키우면서 자랐던 고향과 비슷한 분위기의 이곳을 마음에 들어 했다. 집 주변은 그야말로 평화 그 자체였다.

그러나 그것은 거짓된 평화였다. 푸른색의 2층집에서 보낸 지난 몇 년 동안, 과거에 이곳에서 끔찍한 대재앙이 일어났던 것은 아닐까 하는 생각이 들 정도였다. 특히 우리 집과 땅은 아주 희한한 불운의 장소의 한 가운데에 있었다. 어느 크리스마스에 어린아이가 살해되었고, 얼마 후 젊은 새댁이 병으로 앓아누웠다. 그리고 어느 봄날에는 한 사내아이가 나무에서 떨어져서 며칠간 의식을 차리지 못했다. 폭력의 위협에 시달리는 한 가족을 경찰이 특별 경호한 적도 있었다. 한때 그렇게 사이가 좋던 이웃들이 변호사까지 두고 싸움을 벌였고, 주변의 친구들은 인사 한마디도 없이 다른 곳으로 이사가버리기도 했다. 그리고 마침내 너무나도 정상적이던 여덟 살 난 아들이 절룩거리기 시작했다.

그래서 필리핀 수녀 치료사의 말이 나를 사로잡았다. 그러나 신의 미움이라든가 증오 같은 것은 없었다. 빈센트의 병명인 '진행성 골화성 섬유이형성증(Fibrodysplasia Ossificans Progressiva)' 또는, 제대로 부르기 힘들어서 줄여서 FOP라는 세 글자로 불러야 하는 이 질병은 성서에나 나오는 신의 벌처럼 보였지만, 그러나 나는 그 전화를 받은지 6년이 지난 지금에서야 아주 뼈저리게 확신하고 있다. FOP는 절대 무슨 저주가 아니라 더 높은 곳으로 나아가기 위한 하나의 과정이라는 것을.

학구적이면서 시인이기도 한 우리 어머니와 마찬가지로 나는 늘 시간과 공간에 대해 서툴렀다. 나는 절대 제 시간에 도착하는 법이 없었고, 또 길을 찾는 걸 힘들어했다. 아마도 내가 고향인 라틴 아메리카의 시간에 살기 때문일 것이다. 남반구인 아르헨티나는 미국과 달리 남반구이지 않은가! 아르헨티나에서는 사람들이 몇 세기 동안 같은 지역에서 살기 때문에 절대 길을 잃는 일이 없다. 그리고 그곳에서는 제 시간에 맞춰서 약속장소에 나타나는 일은 별 매력이 없는 짓이다. 다행히 내 친구들은 '캐롤식 시간표'라 할 수 있는 내 방식에 맞춰주었다. 그래서 나를 아는 사람이라면 내게 일에 길을 가르쳐 달라든가, 아니면 시간과 장소가 정해진 일을 맡기지 않는다. 한번은 내가 강사를 했던 대학의 동료가 그 대학의 라틴계 학생들을 가르쳐보라고 제안한 적이 있다. 나는 약간 불안해하며 그에게 이렇게 경고했다. "나는 약간 정신없이 사는 사람이거든요." 그러자 그가 내 말에 동의하며 말했다.

"알고 있어요."

"어떻게요?"

솔직히 말하자면 나는 박사라는 학문적인 배경과 지위가 나의 시-공간상의 개념부족을 감춰줄 거라고 굳게 믿었다.

"어떤 논문에서에서 읽었어요." 옆에 있던 또 다른 강사가 가볍게 말했다. 길을 자주 잃어버리고, 어디든 제 시간에 도착하기가 힘든 다섯 아이의 엄마라는 것은 역시 권장할 만한 일이 아닌 것 같다.

나는 지금도 이런 문제와 매일 씨름하고 있다. 다만 이런 단점이 갖는 한 가지 이점이 있다면, 조그만 일에도 걱정부터 앞세우는 내 조급함도 함께 잊을 수 있다는 점이다. 이런 소심증 여자에게 FOP라는 것이 덤으로 주어졌으니 이 얼마나 역설적인 일인가? 그러나 인생은 개개인에게 맞아 떨어지지 않는 시련과 도전거리를 던져주니 어쩌겠는가.

UCSF 참석과 '뼈의 달' – 2003년 6월

나와는 아주 다르게 정상적인 시간감각이 있는 열여섯 살의 빈센트와 함께 병원으로 가고 있었다. 길을 잃어버린 것은 아니지만 벌써 약속시간에 늦었다는 것이 명백했다. 빈센트와 나는 지하에 위치한 류머티스과에 가려고 엘리베이터를 탔다. 이곳에 올 때마다 빈센트에게 "지하니, 아니면 위층이니?"라고 물으면서 말이다.

우리가 다니는 병원은 센트럴 캘리포니아 아동병원(Children's Hospital Central California)으로, 그곳은 병원이 아니라 마법의 성 같은 곳이었다. 언덕 위에 자리 잡은 아동병원은 요정나라의 궁전처럼 노을 색깔만큼이나 다양한 색으로 빛났고, 병실 천장은 밤이면 별들로 반짝거렸다. 로비에는 3층 높이의 원형천정이 있고 바닥에는 지구상의 모든 대양과 대륙이 색색 깔로 그려져 있는 카펫이 있다. 이곳에서 아이들은 휠체어 대신 장난감 손수레를 타고 다닐 정도다.

그날은 빈센트가 캘리포니아 대학교 샌프란시스코 캠퍼스(UCSF: University of California, San Francisco) 주최 메디컬 컨퍼런스에 자원해서 참여하기로 한 날이었다. 빈센트의 류머티스과 주치의인 헨릭슨 박사의 설명에 의하면 이 컨퍼런스는 신참 의사들이 몇몇 그룹으로 나뉘어 환자들을 둘러본다고 했다. 그래서 빈센트는 가벼운 마음으로 컨퍼런스에 참가했다. 빈센트는 자신과 같은 FOP의 환자들의 미래는 의료연구의 결과에 달려 있지만 대부분의 의료 전문가들은 FOP와 같은 희귀병을 가진 환자를 실제로 볼 기회가 별로 없다는 것 역시 잘 알고 있었다. 사실 이 질병에 대해 잘 모른다는 것은 예비 환자들에게 해를 끼칠 수도 있다는 것을 의미했다. 간호사, 의사, 엑스레이 기사 등 누구든지 빈센트와 같은 환자를 선의로 '도와주려고' 뻣뻣해진 팔위로 옷 입는 것을 돕거나 팔을 들어주려고 하지만, 그런 수동적인 움직임은 결과적으로 더 심각한 통증을 유발하고, 도미노처럼 근육의 연골조직화, 연골조직의 골화, 마지막으로 운동성 상실이라는 결과를 초래할 수 있었다. 그래서 빈센트가 직접 나서서 자신의 상태를 다른 의사들에게 선보이는 것은 다른 환자들을 돕는 중요한 일이었다.

우리는 간호사 폴라를 따라 크레용으로 그려진 성과 손바닥 그림들이 죽 걸린 복도를 따라갔다. 컨퍼런스 홀에는 기다란 탁자와 의자들이 놓여 있었다. 주치의인 헨릭슨 박사는 홀 맨 앞쪽에서 여러 사람들의 질문을 받으며 서 있었는데, 이내 우리를 알아보고 미소를 지었다. 나는 빈센트의 마음 속 든든한 버팀목을 느낄 수 있었다. 아니, 오히려 마음의 준비를 해야 할 사람은 나인지도 모를 일이었다. 항상 드나들던 병원임에도 불구하고 나와 관계된 일이 내 눈 앞에서 벌어지고 있으니 왠지 들어와서는 안 될 것 같은 낯선 느낌이 들었다.

헨릭슨 박사가 대화를 마무리하자 연륜 있어 보이는 의사들은 자리를 뜨기 시작했고, 다른 의사들은 서로 인사말과 짧막한 대화를 주고받았다. 레지던트들이 환자들의 침상을 돌며 문진을 할 때까지는 아직 여유가 있어 보였다. 그래서 나는 빈센트에게 금방 오겠노라고, 행여 의사들이 몸을 만져보려고 하면 무리하게 만지지 말라고 사전에 말하라고 주지시키고 화장실에 갔다.

다시 홀로 돌아왔을 때, 빈센트는 컨퍼런스 홀 앞쪽 구석에 놓인 침상에 앉아서 레지던트 팀과 가벼운 대화를 나누고 있었다. 시간이 충분하리라고 여유 만만했던 나 자신을 속으로 탓하면서 그들 쪽으로 달리다시피 걸어갔다. 레지던트라고 해봤자 내게는 위험한 10대 소년으로 보였기 때문이다. 내 머릿속에 있는 것은 단 한가지였다.

"팔이나 다리를 절대 무리하게 잡아당기지 마세요!" 물론 헨릭슨 박사가 사전에 경고를 주었겠지만 말이다. 어쨌거나 내가 돌아오자 그들은 본격적으로 빈센트를 살펴보기 시작했고, 나는 눈을 부릅뜨고 그 옆에 있었다.

헨릭슨 박사는 레지던트들에게 우리를 소개하고, 레지던트가 던지는 질문 그 이외 다른 정보를 주지 말라고 빈센트에게 부탁했다. 레지던트들이 환자의 임상상태를 확인하며 상태를 진단하도록 돕는 것이 바로 오늘 빈센트의 역할이었다.

빈센트 주변에 두 명의 남자와 세 명의 여자 레지던트가 다가

왔다. 빈센트에게 해를 입힐 거 같지는 않아 보였다. 그러나 나는 그들이 무슨 일을 하기도 전에 아주 조급하고 빠른 목소리로 경고를 주었다. "절대 무리하게 팔다리를 당기면 안 돼요!" 왜냐하면 내 아들의 팔, 목, 다리는 자연스럽게 움직일 수 있는 능력 이상으로 충격을 주어서도, 외부의 어떤 힘도 절대 용납할 수 없기 때문이다. "조심해주세요!" 그 순간, 그들의 지적인 눈초리가 모두 내게로 향했다. 나, 레지던트, 빈센트 모두가 지나치게 진지해진 순간이었다. 그리고 나도 모르게 이렇게 결론을 내렸다. "그렇지 않으면 당신들을 죽여버릴 거예요!"

앳된 얼굴의 남자 레지던트조차 약간 긴장하는 듯 했고, 내 마지막 결론을 어떻게 받아들여야 할지 어리둥절 하는 것 같았다. 그 순간, 다행스럽게도 빈센트는 치아 교정기가 다 보이도록 환환 미소를 지었고, 레지던트들도 비로소 웃음을 터트렸다. 좀전의 긴장된 분위기는 눈 녹듯 사라졌다. 그리고 나머지 시간 동안 나는 교대로 문진하러 오는 레지던트 팀들에게 아주 명랑한 목소리로 "아이의 팔 다리를 무리하게 움직이면 당신을 죽일 거예요!"라고 경고를 주었다. 레지던트들과 동행하던 한 간호사는 나를 보고는 웃으며 이런 인사까지 해주었다. "멀리서 레지던트들을 죽여버리겠다고 말하는 소리를 들었어요. 그래서 도대체 뭘 하지 말아야 하는지 궁금해서 보고 있었어요."

나는 신참 의사들이 빈센트에게 질문하는 것을 지켜보았다. 젊은 동양인 레지던트가 빈센트의 손을 촉진해보더니 손톱을 보자고 했다. 여기까지는 대개 평범하다. 반점이 있니? 아니오.

잠은 잘 자니? 다른 의사가 묻는다. 잘 자요. 소화는 잘되고? 예. 너는 너무 똑바로 앉는 것 같구나. 좀 뻣뻣하다고 할까? 파란 눈의 여자 의사가 메모를 한다. 등이 아프니? 아뇨(지금은 아니다). 등을 만져 봐도 될까? 또 다른 의사가 물었다. 조심하세요! 내가 끼어든다. 그 의사는 아주 부드럽게 손가락을 움직였다. 빈센트 등뼈의 굴곡, 추가로 형성된 골화된 융기와 도톰하게 부어 오른 곳, 딱딱한 나무의자에 기댈 수도 없고 친구랑 수영장에 가도 혼자서 티셔츠를 벗기 힘들게 하는 한쪽 어깨의 돌기들을 만졌다. 최고의 전문가로 성장할 레지던트들이었지만, 처음으로 FOP환자를 살펴보면서 한참 동떨어진 질문만 하고 있었다.

　"언제부터였는지는 안 물어보나요?" 내가 또 끼어들었다. 빈센트는 아홉 살이 되었을 때라고 이야기했다. "더 악화되는 이유가 뭔지도 물어보지 그래요?" 내가 또 끼어든다. 빈센트는 친절하게 설명했다. "외상요. 넘어지거나 부딪치거나, 특히 주사 바늘 등의 외상 등에 의해 심해져요. 하지만 그런 외상이 없어도 증상은 그 자체로도 더 악화될 수 있어요." 의사들이 물었다. "현재 질병이 진행되고 있나요? 시간이 지날수록 더 나빠지나요?" 빈센트는 이 질문에 대해서도 담담하게 대답했다. "예." 빈센트는 병이 환자들마다 다른데, 아주 빠르게 진행되는 사람도 있다고 설명했다. 아홉 살에 다리를 절기 시작한 빈센트는 사실 운이 좋은 편에 속한다. 왜냐하면 대개 FOP는 아장아장 걷기 시작할 때부터 증상이 나타나기 때문이다. 이 경우 두 살 때부터 넘어지거나 부딪치지 않도록 해야 한다. 나는 빈센트가 질문에 아주 쉽고 자연스럽게 대답하는 것을 보자 묘한 안도감이 들었다. 내 아들은 내가 FOP를 받아들이는 방식과 전혀 다른 방식으로 받아들이고 있었다.

"누가 빈센트에게 걸어보라고 부탁하지 그래요?" 헨릭슨 박사가 다른 침상을 돌고 오더니 물었다. 아무도 빈센트에게 걸어보라고 부탁하지 않았다. 침상 위에 앉아 다리를 건들거리고 있는 아이가 절룩거리며 걷는다는 것을 쉽게 상상할 수 없는 것일까? 다행히 FOP는 빈센트의 성장을 방해하지 않았다. 동그스름한 얼굴에 반짝거리는 갈색 눈동자를 가진 아이는 침착하고 아주 잘생긴 소년으로 자라고 있었다. 빈센트는 키가 크고 호리호리한 편으로 바람 앞에 서 있는 포플러 나무를 연상시킨다. 그러나 FOP는 빈센트의 꽉 조여진 갈비뼈에 포도덩굴 같은 돌기들을 만들어놓았고, 그 결과 빈센트는 등을 굽히거나 숙일 수도, 머리를 빗질할 만큼 팔을 들어 올릴 수도 없다. 해가 갈수록 골반의 유연성도 줄어들었다. 빈센트는 타고난 운동실력이 있어서 FOP가 아니었다면 아버지나 다른 형제들처럼 펄펄 뛰는 스포츠맨이 되었을 테지만, 지금은 FOP의 갑작스런 공격을 이겨내는 데 그 능력을 사용하였다. 남들처럼 걸을 때 앞뒤로 팔을 흔들 수 없는 빈센트는 손으로 보이지 않는 힘의 균형을 잡으면서 엉덩이부터 다리 전체를 한꺼번에 올리듯 보행을 한다. 마치 통나무가 걸어가는 것처럼 말이다.

"저 정도로 엉덩이 골화(骨化)가 진행된 사람이 저렇게 제대로 걷는 것은 거의 기적이라고 할 수 있죠." 언젠가 물리치료사가 이렇게 말했다. "이론적으로, 빈센트는 저런 식으로 균형을 잡고 걸을 수 없습니다." 그러니까 빈센트가 균형을 잡고 걸을 수 있는 기적은 바로 그의 정신이고 의지 덕분인 셈이다.

빈센트는 일어나 걸어보라는 레지던트의 요청에 따라 침상에서 내려왔다. 눈에 띌 정도로 절룩거리는 모습이 마치 부상을 입은 참전용사 같았다. 레지던트들은 빈센트의 움직임을 유심히 관찰했다. 이후에도 그들은 계속해서 류머티스와 관련된 질문들을 던졌는데, 짚어도 너무 다른 곳만 짚는 것 같아서 나는 스무고개 놀이 하듯 힌트를 던져주었다. 그러면서도 나는 그들이 빈센트에게 어깨 높이 이상으로 올릴 수 없는 팔을 올려보라고 하거나, 뒤에서 오는 차를 피하기 위해서는 특별한 거울이 필요할 정도로 움직이기 힘든 목을 돌려보라고 할 때마다 "조심, 조심" 하며 호들갑을 떨었고, 그때마다 빈센트는 미소로 넘겼다. 그들은 FOP의 단서를 찾고 있었지만 전혀 다른 곳으로만 접근하고 있었고, 나는 이 레지던트들은 내가 가르치는 학생들이 아니라는 사실을 자꾸 망각하고는 뭔가 가르치려 들었다. 어쨌든 레지던트들은 물론이고 빈센트 역시 흥미를 느끼고 있었다.

"빈센트한테 신발 좀 벗어보라고 하지 그래요." 내가 말했다.

들쭉날쭉 자라난 등의 돌기 때문에 빈센트는 자기 손으로 신발을 벗을 만큼 허리를 구부릴 수 없다. 대신 숱한 연습의 결과로 발가락 쪽부터 신발을 벗었으며, 똑같은 방법으로 양말도 벗었다. 모두 신기해하는 표정이다.

"발이 커서 그런 방법으로 신발을 벗나요?" 갈색머리의 젊고 예쁜 레지던트가 물었다. 나는 빈센트가 그 레지던트를 좋아한다는 걸 알 수 있었다. 빈센트는 아니라는 뜻으로 고개를 저었다. 내가 또 끼어들었다. "발가락을 잘 살펴보지 그래요." 그러자 그 젊은 의사는 자신의 엄지와 검지로 조심스럽게 빈센트의 발가락을 만지기 시작했다. 그리고 고개를 들었을 때, 그녀의 눈빛은 새로운 사실을 알아낸 듯 반짝였다. "엄지발가락에 관절이 거의 없네요." 그녀가 조용히 말했다. 그 젊은 여자 의사는 여러 의사들 중에서 처음으로 빈센트가 갖고 있는 이형을 알아차렸다. 그 누구도, 심지어 빈센트의 엄마인 나조차도 지난 9년 동안 모르고 있었던 발가락의 이형을 말이다. 1995년 가을, 헨릭슨 박사가 발견하기 전까지 나는 빈센트의 발가락이 이상하다는 것을 전혀 알지 못했다. 다른 젊은 의사들도 빈센트의 엄지발가락을 촉진한 후 비로소 찾았다는 표정으로 자리에서 일어섰다. FOP처럼 희귀병인 경우에는 환자가 의사를 가르쳐야만 한다.

그때 우리가 UCSF 병원 컨퍼런스 홀에 있던 것은 행운이었다. 우리에게는 의사들에게 FOP를 교육시킨다는 이유보다 더 절박한 이유가 있었는데, 당시 빈센트의 엉덩이에 FOP가 발화하여 진행되고 있었기 때문이다. 빈센트는 리더십 캠프에 참가했다가 무박 이틀이라는 프로그램 덕분에 엉덩이가 뻣뻣해지고 급기야 통증을 느끼기 시작했다. 그래서 새로운 약물로 빈센트의 엉덩이 마비를 치료할 수 있는지 확인할 필요가 있었다. 프레데릭 카플란*Frederick Kaplan*박사와 에일린 쇼워*Eileen Shore*박사는 미국의 유일한 FOP 연구실인 펜실베이니아 의과대학 연구실을 이끌고 있었다. 이곳에서는 FOP, 그리고 FOP와는 정반대로 뼈가 다시 형성되지 않는 질병인 '골형성부전증'의 치료약인 파미드로네이트 *pamidronate*에 대해 오랫동안 연구해왔다. FOP는 근육이 생겨 신체가 운동성을 상실해서 굳어지는 병이다. 그래서 이론적으로 파미드로네이트는 뼈에 녹아들어가 뼈의 형성을 방해한다지만 아직 그런 효과가 있는지 확인할 수가 없었다. 그러던 중 이탈리아, 이스라엘, 영국에서 임상실험에 성공한 사례가 있어서 펜실베이니아 대학팀의 연구자들도 FOP를 치료하는 데 그 약물을 고려한 것이다.

마침내 레지던트들이 돌아가자 헨릭슨 박사가 빈센트를 살펴보았다. 엉덩이의 통증은 예전보다는 꽤 완화된 상태였는데, 이제까지 여러 차례의 실험적 시도와 오류를 통해 복용한 약물들이 어느 정도 효과를 거두고 있는 것처럼 보였다. 그러나 헨릭슨 박사는 더 이상 새로운 치료법을 신용할 수 없다고 결론 내렸다. 나는 한 번 더 해보자고 주장하지도 않았고, 그렇다면 다른 방법은 있느냐고 목소리를 높이지도 않았다. 빈센트의 주치의들은 나의 이런 인내심에 고마워한다. 왜냐하면 파미드로네이트는 우리가 그때까지 시도해보았던 다른 어떤 약물과도 달랐기 때문이었다. 이 약물은 부작용이 있어서 고열이 나거나, 며칠 동안 병원을 들락거리며 몇 시간이나 정맥주사를 맞아야 했다. 사실 나는 솔직히 이 약물을 더 써보지 않아도 된다는 말에 안심하기도 했다.

빈센트와 나는 기분 좋게 이날 UCSF 병원에서 열렸던 메디컬 컨퍼런스를 떠났다. 그러나 역설적이게도 누구보다 과학에 소질이 있는 빈센트는 이 학교에서 주최하는 고등학생 대상 여름 인턴십 프로그램에 지원했다가 얼마전 불합격 통지를 받았다. 나는 통지를 받은 이후 고집 센 개처럼 물고 늘어지는 근성을 살려 재도전 했다. 거의 만점에 가까운 빈센트의 학교성적과 여러 사람들에게 받은 훌륭한 추천서, 병으로 인해 시간에 쫓기고 있다는 사실을 이야기하며 수없이 많은 전화를 걸고, 지방 공무원들, 멀리는 행정가들과 대학관계자들 앞으로 무수한 청원서를 보냈다. 그리고 나의 대학 동료들, 언젠가 의사가 될 빈센트의 선배가 되어줄 그 누군가에게 편지를 쓰고 또 썼다. 그리고 마침내 UCSF 의과대학의 총장실의 도움으로 응답을 얻게 되었다. 그 프로그램의 담당자가 빈센트의 자료들을 보고 싶다고 연락해온 것이다. 그래서 나는 새로 이사를 오느라 집 안 어딘가에 쌓아둔 상자와 상자더미를 헤집었고, 내가 찾을 수 있는 모든 서류들을 그러모아 팩스로 보냈다.

"자료가 많을수록 가능성도 커져." 남편의 말이었다. 남편 월트는 변호사이기에 이런 종류의 일을 어떻게 해결할 수 있는지 잘 알고 있었다.

그해 6월은 '뼈의 달'이라고 불러야 할 만큼 뼈와 관계된 사고가 많이 일어났다. FOP가 빈센트의 골반 뼈를 공격해왔고, 열아홉 살인 브라이언이 학교에서 누군가에게 심하게 얻어맞은 것이다. 몇 주 동안 금속 보철로 턱뼈를 고정시키고 완치되자마자 학교 학생도 아닌 남자가 대학 농구코트에서 브라이언과 농구점수를 가지고 다툼을 벌이다 뒤에서 크게 한방 먹이고는 도망쳐버렸다는 것이다. 그러나 불운의 진자는 여기서 멈추지 않았다.

브라이언이 6주 동안 의료관을 통해 유동식만 먹다가 드디어 핫도그를 먹고 나서는 '내 인생 최고의 날'이라고 기뻐하던 날로부터 1주일 후, 우리 집에서는 또 다른 뼈의 재앙이 닥쳐왔다. 나는 우리가 이사 온 집의 침실에 앉아 있었다. 히말라야 삼목과 브라이언과 그의 친구들이 마당에 스프링클러를 설치하겠다고 파놓은 앞마당의 고랑이 내려다보였다.

나는 책상에 앉아 UCSF로 보낸 빈센트의 추천서를 뿌듯한 마음으로 감상하고 있었다. 그때, 저 멀리서 누군가 울고, 크게 소리치는 소리가 들리더니 이내 점점 더 내 방 쪽으로 가까워졌다. 열네 살의 둘째 아들 루카스가 소리쳤다. "이사벨이 다쳤어요!" 나는 기껏해야 무릎이 까졌거나 부딪쳐 멍이 들어 얼음찜질이면 충분하겠지 하고 생각했다. 그러나 여섯 살 이사벨의 주근깨 얼굴은 거의 홍당무가 되어 있었고, 왼쪽 팔은 팔꿈치 쪽에서 뒤틀려서 옆으로 대롱거리고 있었다. 그 순간 내가 할 수 있는 최선은 기절하지 않는 것이었다.

"괜찮아, 괜찮아, 괜찮아. 자, 이제 병원 가자. 괜찮아. 정말 괜찮아, 괜찮아, 괜찮아!!"

열한 살의 셀린은 현관문에 서서 덩달아 울고 있었고, 빈센트는 낮잠을 자고 있었는지 노곤한 표정으로 방에서 나왔다. 루카스는 막내 이사벨을 현관 쪽으로 데리고 나갔고, 나는 몽롱한 상태로 자동차 열쇠와 지갑을 집어 들었다. 그 순간에 어떻게 이런 사고가 일어났는지 이해하는 것은 거의 불가능한 일이었다. 아이들의 두서없는 설명 사이에서 내가 알아낼 수 있는 것이라곤 이사벨이 움직이는 의자 위에 서 있다가 다른 사람이 받쳐주기도 전에 떨어졌다는 것이었다. 나는 루카스에게 이사벨의 팔이 더 이상 구부러지지 않도록 의자에 앉히지 말라고 부탁했다. 빈센트가 가는 아동병원까지 가기에는 너무 멀었지만, 근처에 역시 좋은 병원이 있었다. 새 집으로 이사 와서 처음 그 병원으로 가는 셈이었다.

엄마인 나보다도 빈센트가 겪는 내밀한 고통과 싸움에 대해서 더 잘 아는 동생 루카스는 아주 침착하게 여동생의 손을 잡고 안정시켰고, 팔이 흔들리지 않고 가만히 있도록 도와주었다. 한편 나는 나의 침착한 성품을 유지하려 애쓰면서 어디에 있는지 감을 잡을 수 없는 병원을 찾느라 허둥거렸다. 나는 급하게 지나가는 사람을 불러 세웠다. "어떻게, 어디로, 어떤 길로 가야 응급실인가요?" 그 사람의 대답을 이해한 것은 나 아닌 루카스였다.

우리는 일단 응급실 로비로 들어섰고, 나는 소리를 질렀다. "아이가 팔이 부러졌어요!"

"팔이 부러진 거야?" 불쌍한 이사벨이 울먹이다가, 놀랐다가, 이내 경직된 표정으로 바뀌었다. "응, 아니, 아닐 수도 있어." 나는 희망적인 목소리로 아이를 진정시켰다. 그러나 뼈가 제자리

에 있지 않다는 것을 확인하기 위해 굳이 엑스레이를 찍을 필요
는 없는 상황이었다.

내 희미한 기억을 더듬어보자. 덧니에 면도도 하지 않은 남자
간호사가 이런 저런 절차를 이야기하자 나는 곧 마음이 다급해
졌고, 남자 간호사가 '주사'라는 말을 거칠게 몇 번 내뱉자 이
사벨은 더 큰 소리로 울어댔다. 나도 마찬가지였다. 도대체 의
사는 어디 있는 거야? 나는 반드시 전문가를 찾아야 했다. 나는
헨릭슨 박사에게 전화를 했다.

다섯 아이의 엄마로서, 나는 응급실이 어떻게 돌아가는지 잘
알고 있었다. 일단 응급실에 도착하면 맨 앞쪽에서 기다린다.
그리고 조그만 플라스틱 팔찌를 주거나 번호표가 적힌 스티커
를 주는 창구에서 기다린다. 그리고 나면 간호사가 지시하는 곳
에서 기다린다. 대기실에서 또 기다린다. 검사실에서도 기다린
다. 또 다른 간호사를 기다린다. 그리고 의사를 기다린다. 두번
째 의사를 기다린다. 더 기다린다.

그러나 이 문제에 관한 한 나는 다른 의사를 찾기로 했다. 이
사벨은 두꺼운 커튼으로 구역이 나뉜 침상으로 옮겨졌지만, 나
는 한시라도 더 빨리 수를 써야했다. 나는 휴대전화를 꺼냈다.

"교환입니다." 남자 목소리였다.

"헨릭슨 박사님과 통화할 수 있을까요?"

"지금은 라이트 박사가 담당인데요."

"좋아요." 나는 젊은 남자 교환수에게 내 이름을 알려주었다.

"환자이름은요?"

"여자 아이가 그분의 환자는 아녜요. 아이의 오빠인 빈센트가 주치의 선생님의 환자죠. 빈센트는 희귀 유전질환을 앓고 있어요."

"만약 등록된 환자가 여자 아이 본인이 아니라면 현재 상담 대기자 목록에 넣을 수 없는데요."

"헨릭슨 박사님도, 라이트 박사님도 내가 누구인지 잘 안다고요. 그리고 지금은 비상상황이에요!"

"글쎄요. 환자 본인이 이곳에 등록돼 있지 않다면 좀 곤란….."

"당장 라이트 박사님을 대줘요!"

"죄송합니다만 그렇게 할 수는 없습니다. 캐롤" 수화기 저편의 젊은 교환원이 내 이름을 불렀다. 나는 막내딸의 팔을 내려다보았다. 흔들거리고 있었다. 나는 두 조각난 조그만 뼈 사이를 지날 신경에 정신이 아득해졌다. 그리고 이사벨은 내가 맨 처음 의심한 것처럼 벤치에서 떨어진 게 아니라 사무용 의자에서 떨어진 것이었다. 뭐, 어디에서 떨어졌든 이사벨은 이 조그만 병원의 의료기술보다 더 고난도의 기술이 필요한 상황이었다. 그것도 아주 빠른 시간 안에. 나는 전화 교환원에게 내 전화번호를 말하고 라이트 박사님을 어서 연결해달라고 부탁했다.

"무슨 문제가 있으신데요, 캐롤?" 교환원은 그렇게 물었다. 물론 업무상 당연한 질문이었겠지.

"그건 당신이 알 바 아녜요!" 나는 설명할 시간이 없었다. 하지만 그는 원칙만을 내세우면서 자꾸 내 이름을 불러댔다.

"당신 이름은 뭐죠?" 나는 젊은 남자의 말을 끊으면서 말했다.

"브라이언요." 그는 명량한 말투로 말했다. 내가 전화통을 붙들고 있는 동안 이사벨은 아주 끔찍할 정도로 창백해져 있었다. 도대체 의사들은 어디 있는 거야?

"무슨 브라이언이죠?" 우리 큰 아들 이름과 똑같다. 잊어 먹지는 않을 이름이다. 그때 루카스가 응급실로 들어왔다. 도대체 의사는 어디 있는 거냐고?

"좋아요, 브라이언. 아무튼 아무런 도움이 안 되어줘서 고맙군요." 그러고 나서 나는 전화를 끊었다.

"왜 형한테 그렇게 얘기해요?" 루카스가 묻는다.

"아냐, 우리 브라이언이 아니야." 까만 눈동자의 루카스는 알쏭달쏭한 표정이다. 그러자 그때, 나는 루카스를 보자마자 다른 생각이 떠올랐고 전화번호를 눌렀다. 두세 번 정도 신호음이 가자, 남자 아이의 목소리가 들렸다.

"존이니? 나는 루카스 엄마야. 아빠 지금 전화 받으실 수 있니?" 그러자 존은 엄마를 바꿔주었다. 그녀 또한 의사였다.

의사! 존은 루카스와 같은 학교 같은 반의 친구다. 존의 아버지인 조셉 제라르디 박사는 소아 정형외과 의사였다. 그냥 소아 정형외과 의사가 아니라 세계 최고의 외과 의사였고, 루카스가 존이 같은 반이 되기 전에 빈센트의 절룩거림을 진단했던 전문의 중 한 사람이었다. 물론 그는 세계에서 최고인 소아정형외과 의사이지만 빈센트가 절룩거리는 이유를 찾을 수가 없노라고 FOP에 항복하기도 했지만 말이다. 그러나 그는 빈센트를 제대로 진단할 수 있는 다른 의사를 소개시켜 주었는데, 그 의사는 단 한번 빈센트를 보고는 그때까지 들어보지도 못했던 FOP라는 병명을 우리에게 알려주었다. 제라르디 박사는 정확하게 병명을 알아낼 수 없을 때 다른 전문가들처럼 쩔쩔매면서 무슨 복잡한 수술을 시도해보려고 하지도 않았고, 오히려 빈센트의 다리를 아예 못쓰게 할 수도 있는 무리한 테스트를 하지 못하도록 했다. 나는 생검(biopsy: 환자의 병이 있는 부위의 조직을 약간 잘라내어 직접 눈이나 현미경으로 관찰하는 일-옮긴이 주) 때문에 거의 목이 앞쪽으로 굳어진 FOP 아이들을 많이 보았다. 영구적으로 절룩거리게 된 한 소녀는 배 아래쪽으로 흉터가 길게 나 있었다. 이것은 불필요한 테스트의 결과였고, 아들 빈센트는 다행히 제라르디 박사 덕분에 지금껏 제대로 걸을 수 있다.

나는 전화기를 붙들고 제발 그가 저녁식사 중이 아니길 바랐다. 그의 저녁 식사를 방해하고 싶지는 않았으니까. 커튼 저편에서 남자 아이의 목소리가 들렸다. "엄마? 병원에서는 휴대전화 쓰시면 안 되요."아, 그렇지.

존의 엄마에게 사정을 말하고 남편에게 연락을 부탁한다고 전한 후 전화를 끊었다. 곧 조치가 취해질 거라는 의사의 말을 들었지만, 나는 아직도 제라르디 박사가 시간이 있는지 궁금했다. 존의 엄마는 남편을 찾으려고 여기저기 수소문하고 있었다. 공중전화를 이용해서 다시 교환수 브라이언에게 이야기해야 할지도 모른다고 생각했다.

침상 곁에서 고민하고 있는데, 루카스가 아빠를 데리고 나타났다. 하느님, 감사합니다. 빨간 머리칼에 강인한 정신의 소유자인 남편 월트는 막내딸의 팔이 대롱거리는 걸 본 순간에도 눈빛 하나 흔들리지 않았다. 살아가면서 여러 가지 어려움도 겪었지만 월트와 함께 하면 모든 것이 더 쉬워졌다. 남편은 날카로운 방향감각과 지혜를 갖고 있었다. 이사벨이 복도 저쪽에서 막 엑스레이를 찍고 나왔다. 나는 의사가 불이 들어온 패널에 엑스레이 필름을 끼워 넣는데도 차마 그 사진을 볼 수가 없었다.

그때 아주 민첩하고 파란 눈을 가진 남자가 그 방으로 들어왔다. 내가 그렇게 애타게 찾았던 존의 아버지, 제라르디 박사였다! 제라르디 박사는 이사벨의 엑스레이 필름을 보더니 상황을 잘 알겠다는 표정으로 "오케이"라고 말하고는 이사벨의 등을 토닥거렸다. 이사벨은 그제야 아주 용감한 표정의 아이가 되었다. 제라르디 박사는 이사벨이 당장 수술실에 들어가 팔꿈치에 핀을 박아야 한다고 설명했다. 이제 우리는 요정이 사는 성, 센트럴 캘리포니아 아동병원으로 갈 수 있게 되었다. 제라르디 박사는 수술실 앞에서 또 볼 수 있을 터.

"감사합니다." 나는 제라르디 박사에게 감사의 표사로 포옹을 했고 월트는 악수를 나누었다. "저희가 귀찮게 해드린 건 아닌가요?" 내가 물었다. 때는 거의 저녁식사 시간이었다.

"그렇지 않습니다. 오히려 저를 찾아주셔서 영광인데요."

병원의 당직의사는 아동병원으로 이송되는 동안의 안전을 위해 이사벨의 팔에 부목을 대었다. 그의 눈빛은 나에게 이렇게 말하는 듯 했다. '어쨌든 원하시던 전문의한테 진단을 받았고 수술

까지 정했으니 이젠 한숨 돌리시죠. 커피라도 한 잔 하시면서.’

그의 눈빛에 나는 “같은 학부모거든요”라고 말했다. 나는 이사벨의 오빠가 FOP라는 병을 갖고 있고, 그래서 우리가 알던 제라르디 박사를 찾았다고 구구절절하게 말하지는 않았다. 담당 의사는 탄력성 있는 살색 붕대를 조심스럽게 감으면서 말했다. “제가 듣기로는…,”

“엄마!” 그때 루카스가 응급실의 처치실 문을 열더니 말했다. “라이트 박사님과 통화할 수 있어요.” 교환수 브라이언이 제대로 일을 한 모양이었다. 아무래도 그의 엄마 역시 이름을 제대로 잘 지은 것 같았다.

아무튼 이사벨이 의자에서 떨어진 순간부터 제라르디 박사가 우리에게 기도나 하고 있으라고 말하고 수술실에서 나오면서 수술은 완벽하게 되었다고 말한 순간까지, 여기에 걸린 시간은 불과 4시간이었다. 응급실 역사에 길이 남을 엄청난 속도의 응급처치였다.

II

간절히 바라는 것은 의외로 가까이 있다
2003년 7월

❋ FOP 발병이 좀 잦아지는가 싶더니, 이번에는 목에 다른 돌기가 생기더군요. FOP라는 녀석은 도대체 숨 쉴 틈조차 주려고 하지 않는 것 같아요. 저는 아들 루카스에게 너무나도 미안한 마음이 들었습니다. 아이는 아프다는 말조차 제대로 하지 않았죠. 세 살 난 루카스는 고통을 너무나도 잘 참아주었지만, 한편으로는 우리 아들이 세상에 태어나 알게 된 게 고통뿐인가 하는 생각이 들어 힘들더군요. 루카스는 차를 탈 때마다 자세를 바꾼다거나 하여 잘 적응하고 있죠. 그리고 뭐든지 예전과 조금씩 달라지는 몸 상태로 주변상황에 잘 적응하고 있습니다.

—루카스의 엄마 디 위트모어*Dee Whitmore*. 루카스, 3세. 2세에 FOP를 진단 받음.

나는 학생들에게 프랑스 작가인 앙드레 브레통 *Andre Breton* 이 정의한 초현실성의 개념에 대해 강의하고 있었다. 그는 '초현실성'이란 해부용 테이블에서 바느질 기계와 우산을 동시에 목격할 수 있는 우연이라고 정의했다. 같은 공간에서 만날 수 있는 가능성이 별로 없는 사물의 만남은 어떻게 보면 두 번이나 세계전쟁을 치룬 20세기의 혼란함을 표현한다. 그러나 이 초현실성은 FOP의 진단과 치료법 사이에 있는 우리 가족의 삶을 반영하는 것이기도 하다.

FOP에 대한 기사를 썼던 캘리포니아 지역 신문사의 한 기자는 필라델피아에서 카플란 박사와 마주쳤던 때를 회상했다. 기자가 YWCA에서 운동을 하고 나오는 길이었고, 인터뷰할 장소를 찾아 근처 우체국 사무실로 들어가야 했다고 한다. "평범한 만남은 아니었죠." 그녀가 말했다. 물론이다. FOP와 관련된 것들은 일상적이거나 익숙하지 않은 방식으로 일어난다. FOP 아이를 둔 엄마인 내 친구 코니 그린은 오페라 가수로 분장을 미처 지우지도 못한 채 응급실로 달려간 적도 있었고, 언젠가 카플란 박사는 큰 사슴 머리와 각종 트로피로 가득 찬 엘크스 클럽(Elks Club : 미국자선사교애국단체─옮긴이 주)에서 빈센트를 진찰한 적도 있었다.

나는 때때로 이런 초현실적인 상황에 넋을 잃기도 하지만, 눈앞의 현실 속으로 나를 이끌어준 것은 빈센트였다. 그다지 오래 전 일도 아니다. 2주일 사이에 우리 집 냉장고가 고장 나고, 전기가 나갔으며, 전기오븐에 불이 나고, 집안 경보장치가 제멋대로 작동하고, 수도 공급장치가 멈춘 적이 있었다.

"아마도 내가 지금 FOP에 대해 글을 쓰고 있어서 그럴 거야." 나는 진지하게 그렇게 말했다. "두뇌도 전기 에너지로 움직이는데, 진짜 내 머리의 회전 때문에 이런 일이 일어날 수도 있잖아?" 이런 내 설명에 대해 우리 집 건설업자는 재미있어 했다. 그러나 빈센트는 과학자였다. "전기가 통하려면 특별한 통로가 필요해요. 엄마 뇌와 다른 장치들 사이에 연결된 통로가 뭘까요?"

FOP라는 초현실성이 현실에 나타난 것은 1996년 더운 여름밤이었다. 그때는 빈센트가 이미 FOP라는 진단을 받은 때였고, 이사벨이 태어난 직후였다.

보통 때처럼 아이들과 잠자리 실랑이를 하던 때였다. 아래층의 거실에서 나는 아주 이상한 것을 발견했다.

"빈센트, 너 등 다쳤니?" 나는 아홉 살 빈센트가 셔츠를 벗는 모습을 보고 물었다. 나는 그때서야 처음으로 신체의 엉뚱한 부위에 엉뚱한 돌기가 나 있는 것을 보았다. 살구씨 정도 크기의 조그만 돌기가 척추가 시작되는 부분에 있었다. 다쳤냐는 내 물음에 빈센트는 고개를 저었다.

그 다음날, 나와 빈센트는 가족의 주치의인 와인버그 박사를 찾았다. 의사는 돌기를 아주 조심스럽게 촉진했다. "등 다친 적 있니?" 이번에도 빈센트는 아니라고 대답했다. 그 조그만 돌기가 그리 불길해보이지는 않았다. 'FOP가 드디어 자신의 정체를 드러내는 것일지도 몰라.' 나와 와인버그 박사는 그렇게 생각했다. 물론 아닐 수도 있었다.

그날 밤, 여전히 걱정이 가시지 않았던 나는 친정 엄마에게 전화를 했다.

"병이 시작되려는 거 같아요." 나는 낮은 목소리로 겨우 잠이 든 이사벨을 깨우지 않으려고 속삭였다. 나는 2층방 구석에 앉아 창문 밖에 펼쳐진 황금 밀밭을 바라보았다. 그러나 그날 저녁 내 눈에는 초조한 낯빛에 엉클어진 머리칼의 내 모습만이 캄캄한 유리창에 비쳐 보일 뿐이었다. 바로 내 모습이었다.

"뭐가 시작한다는 거야?" 어머니가 물었다.

"그 병이요" 나는 아직도 병명을 제대로 발음하기 힘들어했고, 그로부터 몇 주, 몇 달 혹은 몇 년 동안 우리가 무엇을 알게 될지 감을 잡을 수 없었다. 나는 걱정스러웠다. 평소 걱정이 많은 성격이지만 그 이상으로 걱정스러웠다. 그러나 만약 앞으로 어떤 일이 닥칠지 알았더라면 나는 아마도 종이봉투에 얼굴을 묻고 충격으로 인한 구토를 참아야만 했으리라. "있잖아요. 그 FOP."

"구체적으로 무슨 일이 일어난 것은 아니잖니, 그렇지?" 어머니는 내가 빈센트의 등에서 본 돌기에 대해서 이야기하자 그렇게 말했다. 그리고는 우리가 어려서 겪은 무수한 사마귀, 종기, 돌기, 찰과상 등에 대해 이야기했다. 어머니의 말이 맞는지도 모른다. 아직 무슨 일이 일어난 것은 아니잖아? FOP 진단을 받았지만 그 이후 FOP가 정체를 드러내지는 않았다. 뭔가 일을 만들지도 않았다. 빈센트는 그저 다리를 약간 저는 아이였을 뿐이다. "초강력 연고(Ultracur)를 사용해봐." 어머니의 충고였다.

어머니는 아르헨티나에서 보내준 마법의 연고를 써보라고 채근
했다. 대구(大口)의 간으로 만든 것으로, 기저귀 발진부터 뱀에
게 물린 데까지 모든 상처에 효험이 있다는 연고였다. "너 그
연고 사용하지 않는구나. 그렇지? 성수(聖水)도 안 쓰지?"

나는 어머니가 주신 프랑스 루르드 *Lourdes*(프랑스 남서부에 위
치한 소도시로 치료의 영험이 있는 성수로 유명하다-옮긴이 주)지방
의 성수를 빈센트의 등에 뿌렸노라고 대답했다. 조그만 반투명
조각상 안에 들어 있는 성수는 우리 가족에게 소중한 것이어서
조금씩 아껴 쓰고 있었다. "얼마나 뿌리니? 성수를 얼마씩 뿌리
고 있어?" 어머니가 물었다.

"엄마, 그건 어리석은 짓….", 그러나 나는 말을 멈추었다. 사
실 어머니는 툭 던지듯 말하는 것보다 마음속으로 훨씬 더 빈센
트를 걱정하고 있을 게 분명했다. "네. 시간마다 다섯 방울씩
쓰고 있어요." 그러자 어머니는 비로소 웃었다. 어머니가 웃으
면 모든 일이 풀리는 것 아닌가?

FOP에 대한 어머니의 입장은 옳았다. 아직 아무 일도 일어나
지 않았으니 말이다. 그리고 우리 어머니가 FOP를 염려하는
한, 어떤 일도 감히 일어나지 못할 것이다. 어머니는 예스러운
권위와 광채를 가지고 계셔서, 사람들은 어머니 앞에서는 긴장
하며 말할 때 문법까지 신경을 쓰곤 한다. 한번은 남편 월트와
함께 소피아 로렌이 나오는 쇼를 보는데, 남편이 '장모님은 꼭
소피아 로렌 같아'라고 말할 정도였다.

그러나 FOP는 그 무엇 앞에서도 무릎을 꿇지 않았다. 심지어

우리 어머니가 갖고 있는 이 세상의 권위와 광채조차도 힘을 발휘하지 못했다. 그 이후 몇 주 동안 빈센트의 등에 난 살굿빛 돌기는 위치를 바꾸며 등뼈를 따라 내려갔고, 오른쪽에 새로 커다란 돌기를 만들었다. 그러는 동안 우리는 자주 주치의를 찾았고, 의사는 빈센트에게 진통제를 처방했다. 이것이야말로 첫번째, 그리고 실질적인 FOP의 공격이라는 것을 알 수 있었다. 그 전까지 빈센트가 보인 증상은 불규칙적인 것이었기에, 앞으로 이 병이 앞으로 더 이상 진행되지 않을지도 모른다고 희망했었다. 그러나 현실은 그렇지 않았다.

"엄마, 팔이 아파요." 빈센트는 걸을 때 보이지 않는 줄이 한쪽 손을 잡아당기는 것처럼 아프다고 말했다. 나는 아들의 울퉁불퉁한 등을 차마 볼 수 없었다. 그리고 아들에게 줄 수 있는 것이라고는 진통제뿐이라는 사실에 절망했다.

그런데 돌기가 어느 날 가라앉기 시작했다. 그런데 더 끔찍한 것은 빈센트가 오른쪽 팔이 제대로 못 쓰게 됐다는 것이다. 빈센트는 찬장에 있는 유리컵을 꺼내기 위해 팔을 뻗는 대신 발돋움을 해야 했고, 수업시간에 손을 들 때도 왼손을 사용했다.

1996년만 해도 FOP에 효과가 있다는 치료법은 전혀 존재하지 않았다. 나는 마치 중세의 암흑시대를 살고 있는 것 같다고 친구들에게 그렇게 호소했다. 나는 아이들이 자라면서 귓병이나 감기 혹은 복통 등을 겪으면 의사를 찾아서 항생제, 항바이러스성 약품, 항경련제 등으로 해결해온 데 대해서 나름대로 자부심을 가지고 있었는데, FOP에 대해서는 '항FOP' 같은 것이 아예 존재하지 않았다. 현대에 이런 병에 대해서 아무것도 할 수 없다는 것은 정말 절망적인 일이었다. 양처럼 소심한 내가 어떻게 이런 일을 감당하지? 어떻게 버틸 수 있을까?

빈센트의 인턴십 신청 - 2004년 7월

큰 아들 브라이언은 부러진 턱뼈를 잇는 철심을 빼자마자 학업을 위해 칠레로 떠났다. 그리고 시간이 지나면서 이사벨은 생일에 맞춰 다행히 그 파란색 깁스붕대를 뗄 수 있었다. 우리는 소아정형외과 진찰실에 앉아 있었다. 작은 얼룩무늬가 그려진 바닥, 중국, 세이셸 공화국, 세인트 빈센트 등의 작은 나라까지 포함한 만국기가 줄줄이 걸려있는 벽. 이 병원에 드나드는 아이들 중 세이셸이 인도양에 있는 독립국가라는 것을 아는 아이는 아마도 빈센트가 유일하지 않을까. 그러므로 그 나라 국기가 잘못되었다는 것을 알아채는 사람도 없을 것이다.

"아마 오렌지색이 노랗게 바랬나보지." 빈센트가 그 섬나라 국기색이 틀렸다고 지적하자 남편이 이렇게 대답했다. "오렌지 빛깔이 바랜 거라면 왜 다른 나라 국기의 노란 색과 똑같죠?" 빈센트의 반론이다. "그래, 우리 빈센트는 정말이지 과학적인 머리를 가지고 있구나." 아빠는 결국 빈센트의 논리적인 반박에 즐거운 듯 두 손을 들고 만다.

그때 간호사가 네모난 진공청소기처럼 윙윙거리는 기계를 이리저리 작동시키기 시작했고, 이사벨은 의심스러운 눈초리로 기계를 쳐다보았다. 간호사는 이사벨을 검사 테이블 위에 옆으로 눕혔고, 기계는 더 큰 소리로 윙윙거리기 시작했다. 이사벨은 두 눈을 동그랗게 떴다.

"무서워요." 나 역시 기계의 날이 움직이며 돌기 시작하자 적잖이 긴장되었다. 그러나 훌쩍이던 이사벨은 어느새 간지럽다는 듯이 깔깔대고 있었다.

"간지러워!" 이사벨이 소리쳤다. 기계는 한동안 팔이었던 깁스를 두 동강 냈다. 이사벨의 팔꿈치는 아직 부자연스럽긴 했지만 완벽하고 정상적인 모습이었다.

"이거 기념으로 가져갈래?" 간호사가 파란색의 깁스붕대를 들고 물었다. 이사벨은 고개를 저었다. 그때 우리를 도와주었던 제라르디 박사가 이사벨의 팔꿈치 뼈를 이었던 금속 핀을 꺼내기 위해 펜치처럼 생긴 도구를 들고 들어왔다. "우리 집 창고에 있는 거 하고 비슷하네." 이사벨은 못 미덥다는 표정으로 작은 주근깨투성이 얼굴을 찡그렸다.

제라르디 박사는 핀의 한쪽을 단단하게 집고는 무슨 장신구를 떼듯이 자연스럽게 핀을 빼냈다. "엑스레이 결과는 아주 좋은데." 그러자 이사벨은 의기양양한 미소를 짓는다.

"하지만 당분간은 조심해야 한다. 인라인스케이트도 안 되고, 콘크리트 바닥 위에서 뛰는 것도 안 돼." 넘어지는 일은 절대 안 되었다. 제라르디 박사는 우리 가족이야말로 외상의 위험함을 잘 알고 있으리라 생각할 것이다. 다행히도 이사벨의 팔꿈치는 일상적인 활동을 통해 예전처럼 정상으로 돌아갈 것이다.

이사벨과 나는 아동병원을 떠났다. 집에 도착하자, 우리는 부러진 팔에 대해 마지막 처방약으로 이사벨에게 핫도그와 친구, 젤리 만드는 도구를 선물했다. 이 프로젝트의 주관자는 물론 빈센트다. 빈센트는 이사벨과 친구 레이첼이 설탕가루와 젤의 양을 재고, 모양을 만들고, 지렁이 모양의 젤리가 만들어질 때까지 기다리는 걸 도와준다. 다른 사람에게는 암호처럼 보이는 '만드는 법'을 인내심을 갖고 그대로 따라하는 건 우리 가족 중 빈센트가 유일하다.

7월 하고도 몇 주가 지났을 무렵, 빈센트는 근처 국립공원에서 열린 리더십 캠프에 참가했다. 딱딱한 잠자리에서 하룻밤을 보내고 난 후, 빈센트는 엉덩이 쪽 근육이 뻣뻣해졌다고 전화가 왔다. 월트는 엉덩이가 배긴다는 좁다란 간이침대 이야기를 듣고는 빈센트를 데리러 공원으로 갔다. 나는 화가 났다. 충분히 걱정하고 염려하지 않았던 내 자신에 대해서 화가 난 것이다. 빈센트가 신체에 무리를 주지 않는 편안한 침대에서 잘 수 있도록 미리 신경 쓰지 않은 점에 대해서 화가 났다.

"왜 아무한테도 얘기하지 않았어?" 나는 빈센트에게 아이스팩을 건네주면서 말했다. 빈센트는 아쉬운 게 있어도 결코 다른 사람이 신경 쓰게 하는 아이가 아니었다. 그러나 앞으로는 다른 사람을 좀 성가시게 하는 일도 배워야만 할 것이다. 대학생활과 남은 인생을 위해서 말이다.

새로 등장한 FOP의 공격, 신체적 고통, 약물의 부작용, 캠프에서 먼저 돌아와야 했던 일들이 빈센트를 힘들게 했다. 당시 나는 UCSF의 인턴십 자리를 얻지 못한 일 때문에 여전히 여기저기 팩스를 보내고, 전화하고, 이메일을 쓰고 있었다. 물론 탈락된 이후에도 기회를 잡기 위해 노력하는 사람은 나뿐만이 아니었다. 다른 학부모들도 그 프로그램에 참가하기 위해 질기게 접촉하고 있었다. 그러나 다른 사람보다도 내가 더 많은 사람들을 성가시게 할 것이다. 더 오랫동안. 나는 항상 학생들에게 이렇게 말한다. '만약 여러분이 뭔가 중요한 것을 원한다면 질기게 물고 늘어져요. 만약 누군가가 '안 되요'라고 말한다면 다른 사람을 찾아서 다시 요청하세요.' UCSF를 지치게 하려는 내 계획이 과연 성공할 수 있을까? 이에 대한 대답은 빈센트가 그 프로그램에 어떻게든 참가하려고 도전하기 전날에 일어난 사건에서 찾을 수 있었다.

어느 늦은 오후 겨울날, 빈센트, 셀린, 이사벨과 나는 병원 본관에서 멀리 떨어져 있는 아동재활센터를 막 떠나려던 참이었다. 주차장에서 차 쪽으로 걸어가면서 나는 열쇠를 꺼냈다. 그러나 운전석에 앉아 운전대를 잡은 그 순간, 나는 그 건물에 아직 볼 일이 남았음을 깨달았다. 나는 빈센트에게 여동생들과 차에 앉아 있으라고 하고는 건물로 들어가서 화장실이 어디 있는지 물었다.

화장실에서 나왔을 때, 사무실은 깜깜했고 현관문은 바깥에서 잠겨 있었다. 다들 퇴근했는지 아무도 보이지 않았다. 나는 건물 내부의 전화기를 이용해서 차에 있는 빈센트에게 전화를 했고, 아동재활센터와 좀 떨어진 병원 본관에 연락해서 나의 상황을 알리도록 했다. 25분 후, 정복을 입은 한 신사가 두툼한 열쇠 뭉치를 들고 유리문 반대편에 나타났다. 그는 문을 열고 들어와서는 나를 이상하다는 듯 쳐다보았다.

"퇴근할 때는 저 아래쪽 문을 사용하는 걸 몰라요?" 그가 내게 물었다. 나는 환자의 보호자라고 말했다. "따라오세요." 그는 어두운 복도를 따라 걷더니 고무공과 장난감이 가득한 방으로 들어갔다. 그 방은 나도 잘 아는 방이었다. 그 방 한쪽에는 출입문이 있었는데, 다행히 열려 있었다.

"이 문은 생각하지 못했어요." 나는 바보가 된 느낌이었다. 그 남자는 웃으면서 내게 문을 열어주었다. 그게 전부였다.

그리고 나는 엊그제 이 현관문 에피소드를 다시 떠올렸다. 그러나 그 순간 이내 다른 생각이 떠올랐다. 건물에 갇혀 잠긴 문을 두드리고 있을 때, 바로 옆에 항상 봐오던 비상문이 있는데도 알지 못하고 쩔쩔맬 때, 그저 인내심 있게 기다린다면 누군가 우리를 그 비상문으로 인도할 것이라는 걸 깨달은 것이다.

빈센트가 고등학생 대상의 UCSF의 여름 인턴십을 신청했던 2월로 거슬러 올라가보자. 앞서 말했듯이 위치의 프레즈노 *Fresno* 시에서 열릴 예정이었던 UCSF 인턴십은 과학과 수학을 좋아하고 앞으로 의사가 되고 싶어 하는 빈센트에게는 아주 딱 맞는 프로그램이었다. 성적도 우수했고 추천서도 더할 나위 없이 훌륭했다. 그렇기 때문에 몇 달 후, 프로그램 담당자에게 불합격이라는 통지를 받았을 때 뭔가 잘못되었음을 깨달았다. 그것이 비록 75명의 뛰어난 학생들 중에 12명만을 뽑는 힘든 과정이었다 하더라도 말이다.

나는 곧 인턴십 행정 보조원에게 전화를 했다. 가련한 그녀는 그날 하루 종일 나와 같은 생각의 학부모로부터 걸려온 똑같은 전화에 시달린 상태였고, 통계수치와 걸려온 준비된 설명만을 해줄 수 있을 뿐이었다. 나는 빈센트가 떨어진 것은 순전히 실수요 오류라며 반박했다. "하지만 이미 다 결정이 된 일이거든요." 담당자는 또박또박 대답했다.

나는 그녀의 말에 지지 않고 그 프로그램을 담당하는 지역 책임자에게 편지를 썼다. "75명중에서 12명이라는 수치는 아무런 의미도 없습니다. 빈센트는 FOP라는 희귀한 질병과 싸우면서도 삼각법 수업에는 A+, 그리고 거의 만점에 가까운 내신성적을 얻었습니다. 그리고 빈센트는 이백만 명 중 한 명이지요." 하지만 아무런 답장도 오지 않았다.

나는 다시 행정 보조원에게 전화를 했다. 그녀는 내가 강의하는 대학의 한 생물학자가 이 프로그램의 참여자, 즉 멘토 *mentor* 중 한 사람이라는 정보를 주었다. 나는 그 생물학자 동료에게 팩스를 보내고 전화를 하고 이메일을 보냈다. 그러자 그 생물학자는 빈센트를 그녀의 팀에 끼워줄 가능성이 있는지 알아보겠노라고 약속했다. 하지만 그 후 아무런 답장도 받을 수 없었다. 그리고 나는 또 여러 명의 의사에게 사정을 설명했다. 누군가는 자진해서 지역의 UCSF 프로그램 담당자에게 상황을 중재해달라고 요청했지만 내가 들었던 것과 똑같은 대답을 들었고, 또한 누군가는 당시 해외에 나간 자신의 파트너가 돌아오면 빈센트의 멘토가 되어 줄 수 있을 것이라고 말했다. 하지만 그 의사의 파트너는 제 시간에 돌아오지 않았다.

UCSF 의학교육회의 책임자로부터 어떤 대답도 듣지 못해 실망한 나는 다시 UCSF 의과대학의 학장에게 다시 편지를 썼다. 학장은 내가 보낸 간청서를 샌프란시스코의 책임자에게 회송했는데 그 사무실에서 내게 전화를 해서는 유감을 표시했다. 그 순간 나는 정확하게 책임자가 무엇을 어떻게 할 수 있는지 물었다. "일단 책임자가 말하는 것은 그대로 실행됩니다." 나는 이 말을 내 아들에게 우호적인 배려가 있을지도 모른다는 의미로 새기기로 했다. 내가 강조한 대로 빈센트처럼 시간과의 싸움을 하고 있는 아이들이 거두는 결과물은 역기를 몸에 달고 마라톤을 하는 올림픽 선수와 맞먹는 것이기 때문이다.

이에 용기를 얻은 나는 더 많은 이메일과 팩스를 보냈다. 의과대학의 학장에게 탄원서를 보내고 받은 것은 아무것도 없었다. 이렇게 탄원서를 보내고 2달 후, 지역 프로그램 책임자로부터 유감과 사과의 말은 들었지만 인턴십 참가허가는 받지 못했다.

그것이 전부였다. 나는 포기했고, 이제까지 돈키호테처럼 풍차와 바퀴와 승률 없는 싸움을 치룬 나 자신에게 화가 났다.

하지만 잠겼다고 생각했던 그 문은 결코 잠긴 것이 아니었다. 나는 드디어 다른 쪽으로 나 있는 문을 발견했다. 재활센터 안에서 늘 열린 채로 있었던 비상문을 곁에 두고 그저 나를 그 문으로 인도할 누군가를 기다리기만 하면 되었던 것처럼.

인터십 참가를 위해 여기저기 전화와 편지를 하고 난 후, 같은 동네에 사는 오랜 친구인 줄리에가 전화를 했다. 자기 친구가 컴퓨터에 새로운 소프트웨어 프로그램을 설치하는데 누군가 도와줄 사람이 필요하다는 것이다. 그리고 이렇게 물었다. "빈센트가 컴퓨터에 아주 능숙하니까 그 사람을 좀 도와줄 수 없을까?"

빈센트는 곧 줄리에의 친구에게 전화를 했는데, 놀랍게도 그 친구는 캘리포니아 대학의 '의학교육과 연구를 위한 라틴인 센터'의 연구원이었다. 줄리에의 친구이며 내과의사인 프레시아도 박사는 당뇨병을 치료하는 교육 프로그램을 실행하면서 고등학교 학생들로 이루어진 연구 팀의 멘토까지 맡고 있었다. 그녀는 빈센트가 UCSF 인턴십에 참가해서 함께 당뇨병에 대해서 연구하고 의료교육 프로젝트를 만드는 데 협력할 수 있는지, 그리고 여름뿐만 아니라 졸업할 때까지 계속 공부할 수 있는지 물었다. 나는 정말 깜짝 놀랐다!

빈센트가 프레시아도 박사와 통화한 후에, 나는 그녀에게 그녀가 제안해준 그 프로그램은 내가 몇 달 동안 두드리며 열리기만을 고대했던 바로 그것이라고 말했다. 높은 사람들의 사무실마다 시끄럽게 두드려댔지만, 정작 내가 해야 할 일이라고는 나의 단짝친구 줄리에의 전화를 기다리면 되는 것이었다. 늘 열려 있었던 그 문은 바로 내 코앞에 있었고, 나의 오랜 친구는 기꺼이 나를 그 문으로 인도해주었다.

나는 알고 있다. 우리가 숭고한 이유를 갖고 노력, 에너지, 열정을 다해 닫힌 문을 두드리면, 신은 우리에게 아주 멋진 날을 선사해준다는 것을. 그저 앉아서 누군가 열쇠 꾸러미를 가지고 닫힌 유리문 반대편으로 나타나기를 기다리면 되는 그런 날 말이다.

III

누군가의 걱정이 짐이 될 때
2003년 8월~9월

✳ 여섯 살이 된 에린은 학교의 정글짐에서 자기가 이해하지 못해요. 왜 놀 수 없는지 다른 친구가 물어보면 뭐라고 제대로 설명도 못하죠. 하루는 영원히 이러고 싶지 않다면서 이렇게 말하더군요. "엄마, 예전의 팔을 가지면 정글짐에서 놀 수 있어요?" 아이한테 뭔가 이야기를 하려고, 아이를 좀 다독거리려고 했지만 무슨 말을 해야 할지 모르겠더군요. 무기력했어요. 마음이 산산이 찢어지는 것 같았습니다. 앞으로 무슨 일이 일어날지, FOP가 어떻게 진행될 지도 모른 채 제가 할 수 있는 일이 아무것도 없다는 것을 잘 알아요. "만약 그때가 되면…." 이 정도 선에서만 이야기할 수 있을 뿐이죠. 그래도 운이 좋은 것은 에린은 긍정적인 태도를 가졌다는 점이에요. 늘 웃고, 어떻게 대처하는지 잘 알고, 또 어떤 상황에도 적응한답니다. 덕분에 저는 항상 웃을 수 있어요.

— 에린의 엄마 로리 댄저*Lori Danzer*. 에린, 6세. 생후 10개월에 FOP를 진단 받음.

내가 사는 곳은 캘리포니아 주 프레즈노 시의 외각 지역이다. 약 20여 년 전 우리가 이곳에 처음 왔을 때, 이곳은 전형적인 카우보이 마을로서 여기저기 널린 말뚝과 더러운 거리, 널찍한 현관에 평평한 지붕을 가진 목조건축물이 로데오 경기장 아래쪽으로 늘어서 있었다. 그러던 것이 몇 년에 걸쳐 개발이 이어져 새로운 건물이 들어섰는데, 남편은 디즈니랜드 스타일이라고 싫어했지만 나는 영화에나 나올 법한 깨끗한 모습을 아주 좋아했다. 벽돌 건물의 외관, 줄무늬 차양과 초록 혹은 붉은 벽이 드리워진 가게, 혹은 여름이면 가족단위로 모이곤 하던 주말 시장 앞의 모조 자갈 바닥이 오히려 정겨웠다. 세 살의 빈센트는 어느 금요일 저녁에 그 모조자갈 바닥위에서 아주 흥거워하며 춤을 추었다.

어느 날 갑자기 나타났다가 갑자기 사라지고 신체의 어느 부분을 움직이지 못하게 만들지만 또 어떤 부분은 가만히 놔두는 등 종잡을 수 없는 FOP의 특징과 그 충격 때문에 우리 아이들 역시 그 질병의 이름조차 제대로 꺼내기 어려워했다. 큰 아들 브라이언이 FOP를 알게 된 지 2년이 지났을 때, 학교 교장선생님은 반 친구들에게 동생이 앓고 있는 병에 대해서 할 말이 있으면 하라고 브라이언에게 기회를 주었다. 브라이언은 일어서긴 했지만, 아무 말도 할 수가 없었다고 한다. 하지만 그 일을 계기로 브라이언이 FOP에 대해서 머뭇거리거나 제대로 설명을 못하는 일은 두 번 다시 없었다. 반면 셀린은 FOP에 대해서 이런 저런 표현을 많이 한 아이에 속했다. 셀린이 네 살 때 오빠 빈센트가 절룩거리기 시작했다. 네 살이라는 나이는 뭔가 잘못되었다는 것을 충분히 구별할 수 있을 정도의 나이였고, 또 아무 거리낌 없이 직접 말할 만큼 어린 나이이기도 했다. 셀린은 브라이언이나 빈센트가 실제적으로 말로 할 수 없었던 단어들을 사용했고, 태어나면서부터 FOP라는 것을 듣고 자랐던 이사벨은 오빠의 질병을 발음하는 데 심리적인 불편함 같은 것을 느끼지 않는 듯 했다. 이사벨은 언젠가 이렇게 말했다. "나는 빈센트 오빠가 FOP를 가지고 있어서 슬퍼."

어느 날, 셀린은 오빠 빈센트가 치르는 FOP와의 전투가 일반적인 장애와 어떻게 다른지 알게 되는 기회가 있었다. 어느 날 오후, 나는 낮잠을 자려고 침실에 있었다. 가슴에 책을 얹고 잠이 들었는데, 그때 방문을 두드리는 소리가 들렸다.

"엄마, 남자 아이가 사탕을 팔려고 왔어요." 셀린이 문을 열고 고개를 들이밀며 말했다.

"사탕은 필요 없는데."

"그치만, 엄마." 셀린은 더 고개를 내밀고는 약간 더 큰 목소리를 냈다. "그 아이는 앞을 못 봐요."

푸른 바다빛인 아이의 눈동자에 순간 어두운 그늘이 졌다. 우리 가족으로서 장애를 가진 아이를 그냥 돌려보낼 수는 없었다. "가서 잔돈 좀 가져오렴." 나는 그렇게 말하고는 졸음을 떨쳐냈다.

셀린은 동전을 한 움큼 가지고 현관으로 갔다. 현관에는 빨간 머리의 주근깨 소년이 있었다. 아홉 살이나 열 살 정도로 셀린의 또래였다.

"축구팀 기금을 모으기 위해 사탕을 팔고 있어요." 한 손으로는 보드지로 된 상자의 손잡이를 잡고, 다른 한 손으로는 강아지를 묶은 끈을 잡고 있었다. 소년의 뒤쪽으로는 학년이 조금 높아 보이는 다른 남자 아이가 서 있었다.

나는 아몬드 초콜릿 바를 두 개 샀다. 남자 아이는 고맙다는 인사를 하고는 현관을 미끄러지듯 빠져나갔다.

"왜 그 아이가 앞을 못 본다고 생각한 거지?" 나는 부엌 식탁에서 책을 읽고 있던 셀린에게 물었다. 그러자 셀린은 나를 올려다보더니, 약간 당황해하는 목소리로 말했다. "왜냐하면 그 남자애가 고개도 안 돌리고 창문 쪽만 똑바로 쳐다보며 말했거든요. 그래서 앞을 못 보는 줄 알았어요."

나는 수수께끼의 비밀을 풀었다. 아홉 살이나 열 살 정도 먹은 사내아이라면 금발에 푸른 눈을 가진 또래 여자 아이를 똑바로 보지 못한다는 사실을 셀린이 어떻게 알 수 있었을까? 하지만 셀린의 사랑스런 마음 씀씀이는 똑바로 잡혀가고 있었다.

FOP가 처음 발견됐을 때, 나와 남편은 빈센트에게 '네가 외상을 입기라도 하면 FOP는 근육 속 어딘가에 또 다른 뼈를 생겨나게 할 수 있다'는 점을 가능한 한 정확하게 설명해주었다. 빈센트는 이 무시무시한 가능성에 대해 그 또래의 아이들이 이해할 수 있을 만큼 이해했고, 너무나 많은 이야기를 구체적으로 해주는 것이 오히려 안 좋을 것 같아서 더 길게 이야기하지는 않았다. 하지만 빈센트는 알고 있었다. 인라인스케이트나 스케이트 보드, 혹은 농구나 축구는 앞으로 결코 안 된다는 것을. 빈센트는 어려서부터 생각이 깊은 아이여서 정글짐이나 이층침대에서 뛰어내리는 일이 없었다. 형 브라이언과는 딴판이었다. 그래도 금기사항은 분명히 말해줘야 했고, 그 금기사항은 침착한 빈센트에게도 고통스러운 것이었다. 다른 형제들이 친구들과 자전거를 타러 나갈 때면, 빈센트는 왜 나만 이래야 하느냐고 반항하기도 했다. 그래서 우리는 세발 자전거를 샀고, 빈센트는 별 재미 없이 그걸 타고 근처 슈퍼에 다녀오곤 했다. 나와 남편처럼 빈센트 역시 모든 것을 무조건 받아들여야 하는 상실감에서 벗어나지 못하자, 우리는 아동 심리학자를 찾아갔다.

나는 전문가는 아니지만 몇 가지 개인적인 조언을 해주고 싶다. 먼저 우울한 색조나 장식품을 걸어놓은 상담가가 아니라, 낙관적이고 시원시원한 장식을 좋아하는 상담가를 찾아가기를 권한다. 상식과 전통적인 지혜와 확신을 가진 사람을 찾기를 권한다. 전문가 교육을 지나치게 받은 나머지 무엇이든 먼저 의심부터 하는 현대적인 사고방식의 사람은 금물이다. 그리고 에너지가 넘치고 낙관적인 영혼의 소유자를 찾기를 바란다. 짧게 말하자면 인지적인 행동변화 치료법 훈련을 받은 사람을 찾아야지, 교과서만 읊어대는 사람은 피해야 한다는 소리다.

몇몇 어른 FOP 환자들에게 들은 바에 의하면, 나이가 어린 아이들의 경우 FOP의 금지사항들을 덜 고통스럽게 느낀다고 한다. 왜냐하면 그 아이들이 알고 있는 것은 이제껏 살아온 짧은 시간뿐이고, 아직 겪어보지 않은 일들에 대한 금지사항은 별다른 의미가 없단다. 그런 경우, 힘든 쪽은 부모다. 나이에 상관없이 FOP는 누구에게나 힘들지만, 빈센트는 아주 어린 나이도 아니고 어른도 아닌 딱 중간의 나이였기 때문에 더욱 힘들어했다. 빈센트가 아홉 살이었을 때, 나는 일종의 예방을 위해서 금지사항을 일러주었다. 국제 FOP 협회(International FOP Association : IFOPA)의 회장이자 너무나도 멋진 여성인 지니 피퍼*Jeannie Peeper*는 내게 이렇게 말했었다. "저희 부모님은 제게 무슨 잘못이 있어서 FOP에 걸린 게 아니라며 저를 키우셨죠."

1996년 7월 빈센트가 만 10세가 되던 즈음, 처음으로 FOP가 정체를 드러내고 더 이상 추상적인 금지사항에 그쳐서는 안 된다는 것을 깨달은 그때에, 우리는 빈센트에게 더 많은 정보가 필요하다는 것을 절감했다. 예전의 금지사항과 설명은 대략적인 것뿐이었다. 그래서 월트와 빈센트는 아버지 대 아들로 진지한 대화를 했다. 물론 FOP가 그 자체로 잔인한 교훈을 주었던 터라 월트는 별달리 많은 것을 덧붙일 필요는 없었지만, 그래도 아버지로서는 힘든 대화였다. 당연히 빈센트는 자신만 왜 그래야 하는지 이해할 수 없었고 남편은 아무런 대답도 할 수 없었다.

"하느님께서 모든 것을 보살펴주실 거야. 그리고 우리에게는 아직 희망이 있어. 카플란 박사님의 연구실에서 치료법을 알아내기 위해서 많은 사람들이 노력하고 있단다. 앞으로 크게 진보할 가능성이 있어. 물론 그렇지 않을 가능성도 없다고 할 순 없지만." 월트는 빈센트를 위로했다. 아이를 최악의 경우로부터 보호하기 위해 고통을 감수할 때, 비로소 우리는 최선의 것을 기대할 수 있으리라.

우리는 같은 캘리포니아 주에 사는 FOP 환자인 샤이의 엄마인 수잔으로부터 진심어린 위로와 충고도 받았다. 샤이는 FOP를 이겨내고 버클리 대학을 졸업했다. "내 영혼에게 어두운 밤이란 그리 많지 않았어요." 수잔은 어느 날 아침 전화를 걸어와 그렇게 나를 확신시켜주었다. 그 후로 나는 항상 수잔의 말을 가슴에 새기게 되었다.

1996년 FOP때문에 빈센트의 오른쪽 신체부위에 문제가 생겨 오른팔을 못 움직이게 된 이후, 거의 1년은 아무 일 없이 잠잠했다. 빈센트는 학교에서 특별한 조치 없이도 그럭저럭 지낼 수 있었다. 수업 중에 오른손을 들어야 할 일만 아니라면 아무도 빈센트에게 이상한 점을 찾아낼 수 없을 정도였다.

그러나 세상 사람들에게 FOP를 알려야겠기에 교실마다 돌아다니면서 이제 5학년이 된 빈센트의 사진을 보여주며 아이들이 이해할 수 있도록 설명을 해야지 하고 마음먹었던 그 즈음이었다. 어느 날 학생들을 위한 FOP 설명문을 미처 다 준비하기도 전에 아주 열정적인 영혼을 가진 빈센트가 다니는 학교의 교장선생님이 스피커를 통해 학교 전체에 빈센트에 대한 모든 것을 설명해버린 것이다. 말하자면 학교 전체에 경고문을 낭독하신 셈이다. 그녀의 목소리가 운동장, 복도, 교실에 울려 퍼졌고, 빈센트 주변에서는 무조건 조심하라는 내용이었다. 밀거나,

발을 걸거나, 치거나, 부딪치는 모든 일이 금지된다는 엄포였
다. "만약 여러분이 농구를 하고 있는데 빈센트가 지나가야 된
다면 게임을 멈추세요." 교장선생님은 학생들에게 명령했다.
말 그대로 모든 걸 확실하게 짚고 넘어간 것이다.

아이들을 데리러 학교에 간 나는 브라이언의 친구가 알려준
덕분에 교장선생님이 빈센트와 FOP의 문제를 공개적으로 드러
냈다는 것을 알게 됐다. "제가 만약 빈센트였다면 좀 당황스러
웠을 거예요." 큰 아이의 친구는 그렇게 말하면서 어깨를 으쓱
했다.

'그렇다면 빈센트에게 어떻게 이야기한담.'

빈센트와 루카스, 브라이언은 하얀 회벽 건물에서 나와 다른
학생들이 터주는 길을 지나고, 도로가 담장을 따라 몇몇 아이들
과 학부모들을 지났으며, 수녀님들을 지나쳐서 차 쪽으로 걸어
왔다. 나는 차 안에서 아이들이 오는 모습을 천천히 지켜봤다.
셀린은 돌돌 말린 수채화 물감 하나를 꼭 쥔 채 조용히 앉아 있
었고, 막내 이사벨은 유아용 카시트에 앉아 자고 있었다. 좀 전
에 들었던 이야기를 돌려 말하든지 간에 아이한테 어떤 말부터
꺼내야 할지 난감했다.

그리고 빈센트가 차 뒷좌석에 가방을 던져 넣었을 때 이렇게
말했다. "교장 선생님의 말씀을 어떻게 생각해?"

그러자 영리하게 생긴 빈센트의 갈색 눈이 잠시 멍해졌다. 곧
무슨 말인지 알아차린 빈센트는 이렇게 대답했다. "사실 무슨
말씀을 하시는지 잘 못 알아들었어요." 학교 스피커는 소음으로

유명했고, 당시 빈센트는 청력에 조금 문제가 있었다. 나중에서야 알게 될 사실이지만 청력 저하 역시 FOP와 관련이 있었다. '문제가 해결되는 방식에는 참 재미난 면도 있네.' 나는 속으로 그렇게 생각했다. 그리고 지금도 그런 면을 마음 속에 새기고 있다.

1997년 여름과 가을에 FOP는 두 번째 공격을 시작했는데, 이후 그때의 증상은 거의 1년 가까이 빈센트를 괴롭혔다. 두 번째 FOP의 공격이 가져다준 염려와 공포, 고통을 겪어가면서 빈센트는 자신을 지켜줄 수호천사를 갖게 되었다. 바로 작은 체구에 검은 머리칼, 친절함이 밴 갈색 눈동자에 우리가 무슨 제안을 이야기하면 한 걸음 더 나아가 더 새로운 아이디어를 제시하시는 빈센트의 6학년 담임선생님인 파울리나 수녀님이셨다. 물론 다른 학년 선생님들 역시 모두 빈센트를 보호해주셨는데, 그중 빈센트는 빈센트에게 과학에 대한 사랑을 심어주신 카터 선생님께 깊은 애정을 가지고 있었다. 또 7학년 선생님인 클럽톤 선생님은 빈센트를 가리켜 이 세상에서 자신이 가장 존경하는 인물 중 하나라고 치켜세우곤 하셨다. 실제로 스페인에 계실 때 신체가 굳어가는 질병을 겪는 환자를 곁에서 지켜보신 적이 있었다.

파울리나 수녀님은 빈센트가 팔을 제대로 쓸 수 없자 숙제를 쓰는 대신 말로 대신할 수 있게 도와주셨고, 시험 치르는 걸 또 옆에서 도와주셨다. "빈센트는 아주 영리해요. 특별히 시험이 필요하지 않을 정도랍니다." 수녀님은 그렇게 말씀하시곤 한다.

수녀님은 전문적인 치료사들과 학교 지역 인사들을 기꺼이 학교로 불러들였고, 모두가 교장실 사무실에 주기적으로 모이곤 했다. 그들은 실제 학교에서 활용할 수 있는 체육 교육 장비들, 아이디어, 해결책 등을 가져왔고, 카탈로그와 담당자 이름, 전화번호를 알려주었다. 파울리나 수녀님이 학교로 데려온 사람들은 우리에게 큰 도움이 되었다. 간혹 빈센트가 그들의 도움을 부담스러워 할 때도 있었지만 그들은 주의 깊게 빈센트를 살폈다. 한번은 책상과 의자가 빈센트에게 맞지 않자 파울리나 수녀님은 새로운 책상과 푹신한 회전의자를 준비해주셨다.

그 뿐만이 아니었다. 파울리나 수녀님은 수많은 사회 저명인사들, 교회 목사, 우리 구역의 주교님, 미국의 대통령에게까지 편지를 보냈다. 그리고 전 세계의 FOP에 대한 연구 자료가 펜실베이니아에 있는 세계적인 연구소에 축적될 수 있도록 해달라고 호소했다.

파울리나 수녀님은 빈센트의 체육 교육 지도사의 든든한 동맹군이 되어주기도 했다. 빈센트의 체육 교육 지도사인 리사 선생님은 아이들의 체육 시간을 새롭게 개선시키는 것을 자신의 목표로 삼고 있었다. 리사 선생님은 부드러운 고무공과 스카프 게임도구, 고무 장난감을 가지고 빈센트가 다칠 염려도 없으면서 모두가 즐겁게 참여할 수 있는 새로운 놀이와 운동을 가르치셨다. 반 아이들이 운동을 하는 동안 딱딱한 벤치에 앉아 혼자서 외로움과 고통을 겪어야 할 시간으로부터 빈센트를 구해준 리사 선생님을 만난 것은 그야말로 축복이었다.

파울리나 수녀님은 종종 학교의 금요 미사에 성경을 읽는 사람으로 빈센트를 선택하시곤 하셨다. 한번은 나와 빈센트가 미사 시간에 늦게 도착한 적이 있었다. 빈센트와 함께 성당 현관을 급히 걸어 들어가 성수대에 손을 담그면서 성호를 긋고 보니 빗질을 제대로 하지 못해서 빈센트의 뒷 머리가 하늘로 솟아 있었다. 시간은 급한데 빗도 거울도 물도 없었다. 나는 방금 들어온 성당 현관과 성수대를 쳐다보았다. 나는 다시 그곳으로 갔다.

빈센트가 책을 읽거나 여러 사람 앞에서 기도를 할 때는 그 목소리에서 어떤 고귀함, 경건함같은 것이 느껴진다. 초등학교 시절, 빈센트의 나직한 목소리가 성당 안에 울릴 때나, 스피커를 통해 "성부(Our Father)"라는 목소리가 흘러나올 때, 성경구절을 낭송할 때는 다른 사람들도 더 경건하게 집중하는 것 같았다. 그날 금요 미사가 끝나자 보통 때처럼 파울리나 수녀님이 빈센트를 칭찬하려고 다가오셨다.

"감사합니다, 수녀님." 나는 약간 우스운 기분이 들었다. "그런데 수녀님, 빈센트 머리를 단정하게 하려고 성수를 좀 썼어요." 그러자 파울리나 수녀님은 아무 일도 아니라는 듯 팔을 위아래로 흔들면서 이렇게 말씀하셨다. "괜찮아요. 머리에서부터 발끝까지 모두 하느님이 축복해주시니까요."

빈센트가 첫 번째 FOP 공격을 받고 최악의 시간을 보내던 6학년 시절, 집에만 있어야 했던 때가 있었다. 물론 주변 사람들은 빈센트를 아주 친절하게 대했다. 친구들은 먹을 것을 가져오고 물감과 크레용으로 정성스럽게 그린 카드를 보내주었다. 그러나 나는 아이들의 메시지를 사전에 검열해야 했다. 물론 아이들은 순수한 마음으로 빈센트가 낫기를 바라지만 "나는 네가 죽지 않았으면 해"같이 너무나도 직설적인 표현을 하는 것들이 있었기 때문이다. 한번은 이사벨의 1학년 반 친구들이 턱뼈가 부러진 오빠 브라이언에게 빨리 나으라고 격려하는 카드를 보낸 적이 있었다. 그중 한 남자아이는 브라이언이 농구 골대 아래에 서 있는 모습을 그리고 "형에게 일어났던 일이 나한테는 일어나지 않았으면 좋겠어요."라고 말한 적이 있다. 또 어떤 여자아이는 카드에 "직업(job:턱을 의미하는 jaw의 오자 - 옮긴이 주)을 잃다니 안됐어요."라고 쓰기도 했다.

아직 사춘기에 접어들기 전의 아이가 사고가 아닌 만성적인 질병을 가지고 있는 경우라면, 사람들이 별 주의 없이 보이는 친절함이 본래의 의도와는 정반대의 효과를 낼 수도 있었다. 빈센트는 6학년이 되어서 FOP라는 병 때문에 무서운 육체적 변화를 겪고 있었고, 나이 상으로 사춘기에 접어들면서 사춘기의 법칙에 따라 변하기 시작했다. 나는 빈센트가 학교 미사 중에 친구들이 스피커를 통해 쾌유를 빈다며 자신의 이름을 부르는 것을 좋아하지 않는다는 것을 알게 되었다. 그리고 사람들이 빈센트의 친구들 앞에서 빈센트를 위해 기도를 하고 있다고 이야기할 때 아주 불편해하는 것을 느낄 수 있었다.

사순절 기간이었다. 호의를 가진 학부모 두 명이 쉬는 시간에 아이들과 모여서 빈센트와 함께 기도하고 싶다고 요청했다.

"빈센트 때문에 천국에서 부지런히 날갯짓하며 움직이는 작은 영혼들을 생각해보자." 한 엄마가 곱게 모은 손가락을 살짝 떨면서 말했다. 물론 그 엄마는 선의로 그런 것이었다. 그러나 나는 어느 아이가 다른 아이를 위해 자신의 쉬는 시간까지 포기하고 싶어 할지 의심스러웠다. 그리고 그 어느 아이가 자신의 고통으로 다른 아이가 천국에 갈 수 있다는 것을 믿을 수 있을지 의아했다. 의도는 고마웠지만 소용없는 일이었다. 나는 그들에게 말은 고맙지만 사양하겠다고 대답했다.

반면 파울리나 수녀님의 정신적인 도움은 개인적인 수준을 뛰어넘었기 때문에 별다른 문제가 없었다. "만약 우리 열 명이 천국에 가게 된다고 합시다." 수녀님은 어느 날 이렇게 말했다. 그녀의 눈빛은 안경 너머에서 고통스럽게 빛나고 있었다. 수녀님은 손바닥을 바깥쪽으로 내보이고는 "천국에 도달하기 위해 왜 우리 중 한 사람이 나머지 아홉 명이 겪는 것보다 더 큰 고통을 겪어야 하는 거죠?" 우리들 중 그 누구도 그 질문에 대답을 할 수가 없었다. 하지만 학교의 오렌지색 테이블에 앉아서 그런 질문을 받았을 때, 내 안에서 새로운 움직임이 일어났다.

나는 깨달았다. 그리고 그 깨달음은 조금 더 시간을 두고 구체화되었지만 내용은 이렇다. 사람들은 FOP와 같은 특이한 상황을 간접적으로 대면하게 되면 어떻게 행동해야 할지, 무슨 말을 해야 할지 잘 모른다는 것이었다. 어떤 사람은 상대방을 불편하게 만들까 아예 아무 말도 하지 않는다. 또는 전의 학부모처럼 다소 위험한 행동을 하는 사람도 있다. 빈센트가 6학년 때 처음으로 FOP 증상을 보였을 때, 올바른 말과 행동으로 처신한 사람은 아무도 없었다. 아무도 빈센트의 안부를 물어주지 않을 때 나는 그들이 우리를 생각해주지 않는다고 서운한 감정을 갖기도 했지만, 실제 누군가가 빈센트의 안부를 물어올 때면 마음의 상처를 받기도 했다. 결국 나는 그들의 완벽한, 혹은 완벽하지 못한 인사말과 행동이 어떤 결과를 가져다주든지 상관없이 사람들의 염려 속에 깃든 친절한 의도를 순순히 받아들이는 법을 배우게 되었다.

나와 지각장이 클럽 - 2003년 8월~9월

8월 하순과 9월 초순은 우리의 피스타치오 농장의 추수시즌이다. 아동병원에서 쭉 뻗은 고속도로를 따라 조금만 가면 우리 가족의 피스타치오 농장이 있다. 뜨거운 햇빛을 피하기 위해 희끗한 머리에 야구 모자를 쓰신 아버지는 콜라 상자를 들고 밭고랑 여기저기를 걸어 다니시며 멕시코인 노동자들에게 소다수를 건네주시곤 하셨다. 수로가 이어진 과수원 가장자리에는 조그만 지게차가 있고, 지게차는 피스타치오가 가득 든 통을 들어 올려 트럭에 쏟아 붓는다. 피스타치오는 기다란 트럭 위에 황금빛 물처럼 쏟아져서는 이내 둥근 언덕을 만든다.

나는 피스타치오를 사람 손으로 따는 게 아니라는 것을 불과 몇년 전에 처음으로 알았다. 시끄럽게 윙윙거리는 기계로 수확을 하는데 방법은 이랬다. 먼저 기계에 달린 손 같은 장치가 나무를 꼭 붙잡고 흔든다. 그럼 기계 옆에 달린 쟁반 위에 열매가 우수수 떨어지는데, 과수원 전체 수확에 불과 3일밖에 걸리지 않는다고 한다. 먼지 자욱한 대낮에 피스타치오 나뭇잎과 가지가 마구 흔들리는 광경은 무척이나 생경하다. 월트는 나무를 흔드는 것이 예술 같다고 말하기도 했다. 열매가 떨어지면 보호경과 먼지 방지용 마스크, 모자가 달린 셔츠 차림의 일꾼들이 피치타치오 파편을 솎아내기 시작한다. 월트는 기계가 가는 길을 따라갔고, 아버지가 내게 소개시켜준 루이스와 후안은 다른 밭고랑을 따라 걸으면서 한 번 더 흔들어야 할 나무를 가려냈다. "너무 많이 나무를 흔들어대면 앞으로 아예 열매가 달리지 않죠?" 나는 그들에게 스페인어로 말했다. 그러자 그들은 고개를 끄덕였다. "사람이랑 똑같네요." 내가 이렇게 말하자 그들도 알았다는 듯 미소를 지었다.

6월 '뼈의 달'이 몇 달이나 지났건만, 내 몸과 마음은 여전히 떨리고 공허한 느낌이었다. 이사벨이 팔을 부러뜨리고, 브라이언은 턱뼈를, 빈센트가 다리를 다친 그 1달 동안 나는 혼란스러움을 떨쳐버릴 수 없어, 먼지 자욱한 과수원을 하릴없이 돌아다니고 있었다. 새로 지은 우리 집 거실에서 미처 풀지도 못한 이삿짐 상자가 먼지로 뒤덮히는 걸 보면서도 하릴없이 돌아다녔다. 그러나 월트는 그 어느 때보다도 에너지가 넘쳐보였다. 농장의 건강한 노동 속에서 자란 사람의 모습 그대로였다.

피스타치오 수확이 끝나자 월트는 지저분한 우리 집 뒷마당에서 또 분주하게 돌아다녔다. 남편은 상하수도 파이프를 묻고 아이들과 함께 꽃밭을 만들었다. 빈센트는 그 모습을 조용히 지켜보고 있었고, 브라이언, 루카스, 그들의 친구인 라파엘, 디미트리, 스토렐리 형제들은 꽃을 심을 자리를 정하고 진흙 실은 수레를 들고 왔다 갔다 했다. 그리고 담장 아래쪽에 어린 잔목과 덩굴식물을 심고, 삼나무 묘목을 심을 자리를 정하고, 물을 주고, 갈퀴로 흙을 모으고, 옮기고, 마무리를 했다.

피스타치오 수확이 끝나면 2주 연속으로 두 아들의 9월 생일이 우리를 기다리고 있다. 우리 가족은 매년 9월에 세 번의 생일 파티를 치른다. 아이들이 자라는 동안, 나는 아이들의 반 친구들을 위해 수없이 많은 컵케이크를 구우며 합동 생일파티를 치러야 했다. 안타까운 일은 브라이언이 20세 생일을 집에서 보내지 못하게 됐다는 것이다. 당시 브라이언은 지구의 다른 편인 페루의 마추 피추 *Machu Picchu* 등산에 참가하고 있었다. 등에는 25킬로그램이 넘는 짐을 지고 고산병으로 고생하면서 퀘추아 *Quechua* 지역의 가이드와 함께 산을 오르고 있었다. 가이드의 이름은 스페인어로 '산으로 운명지어진'이라는 뜻의 콘데나도 *Condenado*였다. 콘데나도는 가난 때문에 FOP가 악화되는 라틴 아메리카의 빈곤을 상징처럼 보여주는 사람이었다. 페루에는 마리아라는 이사벨 또래의 FOP 아이가 있는데, 이 아이는 갈비뼈가 굳어 폐로 공기를 들이 쉴 수 없어서 산소 탱크를 달고 살아야 했다. 셀린의 나이쯤 되는 호셀링이라는 아이의 가족은 교육수준이 낮아 FOP에 대한 의학적 정보를 어려워 했고 다른 가족의 설명을 들어야만 했다. 또한 브라질에는 휠체어가 없어서 친척들이 업고 다니는 환자들도 많았다.

하루는 스페인어 작문수업을 위해 자료를 출력하고 있는데 이사벨이 다가왔다.

"이야기 좀 해요." 이사벨은 마치 친구에게 꼭 할 말이 있는 투로 말했다.

"좋아." 내가 대답했다. 이사벨은 이야기를 할 듯 말 듯 나를 쳐다봤다. "자." 내가 운을 띄워주었다.

"오늘 하루 어땠는지 나한테 좀 물어봐줘요." 이사벨이 불쑥 그렇게 말했다.

"오늘 어땠는데?"

"나-빴-어"

"안 좋았어?"

"안 좋았어!"

"왜?"

"숙제 때문에."

"무슨 숙제?" 그러자 이사벨은 별 말 없이 종이 한 장을 내밀었다. '나는 늦지 않도록 노력할 것이다. 나는 앞으로 늦지 않도록 노력할 것이다. 나는 앞으로 늦지 않도록 노력할 것이다.' 그리고 벌칙으로 이사벨은 체육시간에 교실에 남아 있어야 했다.

"그랬구나. 다행히 넌 체육 수업을 별로 좋아하지 않잖아." 나는 위로하듯 말했다. 이사벨의 굳은 얼굴 표정이 풀어지더니 평소의 개구쟁이 얼굴로 돌아왔다. 아랫니가 빠진 천진난만한 얼굴이다. 엄마 때문에 늘 지각하는 가엾은 이사벨. 앞서 말했듯이, 나는 언제나 정도만 달랐지 늘 늦게 도착한다. 게다가 이제는 아이가 다섯이니 지각하는 문제도 종전보다 5제곱으로 많아졌다. 나는 아이들 학교에서 항상 늦는 학부모로 유명했다. 아이들은 지각하고, 나 자신도 늘 늦고, 무슨 서류를 제출하는 것도 꼴찌였다. 다른 반 학부모가 혹시 내가 극장이나 농장으로 가는 현장학습 신청서를 냈는지 물으면, 학교 서무실 비서는 이렇게 말하곤 했다. "내가 아직 서류를 못 받았으니 그 분이 아직 안 내신 거죠." 나는 언제나 제일 마지막 날에 제출해야 할 서류를 들고 주차장에서 사무실로 뛰어가곤 했다.

학교 책임자가 서류뭉치를 들고 눈에 불을 켜며 우리를 쫓아다니는 일이 많기는 했지만, 나와 아이들은 그럭저럭 큰 무리 없이 학교생활을 해나갈 수 있었다. 그중에서도 나와 똑같은 처지의 다른 엄마들이 있어서 그나마 다행이었다. 우리는 늘 정보를 공유했다. 지각해서 줄 뒤에 슬쩍 끼어들거나 추가 서류를 제출하느라 서성거리면서 서로 얼굴을 익히게 된 사이였다. 우리 동지들은 누군가 "과학숙제가 내일이죠? 아니면 오늘 벌써 마감인가?"라고 물으면 자동차 불빛에 비친 놀란 사슴 같은 표정을 지었다. 항상 제 시간에 도착해서 일이 어떻게 돌아가는지 다 꿰고 있는 다른 엄마들의 대화에 낄 수 없었던 우리들은 우리만의 비밀스런 표시(손바닥을 이마에 갖다 대는 신호)로 소통을 했다. 우리는 스스로를 '지각장이 클럽'이라고 불렀다.

그중에서도 나는 이 지각장이 클럽의 마스코트였다. 그래서 나는 '규칙은 규칙이다'라는 입장을 가진 사람과 마주치면 곤란한 상황을 악화시키기 일쑤였다. 그런 일은 그 해 학기 초에도 있었다. 나는 그 일 때문에 무려 일주일을 망쳤고 빈센트와의 관계도 나빠졌다. 나는 '규칙은 규칙이다'라는 원칙을 고수하는 한 학부모 엄마에게 전화해서 이렇게 말했다. "제 손이 닿아야 하는 일이 너무 많아서요." 그러자 그 엄마는 이렇게 말했다. "누구나 다 그래요." "하지만 저흰 애가 다섯에다 한 아들은 희귀한 유전적 질병을 앓고 있다고요." 나는 이렇게 말했다. 그러자 내 옆에 서 있던 빈센트가 볼멘소리를 했다. "엄마, 나를 핑계거리로 삼지 마세요."

물론 빈센트 말이 옳다. 그 사람을 일단 X여사라고 부르자. 그 X여사는 '규칙은 규칙'이라는 원칙주의자다. 그리고 이사벨이 그날 저녁 식탁에서 고기요리를 앞에 놓고 울게 만든 사람이기도 했다. X여사는 축구장에서 이사벨에게 이렇게 말했다고 한다. 정해진 팀이 아닌 다른 팀으로 갈 거라고. 왜냐하면 내가 이사벨을 그 팀에 넣겠다고 가장 늦게 통보했기 때문이란다.

"잘 해결될 거야." 남편은 이사벨을 다독이고는 X여사의 번호를 눌렀다. 하지만 나는 그리 낙관적이지 않았다. 남편이 전화를 건 목적을 말하자, 수화기 저편에서 목소리가 들렸다. 남편은 사정을 설명하고, 상대방의 말에 동의하는 듯한 말을 간간이 하고는 전화를 끊었다. "그 팀에 들어가고 싶다면 좀더 일찍 말했어야 했다는데?" 남편은 이렇게 덧붙였다. "규칙은 규칙이니까."

"하지만 일찍 전화했어요." 나는 뭔가 제 시간에 맞춰서 일을 하면 그 일은 머릿속에 분명하게 기억하는 편이다. "만약 내가 전화하면 어떨까?" 나는 남편이 내 변호사인 양 조언을 구했다. "한번 해봐." 사실 이런 문제는 사소한 거지만, 지금 그 순간에는 무엇보다 중요했다. 축구장까지 차를 태워주는 사람도 없고, 축구경기도 못 하면 결국 이 세계의 평화는 깨지는 것이니까. 나는 X 여사에게 전화를 걸었다. 내가 미처 그럴싸한 이유를 둘러대기 전에 그녀는 안 되는 이유를 먼저 늘어놓았다. 그리고 마지막으로 결론을 내리듯 "좀 일찍 전화주셨으면 좋았을 텐데요"라고 말했다.

"일찍 전화했었다구요, X여사님. 기한이 마감되기 전에 전화했었단 말이에요." 기어를 잘못 넣고 운전할 때처럼 내 목소리에 긴장감이 묻어났다. 하지만 X여사는 좀처럼 내 말을 믿으려고 하지 않았다. 그녀는 자신이 하는 말을 그대로 실행시키는 것에 익숙한 사람이었다. 그도 그럴 것이 그녀는 대학에서 강의를 한다. 대학, 그곳은 '규칙은 규칙이다'라는 세계에 권위를 부여해주는 곳 아닌가?

"저는 석사학위를 가지고 있어요. 제 기억이 아주 완벽하지 않을지는 몰라도…."

그녀가 마지막 일격을 가하려는 순간이었다. 나는 그 순간, 살면서 단 한 번도 지각이나 추가 등록이라는 걸 해보지 않은 사람을 상대로 승리할 수 있는 기회를 포착했다. 내가 그런 기회를 맘껏 활용한다고 해서 나를 비난할 사람이 또 누가 있겠는가?

"그래요? 나는 박사학위를 가지고 있거든요." 나는 또박또박하게 말했다. "그리고 다른 사람과 나눈 대화는 거의 완벽에 가까울 정도로 기억하죠."

물론 박사학위를 가졌다고 해서 완벽에 가까운 기억력을 갖고 있는 것은 아니다. 그러나 나의 이런 반격에 너무나 뜻밖이었는지 X여사는 조금 말을 더듬으며 정중하게 이 문제를 다른 사람들과 상의해서 해결하도록 노력하겠다고 했다. 나는 X여사가 나와의 대화를 기점으로 다른 사람과 대화를 나눌 때 혹시라도 상대방이 박사학위를 갖고 있지는 않을까 조심할 거라고 믿고 싶다. 그리고 만약 나의 문학박사 학위가 이제 2학년인 우리 아이가 축구팀에 들어갈 수 있도록 힘을 발휘했다면, 학위라는 것은 내가 생각했던 것보다 훨씬 더 가치 있는 것일지 모른다는 생각을 했다.

IV

드디어 밝혀진 병
2003년 9월~10월

레이첼은 생후 19개월에 처음 FOP로 생각되는 증상이 나타났어요. 처음 열 달 동안은 약물치료를 받았어요. 아주 급격하게 진행되는 섬유종이라고 진단 받았죠. 열 달이 지나자 등에 난 돌기들이 사라졌습니다. 그리고 아홉 살 때까지 아무 일도 없었죠. 그러다가 그네에 등을 부딪친 이후 다시 돌기들이 생겨났습니다. 이번에도 약물치료와 방사선치료를 병행했는데 돌기가 더 딱딱해지더니 팔을 움직일 수 없게 되었죠. 당시 레이첼은 역시 아주 급격한 섬유종을 가졌던 것으로 생각됩니다. 그때는 가슴에 난 돌기에 방사선 치료를 할 참이었는데, 다른 의사가 레이첼을 보더니 만약 방사선 치료를 받으면 아이의 가슴 골격이 제대로 성장하지 못할 수 있다고 설명하더군요. 그러면서 당장 결정하지 말고 시간을 두고 방사선 치료를 고려하라고 권하더군요. 그런데 얼마 후 놀랍게도 돌기들이 저절로 가라앉기 시작했어요. 레이첼은 그 이후로 특별한 치료는 받지 않았습니다. 그 후 열두 살이 되어서야 비로소 FOP 진단을 받았죠.

—레이첼의 엄마 줄리 홉우드*Julie Hopwood*, 레이첼, 20세. 12세에 FOP를 진단 받음.

"나는 사람들이 '네 라고 말하고 싶어'라고 말하는 게 정말 싫단다. '네'라고 말하고 싶으면 둘러대지 말고 그냥 '네'라고 말하면 되." 남편 월트는 어떤 기억을 떠올리며 인상을 썼다. 우리는 차 안에서 파란 신호를 기다리고 있었다. "아니 도대체 '하고 싶어'가 뭐야. 그냥 '네'라고 하든가 아예 말하지 말든가." 나 역시 뭔가 대답해야 할 때는 남편이 말하는 그런 태도로 해야 한다고 생각한다. 나는 고개를 끄덕이며 파란 하늘을 쳐다보았다. "어쨌든 오늘 날씨는 아주 좋은데."

그러자 루카스가 손바닥을 펴 보이며 말했다. "오늘은 날씨가 좋다고 말하고 싶어요." 그러더니 이내 또 이렇게 말했다. "아니지, 나는 지금 이렇게 말하고 싶어 하는 것 같아요. 오늘 날씨는 너무 멋지다!" 루카스는 단어를 가지고 이러 저리 돌려 말하는 데 일가견이 있었다.

"그리고 다음에 누가 나한테 '네 셔츠가 무슨 색이니?'라고 물으면" 루카스가 계속해서 말장난을 했다. "나는 '초록이요. 이정도면 당신 질문에 대답이 되나요?'와 비슷하게 말할 거예요." 그러자 이사벨이 묻는다. "그게 왜 웃기는데?" 차 안에 있던 우리는 모두 웃음을 터뜨렸다. "그건 법정에서 목격자가 자신이 본 사실을 말하고 싶지 않을 때, 그런 식으로 대답하는 거란다." 남편이 싱긋 웃으며 말했다.

1995년의 여름과 가을 내내, 우리는 빈센트의 몸에 생기는 알 수 없는 돌기에 대해 해답을 찾느라 고심해야 했다. FOP는 자신의 정체를 호락호락하게 드러내지 않았다. 우리는 빈센트를 마을의 옛 구역에 있는 아동병원으로 데려가고 있었다. 예전의 아동병원은 여러 가지 시설물이 뒤죽박죽 섞여 있었다. 벨리 아동병원 *Valley Children's*은 검소한 건물 외관에도 불구하고 최신 의료장비와 숙련된 의료진들을 갖추고 있는 곳으로 지역 부모들이 가장 많이 찾는다. 그러나 1995년만 해도 병원 소유의 자기공명 영상기기(MRI)가 없었기 때문에 장비가 들어오는 스케줄에 따라서 환자들이 미리 예약을 해야만 했다. 나는 빈센트에게 가만히 있으면 나중에 할인매장으로 가서 좋아하는 레고 장난감을 사주겠노라고 약속했다. 아이들은 이런 큰 진단을 받을 때 의외로 침착한 경우가 많다. 그리고 빈센트처럼 침착한 아이라면 그런 제안을 하지 않고 그냥 지켜보기만 해도 된다. 나는 한쪽 구석에 놓인 의자에 앉아서 기다렸다. 내 무릎에는 시집 '풀잎'(Leaves of Grass : 월트 휘트먼의 작품 – 옮긴이 주)이 놓여 있었지만, 나는 스피커에서 흘러나오는 지시대로 움직이는 빈센트에게 계속 말을 걸었다.

MRI 진단결과는 절망스러웠다. MRI 판독결과 좌측 봉종근, 즉, 허벅지 안쪽 근육에 영구적인 손상을 입은 것으로 나타났기 때문이다.

"계속 지켜봐야겠어요." 우리의 첫번째 소아정형외과 주치의인 제라르디 박사가 말했다. 단순히 근육이 뭉쳐서 그런 것일 수도 있고, 정말 FOP에 의한 것일 수도 있었다. 제라르디 박사는 더 많은 엑스레이와 MRI를 찍었고, 그때마다 빈센트에게 환한 정형외과 복도를 걷게 하고는 꼼꼼하게 살펴보았다. 다리의 절룩거림은 더 이상 악화되지 않았다.

그렇다고 상황이 나아진 것도 아니었다. 제라르디 박사는 말을 하거나 뭔가를 생각할 때에는 바닥을 내려다보는 습관이 있었다. 그러나 어느 날, 본관과 떨어져 있는 예전의 정형외과 건물 대기실에서 창백한 외벽과 창백한 바닥에 알록달록한 깁스 붕대를 한 창백한 아이들이 가득 있던 그때, 제라르디 박사는 나를 똑바로 응시하고 이렇게 말했다. "무엇 때문인지는 잘 모르겠습니다." 아, 하느님이 제라르디 박사의 솔직함을 축복하시길. 제라르디 박사는 빈센트의 다리를 절개해보자고 제안하지도 않았다. "저 말고 제대로 진단할 만한 다른 의사를 소개시켜드리지요." 그의 직관에 다시 한 번 하느님의 축복이 내리시길.

"엑스레이 촬영을 다시 해보죠." 우리가 처음 들은 말이었다. 제라르디 박사가 소개시켜준 류마티스 전문의와의 첫 예약을 기다리는 동안, 우리는 스탠퍼드 대학병원의 다른 전문의에게 연락을 했다. 아직도 금방 칠한 페인트에서 풍기는 한 새 집에서 나는 전화 통화를 하고 있었다. 보이는 곳마다 상자 꾸러미들과 쓰레기 봉투, 신문지에 싸인 식기들, 이런 저런 싸구려 장난감들이 널려 있었다.

"또 엑스레이 촬영을 한다구요?" 나는 이미 충분한 엑스레이를 찍었다고 생각했다. 일상적인 엑스레이부터 다리나 몸통만 찍기도 했다. 또 전신 골 주사검사를 할 때는 염색약이 효과를 낼 만큼 한참을 기다려서 사진을 찍고 난 후, 빈센트는 동위원소가 몸속에서 남김없이 빠져나가도록 병원의 분수 수돗가에서 물을 마시고 또 마셨다. 거기다 MRI 테스트까지 하지 않았던가?

"우리는 칼슘을 찾고 있습니다." 새로운 전문의가 말했다. "손상된 부분에 칼슘이 있는지를 보고자 하는 것이죠. 양성인지를 확인하는 과정입니다." 나는 '양성'이라는 단어가 가진 이중적 분위기를 잘 알고 있었고, 불길한 결론으로 내닫지 않으려고 노력했다. 그러나 내 몸의 세포 하나하나가 얼어붙기 시작했다.

"설마 근육암은 아니겠죠? 그러니까 얼룩말은 아니겠죠?"

나는 '만약 당신 집 창문 밖에서 말발굽 소리가 들린다면 상식적으로 생각할 수 있는 첫 번째 원인은 말이다. 얼룩말이 아니다'라는 의학적 원칙이 기억나 그렇게 물었다. 대부분 질병이 일으키는 '소음'의 원인에 대해 가장 일반적인 동물을 떠올리는 것이 상식적인 과정이지, 무슨 이상야릇한 괴물부터 걱정할 필요는 없는 의미였다.

"가능성은 있습니다." 스탠퍼드 대학병원의 의사는 아주 조용하게 말했다.

"만약 칼슘이 없다면요?"

"그럼 생검을 합니다."

생검이라. 아무도 그때까지 우리에게 그런 수류탄 같은 말을 던진 적이 없었다. 한편으로 그것은 기적 같은 일이기도 했었다. 이제야 알게 된 일이지만, 생검은 FOP 증상이 나타나는 초기 단계에 오진으로 실시하는 테스트 중 하나다. 정확하게 FOP 진단을 받지 않은 아이의 경우 생검은 최악의 테스트로, 골 형성을 폭발적으로 촉진시켜 신체의 움직임을 제한하고 근육 섬유조직에 영구적인 손상을 줄 수 있었다. 그러므로 생검은 FOP 환자에게 불필요한 외과처치를 나타내는 단어이자, 외상을 입히는 의료처치, 효과 없는 화약요법, 방사선요법, 불필요한 절단으로 이어지는 악순환의 첫 고리를 의미했다. 역설적이게도 생검은 질병을 진단하고 치료하는 첫번째 단계지만 FOP의 경우에 재앙을 앞당기는 주범이 되기도 했다. 하지만 나는 그 당시만 해도 그런 점을 전혀 모르고 있었고, 보호자들이 생검이라는 단어를 들을 때 갖는 일반적인 걱정만 했다.

시간이 치료에 아주 중요한 영향을 미치는 질병에서는 시간, 동시성, 우연의 일치는 아주 특별한 의미를 갖는다. FOP와 더불어 사는 삶이란 바로 시간과의 경주라고 할 수 있다. 빈센트가 어떤 병을 겪고 있는지 몰라 정확한 진단을 받기 위해 애쓰던 몇 달, 빈센트의 증세는 더 나아지지도 않고 그렇다고 악화되지도 않았다. 그런데 몇 달이 빈센트의 다리가 지금처럼 멀쩡하게 있을 수 있도록 살린 것이다.

스탠퍼드 대학의 전문의가 또 다른 엑스레이를 추천했으므로, 우리는 지역의 소아 주치의에게 가서 엑스레이를 찍었다. 빈센트와 나는 또 사람들로 가득 찬 방사선과 대기실에서 기다렸다. 창 밖에서 말이 아니라 상상할 수 없는 얼룩말이 날뛰던 그때, 스탠퍼드의 전문의 역시 얼룩말 떼가 날뛰고 있으리라고는 짐작할 수 없었으리라.

다시 한 번 빈센트는 기다랗고 큰 하얀 기계 위에 누웠고, 나는 아주 묵직한 회색빛 치마를 두른 채 한쪽 구석에서 지켜보았다.

엑스레이 결과가 나오던 날, 나는 살면서 그렇게 긴장한 적이 없을 정도로 긴장하고 있었다. 병원 접수창구로 가는 데 명치 끝에 뜨거운 것이 치미는 것 같은 느낌이 들었다.

"와인버그 박사님 부탁합니다." 입 천정에 혀가 붙는 듯 했다. 기다릴 필요도 없었다. 눈에 익은 진료용 외투에 노란색 넥타이를 맨 와인버그 박사는 내 팔을 잡아 당겨 대기실 의자에 앉혔다.

"칼슘이 가득해요." 그의 파란 눈에는 기쁨이 가득했다. 나는 의사가 내뱉는 단어들을 정확하게 알아들을 수 있었다. 나는 와인버그 박사를 껴안은 후 크게 한숨을 쉬었다. "그럼 이제는 어떻게 해야죠?"

"지켜봐야죠." 그 말은 아직 FOP 진단이 내려지지 않은 상태에서 받을 수 있는 최선의 처방이었다.

우주는 도저히 헤아릴 수 없는 방식으로 우리를 지켜주고 있었다. 동화 속에 나오는 공주처럼 태어나면서부터 마녀에게 저주를 받았지만 나중에 수호천사에게서 해독제를 받고 다시 살아나는 것처럼 말이다. 다른 희귀병에 비해 상대적으로 진단 과정이 상대적으로 짧은 FOP이긴 하지만, 정확한 병명을 찾아 헤맨 과정은 올바르게 진행되었다. 그리고 마지막 엑스레이를 찍은 시점이 아주 결정적이었다. 그것은 병의 진행상 우리가 앞으로 만나게 될 전문가에게 중요한 정보를 전달해주었다는 점에서는 빨랐지만, 사실 이미 골화가 진행되고 있었다는 점에서는 늦은 셈이었다. 만약 더 이른 시기에 엑스레이 촬영을 해서 지금과 달리 칼슘이 전혀 없다는 결과가 나왔다면, 빈센트는 다른 의사보다 덜 직관적인 의사를 만나서 생검을 하게 되었을 것이다. 그리고 조직이 초기 발달상태에 있는 아이에게 생검을 했다면 빈센트의 다리는 더 굳어졌을 테고, 또 생검의 결과상 병리학자는 암으로 오진했을 것이다.

나는 여러 정황들이 어떻게 위의 끔찍한 가정들을 피해갔는지 모른다. 의사의 오진으로 고통 받을 수 있었던 그 길을 어떻게 피해갈 수 있었는지, 어떻게 그런 축복을 받았는지 알지 못한다. 그러나 지금 돌이켜보면, 신은 더 크고 놀라운 사역을 위해 우리를 아끼신 것이 아닌가 하는 생각이 든다. 그리고 그 놀라운 사역은 10월 말에 일어났다.

빈센트는 여전히 절룩거렸다. 1995년 10월 초, 빈센트와 나는 벨리 아동병원 건너편 건물에 있는 자그만 검사실에서 헨릭슨 박사와의 첫 만남을 기다리고 있었다.

나는 첫 번째 방문을 아직도 생생하게 기억한다. 젊은 간호사는 요즘 류마티스과에서 쓰는 첨단 기계보다 한참 뒤떨어져 보이는 저울로 빈센트의 몸무게를 재고, 벽에 붙여진 기린 그림의 키재기 눈금으로 키를 쟀다. 그날 나는 키가 크고 명석하며 신사처럼 생긴 헨릭슨 박사를 처음 보았다. 그는 우리의 이야기를 주의 깊게 듣더니, 빈센트를 꼼꼼하게 진단하고 컴퍼스, 각도기, 자처럼 보이는 플라스틱 측정도구를 한손에 들고 빈센트의 유연성을 측정하며 움직임의 정도를 기록했다.

"발목이 내전되지 않았군요." 나는 그 말이 무슨 뜻인지 몰랐지만, 발목은 꼭 내전돼야 하는 것임을 알 수 있었다. 그리고 오래지 않아 나는 무엇에 대해서 이야기하는지 이해할 수 있었다. 바로 빈센트의 발목이 뻣뻣하다는 것이었다. 하지만 그것이 전부는 아니었다.

너무나 놀랍게도, 나는 빈센트가 교복을 벗으며 단추를 풀기 위해 왜 가슴뼈 부위부터 옷을 잡아당기는지 그 이유를 그때 처음으로 알았다. 나는 그냥 아이들의 개인적인 기벽쯤으로 치부하고 있었다. 하지만 빈센트는 쇄골 부분까지만 팔을 굽힐 수 있었기에 나름대로 수월한 방법을 찾아낸 것이었다. 그리고 나는 내 아들이 팔을 들어 팔꿈치 부위에서 구부렸을 때 손가락 끝이 어깨까지 미치지 못한다는 사실을 알게 되었다. 최근에 빈센트는 FOP 진단 이전의 이야기를 한 적이 있다. "일곱 살 때, 사람들이 나보고 어깨에 손을 대보라고 했는데 그렇게 할 수가 없었어요. 그래서 나는 손을 엑스자로 가슴 위에 올려놓았죠. 왜냐하면 어깨에 닿기 위해서는 그렇게 밖에 할 수 없었으니까요.”

빈센트와 류마티스과를 찾았을 때, 헨릭슨 박사는 빈센트의 목도 약간 뻣뻣하다고 지적했다. 사실 그 점은 우리도 이미 알고 있었던 것인데, 이비인후과 전문의들은 아무 것도 아니라며 간과했던 부분이었다. 그러나 이 새로운 전문의와의 첫 번째 면담을 통해서 분명해진 것은, 위에 열거한 모든 것이 어찌됐든 다리의 절룩거림과 연관되어 있다는 것이었다. 우리는 마지막 진단을 위해 한 번 더 엑스레이 촬영을 해야 했다. “혈액검사를 통해 소아 관절염인지 아닌지 밝혀낼 겁니다.” 헨릭슨 박사가 말했다. 만약 대기실에 있던 소아 관절염 팸플릿을 미리 읽었더라면 나는 그 주 내내 해야 할 걱정거리를 얻고도 남았을 것이다. 어쨌거나 우리는 해답 가까이에 접근하고 있는 것처럼 느꼈고, 그 조그만 진료실에서 알게 된 단순한 사실로부터 놀라울 정도로 많은 것을 짐작할 수 있었다. 사소한 것도 꼼꼼하게 살펴보는 눈썰미의 소유자인 헨릭슨 박사는 한 차례의 진료만으로 FOP의 가능성이 있다는 진단을 내린 세계 유일의 의사였다. 우리는 그의 고마움을 절대 잊지 못할 것이고, 이 자리를 빌어 아주 치명적일 수도 있었을 테스트를 유보함으로써 빈센트의 다리가 정상적으로 있을 수 있도록 해준 많은 의사들에게 감사한다.

빈센트와 함께 류머티스과 건물을 나설 때, 나는 빈센트가 가진 일련의 증상들이 최악의 경우는 아니라는 데 안도감을 느꼈다. 당시 나는 소아 관절염일까봐 정말 걱정스러웠다.

"엑스레이와 혈액검사 결과가 나왔습니다." 그로부터 며칠 후 헨릭슨 박사가 전화를 했다. 그는 UCSF(캘리포니아대학교 샌프란시스코캠퍼스)의 유전학자가 순회검사를 할 예정이라고 알려주면서 그 스케줄에 맞춰 병원에 올 수 있느냐고 물었다. 그녀가 우리의 가설적인 진단을 최종 확인해줄 것이라고 했다. "병명이 무엇인지 알 수 있을 것입니다." 헨릭슨 박사가 그렇게 말했다. 혈액검사 결과 소아 관절염은 아니었다. 하느님, 감사합니다!

다음을 위한 진료예약을 하고 나서, 나는 이제 더 이상 걱정하지 않기로 했다. 돌이켜보면 걱정과 염려는 미래의 결과를 아는 데 결코 좋은 방법이 아니었다. 그리고 우리의 경우는 미래가 너무나도 초현실적이어서, 아무리 안달해도 그 초현실적인 미래가 덜 초현실적인 것으로 변하지도 않았다. 지나치게 걱정하는 것은 다가올 시간에 앞서 자신의 방식대로 미래를 결정하고 거기에서 승리감을 맛보려고 하는 무모한 일 같았다.

1995년 10월 할로윈 *Halloween* 며칠 전, 나는 수업을 일찍 마치고 나온 빈센트를 데리고 류머티스과 병동에서 남편과 만났다. 헨릭슨 박사는 실험실 가운을 입은 금발의 레지던트와 동행했는데, 그녀 옆에는 호주에서 온 듯한 키 큰 여성도 있었다. 키가 큰 그 여성이 바로 헨릭슨 박사가 말한 유전학자였다. 그녀는 남편과 악수를 나누고 내가 내미는 손은 미처 보지 못한 모양이었다. 나는 그 유전학자가 하얀 가운을 입고 있었는지에 대해서는 기억이 없다. 다만 그녀의 키가 아주 크다는 것과 초록색 윤곽이 마치 소나무 같다는 인상을 받았다.

이제부터 그 유전학자를 X 박사라고 부르겠다. 빈센트가 아동용 검사 테이블에 앉아 다리를 흔들거리자 침상의 시트에서 바스락하는 소리가 났다. 그 유전학자는 예전에 의사들처럼 빈센트에게 물었다. "자, 손으로 어깨를 만져볼 수 있겠니? 대부분의 아이들은 할 수 있는 일이지." 빈센트는 의사의 지시에 따랐고 유전학자 X 박사는 의심스런 태도로 빈센트를 세심하게 관찰했다.

그날 오후, 마침내 빈센트의 병명이 밝혀졌다. 그런데 그 병명은 정말이지 너무나도 해괴한 것이었다. 번개나 지각변동처럼 우리를 압도하지는 않았다. 오히려 지나치게 형식적인 인증 같은 느낌이었다. 왜냐하면 그 질병은 의사는 물론, 환자나 보호자, 그 작은 방에 함께 있었던 다른 레지던트들도 알지 못하는 너무나도 낯선 것이었기 때문이다. 그것은 현실적인 것이 아니라 추상적인 개념과도 같았다. 그래서 의사가 우리에게 병명을 말했을 때, 마치 외국말을 듣는 것 같았다. 아주 희귀하고 불투명하며, 무색무취의 이미지를 가진 그 병명은 누군가 일부러 만들어낸 말 놀이 같았다. 뭔가 좋지 않다는 것을 느끼긴 했지만1995년 10월 오후, 진료실에서 그 병명을 함께 들었던 어느 누구도 무엇이 어떻게 좋지 않은지 알 수 없었을 것이다.

빈센트는 아무것도 모르는 아이의 표정으로 앉아서 다리만 흔들고 있었고, 나는 X 박사가 남편에게 하는 설명이 도대체 무슨 뜻인지 갈피를 잡지 못하고 있었다.

"유전적입니다." X박사가 설명했다. "아주 공격적이죠. 아직 이 질병에 대한 치료법은 없습니다." 유전학자는 남편을 보았다. "외상을 입으면 안 됩니다." 의사는 빈센트를 쳐다봤다. "축구 같은 운동 대신에 달리기 같은 것을 해야 할 거야." 사실 그 유전학자 역시 우리만큼이나 그런 충고가 얼마나 위험한지 제대로 알 수 있었겠는가? 당시 우리는 빈센트가 절룩거리는 무릎을 제대로 펼 수 있도록 물리치료를 받게 했는데, X박사는 그 치료는 계속 해도 된다고 말했다.

"그런데 빈센트는 그 치료를 별로 좋아하지 않아요." 내가 말했다.

"그럼 숙제 같은 거라고 생각해." 그녀는 부드럽게 목소리를 낮추더니 나와 빈센트를 보며 말했다. 아이의 반항이 예상될 때 어른들이 쓰는 부드러운 말투였다. "그냥 그렇게 해야 하는 것이구나라고 생각하고 그냥 따르면 돼."

사실 지금 보면 그 유전학자는 FOP 환자들이 해서는 안 되는 수동적인 운동을 해도 된다고 승인한 셈이었다. 당시는 의사와 보호자 모두가 FOP에 대해서 너무나도 모를 때니 당연했다. 어찌되었든 그녀는 큰 병원의 진료 교수였으므로 그녀의 말을 의심할 이유는 없었다. 그리고 그 이후에 행동에 대해서도 의심할 수 없었다. X 박사는 갑자기 그 좁은 방에 있던 나를 주목하더니 내 오른팔을 등 뒤로 돌려 비틀었다. "그다지 유연하지 않네요." 그녀는 빈센트를 검사할 때의 목소리로 말했다.

"남편도 한번 시켜보지 그래요." 나는 오른쪽 의자에 앉은 남편을 가리키며 말했다.

"남자들은 원래 별로 유연하지 않아요." X 박사는 내 말을 자르듯 대답했다. "팔을 올려보세요." 대신 그녀는 나에게 지시했다.

"엄지가 너무 짧군요." 의사는 마치 흠을 찾아내듯 말했다. 사실 내 엄지는 검지 손가락이 시작되는 부분에도 미치지 않는다. "아마 이 병의 유전인자는 엄마 쪽에서 온 것 같군요." 유전학자는 그렇게 말했다. 그 방에 있던 사람들이 얼떨결에 내리지도 못하고 있는 내 손을 쳐다봤다.

"그럼 아빠 손가락도 봐요!" 나는 여전히 조용히 앉아 있는 남편을 바라보며 말했다. 남편은 주근깨가 있는 손을 위로 들었다.

"아버지는 괜찮군요." 의사는 평범하게 말하고는 남편의 엄지는 정상에다 크기도 적당하다고 덧붙였다. 실제로도 남편의 엄지는 의심할 여지없이 정상적이다. 그때까지만 해도 완벽하게 정상적으로 보이던 내 엄지가 너무나도 뭉뚝하게만 느껴졌다. 그리고 방에 있던 모든 사람들이 저마다 손을 들어 올렸다. 금발머리의 레지던트는 완벽하게 길고 아름다운 손가락을 펴보였다. 나는 갑자기 그녀의 존재가 원망스러웠다.

그 후 우리는 FOP라는 질병에 대해, 질병을 가지고도 정상적인 생활을 해나가는 방법에 대해서 이야기를 들었다. X박사는 빈센트의 허벅지 안쪽의 봉종근에 생긴 돌 같은 부분이 장애가 되면 외과적으로 제거하는 방법도 있다고 이야기했다. 물론 나중에 안 일이지만 외과수술은 FOP 환자에게는 아주 치명적이었다.

"어떤 젊은이의 경우는 엉덩이에서 골화된 부분을 떼어내기도 했죠." X 박사가 말했다. 하지만 당시에는 수술 후에 그 젊은이가 어떻게 되었는지 물어볼 생각을 전혀 할 수 없었다.

나쁜 소식이 덮쳤을 때, 당혹감이나 무력감 혹은 그 이상의 것이 느껴져야 하는데 이상하게도 그런 기분은 들지 않았다. 오히려 10월의 하늘을 쳐다보니, 나는 예의 그 소심증에도 불구하고 이상하리만치 마음이 침착해지면서 모든 것이 잘 해결될 것이라는 비이성적인 확신과 평온함이 생겼다. 주머니에서 묵주를 꺼냈다. 이상하게도 보호받고 있다는 느낌이 들었다. 그러나 한 가지는 분명했다. 그때 내가 진료실에서 느꼈던 그 평온함은 이름조차 알 수 없었던 미스터리가 이름을 얻게 되면서 갖게 된 거짓 평온함이었다.

'참 강한' 사람이 아님에도 불구하고
-2003년 9월~10월

새로운 아동병원은 1998년 가을에 문을 열었다. 우리 지역의 어느 곳에서도 언덕 위에 우뚝 솟은 아동병원을 쉽게 볼 수 있었다.

몇 년 후, 병원 근처에 할로윈 축제를 위해 옥수수 밭에 커다란 미로가 만들어졌다. 우리 가족은 아직도 더운 10월에 고운 먼지가 이는 초록색 무성한 줄기 사이를 헤치고, 아이들을 부르

고, 길을 찾아 밖으로 나오려고 애썼다. 그러나 곧 산책용 유모
차에 탄 아기는 짜증을 냈고, 태양은 위에서 내리쬐고, 아이들은
없어지고, 부모들은 옥수수 대를 헤치며 아이의 팔이나 아이의
어깨를 잡으려고 애쓰고, 이름을 부르며 난감해했다. 사내아이
들은 항상 빠져나가는 길을 알고 있었고 부모들은 초록색의 새
장과 다름없는 그 안에서 아이들의 목소리만 들을 뿐이었다.

　10월은 운동을 하기 좋은 달이다. 우리 가족도 예외 없이 다
른 가족들처럼 이 때를 즐긴다. 이사벨은 X 여사와 나와의 대화
이후 제대로 된 축구 팀에 들어갔다. 내 박사학위가 힘을 발휘
해서 그런 것은 결코 아니었다. 이유는 팀에 결원이 생겼기 때
문이었다. 그러나 그날 우리는 축구가 아닌 배구 경기를 구경하
고 있었다. 아주 온화한 가을날 오후, 우리 가족은 지역의 여러
가톨릭 학교 중 한 곳의 너른 잔디 구장에서 아주 사랑스런 소
녀들을 지켜보았다. 셀린은 나중에 이 학교로 전학을 왔는데,
그날은 상대편 팀에 속해서 머리를 질끈 묶고 푸른 체육복에 무
릎 보호대를 한 다른 소녀들과 함께 공이 날아오면 언제라도 튀
어오를 듯 잔뜩 긴장해 있었다. 셀린 역시 타고난 운동신경을
가진 아이였다.

　나와 빈센트, 이사벨은 피크닉 테이블에 앉아 경기를 지켜보
았다. 이사벨은 오빠의 팔에 뺨을 기댄 채 앉아 있었고 나는 같
은 팀 아이의 학부형과 간간이 대화를 나누었다. 그때 누군가
내 이름을 불렀다. 돌아보니, 한동안 만나지 못했던 친구였다.
그 친구는 빈센트가 건강한 것을 보고는 아주 반가워했다. "어

떻게 지냈어?” 나는 친구에게 물었지만 왠일인지 친구는 바로 대답하지 않았다.

FOP와 같이 희귀하고도 잔인한 질병과 싸울 때면, 나를 지켜보는 친구들은 자신들의 사정이 어떤지를 아주 솔직하게 보여준다. 내 친구의 눈가는 곧 촉촉해졌다. 그녀의 남편은 만성적인 질병과 싸우고 있었고, 최근 증상이 악화되어 장기이식이 필요하다고 했다. 친구에게 몇 마디 위로의 말을 하자, 그 친구는 이렇게 말했다. “캐롤, 넌 참 강한 사람이야.” 물론 나는 ‘참 강한’ 사람이 아니다. 다른 사람보다 강한 사람이 아니다. 나는 그저 우리 가족의 평화가 도전 받고 그 도전이 일상화 되었을 때, 작으나마 도약의 발판을 찾는 일을 배웠을 뿐이다. 그리고 그 도약의 디딤돌을 한 번의 배구 서브처럼 한 번에 하나씩, 하루에 하나씩, 한 번의 기도 속에서 하나씩 찾을 뿐이었다. 나는 나 스스로에게 확실하게 말할 수 있는 것을 친구에게 말해주었다. 그리고 그렇게 입 밖으로 말하는 순간, 나는 그것이 진실이라는 것을 비로소 이해하게 되었다.

배구 경기가 끝나고 집으로 돌아오자, 빈센트는 스탠퍼드 대학 입학지원서에 동봉할 선생님의 추천서를 건넸다. 하얀 봉투에 단단하게 봉인되어 있었는데, 학생은 보지 못하게 하고 학부모가 열어보게 하기 위한 조치였다. 나는 두근거려서 추천서를 펼쳐 볼 수가 없었다. 그래서 아이들과 함께 소파에 앉아 TV를 보고 있는 남편에게 봉투를 건네주었다. 빈센트는 자신이 어렵게 노력하고 있다는 것을 남들에게 숨기고 주변의 관심을 끄는 것을 피하려고 했다. 때문에 나는 다른 사람이 빈센트의 재능을 놓칠 수 있다는 점에 조바심이 났다. 그래서 평범한 추천서는 받고 싶지 않았다. 나는 남편에게 그 추천서가 어떤지 물었다. 남편은 "응"이라고 짧게 대답할 뿐이었다. 그러나 나중에 그 추천서를 읽으면서, 왜 남편이 길게 대답하지 않았는지를 알 수 있었다. 수학선생님의 진심어린, 가슴 아린 추천서를 읽으면서 나는 눈물이 흐르는 것을 가까스로 참아야 했다.

V

살아 있는 석상
2003년 11월

✻ 여러분과 함께 하고 싶은 이야기가 있어요. 6년 전, 저는 크리스틴이라는 유명한 스웨덴 출신의 소녀를 인터뷰한 기사를 읽은 적이 있어요. 당시 그녀는 임신 중이었는데 이런 질문을 받았죠. "어쩌면 아이가 질병을 가지고 태어날 수도 있는데 걱정되지 않아요?" 그러자 크리스틴은 이렇게 대답하더군요. "한번은 나이 지긋한 여자 분이 제게 이렇게 말씀하신 적이 있어요. '만약 당신이 병을 가진 아이를 낳는다면, 그것은 당신이 그 어려움을 견딜 수 있는 강인함을 가지고 있기 때문일 거예요.'" 저 역시 휴고를 임신했을 때 그 말을 마음에 새기고 있었죠. 그리고 2년 전, 아이가 FOP 진단을 받았을 때, 나는 아주 강하고 특별한 사람이 틀림없다는 느낌을 받았습니다. FOP라는 질병을 가진 아이의 엄마가 된다는 것은 바로 그런 의미니까요. 아마 내게 의미 있는 뭔가가 있을 겁니다.

그리고 휴고에 대해서도 똑같은 감정을 갖고 있지요. 때로는 진짜 인생
이 뭐 같아도(표현이 죄송합니다) 말예요.

—휴고의 엄마 마리 할버트 Marie Halbert. 휴고, 6세. 4세에 FOP를 진단 받음.

이사벨이 막 세 살이 되던 어느 토요일, 우리 가족 일곱 명은
어느 레스토랑에서 점심을 먹었다. 우리는 평소처럼 누가 닭다
리를 먹고 누가 닭가슴살을 먹을 것인지, 누가 옥수수 빵을 먹
고 누가 밀 빵을 먹을 것인지 의견이 분분했다. 껍질이 있는 완
두콩은 냄새가 이상하며, 누구의 주문이 틀렸는지 등의 일상적
인 말싸움으로 시끄러웠다. 그러자 아주 밝은 분홍색 웃옷을 입
은 이사벨은 일상적인 싸움과 그릇 다툼이 일어나기 전에 아주
침착하게 대처했다. 잡담과 소소한 말다툼이 지속되는 동안 냅
킨을 집어서 바로 뒤쪽 테이블에 놓고, 포크를 놓고, 음료수를
놓고 마지막으로 음식이 담긴 접시를 옮기더니, 가족들과 등을
돌리고는 혼자 음식을 먹기 시작한 것이다.

"이사벨, 뭐하는 거니?"

그러자 이사벨은 뒤쪽을 쳐다보고 입안에 넣은 으깬 감자를
침착하게 삼키고 나서 대답했다. "우리 가족은 너무 많아." 그
리고 냅킨으로 입술을 닦았다. 그렇게 이사벨은 가족들의 소동
에서 비켜나 자신만의 평화로운 점심식사를 즐겼다. 항상 시끌
벅적한 대가족 중에 막내로서 자기보호의 본능을 발휘한 세 살
이사벨의 현명함이었다. 우리 삶 속에 파고 든 FOP 때문이든

아니든, 이사벨은 아주 잠시 동안이라도 자신만의 몫을 챙길 길을 발견했던 거라고 생각한다. 어떤 면에서 이사벨은 FOP가 우리 가족을 강타한 지 얼마 되지 않은 때, 아주 잠시 동안 만이라도 다른 곳으로 가서 나만의 공간을 가지리라 마음먹었던 나의 결심을 먼저 실행하고 있었던 것이다.

때는 1995년 가을, 나는 새 침실의 침대에 앉아서 가족의 주치의와 전화 통화를 하고 있었다. "이 질병에 대해서 뭐 아시는 게 있나요?" 나는 주치의에게 물었다.

"뉴욕에서 40년 전 그런 사례를 한 번 본적이 있긴 합니다." 와인버그 박사가 대답했다. "아시다시피 저는 최소주의자입니다. 저는 아이들을 그냥 내버려두고 스스로 자신의 인생을 즐기도록 하죠." 그는 우리 아이들을 안팎으로 잘 알고 있는 사람이었다.

나는 그의 말을 의심해본 적이 없다. "아무것도 변한 게 없는 것처럼 지내세요"라는 말도 이치에 맞았다. 기본적으로 그 말은 아주 훌륭한 충고였지만, 주치의나 우리나 FOP에 대해서 아무것도 예측 혹은 짐작도 못 하기는 마찬가지였다.

"우리 병원의 정보은행을 한번 확인해보죠." 와인버그 박사가 말했다. 이 모범적인 의사선생님은 우리가 필요할 때 항상 곁에 있었고, 우리가 위기를 헤쳐나갈 수 있도록 도와주었으며, 늘 공허한 나의 걱정과 염려를 해소시켜주었다. 귓병, 열, 반점, 낙상, 멍, 자상 등 모든 걱정거리에 대해 언제나 그에 알맞은 진료와 지침을 내려주지 않았던가.

어느 가을날, 나는 우편함에서 황갈색 봉투를 발견했다. 나는 그 봉투에 무엇이 있을지 짐작하고 있었기에 나중에 개봉하려고 부엌 카운터에 던져놓았다. 그러나 그 봉투는 평화로운 아침 식사 시간을 날려버릴 핵폭탄이나 마찬가지였다. 모든 것의 뿌리를 뒤흔들어놓을 만큼 위력적인 것이 들어 있었던 것이다. 앞서 말했듯이, 우리는 X 박사로부터 병명을 듣고 아주 충분할 정도의 침착한 마음으로 병원을 나섰고, 빈센트의 원인을 알 수 없는 절룩거림이 아직 최악의 아니라는 것을 알고는 안도했었다. 물론 그 질병은 완치가 불가능하고 앞으로 계속 지켜봐야 했지만, X 박사가 충고한대로 빈센트가 '축구 대신 뜀박질' 정도로 괜찮다면 그게 무슨 대수겠는가?

그날 밤 열두 살의 브라이언, 아홉 살의 빈센트, 일곱 살 루카스, 세 살 셀린이 다 잠자리에 든 것을 확인한 다음 남편과 나는 낡고 오래된 푸른색 소파에 앉았다. 나는 그 봉투를 거실에서 뜯은 후 검정색과 하얀색으로 된 서류 뭉치를 꺼내 반으로 나누었다. 류머티스과 진료실에서 X 박사의 진단을 받고 난 후 느꼈던 당황과 포기, 이런 저런 알 수 없는 아득한 감정 등은 그날 밤 새로 지은 우리 집의 거실에서 일어난 일에 비교하면 아무것도 아니었다.

1995년 10월 그날 밤, 나는 도저히 감당할 수 없는 충격적인 뉴스에 오한과 열기를 느꼈다. 그리고 나자 다음 순간 알 수 없는 차분함, 즉 비현실감이 느껴졌다. 아마도 전쟁터에서 자기 눈 앞에서 이제껏 알던 세계가 파멸되어가는 것을 지켜보는 사람의 감정이 그런 게 아닐까 하는 생각이 들었다. 나는 지금도 그 자료에 정확히 어떤 단어들이 쓰여 있었는지 모른다. 나중에 그 자료를 갈갈이 찢어버렸기 때문이다. 다만 단편적으로 '몸통을 옥죄는 갈비뼈', '살아 있는 석상', '굳어버린 턱', '갈퀴' 등의 단어들이 간간이 떠오를 뿐이다. 특히 건초용 갈퀴라는 단어가 인상에 남아 있는데, 그 자료에 등장하는 주인공 중 한 명인 농부의 아들이 건초용 갈퀴로 생긴 사고로 영원히 몸이 굳었다는 내용 때문이었다.

그날 밤 거실에서 남편과 함께 충격적인 단어에 사로잡힌 그 순간 모든 소리와 움직임은 정지한 듯했고 파란 소파가 있는 그 방은 유리 그릇 속에 갇힌 듯, 혹은 영화의 정지 장면처럼 얼어붙었다. 그리고 갑자기 전기가 나갔을 때처럼 일상 속에서 침묵하던 소리들이 들리기 시작했다. 내 손에 들린 자료에서 눈을 떼고 고개를 들었을 때, 새로운 집의 하얀 벽, 우리가 앉아 있는 푸른색 소파 등 주변의 모든 것이 낯설고 다르게 보였다.

주변의 익숙한 것들에게서 순간적으로 영원한 낯설음을 느낀 그 순간이었을까. 얼어붙었던 것들이 갑자기 '징' 하는 소리와 함께 다시 전기가 들어오는 것처럼 살아 움직였다. 그리고 내 머릿속에 무언가가 관통하는 듯 했다. 그걸 뭐라고 불러야 할지 몰랐지만, 나는 일상적으로 쓰는 단어를 내뱉을 수 있었다.

"말도 안 돼!" 나는 역시 내 옆에 앉아 있던 월트에게 그렇게 말했다. 월트는 자료에서 눈을 떼고 말했다.

“빈센트가 가진 병이 정말 이것인지는 확실히 모르잖아. 여기에 쓰인 병명들도 다 다르고 말야.” 그랬나? 마이오시티스(Myositis : 근염)? 피브로다이스플라지아(Fibrodysplasia : 섬유이형성)? 오시피칸스(Ossificans : 골화성)? 그리고 어떤 자료에는 진행성이라는 수식어가 붙어 있고, 또 다른 자료에는 빠져 있기도 했다. 이처럼 병명자체도 들쭉날쭉하다는 점 때문에라도 내 아들의 병과 이 자료에서 이야기하는 질병이 전혀 다른 것이라고 이해하고 싶었다. 그리고 그 자료에서는 우리가 전혀 보지 못했던 아주 이상한 돌기에 대해서도 설명하고 있었는데, X 박사가 내 엄지를 탓할 때 전혀 언급하지 않았던 내용들도 들어 있었다. 나는 앞서 언급했듯이 단 한 번의 진료로 FOP 소견을 가졌던 유일한 의사인 헨릭슨 박사를 존경하고 신뢰했기 때문에 그의 예감이 옳을 것이라고 생각했다. 게다가 나는 X 박사와 그녀의 진단 결과를 좋아하지 않았으며, 또 그날 우리가 소파에서 읽은 자료 역시 좋아하지 않았기 때문에 아들 빈센트에게 문제되는 것은 그냥 다리를 절룩거린다는 것뿐이라고 결론을 내렸다.

월트와 나는 거실보다 더 조용한 공간으로 자리를 옮겼다. 우리는 성당 천정처럼 뾰족한 지붕장식이 있는 1층 손님방으로 가서 바닥에 앉았다. 네 아이들이 천진난만한 표정으로 백화점에서 폼을 잡고 있는 행복한 모습의 사진이 있었다. 사진을 보자 우리 가족에게는 아무것도 변한 것이 없다는 확신이 들었다. 이 순간 겪는 것은 그저 커다란 혼동일 뿐이며, 또한 봉투 겉에 아무런 사전 경고도 하지 않지 않고 보낸 것은 전적으로 소아과 주치의의 잘못이라는 생각이 들었다. 적어도 봉투에 '이 자료를 읽을 때는 앉아서 읽으세요' 혹은 '만약 기절하거나 쓰러질 수도 있으니 서 있거나 바닥에서 너무 높은 곳에 있지는 마세요'라는 경고가 있어야 했다. 그러나 이와 상관없이 결과는 똑같았을 것이다.

월트와 나는 서로에게 물었다. "빈센트에게 어떻게 말해야 할까?" 이제 겨우 아홉 살 먹은 아이에게 부모도 제대로 가늠할 수 없는 일을 어떻게 설명할 수 있을까? 우리가 빈센트에게 설명하기로 한 것은 아무것도 없었다. 적어도 세번째 혹은 네번째 의사의 소견을 들을 수 있을 때까지는 아무 말도 하지 않기로 했다.

차가운 가을 밤, 남편과 나는 거의 뜬눈으로 밤을 지새웠다. "이제 행복은 끝인 것 같아요." 나는 천정에 비친 그림자를 보며 말했다. "그건 하느님에 대한 모독이야." 남편은 나지막이 말했다. 그러나 속으로 나는 이렇게 소리치고 있었다. '하지만 이건 하느님이 시작하신 일이잖아!'

나의 신앙은 내가 그 의미를 이해하기 너무 어렸을 때부터 시작되어 사람들이 믿음에 대해 의심을 갖기 시작하는 때를 지나 자연스럽게 내 삶의 한 부분이 되었다. 내 신앙은 점점 깊어졌고, 우리 부모님이 결혼하신 스페인풍 성당에 할머니와 손을 잡고 미사를 다니던 그때와 본질적으로 전혀 변하지 않았다. 할머니는 가족들을 위해 하느님께 서약한 대로 가난한 여성들을 위한 담요를 만드느라 늘 무릎에서 뜨개질감을 내려놓지 못하셨다. 할머니가 뜨개질로 담요를 만드셨던 일은 바늘코를 놀릴 줄만 안다면 하느님이 뜻을 펼치신다는 증거 그 자체였다. FOP에 대한 의학 자료들을 읽고 나서 나는 알 수 있었다. 할머니가 가족들을 위했던 것처럼 나도 내 가족의 평안을 바란다면 내가 받는 몫의 은총보다 더 많은 것을 하느님께 구해야 한다는 것을 말이다.

그래서 남편 월트의 말은 나를 든든하게 했다. 그리고 우리는 서로 경쟁적으로 살아왔기 때문에 나는 이렇게 생각하기로 했다. '만약 남편이 미래에서 행복의 가능성을 본다면, 나 역시 볼 수 있을 거야.'

그리고 애써 잠들려고 노력하는 대신 아래층 부엌으로 내려가 하느님이 아닌 우리의 친애하는 소아과 주치의에게 유감을 표시하는 거친 편지를 썼다.

"프로그레시바 *Progressiva*라." 스탠퍼드 대학의 산부인과 주치의로 여기까지 빈센트를 데리고 온 볼드윈 박사가 말했다. "무슨 수프 이름처럼 들리네요." 이탈리아 전통 수프를 말하는 미네스트로네 *minestrone*라는 단어가 떠오른 것이다. 나와 그는 고등학교 때부터 알고 지냈는데, 어려운 상황 앞에서 오히려 희희낙락한 태도를 취하며 나를 안심시키곤 했다.

나는 볼드윈 박사에게 X 박사의 말을 믿고 싶지 않으므로 다른 의사의 소견을 더 들어보고 싶다고 말했다. 그래서 볼드윈 박사는 스탠퍼드에 있는 다른 의사의 이름을 알려주었다. 그러던 중, 어머니가 자신이 사는 캘리포니아 베이 에어리어 *Bay*

Area 지역의 소아과 의사들에게 의견을 물었는데, 그 중 한 명이 FOP 증례를 본 적이 있다고 말했다고 했다. "그런데 그 경우는 진행성이 아니라는구나."

어머니는 무슨 보고를 하는 것처럼 나한테 말했다. 내게 그 소식은 큰 희망을 주었다. 1995년 가을, 빈센트의 병명에 대한 심리적인 부정은 마치 진통제처럼 하루하루 느껴졌다 사라졌다를 반복했다. 그리고 와인버그 박사가 보내주었던 자료에 적혔던 문장들은 마법의 호롱불에 비친 것처럼 기억 저편에서 빛나곤 했다. '만약 그 모든 것이 사실이라면 어떡하지? 만약 내 아이의 미래가 자료에서 설명한 대로 된다면 어쩌지?'라는 이런 염려가 있고나면 자연스럽게 심리적인 거부감과 부정이 되살아났고, '혹시라도 그렇다면?' 하는 최고점에 다다를 때까지 반복되었다.

FOP 의학 자료를 접한 지 얼마 후, 나는 이런 '공포 – 부정'의 심리적인 널뛰기 상태에 대해 도움을 구하려고 정신과 의사를 찾아갔다. 할아버지 같은 그 의사는 내게 휴지 한 상자를 건네주었고, 상담이 끝날 때쯤 내 주변에는 휴지 뭉치가 산더미같이 쌓였다. 나는 공포감이 드는 시기에 정신과를 찾았다. 나는 정신과 의사에게 파란 하늘도 불길해 보이고, 내가 보는 모든 것이 하나같이 불길해 보인다고 호소했다. 그리고 네 아이의 엄마로서 일이 제대로 안 돌아가는 것에 익숙해 있다고 말했다. 조산, 잦은 응급실 출입, 학교에 지각할 때 선생님이 짓는 표정, 아이들 급우들이 돌아보는 표정, 갓 태어난 아이가 수술실로 들어가는 일 등등. 그러나 그 끝은 항상 해피 엔딩이었다.

의사는 내게 동정적이었고, 내 엄지가 아들의 재앙에 대한 전적인 원인은 아닌 것 같다고 말했다. "당신 손은 괜찮아 보여요." 내가 손을 들어 보이자, 의사는 그렇게 말했다.

"빈센트에게 어떻게 말해야 할까요? 다른 사람들에게 어떻게 말해야 하죠?" 내가 물었다.

확실하게 질병에 대한 진단을 받을 때까지는 아이에게 어떤 말도 할 수 없었다. 그 점에 대해서는 정신과 의사도 동의했다. 그리고 다른 사람까지 염려할 문제는 아니었다. 정신과 의사와 나는 어떤 일이 있더라도 빈센트가 자신을 희생자로 느끼지 않도록 해야 한다는 점에서 의견을 같이했다.

그러나 그때는 FOP라는 질병에 대한 지식이 미비하고 이 질병이 주는 충격이 실제적으로 어떤 의미를 띠는지 전혀 알 수 없는 상태였다. 그래서 정신과 의사, 나, 다른 여느 의사들이 다른 사람에게 FOP에 대해서 말하지 않기로 한 것은 오히려 잠재적으로 위험하다는 것을 나는 미처 몰랐었다.

내가 상담을 마치고 자리에서 일어나려는데 의사가 안정제 처방을 원하는지 물었다. "아뇨, 안 먹는 게 좋을 거 같아요." 나의 이런 선택은 그 후 마법처럼 작용된다.

정신과 의사와 상담하고 일주일 후, 나와 남편은 평소 좋아하는 척 신부님을 만났다. 라디오 아나운서와 같은 멋진 목소리를 가진 분으로, 분명한 믿음과 그 믿음을 실제 삶의 문제에 연결시키는 데 탁월한 능력을 가지셨다. 척 신부님 자신도 만성적인 질병인 당뇨병으로 고생하고 계셨는데, 신부님은 그날도 내게 휴지 한 상자를 통째로 건네주셨다.

나는 또 늦게 도착했다. 왜냐하면 셀린을 유치원에 데려다주는데 중간에 과속 단속에 걸렸기 때문이었다. 경찰관 앞에서 울며 사정했지만, 그는 휴지 상자 대신 노란 딱지를 한 장을 주었다. 그리고 교회의 작은 사제관으로 들어갔을 때, 남편과 척 신부님은 벌써 깊은 대화를 나누고 있었다. 평소 유쾌하고 명랑한 척 신부님의 표정은 다소 굳어보였다. 신부님은 내가 들어서자 일어서서 포옹해주었는데 커다란 곰이 안는 것처럼 느껴졌다. 그도 그럴 것이 신부님은 맘씨 좋은 곰이 사람 옷을 입고 있는 듯 했기 때문이다.

"왜 성경에서 '내 멍에는 가볍습니다'라고 말하는지 이해를 못하겠어요." 나는 상자에서 휴지를 뽑아들면서 그렇게 말문을 열었다. "어떻게 그럴 수가 있을까요? 어떻게 이렇게 끔찍한 일을 가볍다고 할 수 있을까요?"

척 신부님은 내 말에 동의한다는 표시로 고개를 끄덕이셨다. 나는 이제 신부님께서 고통의 미스터리에 대해서 설교를 하실 거라고 지레 짐작했다. 그런데 신부님은 나를 쳐다보시더니, 아주 간단하게 말씀하셨다. "원래 히브리 성경에는 이렇게 쓰여 있죠. '내 멍에는 잘 맞는다'라고 말예요."

오호. 그러나 원래의 히브리어 성경조차도 왜 고통이 사람을 망치는지는 설명해주지 못했다. 나는 공포 - 부정 - 공포 - 부정이라는 심리적인 줄다리기를 멈추고 생각했다. 그리고 척 신부님이 말씀하신 히브리어 성경의 의미에 대해서 몇 달 동안 곱씹으면서 귀중한 가르침을 얻었고 기분도 한결 나아졌다. 스페인어에는 유명한 격언이 있다. '하느님은 우리를 쥐어짜지만, 결코 목까지 조르지는 않는다.' 만약 우리가 어찌할 수 없는 힘에 맞서 견딜 수만 있다면 어떻게든 살아갈 수 있다는 뜻이다. 그러나 히브리어 성경구절을 생각하자, 나는 스페인어의 올가미와는 상반되는 멍에의 의미를 비로소 볼 수 있었다. 올가미는 곧 죽음을 의미했다. 그러나 멍에는 씨를 뿌리고 밭을 갈 때 쟁기를 움직이도록 도와준다. 그러므로 나의 멍에가 하느님의 소유물을 의미한다면, 그 멍에 때문에 겪는 고통을 통해 우리는 하느님의 초월적인 힘과 연결될 것이다. 그냥 죽음만 모면하는 것이 아니라 우리 인생을 더욱 갈고 닦을 수 있으리라. 내 해석은 전혀 새로운 내용이 아니었지만 그 의미를 새롭게 보는 데 도움이 되었다.

남편과 내가 척 신부님과 함께 있었던 그 날 아침, 나는 빈센트가 태어난 날 얼마나 기뻤는지, 병의 진단을 받기 전 다른 아이들의 생일파티 때와 마찬가지로 즐거웠던 빈센트의 생일 파티가 어땠는지 회상했다. 9월은 세 아들의 생일이 있는 달로 우리 집에서 1년 중 가장 바쁜 달이었다. 나는 신부님에게 1985년 병원에서 '불임'이라는 단어가 내 의료차트에 기록되는 것을 본 후, 그럼에도 임신이 되었다는 사실을 알게 될 때마다 하느님이 내 팔을 톡톡 두드리시는 것과 같은 느낌을 받았다고 말했다. 그리고 척 신부님이 나를 격려해주시던 그 순간에도 나는 하느님으로부터 특별한 사랑을 받고 있다는 확신을 얻었다. 나는 최선을 다했다.

아이들의 학교, 축구팀, 피아노 레슨에 맞춰 아이들을 태우고 노란불에도 과감하게 운전하며 돌아다니던 때였다. 당시 아홉 살인 셀린이 내게 물었다. "엄마, 내가 자라면 나도 콧수염이 자랄까?"

"물론 콧수염은 안 나지."

"루카스 오빠가 그러는데 콧수염은 유전이라는데." 셀린이 설명했다.

"그리고 엄마도 콧수염이 하나 있잖아요."

나는 순간 나도 모르게 운전석 위의 거울을 힐끗 보았다.

그 순간 나는 셀린의 말을 통해 일어날지 안 일어날지 알 수 없는 일에 대해서 미리 걱정하는 것이 왜 에너지 낭비인지 분명한 이유를 알게 되었다. 그것이 좋은 일이든 나쁜 일이든, 아니면 결과적으로 전혀 무관한 일이든 우리는 아무런 준비도 할 수 없기 때문이었다. 마찬가지로 남편과 내가 척 신부님에게 FOP의 공포와 여러 가지 기억, 그리고 내 팔을 다독이시는 신의 은총 등에 대해서 말한 날로부터 일주일 후, 내가 미리 준비할 수 없는 일이 일어났다.

척 신부님을 만난 지 정확히 일주일 후, 나는 조그맣고 하얀 막대를 들고 세면대 앞에 서 있었다. 막대 뒤를 한 번 더 확인해야 했다. 왜냐하면 임신진단 기구마다 결과를 알려주는 방법이 달랐기 때문이다. 내가 들고 있던 플라스틱 막대의 조그만 창에는 파란색 줄 하나가 선명하게 표시되어 있었다. 임신진단 선이 하나였던가? 둘이었던가? 사실 이런 진단은 형식적인 것이었고, 나는 스트레스를 받아 기분이 별로 안 좋은 상태였기 때문에 가능하다면 그날 밤 마가리타 칵테일 한 잔을 꼭 마시고 싶었다. 그때 근처로 이사 오신 아버지가 아래층에서 아이들과 함께 계셨다.

기구가 들어 있던 상자 뒷면의 설명서를 보니, 임신이면 파란색 줄이 하나란다. 나는 명치 끝이 찡해왔다. 하느님이 또 내 팔을 토닥이고 계셨다. 그러나 그 순간 하느님의 손길은 끔찍한 것이었다. UCSF의 유전학자인 X 박사가 말하길….

나는 욕실에서 나왔고, 이층 난간에서 남편과 마주쳤다. 남편에게 임신진단 기구를 건넸다. 그리고 우리는 포옹한 채 한동안 그렇게 서 있었다. 남편 역시 나와 똑같은 생각을 하고 있었다. '우리의 다섯 번째 아이가 FOP를 가지고 태어나면 어떡하지? 이런 상황에서 그런 기괴한 일을 생각하는 것은 또 뭐야?' 나는 가능한 빨리 가족의 모든 여성들에게 이 소식을 알리는 것이 최선이라는 생각이 들었다. 모두가 약간은 긴장된 목소리로 축하를 해주었다. 다만 어머니는 솔직하게 염려를 표시하며 "하필이면 FOP 진단을 받은 이때…"라며 말끝을 흐리셨다.

아버지가 이층으로 올라오셔서는 요리를 해도 되냐고 물으셨는데, 내 표정을 보더니 말문을 닫으셨다. "속상해하시면 안 돼요." 나는 사전경고를 했다. 아버지는 그 순간 아주 침착한 표정이 되었고 안경 너머 회색빛 눈동자는 어두워졌다. 내가 임신 소식을 알리자 뜻밖에 아버지는 아주 기뻐하며 나를 안아주시고는 세상에 걱정할 일, 잘못된 일은 하나도 없는 사람처럼 행복한 표정을 지으셨다. "왜 내가 속상해하겠니?" 아버지는 말씀하셨다. "우리 어머니와 똑같은데! 너희 외할머니도 애를 다섯이나 두셨잖니!" 나는 그날 아버지가 보여주신 자신감과 강인함을 절대 잊을 수 없다.

그날 밤, 남편과 나는 외식을 하러 레스토랑에 갔다. 그리고 나는 마가리타 각테일을 마시지 않았다. 또 남편과 나는 FOP나 내 엄지에 대한 이야기를 절대 입 밖에 꺼내지 않았다. 그때서야 나는 한 가지 징후를 깨달을 수 있었다. 일주일 전, 정신과 의사가 권한 신경제를 거절한 것은 좋은 신호였던 것이다.

1995년 11월, 나는 도로경계선에 차를 세우고는 창문 밖으로 토하거나 쇼핑센터 한 가운데 농산물 코너에서 갑자기 입을 막고 밖으로 달려 나와야 했다. 다른 아이들을 임신했을 때도 입덧으로 고생을 했었고 아침이면 메스꺼움까지 느끼던 터였지만, 다섯째 아이의 입덧은 최악 그 자체였고 주변 사물의 색깔조차 헷갈리게 만들었다. 일상의 메스꺼움과 그 결말은 아주 잔인했고 나는 거의 24시간 공복상태였다. 그리고 다섯 번째 임신은 내 머리 속에서 다른 것을 생각할 틈조차 주지 않았다. 심지어 FOP에 대한 공포와 염려도 끼어들 여지가 없었다. '못 하나가 나머지 다른 못들을 빼버린다' 라는 스페인어의 경구가 딱 들어맞는 때였다.

앨 고어, 그리고 교장선생님 - 2003년 11월

우리 집에서 평행으로 뻗은, 그러니까 관개 수로와 오렌지 과수원 뒤쪽으로 난 길에는 거대한 삼목 나무와 소나무, 그리고 버드나무와 사과 나무들이 줄지어 서서 가을을 풍성하게 해준다. 나는 매일 아침마다 이 과일 나무들 사이를 달리는데, 나무들의 평화로움과 리듬감 있는 발자국 소리 덕분에 생각을 가다듬을 수 있었다. 나는 저 먼 곳에 있는 브라이언을 생각했다. 나는 너무 걱정하지 않고 나무들이 주는 고요함에 집중하려고 노력했다.

그러나 스탠퍼드 대학의 마스코트인 캘리포니아 삼나무를 지나려니 빈센트의 대학 입학지원 마감날짜가 코앞이라는 사실이 떠올랐다. 원래 대학 입학원서를 내는 시기보다 먼저 지원하는 '조기 지원(Early Action)' 전형은 빈센트가 가장 가고 싶어 하는 대학에 지원한다는 것을 의미했다. 조기 지원은 우체국 소인이 적어도 2003년 11월 1일까지 우체국 소인이 찍혀 있어야 하고, 그렇지 않으면 그 어떤 서류도 받지 않는다. 아무래도 문구점에 가서 〈뉴스위크 *Newsweek*〉 지에 실렸던 빈센트와 나에 대한 기사를 출력해야 할 것 같다. 그러자 3년 전에 있었던 일이 떠올랐다.

2000년 11월, 남편과 아들 빈센트, 나는 필라델피아의 한 호텔에서 공항으로 가는 버스를 타려고 내려오고 있었다. 제 3차

국제 FOP 심포지엄을 위해 전 세계에서 많은 의사, 과학자들과 FOP 환자 가족들이 모인 것이다. 평상시처럼 커피의 향이 호텔 로비를 감싸고, 로비 레스토랑에서는 식기들이 부딪치는 경쾌한 소리가 들리던 아침이었다. 그런데 그날은 뭔가 다른 점이 있었다. 호텔 로비가 경찰로 북적거렸다. 의자에 앉아 있는 사람, 서 있는 사람, 헬멧을 쓰거나 손에 들고 있는 사람들이 모두 유니폼차림이었고, 호텔 입구 유리창 밖으로는 검정과 흰색의 오토바이들이 대기하고 있었다.

"어젯밤 누가 여기서 잤는지 알아?" 남편이 물었다. 물론 나로서는 모르는 일이었다.

"앨 고어 *Al Gore*."

제3차 FOP 심포지엄은 2000년 미국의 대통령선거가 있기 전에 열렸다. 나라를 들썩이게 한 미국 부통령 앨 고어와 대통령 조지 부시 두 후보 간의 대결은 플로리다 주의 투표 재검표라는 박빙의 승부로 결말이 나게 된다. 엘 고어 후보는 대선 전에 마지막 선거 운동을 위해 그곳에 온 것이다.

남편이 호텔의 프런트 데스크에서 체크아웃을 하는 동안, 귀에 이어폰을 끼고 양복을 입은 영화 속 인물 같은 남자들이 보였다. 그 순간 내 머릿속에서는 한 가지 생각이 떠올랐다. '미국의 부통령 아니, 미래의 대통령이 될 수도 있는 사람이 어젯밤 우리와 같은 호텔에서 묵었다니. 그처럼 저명한 정치 지도자에게 희귀병을 위한 연구기금에 대해 관심을 가져달라고 부탁할 수 있는 기회는 지금 뿐이지 않을까?' 그러나 우리가 타야할

차는 현관 바깥에서 기다리고 있었다.

우리는 일단 짐을 다 싣고 버스에 올라탔다. 그러나 1초후, 나는 다른 승객을 기다리는 그 시간을 가만히 있을 수 없었다.

"금방 올게요. 엘 고어에게 이 기사를 전해줘야 해요."

운전사에게 그렇게 말하자 운전사의 표정이 썩 좋아 보이지 않았다. 나는 남편에게 그렇게 이야기하고는 남편이 이렇다 할 대답을 하기도 전에 차에서 내렸다.

나는 빈센트와 함께 찍은 사진이 실린 그 〈뉴스위크〉 지가 어디에 있는지 잘 알고 있었다. 2층의 진열대였다. 나는 미친 듯이 에스컬레이터를 올라가서 그 잡지에 실린 FOP 대한 기사를 복사하고 미국 부통령에게 보내는 메모를 써서는 다시 아래로 내려갔다. 그리고 정장을 입은 키 큰 남자에게로 기사의 복사물을 불쑥 내밀고 말했다.

"이것 좀 엘 고어에게 전해주세요."

귀에 수신기를 꽂은 그 남자는 망설이는 듯 했다. "제발요!" 나는 그의 양복 깃을 잡고 애원했다. "이건 희귀 질병에 관한 기사예요. 내 아들이 이 질병을 가지고 있다고요!" 나는 기린과 풍선 옆에 서서 찍은 빈센트와 나의 사진을 가리켰다.

정장 차림의 그 남자는 무덤덤한 표정으로 사진을 쳐다봤다. '이보세요. 〈뉴스위크〉에 실린 이 여자가 나라고요!' 나는 그렇게 말하고 싶었다. 별난 내 행동 때문인지 몇몇 경찰이 나를 계속 지켜봤지만, 나머지는 미국 부통령을 위해 저마다의 임무에 충실했다. 물론 공항으로 가는 버스는 물론 출발하지 못하고 있었다.

"저는 그쪽 사람이 아닙니다." 정장 차림의 그 남자가 단조로운 어조로 말했다. 그는 도움이 안 되었고 표정을 읽을 수 없어서 힘들었다.

"고어쪽 사람에게 주어야 할 겁니다."

"아니라고요? 저는 시간이, 시간이 없는데요." 나는 로비를 훑어보았다. 도대체 고어쪽 사람들이란 어떻게 생긴 걸까? 아마 더 상냥하고 친절해 보이겠지? 나는 호텔 출입문을 돌아보았다. 공항 버스는 여전히 부릉거리고 있었고, 월트와 빈센트가 안에서 기다리고 있었다. 누가 고어의 사람이고 누가 아닌지 알아낼 수 있을 만한 시간이 없었다. 이리저리 뛰어다니던 바로 그 순간, 나는 사라의 엄마인 메릴린과 마주쳤다. 사라는 유일하게 움직일 수 있는 손가락만으로 휠체어에 의지해 대학에서 독립적으로 살아가는 여성으로, FOP 연구 기금을 모으기 위해 연필을 팔러 다닐 정도로 굳건한 의지를 가진 환자였다.

나는 사라의 엄마에게 그 기사를 건네주었다. "이걸 고어쪽 사람에게 전해주세요!" 그러자 아주 훌륭한 FOP 활동가인 메릴린은 고개를 끄덕이고는 작별인사로 나를 안아주었다. 나는 경찰들을 지나 회전문을 밀고 버스에 올라탔다.

그 다음날, 지역 신문을 읽던 남편은 나를 쳐다보고 이렇게 물었다. "어제 아침에 우리가 묵던 호텔 건너편에서 필라델피아 대주교를 방문한 사람이 누군지 알아?"

"엘 고어?"

"아니. 조지 부시 *George Bush*."

별로 놀라운 일도 아니었다. 필라델피아 대주교가 있는 성당에서 얼마 떨어지지 않은 곳에 서 있던 정장 차림의 그 남자는 아마도 부시 쪽 사람이었음이 틀림없다.

메릴린은 내 메모를 고어쪽 사람에게 전해주었고 그 후 2000년 대선 기간 중, 나는 엘 고어와 조지 부시 두 후보에게 편지를 썼다. 투표의 결론이 어떻게 날지 몰랐기 때문에 '존경하는 대통령님께' 라고 시작하는 편지를 두 사람 모두에게 보냈다.

스탠퍼드 대학의 우편접수 마감일 이틀 전, 빈센트는 학부모에게 전달되는 봉인된 편지봉투를 가지고 왔다. 이번 편지는 교장선생님이 써준 추천서였다. 빈센트는 특별히 교장선생님에게 추천장을 받고 싶어 했다. 대개는 학교의 진학 상담가가 대학입학 추천서 업무를 담당하지만, 빈센트가 교장선생님을 좋아하기에 우리는 교장선생님의 추천장을 동봉하기로 한 것이다. 사실 이 추천서는 아주 중요한 것이었다.

나는 교장선생님의 추천장을 내려다보았다. 그러나 내용을 다 읽어보기도 전에 나는 뭔가 잘못되었다는 것을 알 수 있었다. 내용이 너무 짧았던 것이다. 물론 아주 우호적인 내용이었지만 너무나도 일반적이고 평범한 수준이라 나는 거의 비명을 지를 뻔했다. 사실 교장선생님은 부임하신지 얼마 안 되었고 빈센트를 알게 된 것도 불과 두 달 남짓 되었다. 그래서 그런지

추천서는 너무나도 평이했다. 도대체 내가 뭘 바란 거지? 스탠
퍼드 대학은 이런 추천서를 아주 비중있게 생각하는데, 내용뿐
아니라 누가 썼는가에 큰 의미를 두고 판단한다는 정보를 들은
터였다.

물론 빈센트에게 스탠퍼드 대학은 '꿈의 대학'이기 때문에
아이의 입학기회를 잡기 위해서라면 천국과 지상을 오르내린
다고 해도 그건 그다지 중요한 문제가 아니었다. 스탠퍼드 대학
은 빈센트와 같은 장애를 가진 학생에게는 이상적인 조건들을
두루 갖추고 있었다. 지형적으로는 언덕이 없었고, 지리적으로
는 집에서 3시간밖에 안 걸리는 거리였으며, 의료시설면에서도
세계 최고의 의과대학과 병원이 있었다. 빈센트에게 이런 조건
은 다른 학교에서 찾을 수 없는 결정적인 요소였고, 아이비리그
명문대와 겨루어도 손색없는 대학순위는 FOP라는 병과 싸우고
있는 빈센트의 특별한 재능에 새로운 가능성의 문을 열어줄 수
있었다.

때는 벌써 저녁때가 지나고 있었고 이제 입학신청 우편마감
까지는 불과 몇 시간 밖에 남아 있지 않았다. 그러나 교장선생
님의 추천서를 그대로 동봉할 수는 없었다. 나는 한밤중에 빈센
트의 진학 상담가에게 이제껏 쓴 그 어떤 추천서보다 가장 빠르
고 가장 훌륭한 추천서를 써달라고 간청하는 팩스를 보냈다. 아
마도 그녀는 도와줄 것이다, 아니, 그래야 할 것이다.

대개 해가 뜰 즈음이면 모든 것이 희망적으로 보이는 법인데,
그날 아침은 모든 게 더 비관적으로만 느껴졌다. 루카스가 아팠

고, 한밤중 특급 팩스는 전혀 작동하지 않았다. 프린터에 입학 서류를 인쇄할 만한 잉크가 남아 있지 않아서 잉크를 사가지고 오니, 프린터가 갑자기 고장이 났다. 게다가 온화했던 가을 날씨는 갑자기 추워졌고, 새로 지은 우리 집에는 아직 난방장치가 마련되지 않았다. 우편으로 지원서를 보낼 수 있는 시간은 단 하루뿐이었다. 그날은 또 할로윈이었고.

루카스 때문에 의사에게 전화를 하고, 진학 담당자에게 팩스를 보내고, 주말까지는 새 집의 난방장치를 가동시켜줄 수 있는 사람이 아무도 없다는 것을 확인하자 오후가 되었다. 진학 담당자에게는 아직도 전화가 없다. 3분 안에 멋지고 훌륭한 추천서를 써 달라고, 모든 것을 제치고 먼저 해달라고 부탁할 수는 없는 노릇이었다.

나는 참다 못해 학교로 차를 몰았다. 진학 사무실에 도착했을 때, 그녀의 얼굴 표정에서 내가 보낸 마지막 팩스를 읽었다는 사실을 짐작할 수 있었다. 그녀는 표정은 완고하게 '할 수 없다'는 거부의 의사를 담고 있었다.

"할 수 없어요." 담당자는 내가 입을 떼기도 전에 먼저 말을 했다. 그녀는 벌써 마무리해야 할 여러 가지 추천서 업무가 밀린 상태였고, 기한 안에 할 일이 나보다 더 많았다. 나는 무릎을 꿇는 시늉을 했다. "죄송해요. 불가능해요." 그녀는 다시 반복했다. 그녀의 눈빛이 고통스런 표정으로 흔들렸다. 나는 설명하고, 부탁하고, 간청하고, 이의를 제기하고, 협상을 시도했다. 하지만 그녀는 할 수 없었다. 그러나 친절하게도 다음 주, 그러니까 마감일이 지난 다음에 추천서를 써서 동봉하겠다고 약속했다. '그럼 저도 기쁘지요.' 그녀가 말했다. 만약 스탠퍼드 대학이 '규칙은 규칙이다'를 고수하는 대학이라도 설사 기한을 넘겼더라도 진학 담당자가 보내는 추천서에 대해서는 논의할 여지를 남겨줄 것이다.

그녀는 최종적으로 교장선생님께 가서 모든 서류를 제대로 갖췄는지 한번 확인하라고 충고했다. 그래서 나는 교장실로 갔다. 그때 하얀 가운에 희끗희끗한 머리칼, 열정적인 표정의 교장선생님이 마치 미리 약속이라도 한 것처럼 불쑥 나오는 게 아닌가?

"웰런 부인!" 교장선생님이 말했다. "그렇잖아도 당신을 기다리고 있었어요." 교장선생님은 다소 어수선한 교장실로 나를 안내했다. 교장선생님은 의자에 놓인 물건을 치우더니 나를 앉히고 자신도 자리에 앉았다. "그러잖아도, 빈센트 추천서에 많은 내용을 빠뜨린 거 같아서요."

교장선생님은 마치 간밤에 도착하지도 않은 내 팩스의 내용을 알고 있는 것처럼 말했다. "그래서 다시 쓰려고 합니다." 나는 현명한 교장선생님에게 진심으로 감사하고 안도하고 또 안도하고 경이로워했다. "추천서를 쓰기에 딱 한 시간이 있군요." 한 시간은 정확하게 딱 알맞은 시간이었다.

집에 도착해보니 루카스의 열이 내렸고, 난방 기술자는 집으로 오고 있다고 하면서 주말까지는 난방장치가 작동될 것이라고 했다. 그리고 그날 할로윈 축제의 밤, 월트와 나는 가벼운 마음으로 아이들과 멋진 분장을 하고 집집마다 돌아다니며 사탕을 얻으러 다녔다. 기다려라, 스탠퍼드. 우리가 간다!

우리는 스탠퍼드의 입학처장으로부터 한 통의 편지를 받았다. 스탠퍼드 동문인 남편 월트 앞으로 온 편지였다. 내용은 이랬다.

"르랜드 스탠퍼드*Leland Stanford*, 제인 스탠퍼드*Jane Stanford*가 그들의 아들을 기념하며 1891년에 스탠퍼드 대학을 설립한 이래로, 가족 같은 연대감은 캠퍼스 내에서 아주 중요한 역할을 해왔습니다. 귀하의 스탠퍼드와의 인연과 연대 덕분에 아마 다른 훌륭한 지원자들 가운데서 당신의 자녀의 지원서가 단연 눈에 띌 것입니다."

"와, 다행이네." 내가 말했다.

"기부금을 내라는 거야." 남편이 편지에서 눈을 떼고 말했다. 수년간의 경험으로 미루어볼 때, 대학 동창의 끈끈한 연대 어쩌고 하는 편지는 대개 기부금을 요청하는 편지였다. 그렇다 하더라도 그 편지는 아주 희망적이었다. 물론 나는 빈센트의 뛰어난 학교성적에 대해서 아주 낙관적이었고, 빈센트가 가진 재능만으로도 스탠퍼드의 입학허가를 받을 수 있으리라고 자신하고 있었다.

나는 브라이언이 멕시코에서 가지고 온 빛바랜 과달루페 성모상 옆에 스탠퍼드에서 온 편지를 놓고 성모 마리아께 빈센트의 일을 전적으로 맡겨드리기로 했다. 앞으로 그 편지는 여러 개의 촛불과 어머니가 가져다주신 성수, 가족사진들과 함께 그 자리를 지키게 될 것이다.

11월, 내가 강의를 하고 있는 대학의 강당에서 이탈리아의 테너가수인 안드레아 보첼리 *Andrea Bocelli*가 첫 공연을 하게 되었다. 건물이 완공되고 최초로 초대 받은 예술가였다.

보첼리의 음악은 내면을 치료하는 음악이었다. 그날 밤 공연 막바지에 그는 '타임 투 세이 굿바이 *Time to Say Goodbye*'를 불렀다. 그의 목소리는 그리움과 상실감을 표현하는 음표 하나하나를 연주하였고, 그의 음악을 처음으로 듣게 된 우리도 마치 언제나 곁에 있었던 것 같은 익숙한 느낌을 받았다. 보첼리는 잔잔한 평화로움에 잠긴 듯, 두 눈을 꼭 감고 노래를 불렀다.

나는 빈 좌석을 찾기 위해 좌석 사이를 비집고 나아가는 빈센트를 따라갔다. 나는 빈센트가 경사가 급한 계단을 올라가는 내내 숨을 죽였다. 그리고 보첼리가 노래하는 동안 어둠 속에서 막대기처럼 꼿꼿하게 앉아 있는 빈센트의 옆모습을 훔쳐보았다. 아마도 제 엄마가 미처 듣지 못하는 다른 소리를 빈센트는 듣고 있으리라. 시각 장애인 스타 안드레아 보첼리. 그는 자신의 음악이 주는 구원 속에서 빛나고 있었다.

VI

빈센트의 은제 트럼펫
2003년 12월

✻ 크리스마스 며칠 전, 우리가 예전에 다니던 병원에 아직 FOP 진단을 받지 않은 아이의 엄마 테레사가 있었죠. 그런데 우연의 일치처럼 그 아이의 이름도 제 딸처럼 클라우디아였답니다. 테레사는 저에게 딸아이의 주치의가 FOP라는 질병의 정보를 발견하고, 딸의 병적을 미국으로 보내 이 병명이 FOP인지 검증해달라고 부탁했노라고 말해주었습니다. 그리고 크리스마스 사흘 전, 병원 측에서는 세 살 난 제 딸의 화학요법을 중지했습니다. 나로서는 크게 안도가 되었는데, 물론 그때만 해도 앞으로 어떤 사실을 만나게 될지 전혀 모른 상태였죠.

2000년 11월, 우리는 FOP의 심포지엄에 참가하기 위해 미국 필라델피아로 왔습니다. 그리고 딸아이에게 더 나은 삶의 기회를 주기 위해 어떤 어려움을 무릅쓰고라도 조국인 페루를 떠나 미국에 머물러야겠다고 결심했어요. 다른 가족과 좋은 일자리도 미련 없이 고향에 남겨놓고 말 예요. 하지만 세상 그 어떤 황금덩어리와 내가 여기서 클라우디아를 위해 해줄 수 있는 의료적, 도덕적, 사회적, 교육적 기회와 바꾸지 않을 것입니다.

－클라우디아의 엄마 마리 푸엔테스 바란테스*Mari Fuentes Barrantes*. 클라우디아,
　8세. 3세에 FOP를 진단 받음.

　1995년 11월, 월트는 X 박사가 했던 말들이 근거 없는 것이기를 바라면서 빈센트를 데리고 스탠퍼드 대학의 메디컬 센터로 갔다. 나는 입덧이 너무 심해서 함께 갈 수 없었다. 하지만 얼마 후 남편이 전해준 소식 역시 울렁거림을 진정시켜줄 좋은 소식이 아니었다.

　사실 빈센트는 오랜 진통 끝에 스탠퍼드 대학 메디컬 센터에서 태어났다. 빈센트가 태어날 당시에는 아무런 문제도 없었다. 1986년 9월 10일, 그때는 새로 태어난 갓난아이의 발가락에 FOP의 징조가 있다는 것을 누구도 알 수 없었다. 겉으로는 멀쩡해 보이는 엄지발가락의 관절을 진지하게 살펴볼 이유가 전혀 없었던 것이다.

　스탠퍼드 대학병원의 한 병실에서 온방 가득 가족과 친척들이 카메라를 들고 빈센트의 탄생을 축하해준 지 9년 후, 남편 월트는 똑같은 대학병원에서 빈센트가 ‘진행성 골화성 섬유이형성증’이라는 것을 알게 되었다.

"진행되지 않을 수도 있어." 빈센트를 데리고 집으로 돌아와서 남편이 말했다. "의사의 말이 빈센트의 경우는 증상이 가볍다고 하더군. 그리고 만약 병이 더 악화되면 골화된 부분을 외과적으로 제거하고 방사선 치료를 할 수 있대."

"방사선 치료요?"

"응, 다시 딱딱해지지 않도록 말야."

반복해서 설명하지만, 만약 FOP 환자에게서 골화된 부분을 제거하면 더욱 폭발적으로 골화가 진행되어 마침내 그 부분의 운동성을 잃게 된다. 그러나 당시만 해도 FOP 사례는 아주 희귀한 경우였기 때문에, UCSF의 최고 유전학자조차도 이런 위험한 처지에 대해서 제대로 알고 있지 못했고, 스탠퍼드 대학의 최고 산부인과 의사역시 이 질병을 다룰 만한 연구자의 이름조차 알려줄 수 없었다. 만약 방사선 치료가 FOP의 골화 진행을 막은 사례가 있었다면 이야기는 또 달라졌을 것이다.

1995년 말 어느 날, 나는 셸린을 태우고 마을 건너편의 작은 유치원으로 가고 있었다. 아이들을 통학시키면서, 또 대학에서 시간강사로 일하는 일은 힘에 부쳤지만 나는 그럭저럭 헤쳐나가고 있었다. 사실 나는 어느 날 갑자기 학생들 앞에서 차마 말 못하고 한손으로 입을 틀어 막고 강의실 밖으로 뛰쳐나오는 날이 오게 될까봐 그게 더 걱정스러웠다.

셸린이 다니는 유치원은 캐서린 헵번을 닮은 얼굴선과 파란 눈, 아주 고운 은발머리를 가진 빛나는 80대 여성 블란체가 운영하는 곳이다. 우리가 사는 지역의 상징이기도 한 그녀는 평생을 유치원 교사들을 육성하는 데 헌신했다. 그녀의 작은 학교는 그녀 스스로도 인정했듯이 '아이들을 위한 마법의 장소' 그 자체였다. 타이어로 된 그네, 타잔 밧줄, 커다란 나무덩굴과 석류나무가 있었다. 그뿐인가? 나무로 된 놀이집, 모래 놀이터, 그네, 미끄럼틀, 토끼…. 그녀의 유치원에 가면 안데스 산맥의 발치에 있는 우리 할아버지의 집에 있는 것 같은 착각이 들기도 했다.

내가 블란체를 알고 지낸 것은 꽤 오래되었다. 어느 날, "나는 당신을 사랑해요. 그런데 당신은 늘 늦는군요."라고 말할 정도로 우리 사이에는 거리낌이 없었다. 하지만 내가 그녀에게 빈센트의 FOP를 털어놓기까지 상당한 시간이 걸렸다. 나는 여전히 입덧과 FOP라는 사실을 부정하고 싶었고, 내가 만약 블란체 같은 사람에게 내 이야기를 털어놓지 않으면 내 아들의 질병은 현실감을 얻지 못할 것이라는 생각이 들었다. 그러나 어느 순간 공포심이 불쑥 고개를 내밀었다. 'FOP는 어떻게 될까? FOP와 뱃속의 아기는? FOP와 내 아이들의 아이들은? 나는? 어떻게 해야 하지?'

차가운 11월의 어느 날 아침, 나는 블란체와 인사를 하고 FOP에 대해서는 한마디도 꺼내지 않은 채 세 살인 셀린을 그네에 태웠다. 그네가 앞뒤로 흔들릴 때마다 요정 같은 셀린의 머리칼이 찰랑거렸다. 나는 그네를 멈추어 조그만 딸아이를 끌어안고 그 부드러운 뺨에 내 뺨을 비볐다. 아이가 까르르 웃어댔다. 나는 셀린을 유치원에 두고 그대로 되돌아 나올 수가 없어서 유치원 마당에서 노는 아이들의 웃음소리를 들으며 주변을 걸었다. 겉옷 주머니에 손을 넣자 나무로 된 묵주가 있었고, 걸으면서 기도를 했다. 길가 아래쪽에 서 있는 오래된 참나무와 유칼립투스 나무가 마치 나를 호위하듯 지켜보고 있었다. 묵주 한 알과 한 걸음. 그러자 내 안의 무언가가 편안해지기 시작했다.

아침에는 그럭저럭 산책으로 극복할 수 있었지만, 밤이면 뜨거운 물이 가득 담긴 욕조에 발을 담그고는 입덧과 싸우며 훌쩍거리곤 했다. 다섯번째 아이의 임신 사실을 알게 된 후, 지나친 걱정은 너무나도 비싼 사치품이라는 사실을 깨달았다.

첫아이 브라이언이 태어나기 전에 내가 마지막으로 기억하는 일은 따뜻한 9월 밤에 남편과 내가 파란색 자동차를 타고 퉁퉁거리며 간 것이다. 배에 젤을 바르고 케이블로 연결된 기계를 켜자 물속에서 마치 말이 발굽소리를 내는 듯한 소리가 들렸다. 그리고 양수가 터졌고, 모니터의 초록색 화면이 바뀌자 남편 대신 산부인과 의사가 달려왔다. 나는 그 상황에서도 '우리 좀 다른 상항에서 만났으면 좋았을 텐데요'라고 그와 악수를 했다. 그리고 마지막으로 마취 마스크를 쓰고 숫자를 세는데 누군가 옆에서 이렇게 이야기하는 소리가 들렸다. "누구, 어떻게 해야 하는지 아는 사람?"

브라이언은 예정일을 하루 넘겨 태어났다. 베내옷을 입고 강보에 싸인 브라이언의 머리카락은 가리마에서 가지런하게 빗겨 있었다. 아기의 성품상 뱃속에서 밀고 나오는 힘이 부족하진 않았겠지만, 우리는 제왕절개 수술의 도움을 받아야 했다. 뱃속에서도 한곳에 오래 있기를 좋아하지 않았던 브라이언은 예정일보다 2개월이나 먼저 나오려고 계속 힘을 써댔다. 그리고 마침내 세상의 빛을 보는 순간, 브라이언의 탯줄은 우리 둘의 운명을 책임지고 있던 내·외부, 그리고 영원이라는 모니터에 갖가지 신호들을 보냈다.

출산을 마치고 주변이 온통 초록빛에 소독약 냄새가 코를 자극하던 회복실에서 눈을 뜬 순간, 목소리는 갈라지고 정신은 몽롱했다. 그러나 남편의 손에 들린 갈색 머리칼의 조그맣고 건강한 아이의 머리를 보자 내 인생에서 그때까지 느껴보지 못했던 안도감과 감격이 울컥하고 올라왔다. 그리고 그 느낌은 이후 둘째 아이부터 넷째까지 모두 똑같이 느껴진다.

그러나 두 번 다시 겪고 싶지 않은 것은 브라이언이 태어나기까지 겪었던 그 모든 힘든 과정이었다. "당신은 다음 출산 때에도 이런 일을 겪을 가능성이 50%예요." 의사가 말했다. 그러나 수년 후, 그러니까 1995년 다섯번째 아이를 임신하기 전까지는 그런 문제를 겪지 않았기 때문에, 나는 뜻밖의 일들이 일어나지 않기를 기도했다. 그리고 나는 첫째, 둘째, 셋째, 넷째 아이 때와 마찬가지로 다섯번째 아기의 안전을 위해 입덧과 모든 것을 참고 견디어야 한다는 것을 잘 알고 있었다. 믿음을 가져야 했다.

이제 걱정은 그만해야 한다고 걱정하던 그 즈음에, 한 친구가 선의로 FOP에 관한 기사를 보내온 적이 있다. 그 기사에는 FOP

가 정신지체를 가져올 수도 있다고 써 있었다. 그 기사를 읽은 그날 밤, 나는 한숨도 못 자고 어지럼증으로 고생해야 했다. 그래서 염려와 걱정를 극복하기 위해서 과도하게 많은 정보로부터 나 자신을 보호해야겠다고 결심했다. 임신, 출산, 회복이라는 기간 동안 FOP는 잠시 접어두어야 했다.

나는 11월의 어느 어두운 오후에 남편에게 말했다. "이제 FOP를 생각하는 건 당신 혼자서 해요. 난 당분간 그것에 관해서는 깊이 연구하지 않을 거예요. 뱃속의 아기가 잘 태어나기 전까지는 생각도 안할 거라고요." 월트는 내 말에 동의했다. 그때부터 남편은 FOP 전담 연구자가 되었다.

어느 차가운 가을날 아침, 나는 셸린을 유치원에 데려다주고 근처 큰 서점에 들렀다. 그날 아침, 아이들과 엄마들은 활달한 분위기에서 색색 깔의 카펫 위에 반원으로 둘러앉아서 젊은 여성이 책을 읽는 소리에 귀를 기울이고 있었다. 보통 때라면 나도 그런 동화구연을 구경하기도 했겠지만, 그날은 실용서를 파는 곳에 있었다. 나는 척추 관련 질병인지 뭔지 비슷한 병을 앓는 한 아이의 엄마가 쓴 책을 뽑아들었다. 당시 나는 빈센트가 '의학적으로 치료가 필요한 상태'라는 것을 믿을 수 없었기에, 그 책을 선뜻 사서 집으로 갈 수가 없었다. 대신 서가 앞에 서서 허겁지겁 페이지를 넘기고 있었다.

내가 뽑아 든 그 책은 아이가 만성적인 질병상태일 때 부모는 '정서적인 굳은살'을 키우고, 처음에는 자신을 압도할 것 같았던 고통에 대해 조금씩 무뎌져간다고 설명했다. 그 비유는 나처럼 힘든 여정에 방금 들어선 사람에게 희망을 주려는 미사여구가 아니라 아주 정확한 사실을 말하고 있다는 것을 알 수 있었다. 누구든 그 길을 따라 가면 갈수록 더욱더 참을성이 생긴다는 것을 말이다. 그 책은 정확하게 옳은 말을 하고 있었다. 하지만 내가 받아들일 수도 없고, 알지도 못하며, 또 상상할 수도 없는 일에 대해서 누군가 해주는 충고를 그대로 받아들일 수는 없었다. 내 자신이 그것을 받아들이고 생각하고 상상하도록 하는 것은 불가능한 일이었다.

그렇다면 나는 왜 그 책이 내 인생을 바꿀 만한 것이었다고 말하는 걸까? 이런 이유에서다. 내가 그 책을 처음 접한 1995년은 인터넷이 대중화되기 훨씬 이전이었고, 사람들은 대부분 신문이나 전화를 통해서 정보나 물건에 대한 소식을 접했다. FOP는 내가 다니던 대학의 의학사전에조차 나오지 않던 때로 그에 대해 새로 뭔가 알게 된다는 것은 그야말로 뜻밖의 일이었다.

사실 내가 서점에서 뽑아든 그 책은 FOP와 전혀 관계없는 것이었다. 나는 그저 스스로를 도울 만한 책을 찾고 있었지 의학적 자료를 찾고 있었던 것이 아니었다. 그럼에도 그 책 속에는 내게 필요한 것을 찾을 수 있는 열쇠가 들어 있었다. 그것은 바로 희귀병전국연합(National Organization for Rare Disorders)을 상징하는 약어 NORD였다. 나는 네 글자 'N-O-R-D'와 그곳의 전화번호를 손바닥에 적고 책을 도로 꽂아놓았다. 집에 도착할 때까지 그 NORD라는 글자는 손바닥에 선명했지만 전화번호는 이미 다 지워지고 없었다.

어느 날, 나는 드디어 셀린의 유치원 교장선생님인 블란체에게 빈센트와 FOP에 대해서 솔직하게 털어놓았다. 그날 역시 여느 날과 다르지 않았다. 아이들의 점심 도시락 가방이 이리저리 굴러다녔고 셀린의 오빠들이 수업종이 울릴 때 들어갈 수 있도록 여유 있게 내려준 다음, 뿌듯한 마음으로 셀린의 손을 잡고 돌아섰다. 그 순간, 나는 순식간에 내 머리칼을 쥐어 뜯고 싶었다. "세상에, 신발! 어떻게 네 신발을 잊어버릴 수 있지?" 나는 내 눈을 의심하며 셀린의 맨발을 보았다.

나는 유치원 현관의 작은 유리창을 통해 블란체가 걸어 나오는 것을 보았다. 그녀는 평상시처럼 안쪽 손잡이를 잡고 문을 연 채 인사말을 건네고, 셀린에게 미소를 지었다. 나는 셀린의 맨발에 당황하며 설명을 했다.

"여기서는 신발을 신지 않아도 되요." 블란체는 턱을 약간 들며 아무것도 아니라는 식으로 말했다.

그녀가 아이가 맨발로 온 일을 아주 사소한 일로 받아넘길 정도라면 좀더 큰일에 대해서는 분명 그에 맞게 진지하게 대할 것이었다. 그래서 그날 나는 블란체에게 너무 심각하게 들리지 않도록 노력하면서 FOP에 대해서 말했다. 셀린은 벌써 진흙파이를 만들려고 마당으로 나간 후였고, 셀린의 친구 라피는 시끄럽게 노래를 부르고 있었다. 나는 블란체에게 복도로 나가자고 신호를 보냈다. 나는 의자를 펼쳐서 앉기도 전에, 그녀가 차 한 잔 마시자고 권할 틈도 주지 않고 모든 것을 빠른 말투로 주섬주섬 털어놓았고, 고해성사 후 내려질 죄의 사함 같은 것을 기다렸다.

"가슴이 아프네요." 블란체가 말했다. 크게 놀라고 상심한 표정이었다. 그녀는 자신이 도와줄 일이 있는지 물었다. 실제로 그녀는 후에 아주 특별한 도움을 주었다. 펜실베이니아에 있는 FOP 연구실을 위한 기금조성 바자회 'FOP를 위한 즐거운 하루' 행사를 주최해준 것이다. 그 일은 우리가 대중을 대상으로 노력한 첫 경험이었고, 그 일로 우리는 더욱 끈끈한 관계가 되었다.

내가 NORD로 전화를 걸었던 날은 창백하고 차가운 겨울 아침이었다. 신호가 가자마자 여자의 목소리가 들렸다. 나는 아들 빈센트가 진단 받은 병명을 이야기했다. "그리고 얼마 안 있으면 새로운 아기가 태어날 예정이에요." 나는 X 박사가 말한 유전성과 내 엄지손가락 이야기를 했다.

"만약 이 병이 유전이라면 다음 세대에 전달될 가능성은 얼마나 될까요?"

"유전 가능성은," 나는 그녀가 유전인자가 다른 아이에게도 전해질 수 있다고 말한 이후의 답변에 대해서 제대로 기억하지 못한다. 그녀는 몇 가지 수치들을 이야기했던 것 같다. 그게 내가 기억하는 전부다. 사실 너무나 큰 충격이었기에 나는 속이 심하게 울렁거렸다.

전화 저편의 여성은 의심할 여지없이 전문적인 지식을 가진 사람이었고, 궁극적으로 그녀는 자신이 생각하는 것 이상으로 내게 큰 도움이 됐다. 그 어렵고 냉혹한 사실을 무슨 규정 읽듯 전혀 우울하지 않은 목소리로 말하는 방식과 태도를 보면, 그녀는 일종의 '감정의 굳은살'이 배긴 듯 했다. 하지만 나는 그렇지 못했다. 내가 묻고 그녀가 대답하는 동안, 나는 부엌의 창백한 타일과 타일 사이에 붙은 접착제를 노려보며 창백한 손톱으로 긁어댔다.

"당신과 아이 모두 유전학 전문가를 만나봐야 할 겁니다." 그녀가 말했다. 혹시 내 아이들의 아이들에게까지 그 유전인자가 대물림될 수 있는지 묻자 그렇다고 말했다. 유전학자나 전문가와 상담해야 한다면 예전에 유전학자 X 박사를 만난 일도 유효한지 궁금해졌다. 그리고 그랬으면 하는 마음이 들었다. 지금 또 새로운 유전학자를 만나러 간다는 일이 두려웠기 때문이다.

타일과 타일 사이의 접착제가 벗겨지기 시작했다. 울렁거림은 어느 정도 가라앉았지만, 금방이라도 쓰러질 것 같아서 나는 서둘러 그 상담자에게 고맙다는 인사를 하고는 전화를 끊으려고 했다.

"지원자모임의 전화번호를 알려드릴까요?" 그녀가 마지막으로 물어보았다. 물론, 안 될 이유야 없죠. 유전 확률을 말하는 숫자만 아니라면야. 나는 그 대답에 뭐라고 대답했는지는 기억나지 않지만, 아마도 긍정적으로 대답하고는 일단 손바닥 위에 적었을 것이다. 그리고 종이 위에 옮겼겠지. 어쨌든 그 번호를 적은 메모지를 잡동사니 서랍에 넣어두었다.

빈센트의 취미생활이 운동 대신 음악으로 바뀌자, 빈센트는 학교 밴드부에 들어갔다. 그리고 은제 트럼펫을 사기 위해서 돈을 모으기 시작했다. 우리는 트럼펫 카탈로그를 구경했는데, 매끄럽게 빛나는 순은 키가 달린 트럼펫은 상상을 초월할 정도로 비쌌다. 빈센트는 생일에 받은 용돈, 심부름 값, 정원 가꾸며 받는 잔돈, 할아버지와 할머니 그리고 삼촌과 이모나 고모에게서 가끔 받는 용돈을 차곡차곡 모았다. 그 트럼펫은 한 가지 목표에 마음을 두면 그것을 얻기 위해 아주 조용하지만 끈기 있게 나아가는 빈센트의 성품을 말해주는 일화가 되었다.

조만간 빈센트가 은제 트럼펫을 손에 넣게 될 것이라는 점은 확실했다. 물론 그것을 얻기까지 다소 오랜 시간이 걸리긴 하겠지만. 그런데 어느 날 셀린이 그 시기를 앞당기는 지름길을 발견해냈다. 바로 산타클로스였다.

"불가능해." 남편이 말했다. 남편 말은 사실이었다. 남편은 회사에 소속되지 않고 개인변호사로 일하고 있었다. 혼자서 일하는 것은 예전에 있던 로펌 회사에서 일하는 것보다 시간적인 여유와 융통성이 있었지만, 소송이 미결로 미뤄지거나 마지막에 고객이 변호비용을 내지 못하면 우리 가족의 생활은 그야말로 빠듯해졌다. 그래서 우리는 2000년도에 빈센트가 계단을 오르내리지 않고, 또 생활비도 절약하도록 예전보다 조금 작은 단층 회색 집으로 이사를 했다. 당시 남편은 성희롱 사건에 휘말린 미혼모의 대리인 역할을 하고 있었는데, 그 건은 아무래도 쉽게 끝날 것 같지 않았다. 적어도 몇 년이 걸릴 터였고, 안정된 수입이 있는 검사 팀을 상대로 대출금까지 얻어서 혼자서 재판을 진행해야 할 상황이었다. 그런 상황에서 비싼 은제 트럼펫이란 말 그대로 불가능한 일이었다.

12월 초 어느 날 밤, 셀린은 종이에 또박또박 정성껏 쓴 편지를 건네주었다. 그 내용은 이랬다.

❋ ❋ ❋

존경하는 산타클로스 할아버지.

저는 지금 아기 이사벨과 저를 위해 이 편지를 씁니다. 올해 크리스마스에는 사실 갖고 싶은 물건이 많이 있지만, 그걸 다 선물로 주실 수는 없을 거예요. 이사벨은 자전거를 가지고 싶어 합니다(두발 자전거요, 이제는 이사벨로 잘 타거든요). 사실 우리 둘 다 자전거를 가지고 싶어요. 그런데 만약 우리가 선물을 받을 만큼 착하지 않다면 안 주셔도 되요. 하지만 우리가 가장 바라는 선물은 바로 빈센트 오빠에게 줄 은제 트럼펫이에요. 빈센트 오빠는 그걸 너무나도 갖고 싶어 하지만 돈이 부족하답니다. 오빠가 행복해하는 모습을 보면 나도 행복할 거예요. 그리고 이 세상에 산타클로스가 없다고 말하는 사람들이 산타클로스 할아버지를 믿었으면 좋겠어요. 사랑해요, 산타클로스 할아버지.

—사랑을 담아, 셀린(그리고 이사벨)

나는 그 편지에 진짜 북극의 주소를 적어 우체통에 넣었다.

"산타클로스 할아버지가 오빠에게 트럼펫을 주실까요?" 그때부터 셀린은 내게 시도 때도 없이 찾아와 두 손을 꼭 모아 쥐고 간절한 소망을 담아 물었다. 이제 열 살인 셀린은 뭔가를 진정으로 믿고 싶어 하는 나이의 끝자락에 서 있었다.

"잘 모르겠는데." 나는 처음에는 가볍게 대답했지만 시간이 갈수록 가볍게 대답하고 지나가기가 힘들어졌다.

드디어 12월 23일, 나는 더 이상 가만히 앉아 있을 수가 없었다. 산타클로스 역시 누군가의 도움이 필요한 때였다. 빈센트의 학교로 운전하면서, 나는 빈센트가 이미 모아 놓은 돈으로 산타클로스의 일을 순조롭게 진행시킬 수 있을지 곰곰이 생각했다. 그때 이름 하나가 떠올랐다. 스테반 파벨라 선생님! 파벨라 선생님은 빈센트 학교의 밴드 지도 선생님으로, 학생들을 위해서 사는 분이라고 해도 과언이 아니었다. 나는 파벨라 선생님에게 전화를 걸어 사정을 설명했다. 그리고 셀린이 산타클로스에게 쓴 편지 얘기도 덧붙였다.

"최선을 다해보죠." 파벨라 선생님이 대답했다.

그런데 사실대로 말하자면 이 은제 트럼펫은 아무데서나 쉽게 구할 수 있는 물건이 아니었다. 그리고 크리스마스까지 불과 이틀밖에 남지 않아서 우리의 희망사항이 이루어지기는 좀 힘든 일이었다. 몇 시간 후 파벨라 선생님이 다시 전화를 주셨다. 선생님이 알고 있는 지역의 여러 곳에 전화를 해보았지만 어디에도 은제 트럼펫이 없다고 했다.

"아, 그런데 가게 하나가 더 남았네요."

사실 파벨라 선생님에게 악기를 찾아봐달라고 부탁하기에 그리 좋은 때가 아니었다. 곧 영국에서 열릴 밴드부의 원정연주회를 위해 준비해야 할 것이 너무나 많았기 때문이다. 심지어 파벨라 선생님은 학생들에게 무료로 음악을 가르치고 있었고, 밴드부의 기금 조성을 위해서 음식을 만들어 판매했으며, 학교 버스를 운전하기 위해서 면허를 따는 등 모든 사소한 일까지 담당하고 계셨다. 그런 분이기에 크리스마스이브에도 학교 밴드 연습실에서 악보를 챙기고 악기를 싸고 항공편을 다시 확인하고, 거기다 은제 트럼펫까지 구하느라고 동분서주 하셨다.

12월 23일 늦은 오후, 마침내 파벨라 선생님은 우리가 사는 지역에서 은제 트럼펫을 찾아내셨다. 뿐만 아니라 상점 주인을 설득해서 가격까지 깎아놓았다.

그날 밤, 홀로 불을 밝히고 있던 학교 밴드 연습실에서 파벨라 선생님은 우리의 보물을 건네주었다. 은제 트럼펫은 푸른색 벨벳 주머니 속에서 찬란하게 빛나고 있었다. 마치 아무것도 안 들어 있는 것처럼 가벼워서, 나중에 빈센트가 말하길 크리스마스 선물이 트럼펫이 아니라, 트럼펫을 넣는 주머니뿐인 줄 알았다고 했을 정도다.

나는 감격해서 할 말을 찾지 못하고 잠시 뜸을 들이다가 어렵사리 입을 뗐는데 영화에나 나올 법한 흔한 대사였다. "저희가 어떻게 보답해야 할까요?"

"제가 원하는 것은 빈센트가 크리스마스 아침에 이 케이스를 열어 보는 순간을 찍은 사진 한 장이에요." 파벨라 선생님은 그렇게 말씀하셨다.

빈센트는 크리스마스인 12월 25일 새벽 3시에서 4시 사이에 여동생들과 함께 하얀 종이를 펴고 은제 트럼펫을 발견했다. 나는 그 시간에 자고 있었기 때문에 그 모습을 사진으로 찍을 수 없었다. 하지만 그날 아침 여동생과 빈센트의 표정은 행복한 크리스마스 그 자체로 빛나고 있었다.

컵에 물이 반쯤 담겼을 때 - 2003년 12월

브라이언이 크리스마스를 보내기 위해서 칠레에서 집으로 돌아왔다. 긴 다리와 갈색 눈동자를 가진 브라이언은 고국 칠레에서 아무런 미래도 꿈꿀 수 없는 안타까운 처지의 친구를 데려오려고 백방으로 노력했지만 결국 실패했고, 이후로 눈매가 더 깊어졌다. 브라이언은 이번 여행을 위해 페루의 건설현장에서 여름 내내 일하고 돈을 모았으며, 다음 학기에는 이탈리아로 가서 공부할 예정이었다.

빈센트와 나는 아동병원의 류머티스과로 갔다. 다정다감한 수간호사 바브는 헨릭슨 박사가 차트에 적은 처방내용을 아주 꼼꼼하게 읽었다.

"이제 졸업반이지?" 바브는 처방 대로 빈센트에게 피부의 피하층에 감기 예방주사를 놓기 위해 팔을 문지를 얼음 팩을 건네주며 말했다.

"내년에는 대학에 가겠네?"

"스탠퍼드에 가고 싶어요." 빈센트가 대답했다.

내가 끼어들었다. "빈센트의 꿈의 대학이죠." 나는 애써 주사기를 보지 않으며 말했다.

간호사는 류머티스과에 남은 마지막 감기백신을 가지고 왔다. 오늘 아침, 빈센트를 위해서 마지막으로 남겨 둔 약이었다. 사실 빈센트가 이런 종류의 주사를 맞는 것은 9년 만에 처음으로, FOP를 가진 아이들에게는 근육주사가 최악의 경우가 될 수 있다는 것을 안 후 처음 있는 일이었다.

"앞으로 의사가 될 거예요." 내가 말했다.

바브는 빈센트를 칭찬했다. "스탠퍼드 같은 대학에 지원할 정도면 학교성적도 좋고 아주 똑똑하겠는걸!" 나는 바브가 근육을 피해가며 빈센트의 살갗 아래 거의 수직으로 주사바늘을 찌르는 모습을 보며 속으로 몇 마디 기도를 드렸다.

빈센트에게 예방접종을 맞히자는 결정은 쉽지 않았다. 그래서 나중에서야 류머티스과 냉장고에 남은 마지막 백신을 위해 허겁지겁 달려온 것이다. 우리는 최근 FOP의 진행과 감기와의 연관성에 대한 펜실베이니아 대학의 연구결과를 알게 됐고 감기가 위험하다는 사실을 알았다. 물론 예방접종 주사 그 자체의 위험, 주사 바늘의 위험, 그리고 좀더 안전하게 콧속에 뿌리는 스프레이 백신까지 생각해보았다. 그건 외상의 위험은 없었지만, 그 처방을 받은 FOP소년은 그해 겨울 다시 병원에 입원하게 됐다고 했다.

그러나 빈센트는 좋아보였다. 이제 가장 어려운 부분이 안전히 마무리되었기에, 우리는 간호사 바브에게 크리스마스 인사를 하고 밖으로 나왔다.

"어때?" 병원 주차장 쪽으로 가면서 빈센트에게 물었다. 빈센트는 왼쪽 팔뚝 위에 휴대용 아이스 팩을 대고 있었다.

"괜찮아요." 빈센트는 그렇게 말하며 다리를 절룩거렸다. 빈센트는 앞으로도 엄마가 그 질문을 몇 번이라도 더 물을 거라는 걸 알고 있었다.

도로를 따라 구 시가지로 들어가니 그곳은 벌써 크리스마스 장식들로 반짝거리고 있었다. 나는 크리스마스 전에 통장에서 빠져나갈 잔고를 점검하러 은행에 가야 했다.

가족 중에서 크리스마스 장식과 전등을 다는 일을 기획하고 지휘하는 사람 역시 빈센트다. 빈센트는 해마다 크리스마스 시즌이면 반짝이 전구 줄을 꺼내어 조그만 전등을 조심스럽게 끼운다. 그리고 장식품 중 부러진 것이 있으면 자신이 모은 용돈으로 필요한 만큼 새로 사다가 끼우기도 한다. 작년 겨울에는 황금빛 전구가 들어가는 사슴인형을 사서 앞마당에 고드름으로 시내를 만들어 물을 마시는 것처럼 해놓았다.

나는 예방접종 문제가 끝난 터라 다소 마음이 놓였고, 다행히 빈센트도 괜찮아 보였다. 거리는 전등과 리본, 선물을 사려는 사람들로 붐볐다. 은행 주차장에 차를 대는데, 휴대전화가 울렸다. 큰 아들 브라이언이었다.

"엄마? 스탠퍼드에서 우편물이 왔어요."

"그래?" 나는 짧게 대답했다. 조기 지원에 대한 결과통보일 것이다. 어찌됐든 지원한 내용에 대해 답변이 온 것이다. 나는 빈센트를 힐끗 쳐다보았다. 빈센트는 창밖을 쳐다보고 있었다.

그러나 브라이언의 목소리에서 내가 원치 않던 결과의 분위기가 느껴졌다. 여느 대학의 통보 형식과 마찬가지로, 두툼한 봉투는 좋은 소식이고 얇은 봉투는 나쁜 소식인데 대학생이 된 브라이언이 그걸 모를 리 없었다. 브라이언의 차분한 목소리는 그 편지봉투가 얇다는 것을 간접적으로 말하고 있었다. 나는 브라이언에게 고맙다고 말하고, 혹시라도 진짜 나쁜 소식이면 어쩌나 조바심을 내며 전화를 끊었다. 하필이면 오늘처럼 민감한 날을 골랐을까. 빈센트는 방금 전에 예방접종을 했다. 그것도 주사 바늘로. 그리고 앞으로 24시간은 주의 깊게 지켜봐야 한다. 아직 안심하기엔 일렀다. 나는 예방접종 약에 대한 반응으로 병원에 입원해 있다는 FOP 소년에 대해서 생각했다. 스탠퍼드 대학의 입학여부 결과는 뒤로 미루어도 좋을 것이다. 나는 당분간 빈센트에게는 알리지 않기로 마음먹었다.

빈센트는 내가 은행에서 일을 보는 동안 차 안에서 기다리기로 했다. 나는 은행 안으로 들어가 제일 짧은 줄 뒤편에 서서 집으로 전화를 했다. 이사벨이 전화를 받았다.

"이사벨, 스탠퍼드에서 온 우편물 찾을 수 있겠니?"

얼마 후 이사벨이 우편물을 찾은 듯 했다.

"날씬해 아니면 뚱뚱해?"

이 정도면 은행의 대기줄에 서서 휴대전화로 이야기할 수 있는 아주 일상적인 내용일 것이다. 전화로 이런 대화를 많이 해보지 않은 이사벨이지만, 잠시 몇 초 간 머뭇거리더니 무표정한 목소리로 대답했다. "날씬해!"

"아가, 고마워. 가서 오빠 루카스 좀 바꿔주렴." 나는 우울한 감정이 치밀어 올라오는 것을 애써 억눌렀다.

창구 앞까지 가기에는 좀 여유가 있었다. 그러나 앞으로 몇 분 내에 나는 친절한 창구직원 앞에 서게 될 것이고, 손짓을 해가며 무언극 배우처럼 숫자를 알려주게 되겠지. 그럼 차에서 기다리다 지루해진 빈센트가 은행 안으로 들어오고, 이 편지와 관련된 사실을 숨기려는 나의 소박한 계획은 물거품이 될 터였다.

"루카스!" 나는 루카스의 침착하고 깊은 목소리가 들리자 다급한 목소리로 말했다.

"스탠퍼드에서 온 우편물 말이야. 그거 좀 얇지? 그렇지?" 루카스는 내 말에 동의했다. "그럼 잘 들어. 얇은 편지는 대개 불합격이야." 나는 더 이상은 긍정적으로 생각할 수 없었다. 물론 이제는 꼭 그렇지만은 않다는 소문도 돌았다. 요즘에는 대학 측에서 아주 얇은 편지를 보내고는 합격자는 인터넷으로 알려준다는 것이었다.

"루카스, 그 편지를 엄마 서랍장 맨 위에 있는 사진상자에 넣어주렴." 내 목소리가 빨라졌다. 내 앞의 할머니가 창구직원 앞에서 지갑을 열고 있었기 때문이다. "좋은 소식이 아닐 거야. 빈센트가 방금 예방접종을 하고 가는데 나쁜 소식은 전해주고 싶지 않아."

만약 좋은 소식이라면 월요일까지 기다린다고 해서 나쁠 건 없다. 그러나 나쁜 소식이라면 빈센트가 크게 상심할 것이다. 나는 마지막 말을 속사포처럼 쏟아냈다. 창구직원이 이리로 오라고 손을 흔들었기 때문이다. 물론 루카스는 내 말을 잘 알아들었다.

그날 밤, 만약 스탠퍼드에서 온 편지가 아주 좋은 소식이라면 대학에서 '장난'을 친 게 되고, 그렇다면 굳이 개봉을 미뤄야 할 이유가 없다고 생각했다. 그래서 나는 저녁 식사 후 침실로 가서 문을 잠그고 사진상자 안에서 그 편지봉투를 꺼냈다. 우편물은 너무나도 얇았다. 나는 봉투를 뜯지도 않고 침대 옆의 전등에 편지를 비춰보며 '유감스럽게도'라는 표현으로 시작하는 문장이 있는지 살펴보았다. 하지만 그런 말은 없었다. 그냥 여러 가지 표현이 뒤죽박죽 섞여 있다고나 할까. 봉투를 이리저리 비춰보며 마침내 '4월'이라는 단어를 찾았다. 일반적으로 4월은 입학 허가보류에 대해 최종결과가 나오는 달이었다.

'이건 그렇게 나쁜 소식이 아니야. 입학거부가 아니잖아!' 물론 그렇다고 해서 합격을 알리는 기쁜 소식도 아니었다. 하지만 빈센트가 이 편지를 보고 컵에 물이 반이나 남았다고 할지, 아니면 반 밖에 남지 않았다고 할지는 알 수 없었다. 어찌됐든 이 우편물에 대해 빈센트에게 미리 이야기해줄 필요는 없을 것이다. 그래도 빈센트에게 우편물이 왔다는 것을 당장 알려줄 수 없다는 사실에 기분이 별로 좋지는 않았다.

예방접종 주사 후 무사히 만 하루가 지나갔다. 빈센트는 의사의 지시대로 주사를 맞은 부분에 아이스 팩으로 계속 찜질을 했다. 주사 맞은 자리도 괜찮고 이상 증세도 전혀 없었다.

그러나 월요일 아침, 빈센트는 일어나자마자 주사를 맞은 팔이 아프다고 했다. 만약 그 통증이 주사와 관련해서 감기균 때문이거나 주사의 물리적인 삽입 때문에 일어나는 것이라면, 팔의 운동성을 잃지 않도록 우선 프레드니숀 *Prednisonee*이라는 부신피질호르몬제를 써야 할지도 몰랐다. 하지만 그 약물을 쓰면 백신의 효과는 무효가 된다고 했다. 헨릭슨 박사는 앞으로 감기에 대한 면역성을 높이는 것보다 FOP의 발현이 더 중대한 문제라고 지적했다. 일단 우리는 당장 호르몬제를 사용하지 말고 하루정도 더 기다려보기로 했다.

그 다음 날, 다행히도 빈센트는 아주 멀쩡했다. 예방주사의 부작용이 일어날 수 있는 기간에서 완전히 벗어난 것이다. 빨간색 우편 배달차가 도착하자 빈센트는 정원으로 나가서 초록색 우편함을 열었다. 그러나 빈센트가 기다리는 스탠퍼드의 답신은 이미 내 침실의 사진상자 속에 있었다. 나는 잘못을 저지른 사람처럼 미안한 마음이 들었다.

빈센트는 숙제를 하려는지 자기 방에서 책과 과제물을 주섬주섬 챙겼다. 나는 문 가에 서서 아무 말 없이 편지를 주었다. 홀쭉한 우편물을 본 빈센트가 이내 낙심한 표정을 지었다.

빈센트가 봉투를 뜯었다. "그렇게 나쁜 소식이 아닐 수도 있어." 나는 그렇게 덧붙였다. '너무 일찍 보여주는 걸까? 빈센트의 팔이 완전히 괜찮다는 확신이 들 때까지는 보여주지 말아야 하는데…'라는 생각을 떨칠 수 없었다.

"사실 며칠 전에 왔어. 네가 예방주사 맞던 날." 그러나 빈센트는 내 말을 듣는 것 같지 않았다. 빈센트는 비통한 자세로 침대에 걸터앉았다. 그런 면에서 빈센트는 내 피를 물려받은 듯 했다. 컵에는 물이 반 밖에 없었던 것이다. 빈센트는 입학결정보류를 입학거부로 받아들였다. 빈센트의 손에서 편지가 떨어졌다.

　나는 가능한 가볍게 이야기해보려고 했다. 하지만 빈센트는 얼굴을 찡그리며 자기 방에서 나가달라는 손짓만 할 뿐이었다.거실로 나와서 헨릭슨 박사에게 전화를 걸어 빈센트의 팔은 이제 괜찮으며 스탠퍼드에서 입학결정보류의 편지를 보냈다고 말하자, 그는 물이 아직 반이나 남았다고 보는 사람처럼 이야기했다.

　"여기까지 잘 헤쳐왔어요. 당신의 정신이 여기까지 오게 한 거예요." 그가 칭찬한 사람은 내가 아니라 바로 아들 빈센트일 것이다.

VII

카플란 박사를 만나다
2004년 1월

✳   한번은 누가 내게 이런 질문을 하더군요. 왜 닉의 부모님은 닉이 축구, 자전거 마라톤, 번지 점프, 골프 등 평범한 부모들도 아주 '정상적'인 아이들에게 쉽게 허락하지 않을 그런 활동을 하도록 두는지 말예요. 닉은 12세 때 이미 상체가 굳었지만, 여전히 달리고 걷을 수 있었습니다. FOP가 만든 감옥에서 아직 하체는 무사하니까요.

아무도 언제 어떻게 어느 정도로 신체의 운동성이 변화될지 모릅니다. 그리고 우리의 인생이 어떤 일이 생길지 아무도 모르는 일이죠. 이제 닉은 28세입니다. 자신의 몸이 굳기 전에 했던 여러 가지 경험과 추억을 가지고 있죠. 닉은 FOP 때문에 자신의 인생이 망가지는 것을 거부했습니다. 닉은 1994년부터 1996년까지 잘나가는 회사의 부회장으로 있었고, 지금은 612개의 지점 중에서 최고의 실적을 올리는 직장에서 금융 중계인으로 일하고 있죠. 2004년도에는 '올해의 텍사스 비즈니스맨'으로 선정되기도 했고요. 물론 닉도 때로는 힘들고 어려운 순간을 겪고 좌절도 했죠. 하지만 그는 자신이 할 수 없는 일을 탓하지 않고 현재 할 수 있는 일에 집중합니다. 그 원동력은 인생에 대한 열정이라고 할 수 있죠. 닉의 철학은 이겁니다. '당신이 그것을 변화시킬 수 없다면, 기꺼이 적응하라.'

—닉의 부인 로리 마허 Lori Maher. 닉, 28세. 생후 18개월에 FOP를 진단 받음.

1995년 12월 어느 날 아침, 나는 부엌에 서서 울렁거리는 속을 가라앉히려고 짭짤한 비스킷을 먹은 후 플로리다로 중요한 전화를 걸고 있었다. 소심한 나로서는 도저히 앉아서 할 수 없는 통화였기에 줄곧 서 있었다. 차갑고 딱딱한 어딘가에 몸을 기대기에는 부엌 싱크대가 제격이었다. 상대편에서 전화를 받았다.

"안녕하세요. 저는 NORD를 통해서 당신의 전화번호를 알게 되었습니다."

나는 숨도 안 쉬고 단번에 말했다. "이제 아홉 살인 아들이 섬유이형성증인지 진행성 섬유이형성증이라는 질병이라는 진단을 받았죠." 내가 발음을 제대로 했던가? 나는 솔직히 그 단어를 어떻게 발음하는지조차 제대로 알지 못했다.

전화를 받은 상대편은 친절하고 다정다감한 목소리를 가진 여성으로, 내가 빈센트의 증상을 설명하자 안타까워했다.

"일반적으로 FOP가 발병하는 방식과는 좀 다르네요." 빈센트에게 보이는 증상이라고는 다리를 절룩거리는 것뿐이라고 설명하자 그녀가 말했다. 물론 헨릭슨 박사가 처음 진료를 했을 때 알아냈듯이, 빈센트의 양손 끝이 쇄골이나 어깨에 닿지는 않았지만 그다지 중요한 정보가 아니라는 생각에 그것까지는 말하지 않았다.

"엄지발가락이 기형인가요?" 여자가 물었다.

"아뇨, 꼭 그렇지는 않아요." 물론 이 말은 정확하게 말하자면 사실이 아니지만, 또 부분적으로 사실이기도 했다. 즉 외관상 빈센트의 엄지발가락은 너무나도 정상처럼 생겼다. 관절이 없다고는 전혀 생각되지 않았다.

"많은 사람들이 자신이 FOP일 거라고 생각하면서 전화를 해옵니다. 하지만 그렇지 않은 경우도 많죠." 그녀의 목소리는 내게 힘을 주었고, 나는 마음이 다소 가벼워졌다. 하지만 2~3명의 의사가 이미 FOP라고 진단하지 않았던가.

"사실 의사들이 엑스레이를 보고는 빈센트의 엄지발가락이 정상과는 다르다는 소견을 냈거든요." 나는 엄지발가락 기형을 어느 정도 인정했다. 어찌됐든 나는 내 아들이 실제 그 질병을 가지고 있다는 점을 인정하고 계속 대화를 진행시켜나가야 했다. 비록 그것이 단순히 '그래서는 안 되는' 것이었음에도. 하늘은 여전히 흐릿했지만, 우리 집 뒷마당의 잔디는 더 푸르게만 보였다. 그리고 어찌된 이유인지 거실 창문을 가득 채우는 그런 색깔들이 내 속을 더 울렁이게 만들었다.

어쨌든 나는 몇 가지 질문사항을 준비해두었고, 가능한 한 빨리 그 질문들을 던져야 했다. 질문을 던지기 전에 나는 일종의 사전 경고로 수화기 저편에게 이렇게 운을 뗐다.

"사실 전 지금 임신 중이에요. 입덧도 심한 편이구요. 그래서 지금은 FOP에 대한 많은 사실과 정보를 다 감당할 수가 없네요. 하지만 지금 당장 꼭 알아야만 하는 사실이 있다면 말해주실래요?" 그 순간 스스로 정신병적이라고 당당히 말하는 사람을 볼 때 느꼈던 아주 불편한 감정이 솟아올랐다. 플로리다에 사는 이 친절한 여인은 여러 가지 면에서 내 미래에 대해서 해줄 말이 많을 것이다.

첫번째 질문. "NORD에 있는 여자 분이 말하길, 제 뱃속의 아기도 그 질병을 가지고 태어날 확률이 있고, 또 제 아이들도 다음 세대에 그 질병을 유전시킬 수 있다고 하더군요. 그럴 확률은 과연 얼마인지 아세요?" 나는 빨리 질문을 쏟아내고는 눈을 질끈 감고 대답을 기다렸다.

그런데 그 여성의 대답은 처음으로 나를 놀라게 했다. "당신이 실제로 FOP를 앓고 있어야만 당신 아이가 그 유전자를 물려받을 수 있어요. 그리고 만약 당신의 아들이 FOP를 가지고 있다면, 그 아이가 그걸 다음 세대에게 넘길 가능성은 반반이라고 봐야죠." 내가 알기로는 FOP는 상염색체에 있는 유전자로, 임신 중이나 혹은 바로 전 DNA가 교체될 때 일어난다고 들었다.

갑자기 입덧도, 딱딱한 부엌 싱크대도, 우울한 구름 낀 날도 아무것도 아닌 일로 보였다. "그러니까, 당신 말은 현재 뱃속의 아기는…."

"그래요. 당신의 아기는 유전과 상관 없이 보통의 인구 중에서 FOP에 걸릴 확률만 가지고 있는 겁니다." 친절하게, 그리고 사실만을 말하는 듯한 그 여인의 목소리가 전화선을 타고 들려왔다. 세상에. 임신진단 기구에 파란 줄이 나타난 이후 처음으로 내가 딛고 있는 땅이 제자리를 찾은 것처럼 보였다.

"그러면 다른 아이들은요?" 나는 이미 대답을 알고 있었지만, 그녀에게서 거듭 확인받고 싶었다.

"아이들도 다른 사람과 마찬가지의 확률을 갖고 있죠."

만약 전화 반대편의 그 젊은 여인이 처음부터 자신의 이름을 말해주었다면 나는 그렇게까지 긴장된 마음으로 전화를 하지는 않았을 것이다. 그녀의 이름은 지니 피퍼였다. 아주 자신감 넘치고 전문적이며, 친절하고 행복한 사람인 지니는 놀랍게도 FOP 환자였다. FOP를 가진 사람이 해주는 이야기라면 그 말을 다 믿어도 좋을 것이다.

아직 내 질문은 다 끝나지 않았다. 나는 다음 질문을 던지고 대답을 듣기 위해서 일단 크게 심호흡을 했다. "당신은 현재 무슨 일을 할 수 있나요?"

"FOP에 대해서 얼마나 알고 있지요?" 지니가 물었다. 나는 숨 쉬는 돌 조각상, 청력 상실, 정신 지체 등 소아과 주치의와 친구가 보내준 자료에 나오는 악몽 같은 내용을 이야기했다. 제대로 이해할 수도 없었지만, 그렇다고 더 자세히 알고 싶지도 않았다. 굳이 이유를 대자면 나는 임신 중이었고, 새로 태어날 아이를 위해 문젯거리를 늘리고 싶지 않았기 때문이다. 나는 지니에게 힘들게 출산했었던 과거를 이야기하며 이번 아기는 조산이나 임신 중독증 같은 일을 겪고 싶지 않다고 말했다.

"FOP에 관한 기사나 이야기 중 상당수가 시대에 뒤떨어진 것들이에요." 지니는 사실을, 그리고 기적을 말했다. 그때까지 우리가 들었던 FOP에 대한 이야기들은 잘못된 것들이 많다고 했다. '숨쉬는 돌 조각상'이라는 표현은 몸의 운동성을 잃어버리는 재앙이라는 면에서는 유일하게 사실에 해당하는 내용이었다. 아주 잔인하긴 했지만 말이다.

몸속의 피가 다시 제대로 된 방향으로 흐르기 시작했다. 지니만이 알려줄 수 있는 제대로 된 내용에 대해서 알아야 할 것이 아직 많이 남아 있었다. 그녀는 무엇을 할 수 있을까? "내가 알아야 할 내용을 좀 말해주실 수 있나요?" 나는 아주 작은 목소리로 물었다.

"글쎄, 저는 걸을 수 있고요, 샤워도 혼자 할 수 있고, 화장과 빗질도 할 수 있어요. 그리고 저는 일 년에 수십만 달러의 기부금을 받는 한 조직의 대표로 일하고 있기도 하죠."

하늘이 개였다. 내 영혼이 다시 육신 안으로 깃드는 것이 느껴졌다.

"저는 보호자분들께 FOP가 끝이 아니라고 말씀드리고 싶어요." 지니가 말했다. '고마워요, 지니. 정말 고마워요. 정말로.'

그리고 지니는 펜실베이니아 대학에 있는 프레데릭 카플란 박사의 이름을 알려주었다. "모든 아이들이 프레드 선생님이라고 부르면서 아주 좋아한답니다." 지니는 프레드 박사에 대해 이야기했다. 그는 FOP를 겪는 환자들의 슬픔과 비탄을 덜어주는 것을 자신의 사명으로 삼고 있는 사람이었다. 나는 지니가 불러주는 그의 전화번호를 손바닥에 적었다. 그리고 그 이후 모두가 알다시피 하나의 역사가 만들어진 것이다.

그날 지니와의 전화 통화가 나를 변화시켰다. 그녀와의 대화는 내 인생에 있었던 많은 대화 중에서 가장 중요한 하나였고, 사물을 바라보는 나의 태도를 변화시키는 여러 가지 과정 중 가장 중요하고 의미 있는 단계였다. 나중에 알게 된 사실이지만, 그녀는 나랑 비슷한 나이였고, 내가 이해할 수도, 짐작할 수도, 받아들일 수도 없었던 질병을 가지고도 용감히 살아가는 사람이었다. 그리고 그녀는 다른 사람을 돕고, 국제적인 조직을 운영하며, FOP의 연구기금을 모으고 있었다. 지니 피퍼에게 신의 축복이 내리기를.

추운 회색빛의 겨울에 나눈 지니 피퍼와의 전화통화는 나를 FOP로부터 구원해주었고, 최악의 상황을 염려하는 걱정과 상상은 오히려 우리를 진실이라는 편안함에게서 더 멀어지게 한다는 가르침을 주었다. 나는 앞으로도, 영원히 지니에게 신의 가호가 있기를 바라며 또 감사할 것이다. 그 대화에 대해서, 그녀가 이 세상에 한 모든 일에 대해서, 그리고 자신의 삶 역시 그렇다는 것을 예로 들어준 것에 대해서 감사하고 또 감사할 것이다.

1996년 1월, 지니와 대화한 지 얼마 지나지 않아 나와 남편, 아버지, 빈센트는 방학여행, 출장, 의료 서비스 탐방이라는 세

가지 목적을 갖고 맨해튼 *Manhattan*으로 갔다. 우리가 맨해튼에 갈 수 있게 된 것은 남편 월트와 아버지가 조그만 피스타치오 농장을 가지고 있기 때문이었으며, 피스타치오를 가공하고 포장하는 뉴욕의 한 공장 측에서 피스타치오 재배자들에게 후원한 견학 프로그램 덕분이었다. 빠르게 움직이는 씨앗들, 신기하게 생긴 은색 기계, 초콜릿을 휘젓는 기계 등 거대한 초콜릿 공장을 구경하는 것 같았다. 그곳에서 빈센트는 초콜릿으로 쌓인 피스타치오, 풍선껌, 젤리 같은 간식을 국자로 마음껏 퍼서 먹거나 가질 수 있었다.

그 당시 빈센트의 FOP는 더 이상 진행되지 않았고, 나는 안정된 심리상태에서 출산을 준비하고 있었다. 지니가 말한 FOP 관련 사실들은 나를 옥죄었던 쓸데없는 걱정과 메스꺼움에서 해방시켜주었다. 그래서 동부 연안으로의 여행은 더 없이 행복했다. 공장에서 만나 서로 친구가 된 빈센트와 메르세드는 공원 주변에서 눈덩이를 뭉치고 던지며 놀았다. 그러다 갑자기 빈센트가 빙판에서 순간적으로 미끄러질 찰나, 나는 팔을 뻗으며 동시에 다소 과장스러울 정도로 비명을 질렀다. 적어도 지나가는 사람이 보기에는 유별나다고 생각했을 것이다. 공장견학을 함께 하던 어느 의사도 내가 빈센트를 지나치게 보호한다는 뜻의 농담을 던지기도 했다. 물론 일반적인 상황에서는 그의 말이 옳지만, 빈센트의 경우에는 완전히 틀린 말이었다.

우리가 동부로 여행을 간 진짜 이유는 지니가 알려준 전화번호의 그 전문의를 만나기 위해 펜실베이니아 대학으로 가는 것이었다. 단 안전한 막바지 임신상태를 위해 나는 필라델피아로 가지 않기로 했다. 나는 세계에서 가장 저명하다는 FOP 전문가가 우리로서는 네번째이자 마지막으로 하려는 진단에서 빈센트의 질병을 단 한 번에 제대로 알려주길 원했다. 그렇다면 내가 그때까지 가졌던 FOP에 대한 부정과 거부는 어찌됐든 사라질 터였다.

카플란 박사는 당시(그리고 지금도) 펜실베이니아 대학병원의 이형골질환과 정형외과의 책임자로서, 뼈에 관한 한 보이지 않는 부분까지 모든 것을 꿰뚫고 있는 전문가였다. 그러므로 나중에 집으로 돌아가 남편이 카플란 박사가 쓴 FOP에 대한 소견과 진단서를 보여주었을 때, 나는 그것이 더 이상 변할 수 없는 사실이라는 것을 깨달았다. 그랬다. 펜실베이니아 대학은 다른 것들과 마찬가지로 빈센트가 FOP라는 병을 가졌다는 진단을 내렸다. 나는 그 증명서의 의미를 잘 알고 있었다.

카플란 박사는 펜실베이니아 대학을 찾아 온 남편과 빈센트에게 각종 라벨이 붙은 비커와 인간의 이중나선을 복사하는 데 쓰인다는 엄청난 가격의 DNA 복사기, 여러 연구원들이 헌신적으로 연구에 몰두하고 있는 미로 같은 FOP 연구 실험실을 구경시켜주었다고 했다. 그러고 나서 카플란 박사의 진찰실에서 이야기를 나누었는데, 그곳에는 바닥에서 천정까지 FOP의 아이들과 그 가족들이 사진과 그림들로 가득했다고 한다. 또한 그는 남편과 빈센트에게 FOP의 치료법을 찾겠다는 자신의 사명에 대해서도 이야기했다고 한다. 거의 시간과의 싸움이겠지만 말이다.

"그런데 의사 말이 그래도 빈센트는 경미한 경우처럼 보인다고 하더군." 남편의 말은 희망적이었다. 그리고 나는 그런 류의 언급을 진단서에서도 보았는데, 카플란 박사는 빈센트가 최근에 본 환자들 중에 가장 양호한 경우이며, 팔과 다리를 충분히 움직일 수 있어 다행이라고 적었다. "물론 거기서부터 어떤 과정을 거칠지 예측할 수 없지만 말야." 남편이 덧붙였다. 물론이다. FOP에 대해서는 그 어떤 예측도 가능하지 않다.

"그리고 카플란 박사는 아주 멋진 분이더군." 남편은 감격한 표정으로 말했다. FOP를 이야기의 주제로 올리게 된지 처음으로 우리의 대화 속에서 희망과 가벼움이 느껴졌다. 우리가 가야 할 새로운 길이 등장한 것이다. "빈센트가 카플란 박사를 아주 좋아해. 그리고 우리를 점심식사에 초대했지." 환자에게 점심을 대접하는 의사라니!

그리고 남편은 내게 뭔가를 건네주었는데, 그것은 'FOP란 무엇인가?:가족들을 위한 지침서'라는 제목의 책자였다. 카플란 박사가 준 것이었는데, 스프링으로 제본된 책자의 겉에는 마치 바닷물처럼 파란색과 초록색의 그림이 그려져 있었다. 그러나 그것은 나비를 그린 그림이었다.

나는 그 책을 살짝 집어 들었다. 불현듯 아무것도 모르고 평범한 봉투에 들어 있었던 자료를 읽던 때가 떠올랐다.

"못 읽겠어요." 나는 이렇게 말했고, 남편은 내 마음을 이해했다. FOP 지침서를 읽어야 할 사람은 남편이었다. 하지만 무슨 이유에선지 나는 남편이 아래층으로 내려간 후에도 계속 그 책자를 손에 쥐고 있었고, 잠시 후 양말 서랍장 안에 밀어 넣었다. 당시만 해도 팔이 엇갈리게 굳은 한 젊은 남자가 그린 아름다운 나비 그림의 의미를 알 수 없었다.

돌로 된 파수꾼 – 2004년 1월

1월, 계절은 여름이었다. 왜냐하면 우리는 남반구에 있는 고향 아르헨티나에 있었으니까. 빈센트는 FOP 진단을 받을 때까지 이곳에 한 번도 오지 못했다. 안데스 산맥의 초입에 해당하는 멘도사에 도착해보니, 이곳에도 변화가 일어나고 있었다. 건조한 토양에서 포도 나무가 낙관적으로 줄기를 뻗어나가고 있었지만, 이곳은 잉카문명지역에서 아주 먼 남쪽으로 수도로서의 제 기능을 하지 못했다. 또한 너무 남쪽에 있었기에 이탈리아 이민자들이 모여 새로운 포도의 왕국을 만들어가고 있었다.

"내가 가장 좋아하는 도시 멘도사에 오신 걸 환영합니다!" 우리가 탄 비행기가 안데스 산맥 가까이에 있는 공항에 도착하자 브라이언이 외쳤다. 브라이언은 칠레에서 공부하는 동안 이 산맥을 넘고 아콩카과*Aconcagua*강을 따라서 멘도사까지 갔었다. 브라이언으로서는 몇 주 만에, 나는 할머니 할아버지가 돌아가신 후 몇 년 만에 처음으로 오는 것이었다. 나는 비행기 안에서 밖을 내다보았다. 휑한 산들과 나무들을 보자 여러 가지 기억들이 스쳐지나갔다. 할머니는 풍성한 몸매에 늘 말끔하고 소녀 같은 옷차림을 하고 계셨고, 나이 들어서도 칠흙 같은 머리카락과 유머감각을 잃지 않으셨다. 쾌활하셨고, 여러 가지 일을 계획하셨으며, 항상 농담을 즐겨하셔서서 늘 우리를 즐겁게 해주셨다. 할아버지는 또 어떤가? 조그맣지만 다부진 체격에 흰머리가 희끗하셨던 그는 자신의 타자기 앞에서 늘 근엄한 모습이셨다. 내가 FOP와 싸우는 동안에도, 딸들을 낳는 순간에도, 내가 아르헨티나를 떠났어도 그들은 나와 함께 있다는 것을 알 수 있었다. 지금은 그 어느 때보다도 그분들의 체취가 더 진하게 느껴졌다.

그런데 우리가 도착한 첫날부터 아주 이상한 일이 일어났다. 내 목소리가 나오지 않는 것이었다. 예전에는 한 번도 없었던 일이 하필이면 그 어느 때 보다도 할 말이 많고, 또 내 말을 듣고자 하는 사람들 앞에서 일어난 것이다. 아주 심각한 바이러스성 후두염이었다. 내 목에서는 수탉이 낼 법한 소리만 흘러나왔다. 사람들은 내게 적포도주를 마시고, 말은 하지 말고 그냥 메모지에 적으라고 했다. 나는 속삭이는 소리라도 내고 싶었지만 이내 포기했다. 내가 할 수 있는 거라고는 손으로 가리키거나, 어깨를 으쓱하거나, 머리를 흔들고 끄덕이는 게 전부였다. 아마도 할 말은 너무나도 많지만 표현할 수 있는 게 너무 적었기 때문에 그런 일이 일어났던 것은 아닐까?

우리 가족은 사촌 줄리에타의 집을 방문했다. 줄리에타는 우리 엄마의 엄마, 그러니까 할머니의 축소판이었다. 명랑한 성격과 미소, 포플러와 소나무 정원에 서 있는 모습까지도 영락없이 젊은 날의 할머니였다. 친척 아저씨들은 온화한 여름밤에 아르헨티나식 바비큐를 준비하려고 장작을 지피고 있었다. 소시지가 지글거리며 구워지는 소리와 연기가 났고, 맑은 고기 국물과 통째로 구워진 갈비, 소스접시가 내 앞에 놓였다. 그때서야 내가 이 시간과 공간에 속해 있다는 생각이 들었다.

나는 친척 아이들을 위해서 여러 가지 장난감을 준비했는데, 그중 한 가지는 그날 밤 나 자신을 위해서 유용하게 사용되었다. 그것을 간단한 녹음기가 장착된 조그만 자석 칠판이었다. 열 살짜리 파쿤도가 이리저리 시험해보고 있었다. "파쿤도! 그 자석 칠판 좀!" 나는 그 장난감을 가리키며 속삭이듯 말했다.

"내 딸 파울라 기억해, 캐롤?" 라울 아저씨가 큰 소리로 물었다. 라울 아저씨는 60대인데도 여전히 건강한 모습으로 그을린 피부에 잘생긴 얼굴을 자랑하셨다. 라틴 영화배우 같았다. 물론 나는 파울라가 태어나기 전부터 알고 있었다. '목소리가 안 나온다고 해서 기억력까지 나간 건 아니라구요'라고 장난감 칠판에 썼다.

"맞아." 라울 아저씨 대신에 마가리타 숙모가 말했다. 마가리타 숙모는 남편 월트의 가족이 얼마나 되는지 알고 싶어 했다. "많은 가족과 친척들이 이렇게 한곳에 모여서 만나는 일에 익숙하니?" 나는 목소리가 나오지 않았지만 남편 월트의 가족이 얼마나 대가족이고, 여기 있는 우리 친척들처럼 좋은 사람들이고 얼마나 서로를 위하는지 자석판에 설명하려고 애썼다.

빈센트와 그의 친구들은 만화영화에나 나올 법한, 긴 꼬리를 만들며 하늘로 올라가서 화려한 색깔의 별들을 수놓는 로켓 축포를 터트렸고, 콩가춤을 추던 사람들은 동시에 화들짝 놀라 펄쩍 뛰어올랐다. 친척들을 만날 때마다 그들은 빈센트에 대해서 이야기했고, 이모와 고모들은 모두 아버지 친척집에 모여서는 빈센트를 위해 기도했다고 말했다. 아이들은 불꽃을 몇 번 더 터뜨렸고, 기타가 등장했으며, 삼촌들과 숙모들은 춤을 추었다. 그리고 우리는 위대한 파수꾼인 아콩카과 강과 산을 보러 안데스로 떠나기로 했다.

우리는 멘도사에서 안데스까지 천천히 올라갔다. 야생의 풀들이 자라는 너른 평원을 지나 조그만 계곡을 지났는데, 뿌엔테 델 잉카*Puente del Inca*에 있는 전설 같은 교회에 잠시 멈추었다. 그곳의 온천수가 만들어낸 광석터널과 기괴한 형상의 바위로 이루어진 곳으로, 안데스 산맥에서 흘러나온 철 성분 때문에 바위가 빨간색이었다.

우리는 교회 안으로 들어갔다. 이곳은 회색빛 돌로 만들어진 곳으로, 수십 년 전 눈사태가 이 지역에서 가장 유명한 호텔을 집어삼킬 때도 살아남은 전설적인 장소였다. 남편, 빈센트, 루카스, 내 대모이신 수사나 숙모, 나 이렇게 다섯 사람이 딱딱한 나무 무릎대에 무릎을 꿇고 기도를 드리자 퍼덕거리던 새도 창가에서 휴식을 취하며 조용해졌다. '성인이시여, 저 작은 새가 저의 기도를 당신에게 가져다주기를 간절히 바라나이다. FOP를 가진 빈센트의 완치와 다른 아이들을 위한 이 간절한 기도를 말입니다.' 그리고 두 번째로 빈센트가 바라는 꿈의 대학에 합격하게 해달라고 기도를 드렸다.

마침내 우리는 아콩카과 산을 볼 수 있는 곳에 도착했다. '아콩카과'는 잉카어로 '돌로 된 파수꾼'이라는 뜻이다. 이 봉우리의 정상은 만년설로 빛나며 마치 대륙의 보호자처럼 솟아 있었다. 여름의 공기는 아주 싸늘하게 우리를 감쌌고, 바람은 얼마나 세게 부는지 그 소리가 귓가에 윙윙거릴 정도였다. 그리고 아콩카과에 가까이 있자 내 자신이 좀더 강해지는 느낌이 들었다.

우리는 아콩카과와 멘도사 사이에 있는 스키 리조트에서 잠시 쉬어가려고 멈췄다. 나는 더없이 청명한 파란 하늘을 올려다보았다. 안데스 산맥 그 어느 곳에서 보는 하늘보다 더 높고 더 넓어보였다. 갑자기 월트가 뭔가를 가리켰다. 대모인 수사나가 고개를 뒤로 돌리자 갈색 단발머리가 바람에 흐트러졌다. 빈센트와 루카스는 아빠가 가리키는 것을 금방 찾아냈지만 나는 한참 동안 하늘 주변을 더듬어야 했다. 그리고 어느 순간, 나는 무엇인가 날개도 전혀 움직이지 않고 하늘을 가로지르는 두 개의 피조물을 보았다. 아무 힘도 들이지 않고 안데스를 그렇게 유유히 날고 있는 피조물을 보자, 알 수 없는 경외심이 들었다.

VIII

빈센트의 첫번째 댄스파티
2004 2월

❋ 의사가 공 위에 다니엘의 손을 얹어서 힘줄이 튀어나올 수 있도록 하자고 했는데, 진짜 효과가 있었어요. 저는 지혈을 위해서 다니엘의 팔과 힘줄을 붙잡고 있었어요. 왜냐하면 팔을 묶는 고무줄이 근육에 외상을 입힐 수도 있다고 생각했거든요. 그리고 또 다른 사람을 불러 다니엘의 팔을 붙들게 했어요. 물론 해도 될 것과 해서는 안 될 것을 미리 주시켰고요.

그 일에 네 사람이 필요했어요. 채혈하는 사람, 지혈하는 사람, 고정하는 사람, 그리고 다니엘까지. 사실 피를 뽑을 때 흔히 볼 수 없는 희한한 광경이었을 겁니다. 하지만 효과도 좋았고, 무엇보다 안전했죠. 저는 다니엘에게 머리를 들고 소리를 질러도 된다고 했어요. 실제 다니엘은 그렇게 했고요. 물론 다니엘이 씩씩한 아이가 아니라서 그런 건 아닙니다. 그런 글을 읽은 적이 있어요. 용기는 두려워하지 않는 것이 아니라, 두려워하면서도 어떻게 해서든 해야 할 일을 하는 것이라는 것을요.

—다니엘의 엄마 제리 리히트 *Jeri Licht*. 다니엘, 10세. 3세에 FOP를 진단 받음.

내가 양말 서랍장에 쑤셔 넣었던 FOP 책자를 기억할 것이다. 사실 다섯번째 아이가 태어날 때까지 그 책자가 쭉 거기에 그대로 있었던 것은 아니다. 나는 수시로 그 책자를 꺼내 표지만 보고 다시 넣어두곤 했다. 한번은 내 의지에 상관없이 그 책을 읽게 될까봐 벽장 꼭대기에 잡동사니가 들어 있는 상자에 그 책을 넣어두었다. 임신상태에서 그 선반 꼭대기까지 손을 댈 일은 없을 테지.

다섯번째 아이 이사벨은 건강하게 태어났고, 오래지 않아 나는 의자를 놓고 올라서서 먼지 쌓인 꼭대기 선반에서 그 책을 꺼냈다. 그리고 마지막으로 바다 빛깔의 나비가 그려진 표지를 곰곰이 살폈다. 입안은 말라갔고 심장은 벌렁거렸지만, 더 이상 FOP의 진실로부터 피해갈 적당한 핑계거리가 없었다.

여름의 열기가 마을을 강타하던 여름이었다. 그러나 책자를 펼쳤던 그날도 그런 열기를 느꼈는지는 기억나지 않는다. 나는 이쪽저쪽 페이지를 펄럭이면서 혈압, 땀, 눈물에 대해 만반의 준비를 하고 있었다. 그러나 내가 그 책에서 발견한 것은 편안함과 안도감이었다. 그 책을 다 읽었을 때도 지구는 여전히 자전축으로 중심으로 돌고 있었다. 그리고 나는 깨달았다. FOP는 물론 심각하지만 내가 이제껏 상상해온 정도는 아니라는 것을. 그리고 무엇보다도 안면근육과 눈 주변의 근육, 심장근육과 손가락 근육 등은 쉽게 해를 입지 않는다는 사실도 알게 되었다. 몇 년 동안은 전혀 근육의 손상이 없을 수 있다는 내용도 있었다. 사실 나는 임신기간 동안 FOP에 대한 공포를 숨기고 있었다. FOP에 대해 알아야 한다는 책임은 남편에게 맡겨놓고 나 자신은 진실에서 도망치고 있던 셈이다. 가만히 생각해보니 나는 지니와의 대화에서 뭔가를 배웠던 것 같다. 그리고 책자를 읽는 순간 앞으로 어떤 사실들을 알게 될지, 내가 무엇을 배우고 있는지 이해하기 시작했다.

1997년, 빈센트에게 두 번째 FOP 발현이 나타났을 때였다. 이번 발현은 첫번째 돌기가 생겼던 오른쪽과 정확히 대칭을 이루는 왼쪽에 나타났다. 첫 번째로 증상이 발현된 날로부터 정확하게 일 년이 되는 때였다. 예전과 마찬가지로 FOP는 작은 돌기가 생겨 조금 자라다가, 다른 곳으로 전이되었다. 빈센트는 팔을 내리고 있기가 힘들 정도였고, 급기야는 한쪽 면은 보디빌더의 팔처럼 울퉁불퉁해졌다. 빈센트는 고통 때문에 밤에 잠을 제대로 잘 수 없었고, 한밤중에 자주 깼다. 그리고 행여 빈센트가 곤히 숨을 쉬며 자고 있어도 남편 월트와 나 역시 고통에 쉽사리 잠들지 못했다.

두번째 FOP 발현은 첫번째와 똑같았지만, 이번에는 FOP가 빈센트의 신체에 어떤 일을 일으킬지 예측할 수 있었다는 점에서 달랐다. 빈센트의 갈비뼈와 등뼈 쪽에 FOP의 돌기들이 생길 것이고, 팔이 움직일 수 없게 되리라는 것을 알 수 있었다.

아들이 1년 전에 잃게 된 것을 또 잃게 되리라는 것을 알고도 고통스럽고 무기력하게 지켜봐야 하는 상황이 재현된 것이다. 우리는 FOP가 무엇인지 이미 정확하게 알고 있었다. 내가 찢어버린 자료를 통해서도 배웠고, 서랍장에 처박아두었던 책자를 통해서도 알았다. 우리는 뼈 속 깊이 알고 있었다.

이사벨이 태어난 후 그 책자를 읽었을 때, 나는 그 질병의 특징을 모두 이해했고 여러 가지 경고와 주의사항들을 머리 속에 각인시켰다. 그러나 의약품 목록이 적힌 부분은 신경 쓰지 않고 지나쳤다. FOP는 치료 혹은 완치 가능한 병이 아니었기에 여느 약물도 크게 도움이 안 된다는 것을 알고 있었기 때문이었다. 성공한 약물이 없었기에 약물 목록을 읽는 게 무슨 도움이 될까 싶었다.

FOP가 다시 위세를 발휘하기 시작한 지 일주일 후, 나는 FOP에 대한 절망감과 분노를 더 이상 가눌 수 없었지만 무엇이든 시도해보리라 결심했다. 설령 그것이 효과가 없을지라도, 그냥 심리적인 위안만 준다 할지라도 아무것도 하지 않고 버틸 수는 없었다. 피할 수 없는 FOP의 습격을 단 며칠간이라도 멈추게 할 수 있다면, 적군 앞에서 속수무책으로 그냥 서 있는 것보다는 훨씬 나을 터였다.

나는 필라델피아로 전화를 걸어서 책자에 있는 여러 의약품에 대해서 물었다. 당시 카플란 박사가 자리에 없어서 그의 파트너인 글래서 박사와 통화했다.

"어떤 약을 시도할 수 있을까요?" 나는 글래서 박사에게 빈센트가 오른쪽 등의 발병 1년 후 정확히 대칭되는 부위에 재앙이 찾아왔다고 설명하고는 그렇게 물었다. 나는 글래서 박사의 말을 따라잡기 위해 긴장한 상태로 약물 리스트가 있는 부분을 손가락을 짚어갔다.

의사가 불러주는 약물의 이름은 너무나도 생소했고, 내가 약물이름을 제대로 발음하고 있는지 알 수 없었다. "인-도-메-타신(In-do-me-thacin)?" 글래서 박사는 '인도신 *Indocin*'이라고 짧게 고쳐 불렀다. 그래, 인도신을 써보자. 약 이름이 아주 좋아보였다. 검은 피부에 마법의 약초를 가진 지혜로운 노인의 형상이 떠올랐다. 그러나 그는 인도신은 안될 거라고 말했다. 그래서 그 약은 제외시켰다.

목록을 쭉 훑으면서 왠지 친숙하면서도 좋아보이는 느낌이 드는 약물이름을 불렀다. "프레드니손 *Prednisonee*?" 예전에 브라이언이 세 살 때, 알레르기 반응으로 관절과 손, 다리에 돌기가 생겼을 때 복용했던 적이 있는 약이었다. 물론 알레르기 반응으로 생기는 돌기와 FOP의 돌기는 상관없는 것이지만, 어찌됐든 돌기는 돌기 아닌가? 그리고 '프레드니손'이라는 단어의 울림이 좋았다.

"빈센트의 나이에, 글쎄요." 이제 빈센트는 열 살이었고, 당시 브라이언의 경우 세 명의 의사들 모두 아이에게 스테로이드 제재를 처방할 만큼 상황이 급박하다고 판단했었다. 스테로이드 제재는 염증을 억제하는 효과는 뚜렷한 반면, 부작용도 크기 때문이다. 어쨌든 우리는 뭔가 시도해야만 했다. 그게 무엇이든지.

"우리는 FOP가 어떤 것인지 잘 알고 있어요. 프레드니손이 그보다 더 나쁠 수 있을까요?"

그러자 글래서 박사는 내 말을 이해하고 빈센트의 몸무게를 묻더니 복용 가능한 용량을 계산해주었다. 그 후 빈센트가 분홍색 프레드니손 20밀리그램, 하얀색 프레드니손 10밀리그램을 복용하기 시작하자 고통이 사라졌고 FOP의 돌기도 사라지기 시작했다. 등에 난 돌기도, 보디빌더처럼 팔의 울퉁불퉁한 부분도 잠잠해져 팔을 앞으로 뻗으며 균형을 잡으려 하지 않아도 제대로 걸을 수 있었다. 빈센트는 예전처럼 부엌 찬장까지 손을 뻗칠 수 있었고, 밤에 잠도 제대로 잘 수 있게 되었다. 그것은 말 그대로 기적이었다.

프레드니손의 효과에 대해 기뻐하며 며칠을 보냈을 때였다. 역시 FOP를 가진 아이의 엄마인 제니퍼에게서 전화가 왔다. 1년 전, 제니퍼의 가족이 캘리포니아 주 산타 마리아 시의 후원을 받아서 FOP 기금조성 파티에서 그녀와 그녀의 가족, 쾌활한 유치원생인 스테파니를 만난 적이 있다. 스테파니는 두 살 때 FOP 진단을 받았고, 어깨나 목이 조금 뻣뻣했지만 크게 문제없어 보였다. 장난감을 갖고 놀고, 보조바퀴가 달린 자전거를 타고 다니며, 산타 마리아 시와 시청 공무원들, 텔레비전 카메라맨들을 매혹시킬 만큼 아주 예쁘고 활기찬 아이였다.

"스테파니를 소아과에 데리고 갈 참이에요." 1997년 여름, 제니퍼의 목소리에는 긴장감이 묻어났다. "턱 때문에 걱정이에요." 스테파니가 넘어졌는데 겉으로는 좋아보였단다. 그러다 스테파니의 턱이 엄마의 마음에 걸리기 시작했다.

나는 피가 멈추는 것 같았다. FOP 환자의 1퍼센트 정도가 턱이 굳어진다고 하는데, FOP의 재앙 중에서 가장 두려운 것 중 하나였다. 내가 본 책자에는 프레드니손이 숨을 쉬거나 뭔가를 삼키기 쉽게 해준다고 했다. 하지만 턱이 굳는 걸 방지해주는 약물은 목록 어디에도 없었다.

나는 한 가지 목적을 위해서 마치 실험하듯 그 약을 사용했지만, 그렇다고 해서 그것이 과학적인 증거로 해석될 수는 없다는 것을 잘 알고 있었다. FOP가 빈센트의 얼굴근육을 공격하지 않기로 해서 그런 것인지, 아니면 프레드니손이 실제 FOP의 진행 과정을 막아서 그런 것인지 알 수 있는 방법은 없었다. 나는 과학자가 아니었다. 그러나 절망적인 상태로 전화를 거는 아이 엄마의 마음을 너무나도 잘 알고 있었기에 이렇게 조언했다.

"프레드니손을 한번 써봐요. 의사와 이야기해봐요." 나는 빈센트의 성공담을 말해주었다.

'만약 FOP가 맨 처음 빈센트에게 나타났을 때, 책자에 나와 있는 약물들을 미리 알고 있었더라면 빈센트의 오른쪽 신체부위를 살릴 수 있었을 텐데.' 그 순간 나는 그렇게 생각했다. 하지만 그런 생각은 옳지 못했다. 왜냐하면 타이밍이 맞지 않았을 테니까. 그리고 그런 사실은 나중에 분명하게 밝혀진다.

빈센트는 몇 달 동안 그 기적의 약을 복용하면서 안정되었고,

동시에 그 약의 장기복용에 따른 부작용인 쿠싱 증후군 (Cushing's syndrome : 부신내분비 조직에서 당질인 코르티코이드가 과다 분비되는 증상으로 일반적으로 둥근 얼굴과 중심성 비만이 나타난다 - 옮긴이 주)이 나타났다.

빈센트의 날씬한 체구가 점점 부어오르더니 갸름하던 주근깨 얼굴도 둥그스름해졌다. 1997년 8월, 빈센트가 다니는 학교의 교장선생님이 나를 보자 걱정스런 표정으로 나에게 물었다. "무슨 일 있어요?" 물론 그 증상은 FOP 때문이 아니라 스테로이드 제재의 부작용 때문이었다. 지금도 그때의 빈센트 사진을 보면 여전히 놀랍고, 빈센트가 아닌 다른 아이인 것 같다. 이후 우리의 노력은 프레드니손이 FOP에 변화를 줄 수 있다는 점을 세상에 알리는 계기가 되었다.

제니퍼의 딸 스테파니 역시 똑같은 약물처방을 받았는데, 스테파니도 그 약물로 기적 같은 효과를 보았다고 했다. 턱의 통증이 사라지고 FOP가 한발 뒤로 물러서더니, 상관없이 부작용도 나타나지 않았단다.

그러나 빈센트에게는 그런 행운이 없었다. 프레드니손 복용을 중지하면 팔에 통증을 느꼈고, FOP가 다시 발화되면서 근육의 운동성을 위협했다. 그래서 우리는 FOP로 인한 골화 과정과 약물 부작용을 맞바꾸기로 하고, 가능한 한 오랫동안 그 약물을 사용하기로 했다.

그 약을 복용하면서 치러야 할 대가 중 하나는 급작스런 감정의 기복과 변화였다. 악몽과도 같은 질병과 싸우는 아이에게 최후로 줄 수 있는 것이 진정제이듯, 빈센트에게는 프레드니손이 진정제 역할을 했다. 지난 일을 돌이켜 볼 때마다, 사진 속의 빈센트의 동그스름한 얼굴을 볼 때마다, 예나 지금이나 낯설긴 마찬가지인 그 얼굴을 볼 때 마다, 나는 FOP라는 질병은 물론 완전히 성공적이지는 못했던 그 실험적인 치료과정을 빈센트가 얼마나 용기 있게 견뎌주었는지 감사할 뿐이다.

"이제는 프레드니손을 그만 사용해야 할 때가 온 것 같아요." 1997년 10월, 진료를 받으러 갔을 때 헨릭슨 박사가 그렇게 말했다. 그는 근육 내에 있는 염증 자체가 근육 조직 속에서 연속적으로 반응을 일으킨다고 했다. 그래서 만약 우리가 그 염증에 대한 반응을 짧게 단축시키거나 방해할 수만 있다면 넘어지거나 부딪쳐서 생긴 외상 때문이 아니라 면역체계 때문에 생기는 근육과 연결조직의 손상을 막을 수 있다고 했다. 그리고 카플란 박사와 그의 동료는 최근의 연구를 통해 면역체계에서 일어나는 그러한 과정이 실제 FOP를 진행시키는 하나의 요소라는 것을 밝혀냈다. 그런 이론에서 볼 때 프레드니손은 제대로 작용하고 있던 셈이었다. 하지만 약값을 감당하기가 벅찼다. 또한 부작용을 그냥 방치하는 것도 힘들었고, 장기간의 스테로이드 제재 사용으로 다른 장기가 손상을 입을 가능성도 있었다. 이제 프레드니손이 가진 위험은 아무것도 안 하고 방치할 때의 위험보다 더 커지게 되었다.

프레드니손을 계속 복용하면서도 약물의 양을 줄이며 팔의 운동성을 손상시키지 않으려고 노력한 지 3개월 후, 우리는 패배를 인정해야만 했다. FOP가 복수를 감행해왔던 것이다. 그것도 1년 전에는 미처 예상치 못했을 정도로 난폭하게 앙갚음을 했다.

빈센트의 반 친구들이 카드를 보내기 시작했고, 내 친구들은 빈센트를 위한 기도모임을 만들었으며, 교회 전체가 빈센트를 위해 기도를 했다. 친구들은 음식을 싸들고 문병을 왔다. 하지만 그 어느 것도 FOP를 막지는 못했다. 그리고 열한 살이 되었을 때, 빈센트는 머리를 빗을 만큼 팔을 올리지도 못했고, 운동화 끈을 맬 만큼 허리를 굽히지도 못했으며, 머리 위로 셔츠를 입을 정도로 팔을 뻗지도 못했다.

프레드니손을 복용하는 그 몇 달 동안 빈센트에게 무슨 일이 생긴 것일까? 스테파니의 턱에 나타난 증상을 단 며칠 사이에 사라지게 한 것은 또 어떻게 된 일일까? FOP가 알아서 후퇴한 것일까? 이 약물에 대한 개인적인 반응이 그런 차이를 만들어낸 것일까? 이에 대한 해답은 이후 놀라운 사실로 드러나게 될 것이다. FOP는 도저히 우리가 알 수 없는 진행상 '스케줄'로 진행할 것이라는 점을 암시해주었다. 그리고 그 약물로 진행했던 우리의 실험은 실패했다는 것을 깨달았다.

아이에게 필요한 것을 얻기 위해서 부모는 일단 기다리는 것이 가장 좋지만, 사실 언제 멈추고 언제 한발 뒤로 물러서서 있어야 하는지 혼돈스러울 때가 있다. 나는 이제까지 한 번에 한 가지 문제만 집중해서 해결하자고 내 자신을 잘 훈련시켰다고 자

부했지만, 그러다 어떤 일이 생기면 그 동안 내 머릿속 어딘가
에 잠자고 있던 걱정과 소심함이 격렬하게 튀어나오곤 했다.

비가 내려서 시야가 깨끗하던 2월 어느 날, 우리는 거대한 소
나무가 있는 가까운 언덕으로 바람을 쐬러 갔다. 눈이 미처 녹
지 않은 숲 안쪽은 여전히 아름다웠다. 매년 겨울이면 우리 가
족은 연례행사처럼 그 언덕에 가서 썰매를 타고, 천사의 날개를
만들고, 눈송이를 뭉쳐서 거대한 눈사람을 만들곤 했다. 빈센트
가 아홉 살 때까지 이 여행은 너무나도 평범한 것이었지만, FOP
가 무엇인지 알게 된 후로 미끄러운 웅덩이나 얼음판은 곧 내게
공포 그 자체였다.

2년 전 겨울이었다. 우리는 조그만 얼음조각들이 간간히 보이
는 야트막한 언덕 가까이에 차를 대고 밖으로 나왔다. 그 순간
빈센트가 너무 긴장한 나머지 얼음판에 발을 헛디뎠다. 눈 앞의
영상이 느리게 흘러갔다. 나는 고함을 지르면 그 소리가 아들의
균형을 잡아주고, 지구의 자전까지 멈추게 할 수 있을 거라고
믿는 사람처럼 비명을 질러댔다. 하지만 빈센트는 넘어지지 않
았다. 그리고 나를 쳐다보는 빈센트의 눈매가 가늘어지면서 화
난 표정을 지었다.

"난 그냥 차 안에 있겠어요." 빈센트가 말했다. 어떤 말로도
그 상황을 돌이킬 수는 없었다.

나의 과잉반응으로 주변에 있던 다른 사람들 모두가 쳐다보
는 바람에 빈센트는 필요 이상으로 속이 상했고, 그 고통이 차
가운 산 속의 공기에 전해졌다.

우리는 바깥에 있다가 사람들이 너무 많아서 다시 차로 돌아갔다. 앞좌석에 앉은 빈센트는 별로 기분이 좋아 보이지 않았다.

"다리를 조금 다쳤어요. 저쪽에서 내려오다가 넘어졌어요." 빈센트는 그렇게 말하며 우리가 조금까지 서 있던 곳을 가리켰다. 혼자서 거기까지 갔던 것이다. 내 안에서 어떤 것이 털썩 주저앉는 소리가 들렸다. 빈센트에게 무슨 말을 할 수 있겠는가? 내 지나친 걱정이 오히려 내 아들에게 일어나서는 안 되는 화를 불러왔던 것이다.

3년 전 겨울, 비가 오던 어느 날이었다. 그날은 학교가 쉬는 날이어서 빈센트는 자기 방에서 비디오 게임을 즐기고 있었다. 나는 거실에 있었는데, 갑자기 현관벨이 울렸다. 현관문을 열자 낯선 남자가 서 있었다. 회색빛 유니폼을 입고 침착한 표정의 그 남자 옆에는 빈센트가 서 있었다.

"아드님 맞죠?" 문가에 서 있던 그 남자는 빈센트 쪽으로 고갯짓을 하며 물었다. 나 역시 그렇다는 뜻으로 고개를 끄덕였다. 온통 회색빛이었던 그날은 마치 흑백영화와도 같았다. 아들 빈센트는 현관 밖에 서 있었다. 그런데 내가 아는 아들은 자기 방 침대에 앉아 게임을 하고 있어야 했다. 빈센트는 지금까지 문제라곤 일으킨 적이 결코 없었던 아이인데, 내 앞에 서 있는 빈센트는 무슨 잘못을 저지르다 들킨 표정이었다.

"스쿠터를 타고 학교 농구코트 주변을 돌아다니고 있었습니다." 빈센트에게는 스쿠터가 없다. 빈센트를 쳐다보자 옆에 밝은 은색의 스쿠터가 서 있었다. 셀린의 새 스쿠터였다.

"저희는 아이가 학교를 안 간줄 알았습니다." 그 남자의 설명이었다. 무단결석? 그 남자의 의견은 빈센트가 빗속에서 스쿠터를 타고 학교주변을 돌아다닌 동시에 또 한 명의 빈센트가 방에서 게임에 열중하고 있을 것이라는 짐작만큼 비현실적인 것이었다.

"왜 수업에 안 들어가느냐고 물었더니, 자기는 다른 학교에 다닌다고 하더군요." 그 남자가 말했다.

"사실이에요." 내가 말할 수 있는 것은 그것이 전부였다. 여전히 나는 빈센트가 혼자서 미끄러운 바닥 위에서 스쿠터를 탔다는 사실, 그리고 방이 아니라 갑자기 현관 앞에 나타났다는 것이 혼란스러웠다. "가톨릭 학교에 다니죠. 오늘은 학교가 쉬는 날이에요."

"아이도 그렇게 말하더군요. 그래서 아이를 데리고 왔습니다."

빈센트는 약간 겁먹은 듯 집안으로 들어왔다. 그러나 나는 너무나도 놀라서, 사실은 너무 기뻐서 어떤 말로도 혼낼 수가 없었다. 나는 빈센트가 그런 모험을 감행했다는 사실이, 백 년을 살아도 내가 결코 허락하지 않을 그런 모험을 감행했다는 것이 오히려 기뻤다. 그리고 그 모험은 성공적으로, 아주 멋지게 끝이 났다. 열네 살의 빈센트, 빈센트가 밖으로 나갔었다. 그리고 빗속에서 근처 학교의 농구장에서 스쿠터를 탔다. 그리고 집으로 안전하게 돌아왔다. 그것은 우리 가족에게 하나의 작은 기적과도 같은 일이었다.

　그리고 작년 나는 또 하나의 기적이 이루어지는 것을 목격했다. 캘리포니아 대학계열과 스탠퍼드 대학의 풋볼 게임이 벌어지는 시즌에 맞춰, 브라이언이 공부하는 UC버클리의 경기장에 갔었을 때다. 그곳은 수천 명의 관중들로 터질 듯 했다. 학생들은 스탠퍼드 대학을 조롱하는 의미로 'F-Standfurd!'라는 애교 있는 욕설을 적은 티셔츠를 입고 다녔다. 술에 취한 남학생들, 가볍게 치고받는 학생들, 경기장의 분위기는 경쟁, 우호, 경계등의 분위기가 뒤섞여 있었고, 인간 파도타기, 소란, 혼란, 웃음, 사람들의 물결로 가득했다. 우리는 빈센트를 위해 가능한 한 군중들을 피하려고 노력했다.

　빈센트는 아빠의 뒤를 따라갔고 나는 빈센트 뒤를 따라갔다. 한 무리의 여학생과 부딪치는 것을 피하기 위해 콘크리트의 낮은 연석을 밟는 순간, 빈센트가 발을 헛디뎠다. 빈센트가 외야석을 등지고 넘어질 찰나였다. 나는 너무 놀라 비명을 질렀다. 그런데 보이지 않는 어떤 힘이었는지 천사가 내 아들을 잡았는지, 그 누군가가 내가 지른 외마디 비명소리에 화답을 한 것이다. 빈센트는 마지막 순간에 중심을 잡았다. 만약 넘어졌다면 결과는 재앙과도 같았을 것이다.

　경기장에서 돌아오고 난 지 얼마 되지 않았을 때, 우리 가족은 패스트푸드 점에서 점심을 먹고 있었다. 나는 누군가의 자서전에서 읽었던 믿기지 않은 일에 대해서 이야기해주었다. 그 주인공은 화재현장에서 탈출한 후 어느 구조인의 품에 쓰러졌다고 했다. 그녀가 넘어지는 순간이 사진에 찍혔는데, 뒤에서 그녀를 받쳐준 사람이 보이지 않아서 마치 초자연적인 어떤 힘처럼 보였다.

"그 사람은 카메라 렌즈에 찍히지 않았다는 거야. 이상하지?"

빈센트는 자신의 햄버거 포장지를 벗기더니 지나가는 말투로 말했다. "나도 그런 일이 있었어."

나는 내 햄버거를 한 입 베어 물고는 조용히 빈센트를 쳐다보았다. 나는 알고 있었다. 경기장에서 중력을 거부하던 단 몇 초의 순간을.

"그 풋볼경기 때?"

하지만 빈센트는 고개를 저었다. 나는 기억을 쥐어짜기 시작했다.

"연방 대법원 건물에서였어요." 빈센트가 말했다.

빈센트가 열두 살 때, 우리 가족은 워싱턴 D.C.에 들렀다가 펜실베이니아 대학의 FOP 연구실을 방문하는 여행을 한 적이 있다. 남편 월트의 사무실에는 지금도 그때 연방 대법원 건물 계단 아래에서 아이들과 함께 찍은 사진이 걸려 있다. 루카스가 캉캉춤을 추는 포즈를 하고 있는 사진이다.

"위로 올라가는데," 빈센트가 말을 이었다. "그때 뒤로 넘어질 뻔 했었는데," 빈센트는 스프라이트를 한 모금 마셨다. 가끔 빈센트는 아빠처럼 중요한 문장을 말하기 전에 잠시 뜸을 들인다. 목소리의 억양이 전혀 변하지 않기 때문에, 복권에 당첨되었다는 소식인지 아니면 자동차가 고장이 났다는 이야기인지 도무지 감을 잡을 수가 없을 때가 있다.

"그래서?" 이사벨이 물었다.

"누군가 내 등을 받쳐줬어. 그래서 넘어지지 않았지. 그래서 뒤를 처다보았는데 아무도 없는 거야." 빈센트는 마치 수학이나 과학 이야기를 하듯이 조금의 흔들림도 없이 평이하게 그렇게 말했다.

"사촌 중 누군가가 받쳐주지 않았을까?" 내가 물었다.

"내 주변에 아무도 없었어요. 분명히 둘러보았거든요." 빈센트는 늘 정확한 아이였다. 누군가 '빈틈 없는 눈매'라고 빈센트를 부른 적이 있었다.

"그러니까, 누군가 널 받치고 있었던 것 같다는 얘기지?"

"모르겠어요. 손 같은 것? 아마 그럴 거예요."

"그런데 왜 그때 아무 말도 안 했어?" 물론 내가 그 당시 그런 소리를 들었다 하더라도 별로 믿지 않았을 것이다. 빈센트가 어깨를 으쓱했는데, 뻣뻣한 어깨 때문에 다소 독특하게 보였다. "이야기하면 왠지 바보처럼 보일 거 같았어요." 기적 같은 이야기를 하는 사람의 표정이 아니었다. 나머지 가족들이 그때의 기억을 떠올리며 눈만 깜빡거리고 있는데도 빈센트는 너무나도 태연하고 아무렇지도 않다는 듯이 말하고 있었다.

나는 보이지 않는 질서의 작은 신호를 알고 있다. 빈센트가 처음으로 여자가 남자를 초대하는 새디 호킨스(Sadie Hawkins: 여자가 남자에게 고백하며 데이트를 신청하는 축제 – 옮긴이 주) 댄스파티에 가게 되었을 때, 나는 그 질서의 신호를 보았다.

갈색 눈의 예쁜 소녀 클레멘시아가 댄스파티에 빈센트를 초대했다. 둘은 같은 밴드부 소속이었다. 댄스파티가 있기 전 2월 어느 날, 청명하고 다소 쌀쌀한 밤에 클레멘시아 가족은 댄스파티에 필요한 물건을 사기 위해 빈센트를 데리러 우리 집에 들렀다. 나는 그때 클레멘시아의 부모님들이 멕시코 출신이라는 것을 처음 알았고, 우리는 잠시 동안 스페인어로 즐거운 대화를 나누었다. 내가 FOP에 대한 주의사항을 일러주려고 하자, 빈센트가 당황하지 않도록 다른 형제들이 나서서는 알았노라고 큰 소리로 대답했다. 몇 시간 후 빈센트와 클레멘시아는 얼룩무늬가 있는 카키색 전투복을 맞춰 사서 즐거운 표정으로 돌아왔다.

그러나 댄스파티가 있는 토요일 아침, 전화벨이 울렸다. 클레멘시아의 엄마였는데, 미안해서 어찌해야 할지 모르겠다는 목소리였다. "딸아이가 사과하고 싶대요." 엄마가 말했다. 클레멘시아가 독감에 걸린 것이다.

그날 빈센트는 거실의 컴퓨터 앞에 앉았고, 브라이언은 댄스파티를 위해 친구네 집으로 갔고, 루카스는 농구장에 갔다. 다른 아이들의 일은 기뻤지만 내 목 울대는 빈센트 때문에 뻣뻣해졌다. 날이 아주 화창해서 남편은 빈센트를 데리고 나가 기분을 풀어주자고 했다.

"자, 가자. 오리들에게 먹이 주러 공원에 가자." 남편이 말했다.

"괜찮아요." 빈센트는 컴퓨터 모니터에서 눈을 떼지 않은 채 속마음을 알아챌 수 없는 목소리로 말했다. 하긴, 공원에 가서 오리한테 먹이 주는 걸 좋아할 10대 남자아이가 있을까?

"그러지 말고 가자." 아빠는 또 재촉했고, 빈센트는 또 다시 거절했다. 남편은 다시 시도했지만 이번엔 아무런 대답이 없었다. 그리고 마지막으로 집을 나서려는데 아빠가 마지막으로 물었다.

"좋아요." 빈센트가 툭 내뱉었다. "하지만 나는 차 안에 있을 거예요."

남편은 주차장 주변 적당한 곳에 차를 주차시키고는 호숫가로 아이들을 데리고 갔다. 빈센트는 차 안에 있었다. 아이들이 오리에게 빵 조각을 던지자 오리는 떼지어 호를 그리며 빵 부스러기를 향해 달려들었다. 아이들은 웃기 시작했다.

"빈센트도 이걸 봐야 해." 남편은 그렇게 말하고 차로 달려갔다.

빈센트는 운전석 옆 좌석에 앉아 뻣뻣한 다리를 흔들고 있었는데 마침 긴 머리카락의 예쁜 소녀가 빈센트 곁을 지나쳐 달리고 있었다. 잠시 후, 소녀가 멈춰 섰다. 빈센트가 소녀를 대하는 태도로 보아 아는 사이 같았다. 남편은 아이들이 대화하는 걸 방해하지 않고 놔두었다.

몇 분 후, 소녀는 다시 달리기 시작했고 빈센트는 호숫가에 나타났다. 빈센트의 표정은 아까와는 사뭇 다르게 밝게 빛나고 있었다. "댄스파티에 갈 거예요." 빈센트는 그렇게 말했다.

방금 빈센트가 만난 소녀는 학교친구였다. 그 소녀는 빈센트에게 댄스파티에 갈 거냐고 물었고, 빈센트가 자기 데이트 상대가 아프다고 하자, 그 소녀는 댄스파티가 시작되기 전에 새로 생긴 피자가게에서 친구들과 모임이 있는데 그 모임에 초대하겠다고 했던 것이다.

빈센트는 댄스파티를 위해 준비했던 카키색 얼룩무늬 바지를 입었다. 그리고 그날 저녁 빈센트가 돌아와서 내민 사진에는 어색한 커플의 모습이 아니라 여러 명의 친구들에게 둘러싸인 아들의 모습이 있었다.

빈센트는 공원에 자주 가지 않는다. 게다가 공원은 빈센트의 학교에서 완전히 반대편에 있다. 그리고 조깅하며 빈센트 곁을 지나가던 소녀는 다른 마을에 산다. 그러므로 그날 새디 호킨스 댄스파티 전까지 빈센트가 그 소녀를 공원에서 우연찮게 만날 일은 전혀 없었다.

나는 남편에게 빈센트는 천사에 둘러싸여 있을 거라 말했다. 그랬더니 남편은 그때 빈센트 곁을 지나가던 여자 아이의 이름이 안젤리카(Angelica : 스페인어로 천사 – 옮긴이 주)였다고 말했다.

180cm의 빈센트 – 2004년 2월

CT 촬영실이다. 만화그림이 그려져 있는 의료가운을 입고 할머니처럼 자애로운 인상을 가진 여자 분이 빈센트를 새로운 흰색 기계가 있는 곳으로 안내했다. 그녀는 빈센트에게 푹신한 삼각형 베개를 가져다주고 다리 사이에 넣게 했는데, 다리를 완전히 쭉 펴고 서 있을 수 없었다. 그 여성 역시 왜 빈센트의 다리에 베개를 넣어야 하는지 사전정보를 듣지 못했을 게 분명했다. 나는 옆에서 잠시 망설이다가 베개가 제대로 들어가도록 거들었다. 그러나 곧 그녀는 자기 식대로 빈센트의 다리를 움직이게 해서는 안 된다는 사실을 깨달은 것 같았다. 그녀가 빈센트에게 물었다. "아프니?"

나는 단호하게 말했다. "팔도 움직여서는 안 돼요. 그렇게 하지 마세요. 제발 아무 데도 움직이게 하지 마세요." 그녀는 알았다는 듯이 고개를 끄덕였지만 '더 이상 끼어들지 마세요'라는 표정이었다.

CT 촬영을 하는 이유는 빈센트의 폐에 혹시 물이 고여 있는지 확인하기 위해서였다. 빈센트는 지난 몇 달 동안 기침을 해댔고 항생제, 물약, 흡입제 등을 시도해보았지만 모두 소용이 없었다. FOP 환자의 경우 갈비뼈가 코르셋처럼 딱딱하게 굳어 가슴의 확장운동을 제한하기 때문에 아주 사소한 호흡기 질환도 폐렴으로 발전할 수 있었다.

이제 열일곱살이 된 빈센트는 의료진들이 어떤 이유로 팔을 잡아 당겨야 할 때도 요령껏 피하는 법을 터득했다. "숨을 깊게 들이쉬고, 잠깐 참고, 다시 쉬고." 그리고 나자 촬영기계의 조그만 구멍에서 불빛이 빤짝거렸고, 나는 빈센트가 누워 있는 커다랗고 하얀 기계가 미끄러지듯 이리저리 움직이는 것을 지켜보고 있었다.

병원 1층의 원형천장 아래를 지나가는데, 높은 유리창에서부터 빛이 푸른색과 초록색으로 된 세계 지도 카펫 위로 쏟아지고 있었다. 이곳에서 〈뉴스위크〉 지의 사진기자가 우리를 촬영하기 위해 조명을 설치하던 때가 벌써 먼 옛날 일처럼 느껴졌다.

사진기자는 나무틀에 종이를 발라 만든 기린 인형과 노랑, 보라, 초록 풍선들로 만든 소품을 설치했다. 행복한 기억이었다.

"이젠 좀 유치해 보이니?" 이제 빈센트의 키는 180cm나 되었다.

"그렇게 생각해보진 않았어요." 빈센트는 그렇게 말했고, 나는 내심 기뻤다.

20분 후, 빈센트의 학교 앞 종탑아래 도착한 우리는 평상시처럼 빈센트의 가방에 대해서 작은 말다툼을 벌였다. FOP로부터 왼쪽 팔을 보호하기 위해서는 가방이 깃털처럼 가벼워야 했는데 그렇지가 않았던 것이다.

"왜, 피터보고 좀 들어달라고 하지 그래?"

피터는 초등학교 1학년 때부터 절친한 친구였다. 나는 빈센트의 초록 가방을 낚아챘는데 지퍼가 다 잠기지 않은 상태였다. 입구가 벌어지면서 안의 내용물이 쏟아졌다. 수학 시험지, 연필, 색색깔의 폴더들. 주섬주섬 주워서 다시 넣으려는데 빈센트가 내 도움을 거절하고는 화난 표정으로 주워넣었다.

"엄마는 항상 나를 그냥 내버려두지 않아요. 나를 그냥 내버려두지 않는다고요!" 빈센트는 그렇게 말하고 현관로 들어가버렸다.

지난 8년 동안, 나는 허공에 붕 뜬 것처럼 돌아다녔고, 내 아이의 주변 세계가 더 안전하도록 거의 날아다니듯 했다. 하지만 이제 고등학교 졸업반이 된 빈센트는 더 이상 아이가 아니었다. 내년이면 그도 자기의 길을 떠날 것이다. 나는 빈센트가 그 특유의 걸음걸이로 천천히 들어가는 것을 지켜보았다. 나는 아들이 내게 화를 낸 것이 너무나도 기뻤다. 진심으로.

카플란 박사가 빈센트를 위해 스탠퍼드 대학의 추천서를 써주었다. 내 친구이자 피터의 엄마인 체리가 말했다. "만약 그 추천서로도 들어가지 못하면 불가능하다고 봐야 해." 빈센트의 입학지원 서류에는 아주 영향력 있는 인물이 보내준 또 다른 추천서가 있었다. 샌프란시스코 대학의 교수인 헨릭슨 박사가 써준 추천서였다. 헨릭슨 박사는 빈센트를 과학자 스티븐 호킹에 비유했고, 이런 젊은이를 알게 된 것이 특권이라는 감동적인 이야기를 썼다.

빈센트는 텍사스에 살고 있으며 역시 FOP 진단을 받은 아홉 살 소년에게 직접 편지를 썼다. 빈센트가 FOP를 진단 받은 나이도 역시 아홉 살이었다. 빈센트는 이렇게 적었다. "나는 의사가 될 거야. 그리고 내년 이맘때면 스탠퍼드의 기숙사에서 너에게 편지를 쓰게 될 거야."

2004년 2월은 '지옥의 달'이었다. 부엌에서 미끄러져 팔이 부러진 셀린을 데리고 병원 응급실로 달려갔다. 학교연구를 위해 이탈리아로 갔던 브라이언은 도착한 첫 주부터 미숙한 이탈리아어로 응급 수술일정을 잡아야 했다. 불굴의 올리브 농장 주인인 월트의 어머니는 LA의 병원에 입원을 하셨다. 빈센트는 연속으로 FOP의 공격을 받았고, CT 촬영 결과 폐에 염증이 있는 것으로 나타났다. 지난 몇 년 동안 이렇게 사건이 연달아 터진

적이 없었다. 정신이 없었다.

빈센트의 흉부전문의는 빈센트의 기침이 그치지 않으니 어떤 병원균인지 기관지경검사를 해보자고 제안했다. 기관지경검사를 실시한다는 것은 진정제와 상당한 검사가 필요하다는 것을 의미했다. FOP 환자에게는 다소 위험할 수도 있는 의료적 절차여서 나는 다른 의사의 소견을 한 번 더 들어보기로 했다. 우울하고 축축한 토요일, 친구인 팔멘과 케시가 나를 찾았다. 팔멘은 최고의 흉부외과의사였다. 그는 빈센트를 진단한 후 항생제를 한 번 더 쓰는 것도 괜찮겠다고 말하며, 어떤 병원균이 기침을 유발하는지 아는 것이 좋다고 덧붙였다. 그래서 나는 빈센트의 흉부외과 주치의 진료실에 전화를 걸어 항생제 치료를 해보자고 부탁했다. 얼마 후, 흉부외과 진료실의 간호사가 내게 전화했다. 반드시 검사를 해야 한다고 할까봐 두려웠는데, 의외로 그 간호사는 아주 친절한 목소리로 "빈센트의 약국 전화번호가 어떻게 되죠?"라고 물었다. 의사는 마지막 항생제 처방을 내렸고, 예전에는 들어본 적이 없는 약품이었는데 효과가 있었다.

그로부터 몇 개월 후, 빈센트의 기침소리는 잦아들었다. 그러더니 완전히 사라졌다. 하느님, 감사합니다.

IX

영혼의 친구를 만나다
2004년 3월

✳ 우리는 언제나 선택할 수 있는 방법에 대해 대화를 나누곤 해요. "만약 이런 일이 생기면, 우린 이런 방법을 쓸 수 있을 거야." 하지만 '만약'은 실제로도 잘 일어나서, 그때마다 우리는 이런 저런 방법을 쓴답니다. 애쉴리는 이렇게 물어요. "엄마, 내가 정말 그렇게 될 거라고 생각하는 거야? 그런 일이 나한테 일어날 거라고 생각하는 거야?" 저는 이렇게 대답합니다. "그런 일이 일어날 수 있어. 하지만, 그런 일이 일어나지 않을 수도 있다고 생각하자." FOP에 대한 연구가 진전되면서 희망을 생각해보게 됩니다. 그리고 그 희망은 애쉴리의 마음속에 언제까지나 자리하고 있을 거예요.

　─애쉴리의 엄마 캐롤 쿠르피엘*Carol Kurpiel*. 애쉴리, 23세. 3세에 FOP를 진단 받음.

어느 화창한 봄날, 나는 손수레를 가지고 셸린과 함께 가까운 슈퍼로 가고 있었다. 그러다 나는 자전거 도로에 눈을 뜬 채 죽어 있는 조그만 고양이를 보게 되었다. 나는 셸린이 그 광경을 보지 못하도록 몸으로 고양이 쪽을 가리면서 다른 이야기를 들려주었다. 하지만 돌아오는 길에 셸린은 기어코 그 조그만 짐승을 발견하게 되었다.

"엄마, 저것 봐요." 셸린은 자전거를 세우고 말했다.

"그래, 불쌍한 고양이가 죽었네." 나는 솔직하게 대답했다.

"그런데 눈은 뜨고 있잖아요." 셸린이 궁금해했다.

"그래도 죽은 거야." 고양이는 겉으로는 별로 상처가 없었지만 아마도 차에 치인 듯 했다. 셸린은 잠시 그 고양이를 이리저리 살펴보았다.

"왜 우리는 고양이를 키우면 안 되요?"

"엄마는 고양이 알레르기가 있잖아."

"그럼 죽은 고양이를 데려가는 건 어때요?" 사과처럼 붉은 뺨에 청록색의 눈을 가진 셸린이 나를 올려다보았다. 전혀 문제될 게 없다고 생각하는 눈치였다.

"죽은 고양이 데려다가 뭐하게?"

"그냥 쳐다볼 수 있잖아요. 묻어줄 수도 있고요. 블란체 선생님의 고양이를 정원에 묻어준 적이 있어요." 블란체 선생님은 죽음의 상실감을 아이들에게 굳이 감추려고 하지 않았던 것이다. 나는 셸린이 죽음의 현실을 가늠하기에는 너무나도 어린 나이라고 생각했다. 그러나 이번 일로 삶은 늘 상실을 동반한다는 사실을 받아들이기에 어린 나이는 아니라는 것을 깨달았다.

어떤 면에서 보면, 죽음이라는 상실감을 경험하는 것이나 FOP로 좌절하고, 비현실적이지만 미래 어느 순간에 닥칠 어려움과 상실감의 가능성을 받아들이는 일이나 크게 다르지 않을 것이다. 나는 셀린이 죽은 고양이를 보지 못하도록 일종의 방패막을 두르려고 애썼지만, 셀린은 그 상실감을 너무나도 자연스럽게 받아들이지 않았던가.

그렇다면 당시 FOP에 맞서야 했던 빈센트에게 어느 정도의 정서적인 보호장치가 필요했던 걸까? 1997년 3월, 빈센트는 FOP의 첫 번째 공격으로 고통스러워했고, 그때부터 FOP와 그로 인한 상실 부모보다 더 잘 알고 있었다. 하지만 그때까지 FOP를 가진 성인을 만난 적은 없었다.

문제는 이것이다. 빈센트는 자신보다 더 심각한 FOP 증세를 갖고 있는 다른 환자들을 받아들일 수 있을까? 그런 환자들을 보여주지 않는 것이 옳은 일일까, 아니면 잘못된 일일까? 아이이기 때문에 부모보다 모든 것을 더 자연스럽게 받아들일 수 있을까? 아니면 그 반대일까?

1997년 3월, 우리 가족은 메이크 어 위시 재단(Make-A-Wish Foundation)의 후원으로 두 번째 국제 FOP 가족모임이 열리는 플로리다의 디즈니랜드로 여행을 가게 되었다. IFOPA의 회장인 지니 피퍼와 그녀의 동료들 덕분에 전 세계의 FOP 환자와 보호자들이 디즈니랜드가 있는 도시에서 모임을 가질 수 있었다. 그 모임에는 의료, 치과검사, 강연, 워크숍, 만찬이 예정되어 있었다.

우리는 빈센트가 자신처럼 진행성 FOP를 가진 어른 환자와 어떤 식으로 만나게 해야 할지 확신이 서질 않았다. '그 만남이 빈센트에게 상처가 될까? 아니면 반대로 도움이 될 수 있을까?'

"아이한테 직접 물어보세요." 아동 심리학자는 그렇게 조언해주었다. 그녀 역시 우리가 예측할 수 있는 것 이상의 조언은 해줄 수 없었다. 상대적으로 FOP는 여전히 새로운 질환이었고, 여러 가지 면에서 우리는 아직도 인정과 부정의 줄다리기를 반복하고 있었다. FOP를 가진 다른 사람을 만나는 순간, FOP는 더욱 더 현실적인 것으로 다가올 것은 분명했다.

"빈센트, 디즈니랜드에서 FOP 가족모임이 있는데 가고 싶니?" 빈센트에게 물었다.

"디즈니랜드! 한 번도 가본 적 없는데!" 아들의 환한 얼굴만 봐도 대답을 알 수 있었다.

그래서 나는 질문을 바꾸어야 했다. "그곳에 가면 여러 사람을 만날 거야. FOP를 가진 어른들도 만나게 되지. 물론 어떤 사람은 너처럼 그렇게 심하지 않은 사람도 있겠지만." 그러자 빈센트는 그 자리에서 대답을 하지 않았다.

만약 빈센트가 네, 다섯 살 정도라면 반응은 조금 달랐을 것이다. 하지만 열 살이라는 나이는 디즈니랜드라는 환상에 빠질 수 있는 나이면서도, 한편으로 FOP가 비현실적이지만 허구가 아니라는 것을 인지할 수 있는 나이기도 했다.

"어떻게 생각해?" 나는 재차 물었다. "만약 네가 다른 가족들이나 사람들을 만나고 싶다면 좋아. 그리고 그러고 싶지 않다면 그것도 괜찮아."

나는 아들의 표정을 읽을 수 없었다. 나는 빈센트가 내 질문에 긍정으로 대답할지, 내가 예상할 수 없는 방식으로 FOP라는 질병을 이해하고 알 수 없었다.

"가고 싶어요." 마침내 빈센트가 입을 열었다. "하지만 사람들을 만나는 건 다음에 할래요."

남편과 나는 다른 FOP 가족들을 만나보는 게 좋을 것 같았다. 한 번에 한 아이, 하루에 한 번, 한 번에 한 세대씩. 그래서 우리는 이사벨의 대모인 캔디에게 부탁해 LA에서 디즈니랜드가 있는 올랜도 시로 와서 아이들과 함께 놀아달라고 부탁하고, 나와 남편은 보호자를 위한 의료적 검사와 모임에 참가하기로 했다.

플로리다까지의 비행은 아주 좋았다. 그러나 올랜도 공항에 착륙해서 밝은 공항 터미널을 통과하면서부터 사태는 조금씩 달라졌다. 막내 딸은 배가 고프다고 했고, 네 살 된 셀린은 이것저것 캐묻기 시작했다. "여기가 디즈니랜드예요? 엄마, 여기가 디즈니랜드야?" 셀린은 미키마우스 인형이 걸린 공항의 선물코너를 지나갈 때 특히 더 실망하는 눈치였다. "여기가 디즈니랜드 맞아요?" 이제 겨우 유치원에 다니는 아이는 고작 이런 공항이 디즈니랜드인가 싶었던 것이다. 그러나 빈센트는 디즈니랜드에는 이렇게 항공기 탑승구 같은 건 없다고 설명하며 인내심 있게 셀린을 달래주었다.

FOP 모임이 열릴 호텔은 잘 자란 야자수로 둘러싸여 있었는데, 밖은 아주 덥고 습도도 높았다. 엘리베이터를 타기 위해 로비를 가로지르다가 휴게실을 얼핏 처다보았다. 그곳에는 빈센트 또래로 보이는 두 명의 남자 아이가 우리 쪽을 등지고 앉아서 비디오 게임에 열중하고 있었다. 등을 돌리고 있는데도 그중 한 아이의 굽은 등이 왠지 낯익었다.

그 남자 아이가 몸을 돌렸다. 우리 쪽을 처다보지는 않았지만 어깨가 뻣뻣해 보였다. 그 아이는 빈센트 말고 내가 처음 본 FOP 소년이었다. 나는 빈센트가 그 소년을 보면서 또 다른 자신의 모습을 발견했는지 어쨌는지 모르겠다. 빈센트는 호텔의 유리창에 비친 푸른색 풀에 완전히 마음이 빼앗겨 있는 듯 했다. 빈센트 역시 그 아이가 아주 괜찮아 보였고, 또 비디오 게임을 하면서 디즈니랜드를 앞두고 있는 여느 아이들처럼 즐거워하고 있다는 것을 알아차렸을 거라고 생각한다.

월트와 내가 지니 피퍼를 만난 것은 야자수로 둘러싸인 호텔 수영장에서였다. 그녀가 내 영혼에 새로운 생명력을 불어넣었던 추운 1월의 어느 날 이후, 그러니까 1년 하고도 6개월 만에 처음으로 얼굴을 보게 된 것이다. 물론 첫 통화 이후에도 나는 종종 지니에게 전화를 했고, 냉찜질, 열찜질 방법은 물론 FOP가 마수를 드러낼 때 어떻게 대처해야 하는지를 배웠다. 그녀가 직접 말로 표현하진 않았지만 전화통화를 통해 확신시켜준 것은 '모든 게 잘 될 거예요'였다. 순간은 지나갈 거예요. 고통은 지나가고 인생도 정상으로 돌아올 겁니다. FOP를 가진 아이의 엄마인 메를린의 말처럼 '새로운 정상' 상태로 올 겁니다. 어찌됐든 그것도 정상적인 삶이니까요. 나는 그녀의 차분하고도 안정된 목소리, 낙관적인 태도 속에서 그런 메시지를 발견할 수 있었다.

책을 읽으면서 등장인물을 상상하듯, 나는 마음속에서 지니의 모습을 상상했다. 내가 상상한 지니는 공정하고 강건하며, 짧은 갈색 머리에 평범하지만 명랑한 성격의 여성이었다. 지니는 결코 나약한 모습이 아니었다. 만약 지니가 자신은 혼자서 샤워를 할 수 있고, 화장도 할 수 있고, 국제적인 기구를 움직이고 있다는 이야기를 해주지 않았다면 어땠을까? 몇 번의 전화를 통해 알게 된 지니는 움직임이 조금 뻣뻣하거나 등이 약간 부자유스럽다는 걸 빼면 여느 명랑한 아가씨와 전혀 다를 게 없는 그런 사람이었다. 그게 전부였다.

전화상으로만 듣던 목소리를 갑자기 내 앞에 서 있는 어떤 사람을 통해 듣게 될 때, 다른 소리들은 확 달라지면서 내가 아는 그 소리만이 공명을 일으키는 경우가 있다. 나는 곧 아름다운 한 여성에게서 지니의 목소리를 들었다. 지니는 평범하고 강인한 아가씨의 이미지가 아니었다. 지니는 밝고 푸른 눈동자, 완벽하게 생긴 코, 갸름한 얼굴을 한 청순한 모습이었다. 무용수처럼 우아하고 날씬했으며 예민하고 가냘픈 뼈는 정장 속에 감추어져 있었다. 내가 상상한 모습 중 유일하게 맞은 것은 어깨까지 내려오는 갈색 머리였다.

그곳에 지니가 있었다. 불안한 마음으로 번호를 누르고 신호음을 들으며 기다렸던 겨울 어느 날 아침, 나를 구원해주었던 지니가 뼈와 살을 가진 실체로 그곳에 있었다. 영원히 굳어져버린 팔을 가진 그녀가 나를 향해 다가왔다. 안정적이고 확신에 찬 목소리가 다소 부자연스러운 턱에서 흘러나왔다. 지니는 아주 당당하고도 완벽한 모습으로 휠체어에 앉아 있었다.

바로 그 순간이었다. 전에 한 번도 본 적이 없는 오랜 친구를 만난 순간, 나는 비로소 이해했다. 비록 FOP가 지니를 할퀴었다 해도 그녀는 결코 상처받지 않았다는 것을.

"만나서 반가워요." 푸른빛의 수영장 옆에서 내가 할 수 있는 말은 그게 전부였다.

우리 가족이 참가한 첫 번째 FOP 모임에서 나는 지니 피퍼를 꼭 안아주었고, 지니 피퍼도 나를 안아주었다. 시간을 놓치거나 길을 잃어버린 사람의 상실감을 누구보다 잘 아는 사람으로서, 나는 너무나 완벽한 순간과 장소에서 지니를 만나게 됐다는 사실을 깨달았다.

호텔 안에 카플란 박사의 임시 진료실이 마련되었다. 펜실베이니아 대학에서 함께 온 의사와 레지던트들이 환자들의 팔에서 정맥을 더듬으며 조심스럽게 나비 주사바늘로 채혈을 시도하고 있었다. 혈액 테스트는 FOP가 활동적일 때 골형성 단백질의 수치가 어느 정도인지 확인하기 위한 것이었다. 또 환자들 옆에는 조그만 플라스틱 통이 있었다. 골형성 단백질은 소변을 통해서도 배출되기 때문이었다. 이렇게 모아진 데이터는 FOP의 비밀과 골형성의 미스터리를 풀 수 있는 만능열쇠를 찾기 위한 연구에 쓰일 예정이다.

카플란 박사는 그와 함께 FOP 연구실을 함께 공동지휘하는 체구가 작고 금발인 에일린 쇼어 박사, 펜실베이니아 대학의 선구적인 FOP 내과의사이자 콧수염이 멋진 마이클 재슬로프 박사와 함께였다. 만약 카플란 박사를 '난치병 FOP의 아버지'라고 한다면 재슬로프 박사는 'FOP의 할아버지'라고 불러야 할 그런 인물이었다.

빈센트가 임시 FOP 진료실 침대 가장자리에 앉았다. "베드로가 말하길, 너의 어깨를 만져보아라." 카플란 박사가 성경에 나오는 말투를 흉내 내며 말했다. 하지만 빈센트는 어깨를 만질 수 없었다.

"왼쪽 팔을 올려보아라." 왼쪽 팔은 올릴 수 있었다.

"오른쪽 팔을 올려봐." 하지만 오른쪽 팔은 올릴 수 없었다. 즉 완벽하게 끝까지 올릴 수 없었다. "손목을 구부려봐라." 완벽할 정도는 아니지만 어느 정도는 가능했다.

"베드로가 말하길, 고개를 돌려보아라." 약간 뻣뻣하기는 했지만 고개를 돌릴 수 있었다.

"빈센트, 대단한데!" 카플란 박사는 빈센트가 관절을 움직일 수 있는 정도에 대해서 아주 만족해하며 칭찬했다. 우리 역시 만족스러웠다. 이정도면 충분하지 않은가. 나는 어떤 면에서 이젠 우리가 FOP가 빈센트에게 저지른 일을 받아들여야 할 때가 왔다고 느꼈다.

다른 임시 진료실로 간 우리는 딸을 동반한 흑인가족과 함께 FOP 치과의사인 버트 누스바움 박사를 기다렸다. 누스바움 박사에게 진료를 받는 일은 특히 중요한 일정이었다. 왜냐하면 FOP 환자들이 맞는 주사가 FOP를 자극해 턱이 완전히 굳어버린 사람들 이야기가 가끔 들리기 때문이다. 1994년에 누스바움 박사는 처음으로 FOP 환자의 이빨을 뽑는 데 성공하고 보고서를 썼다. 그리고 '하나만 실행하고, 하나에 대해 쓰고, 하나만 가르친다'라는 의학적인 좌우명을 새기는 선도적인 FOP 치과 의사 전문가가 되었다.

"이를 관리할 때 아주 꼼꼼해야 한다." 갈색 머리와 턱수염, 그리고 안경을 쓴 누스바움 박사는 다소 익살맞으면서도 아주 합리적이었던 사람으로 기억된다. 그는 치과의사라기보다는 오래된 대학 동창생 같은 느낌을 주었다.

"치열교정기로 교정할 수 있어." 누스바움 박사가 빈센트의 앞니 사이의 공간을 보더니 말했다. FOP 진단을 받고 난 후로는 치아 사이의 그런 이형조차도 고쳐서는 안 되는 것인 줄 알고 염려했었다. 치과에서 치료하는 과정에서 혹시 생길 수도 있는 위험요소 때문이었다.

"교정기를 해도 되나요?" 우리는 물었다.

"대신 교정을 할 때 한 번에 몇 분 이상 턱을 잡아당겨서는 안 됩니다." 그로부터 2년 후 빈센트는 은색 철사 교정기 덕분에 바르고 완벽한 치아를 갖게 되었다.

이 여행에서 빈센트를 FOP의 실상과 현실에서 한걸음 물러나 있도록 한 것에 대해서는 그리 후회하지 않는다. 어차피 FOP를 인정하고 받아들여야 하는 험난한 여정에서 빈센트가 내린 선택은 나름의 시간표대로 결정한 것이기 때문이다. 그리고 디즈니랜드에서 보낸 며칠 동안, 빈센트는 자신이 탈 수 있는 기구들을 타고 즐거운 시간을 보냈다. 아빠와 형제들, 셀린과 함께 빛나는 전설의 만화 주인공들이 그려진 지도를 살펴보았다. 나역시 동행한 캔디와 함께 유모차를 밀면서 신데렐라 성을 거닐었고, 셀린에게는 파인애플 아이스크림을 물려주고, 백설공주성, 전차를 구경했다. 그리고 우리는 모두 자신에게 주는 보상으로 디즈니랜드의 알록달록한 회전목마를 탔다. 가운데 축에 달린 거울에 우리의 모습이 비쳤고, 그 환상의 나라에서 우리는 너무나도 멋진 위로를 받았다.

스탠퍼드에서의 편지 - 2004년 3월

내방 창문 밖에 서 있는 무화과 나무에서 드디어 첫번째 이파리가 돋아났다. 언덕은 서서히 초록빛으로 변해가고 있었고, 멀리 보이는 산은 짙푸른 남색이었다. 우리가 사는 곳의 대부분의 나무는 꽃을 틔우고 있었는데, 자두나무와 배나무에서는 분홍색 꽃이, 아몬드나무에서는 하얀 별사탕 꽃들이 피어났다. 그리고 우리의 딸 셀린도 꽃피기 시작했다. 팔에 두른 깁스를 떼어낸 열두 살의 셀린은 보는 사람들마다 변화를 눈치 챌 만큼 피어나고 있었다.

"너무 예쁘구나." 사람들은 그렇게 성숙해가는 셀린의 모습에 감탄했다.

셀린의 생일날이었다. 셀린은 일찍 일어나서 반 친구들에게
줄 초콜릿 칩 쿠키를 굽기 시작했다. 그리고 금요일 미사시간,
셀린은 3월에 생일을 맞은 다른 아이들과 함께 맨 앞줄에 서서
전교생이 불러주는 생일축하 노래를 들었다.

그 즈음 나는 주변의 사람들에게 이런 소리를 자주 들었다.
"스탠퍼드에서 뭐 온 거 없어요?" 물론 입학지원에 대한 최종
결과는 3월에 온다. 만약 그 소식이 우리가 그토록 고대하고 기
도하던 것이라면, 나는 조그만 비행기를 타고 우리가 사는 마을
상공으로 날아가 '빈센트가 스탠퍼드에 들어갔어요!'라고 쓰인
현수막을 펄럭일 작정이었다.

스탠퍼드에서 연락이 오기에는 조금 이른 때였지만, 또 셀린
과 내 친구들을 셀린의 생일파티에 초대하기에는 늦은 때였다.
그렇지만 살 신부님의 형제인 에드거가 너무나도 오고 싶어 하
고, 셀린의 절친한 친구인 베라도 그렇고, 그리고 다른 반 친구
들도 간절히 원해서 마침내 파티를 열었다. 셀린과 손님들은 물
풍선을 불었고, 분홍색 풍선과 리본으로 장식된 케이크를 먹으
며 멋진 봄날의 오후를 만끽했다.

그날은 구름한 점 없는 하늘에 뭔가 좋은 소식이 올 것만 같은
날이었다. 빈센트와 나는 여동생들이 차에서 내려 집안으로 들
어가자 초록빛 우편함으로 다가갔다. 빈센트는 내가 수많은 광
고 속에서 뭔가를 확 낚아채자 궁금해하는 표정으로 살폈다.

우리는 둘 다 창의 블라인드가 반쯤 쳐져 있는 부엌으로 갔다.

블라인드 사이로 들어오는 빛이 기다랗게 식탁을 비췄다. 그 모습이 마치 빛바랜 오래전 사진 같았다. 하지만 그 어느 것도 눈에 들어오지 않았다.

나는 빈센트 옆에서 빈센트가 봉투를 뜯고 편지지를 꺼내는 걸 보고 있었는데, 마치 숨이 멎을 것만 같았다. 편지지 맨 위에는 학교 상징인 캘리포니아 삼나무의 인장이 인쇄되어 있었고, 그 아래로 주홍색의 학교 문양이 또렷하게 보였다. 편지의 내용은 이랬다.

✤　✤　✤

2004년 3월, 친애하는 빈센트 군.
애석하게도 2004년 가을 스탠퍼드 대학의 입학을 승인할 수 없음을 알려드립니다. 조기 입학 지원으로 우리 스탠퍼드 대학을 선택하고 지원해준 것에 감사드립니다.

침묵.
결말 부분은 이랬다.

✤　✤　✤

간혹 학교성적이 낮은 학생이 입학허가를 받기도 하고, 그렇지 않은 학생이 입학거부를 받기도 합니다. 숫자상으로 측정하기 힘든 지원자들의 인격적 자질과 결과물 때문이기도 하고, 또 학교생활이나 과외활동 프로그램 등 개인의 차이가 다양하기 때문입니다. 물론 다른 지원자와 학교성적이나 시험성적을 비교할 수 있겠지만 입학사정관은 지원자의 에세이와 상담가의 추천서, 전체적인 응용력을 고려합니다. 우리는 지원자 각자의 개성과 함께 독특한 결과물, 잠재력, 지적인 능력을 보았습니다. 그리고 우리 대학은 이런 요소들을 근거로 종합적인 판단을 내립니다.

　빈센트는 말이 없었다. 빈센트는 나에게 편지를 주고 나가버렸다. 나는 무슨 말도 할 수가 없었다. 그 어떤 말도 도움이 되지 않을 터였다.

X

분노하라, 분노하라
2004년 4월

저는 휘트니의 정서상태가 걱정됩니다. FOP 진단을 받은 지 18개월이 지났는데도 휘트니는 그것에 대해서 전혀 이야기하려 하지 않아요. 휘트니는 방과 후 일주일에 두 번 사회 봉사자를 만나는데 그나마 참 다행한 일이죠. 사실 휘트니는 저한테 크게 화를 내곤 했습니다. FOP가 가장 심각하게 나타났을 때는 감정적으로 완전히 무너지더군요. FOP 진단을 받고 나서 처음 FOP를 겪었을 때는 '이 모든 게 다 엄마 탓'이라며 소리를 질렀죠. 처음에는 너무 충격적이었는데, 아이가 비명을 지르고 우는 동안 그냥 말없이 있는 게 더 편안하게 느껴지더라고요. 무슨 말이나 행동으로 상황이 더 심각해질까봐 걱정스러웠거든요. 저는 딸아이가 화를 내도 괜찮다는 걸 알기 바랐어요. 그리고 그렇게 무너져도 좋을 안전한 장소를 주고 싶었죠.

　─휘트니 엄마 힐러리 앤든*Hillary Weldon*. 휘트니, 13세. 9세에 FOP를 진단 받음.

빈센트가 FOP 탓에 두번째로 고생하던 1997년 7월 12일 오후, 나는 절망적인 기분으로 산책을 나갔다. 막내 딸아이의 목욕을 끝낸 후였다. 월트가 퇴근해서 현관에 들어서자마자 나는 기다렸다는 듯 집을 나섰다. 그날 따라 구름 한 점 없었지만 아지랑이 때문에 저 멀리 산은 보이지 않았다.

나는 늘 다니던 거리를 택했다. 그러나 규칙적인 산보로도 평상시의 안도감을 찾지 못했다. 주변의 회색빛이 분노스럽게 보였다. 그리고 콘크리트 담장의 모퉁이를 돌아 건설공사장의 먼지가 날리는 회색빛 거리를 건너갈 때, 어떤 시구가 갑자기 머릿속에 떠올랐다.

'분노하라, 빛이 사그라져 가는 것에 대해 분노하라.'

누가 썼더라? 내가 분명 아는 시 구절인데. 일상의 삶이 나의 예리한 문학적 기억력을 마모시키고 있었다. 산책하는 내내 그 구절이 나를 괴롭혔다. 《리어왕》에 나오는 구절이었던가? 아니면 셰익스피어의 다른 작품? 산책하는 동안 그 시구의 지은이를 알아내려고 애썼지만 시끌벅적한 집으로 돌아왔을 때는 모든 것을 잊어버렸다.

그날 밤, 아주 이상한 우연의 일치를 경험했다. 절망적인 기분으로 시작한 산책길에서 떠오른 그 시 구절이 누구의 것인가 하는 물음은 보나마나 친구나 동료와의 대화를 통해서 우연찮게 알게 될 터였다. 그러나 의외로 그 질문에 대한 해답은 그날 저녁 〈프레즈노 비*Fresno Bee*〉 신문에 나와 있었다.

나는 평소에 신문을 보지 않는다. 다섯 아이를 키우는 일만으로도 충분히 버거웠다. 그날 밤, 나는 부엌 카운터에 서서 프레즈노 비 신문을 아무렇게나 펼쳐보았다. 헤드라인 하나가 들어왔다. '용기에 대한 가르침'이라는 제목 아래 첫번째 문장을 보았다. 딜런 토마스*Dylan Thomas*는 '그렇게 멋진 밤으로 신사답게 들어가지 말라*Do Not Go Gentle into That Good Night*'는 시에서 임종의 순간에 있는 아버지에게 이렇게 간청했다고 한다. "분노하라, 빛이 사그라져 가는 것에 대해서 분노하라."

순간 나는 감전된 느낌이었다. 딜런 토마스, 영국 웨일즈*Wales* 지방의 시인이었다. 그리고 거기에 나를 괴롭히던 문제의 해답이 있었다. 기사를 쭉 읽어내려 가면서 나는 그 해답에 다른 이름이 하나 더 포함되어 있음을 알게 되었다.

'용기에 대한 가르침'은 심각한 만성질병에 시달리는 한 아이와 그의 부모가 보여준 용기에 관한 기사였다. 내가 절망 속에 빠진 그곳에서 그 아이의 엄마는 자신을 추스르고 싸웠던 것이다. 그날 밤 내가 느꼈던 감전된 느낌은 시간이 갈수록 더욱 커졌고 내 안에 깊고 심원한 평화를 채워주었다. 분노라는 단어가 평화를 불러일으키다니! 이 얼마나 역설적인가?

나는 그 기사를 통해 용기의 교훈을 얻었다. 분노하라, 빛이 사그라져가는 것에 대해서 분노하라. 어둠을 없애도록 불을 밝혀라. 그것은 마치 누군가가 나를 위해 신문을 통해 메시지 보낸 것 같았다. 누군가 내게 말하고 있었다. 맞서라, 맞서서 싸워라.

그날 이후, 나는 글을 써서 인쇄매체를 통해 FOP에 대해 분노했고, 내 아이의 이야기가 얼마나 중요한지 인식하지 못하는 편집자에 분노했고, 내가 왜 그런 글을 쓰는 유일한 사람이어야 하는지에 대해 분노했다. 나는 FOP에 대해서 해야 할 말과 하지 말아야 할 말을 제대로 알고 있는 사람을 찾을 수 없었다. 내가 쓴 에세이는 모든 곳에서 거절 당했다. 심지어 〈프레즈노 비〉에서도 내 기사를 거절했다. 마침내 내 글이 활자화되어 나왔을 때는 제목이 원래의 의도와 다른 '내 아들의 알 수 없는 질병과의 싸움'으로 변해 있었다. 아무도 싣기를 원치 않았던 그 글은 내가 〈프레즈노 비〉에서 용기를 얻은 지 꼭 2년만인 1999년 7월 12일자 〈뉴스위크〉 지에 실렸다.

빈센트에게 두번째로 FOP가 찾아왔던 1997년 여름, 빈센트의 몸 왼쪽은 거대한 돌기로 부풀어 올랐다. 나는 전처럼 그냥 무기력하게 보고만 있을 수 없었다. 나는 모든 방법을 다 동원해서 '분노'하기 시작했다. 그해 여름은 글래서 박사가 내가 유일하게 발음할 수 있었던 약품 프레드니손을 처방해준 때였다.

궁극적으로 프레드니손은 빈센트에게 효과가 없었지만 나는 제니퍼의 딸 스테파니가 그 약을 쓸 수 있도록 도와주었고, 여러 번의 시도와 실패를 통해 그 약의 효과를 보기 위해서는 어느 정도 시간이 걸린다는 사실을 의사들이 알도록 도왔다. 프레드니손은 지속적이지는 않지만 뼈가 생성되고 염증이 생기는 과정을 일시적으로 멈추게 할 수 있었다.

호텔에 임시 진료소를 차렸던 2000년도 FOP 국제 심포지엄에서 나는 카플란 박사와 재슬로프 박사를 위해 스페인어 통역

봉사를 하게 되었다. 그때 카플란 박사는 이렇게 말했다.

"우리는 스테파니라는 여자아이를 통해서 프레드니손의 효능에 대해서 알게 되었습니다."

페루에서 온 테레사와 레이날도 부부를 위해 번역하기 전, 나는 잠시 카플란 박사를 쳐다보았다. 나는 그 말이 어디가 틀렸는지 고쳐주고 싶은 강한 충동을 느꼈다.

'박사님, 그런 사실을 알게 된 것은 빈센트라는 소년 때문이죠.'

나는 1997년 여름 제니퍼와의 전화 통화를 하던 오후를 떠올리며 말했다. 프레드니손은 기적처럼 효과가 있었지만 빈센트에게 그 기적은 오래지 않아 사그라졌다. 제니퍼는 다섯 살짜리 스테파니의 턱에 문제가 생긴 첫날 나에게 전화를 걸었고, 그 때문에 스테파니도 프레드니손 처방을 받을 수 있었다. 다만 스테파니의 주치의는 스테파니에게 일반적인 용량의 두 배를 처방해주었다. 스테파니는 FOP가 막 마력을 뻗치려는 초기에 그 치료법을 시작했고, 빈센트는 FOP가 이미 진행된 후 치료를 시작했다는 것이 차이였다.

1997년 우리 주치의는 FOP 증상이 막 나타날 때 즉각적으로 많은 양의 프레드니손을 복용하면 진행과정을 늦출 수 있다는 것을 알지 못했다. 이제 의사들은 여러 가지 다양한 결과를 가지고 프레드니손을 처방하는 방법을 터득했지만, 2000년 필라델피아에서 열린 제 3회 국제 FOP 심포지움에서 내 아들 빈센트가 그 약물의 효능에 대해서 기여했다는 점에 대해서 비로소 알게 되었다.

"FOP의 염증은 불과 같습니다. 우리가 알아낸 바에 따르면 FOP라는 화재가 큰 손상을 입히기 전에 프레드니손으로 꺼야 한다는 것입니다. 불꽃을 막지 못해 집을 다 태우기 전, 바로 초기에 말입니다."

빈센트의 FOP는 우리가 프레드니손 요법을 시작할 때쯤에는 이미 너무 많은 근육조직에 염증이 일어난 후였다. FOP라는 불을 끄기에는 너무 늦었고, 불은 걷잡을 수 없이 맹렬하게 타올랐다. 그러나 당시 스테파니의 성공적인 처방 사례 덕분에 프레드니손 투약은 FOP 발현에 대항하는 최전방 수비수가 되었다.

프레드니손이 빈센트에게 보여준 기적은 실패로 끝났다. 그러나 그것은 불에는 불로 싸워야 한다는 교훈을 남겨주었다.

다시 문을 두드리다 – 2004년 4월

스탠퍼드에서 입학거부 편지가 온 그날은 만우절이기도 했다. 모든 것이 농담처럼 느껴졌다. 스탠퍼드에 대한 반항으로 나는 월트의 스탠퍼드 T셔츠를 뒤집어 입고 밖으로 나갔다. 뒤에 달린 라벨이 마치 혓바닥처럼 날름거렸다.

남편 월트와 나는 지난 밤 너무 화가 나서 잠을 잘 수가 없었다. 나는 남편에게 빈센트가 스탠퍼드에 입학하면 조그만 비행기에 현수막을 달고 상공을 날 거라는 이야기를 한 적이 있었다. 나는 그날 남편에게 이렇게 말했다.

"그 대신, 캘리포니아 대학에서 본 그 티셔츠에 새겨진 글자 'F-Standfurd!'를 현수막에 써서 스탠퍼드 대학 위를 나는 것은 어떨까? 3만 명의 학생이 그 비행기를 올려다 볼 거야."

빈센트가 3,528명의 지원자 중에서 265명을 뽑는 엘리트 대학 클레어몬트 맥커나 *Claremont McKenna*에 입학승인을 받은 일과는 상관없었다. 미국에서 가장 많은 수의 학생들이 지원하는 UCLA로부터 입학축하를 받은 것 역시 아무 상관이 없었다. 미국 최초의 여성 우주인인 샐리 라이드 *Sallly Ride*가 교수로 있는 UC 샌디에고 *UCSan Diego*의 입학승인도 눈에 들어오지 않았다. 농업으로 명성이 자자한 데이비스 *Davis*대학의 입학 허가도, 세계 최고의 공립대학인 버클리의 입학허가에도 우리는 화가 났다.

어쨌든 이제는 위에 열거한 대학들을 꼼꼼히 다녀보고 FOP를 초월할 빈센트에게 가장 이상적인 대학이 어디일지 결정해야 했다. 빈센트에게는 안식처와 같은 편안한 느낌을 주는 클레어몬트 같은 조그만 대학이 나을 지도 모른다. 버클리처럼 그에게 세계를 알게 해줄 대학도 좋을 것이다. 언덕이 없고 가족과도 멀리 떨어지지 않아도 되는 데이비스 대학도 물론 후보지다. 첨단 의료센터로 유명한 UCLA는 또 어떤가. 물론 이런 모든 조건을 만족시키는 단 하나의 대학이 있긴 있었다. 내가 뒤집어 입은 티셔츠에 써 있던 대학이었다.

어느 날 오후, 집에 도착해보니 빈센트는 컴퓨터 앞에 앉아 있었다. 스탠퍼드 대학에서 입학거부 편지를 받고 난 이후 자신의 진로에 대해서 한마디도 하지 않은 상태였다. 빈센트는 반쯤 몸을 돌리더니 말했다.

"크리스티나가 스탠퍼드에서 입학허가를 받았대요."

"그럼 크리스티나는 스탠퍼드에 가겠대?"

크리스티나는 빈센트가 1학년 때부터 알고 지내던 친구였다.

"글쎄요. 아직 정하지 않은 것 같던데."

빈센트는 다시 컴퓨터 쪽으로 몸을 돌리고 키보드를 만졌다. 온 몸과 마음을 다해 그토록 간절히 원했던 것이 그다지 원하지도 않는 친구에게 돌아간다면, 당신은 아이에게 무슨 말을 할 수 있겠는가? '인생은 원래 그렇게 공평하지 않아'라고 말하겠는가? 아니면 '모든 일에는 다 그럴 만한 필연적인 이유가 있을 거야' 이렇게 말하겠는가? '즐거운 하루 보내' 뭐 그냥 그렇게 말하지 말란 법도 없겠지만.

"너를 원하는 이렇게 멋지고 많은 대학에 대해서 좀 생각해 봐, 빈센트. UCLA, 버클리, 클레어몬트." 그 순간 빈센트에게는 내가 열거한 세계에서 가장 좋다는 대학들이 그저 입에 바른 위안거리밖에 안되었다.

나는 빈센트의 냉철함을 바라보았다. 나 자신은 그렇게 냉철해본 적이 없었던 것처럼 느껴졌다. 나는 빈센트를 뒤에서 안았다. 코르셋처럼 조여드는 가슴뼈를 통해 빈센트의 심장박동이 느껴졌다.

빈센트를 사랑하는 사람들은 스탠퍼드의 입학거부 결정에 대해서 전혀 냉철하지 않았다. 고등학교 선생님은 '이런!' 하고 탄식을 내뱉었고 한 의사는 배너에 '네 글자 욕'을 써서 그 학교 상공을 날아보겠다는 내 아이디어에 '절대적으로 타당한 생각'이라고 치켜세웠다. 내 친구들의 눈가는 축축하게 젖어들었다. "스탠퍼드만 손해죠." 이탈리아에서 전화한 브라이언의 말이었다.

"버클리로 가야 해요. 거기를 더 좋아할 거예요. 나도 거기 다니고 있고. 하지만 빈센트가 그렇게 스탠퍼드를 원한다면 스탠퍼드에 탄원서를 낸 친구를 하나 소개해줄게요."

브라이언은 이탈리아에 있으면서도 틈틈이 FOP와의 싸움을 위해 편지를 보내고 번역을 도와주고 있었다. FOP의 유전자를 찾아내기 위한 여러 가지 프로젝트 중 하나는 바로 세대에 걸쳐서 FOP유전자를 가진 가족들을 찾아 DNA 데이터를 모으는 일이었다.

FOP 연구실에서 행해지는 DNA 연구는 실종된 사람을 찾는 것과 똑같은 방법으로 해당 유전자의 위치를 좁혀 나간다. 이 연구는, 10여 년 전에는 전 세계에서 한 사람을 찾는 일이었다면, 몇 년 전에는 뉴욕과 필라델피아 사이 어딘가에 있는 사람을 찾는 일로 발전했고, 지금은 그 사람이 거주하는 대학 기숙사를 찾는 정도까지 발전해왔다. 그렇게 해서 일곱 가족을 찾아낼 수 있었다. 만약 여러 세대에 걸쳐 FOP 유전자를 가진 가족 수가 열이 되면, 해당 유전자를 찾는 작업은 급속도로 진행될 것이고, 이 연구를 통해 얻은 정보로 맞춤형 신약이 개발되어 FOP를 공략할 수 있게 될 터였다.

다른 유전적 질병에 대한 연구와 달리 FOP 연구는 질병 자체가 갖는 특성 때문에 더욱 어려울 수밖에 없었다. 외상은 FOP의 진행을 촉진하기 때문에 연구에 사용할 수 있는 표본은 FOP 진단을 받기 이전의 생체검사에서 나온 조직이어야 한다. 그런 이유로 세대 간 유전된 FOP 환자 가족에서 나온 DNA가 특히 중요했다. 그 DNA에서 FOP 환자들간의 공통분모이자 표식을 찾아낼 수 있기 때문이다.

브라이언은 다양한 언어권의 친구들에게 FOP의 자료를 자국의 언어로 번역하도록 주도하고 있었다. 또 나의 오랜 친구인 비비아나 역시 FOP 프로젝트를 알리는 자료를 번역해주고 있다. 다음은 브라이언과 비비아나가 다국어로 번역하고 또 전 세계에 널리 알리는 FOP 자료내용이다.

❉　❉　❉

희귀 질병에 대해 여러분의 많은 관심이 필요합니다.

'진행성골화성섬유이형성증Fibrodysplasia Ossificans Progressiva:FOP'는 희귀성 유전질환으로 근육과 관절조직이 뼈로 변하는 병입니다. 일반적으로 10세에서 20세 사이에 증상이 나타나고, 태어났을 때는 엄지발가락이 약간 기형적으로 생겼다는 것(대개 관절이 없는)을 제외하고는 정상아와 똑같습니다. FOP를 가진 아이들은 종양 같은 돌기 때문에 고통을 겪는데 그 돌기들은 몸 어디에나 생길 수 있고, '이중 골격'을 만들어서 몸을 마비시킵니다. FOP는 아주 급격하게 진행되기도 하고 외상을 통해 가속화되기도 합니다. 현재 전세계에 알려진 FOP 환자 사례는 400여 건입니다. 안타깝게도 아직까지 FOP의 효과적인 치료법은 없는 실정입니다.

그러나 펜실베이니아 대학의 FOP 연구팀의 여러 과학자들은 FOP의 원인유전자를 찾기 위해서 노력하고 있습니다. 원인 유전자를 찾으면 FOP 연구는 더욱 가속화되고, 효과적인 치료법 개발로 이어질 수 있어서 환자들에게 완치의 희망을 줄 수 있습니다. 따라서 우리는 여러 세대에 걸쳐 FOP 유전자를 보유하고 있는 환자 가족을 찾아 유전자를 규명하는 연구 작업에 여러분의 도움을 구합니다. FOP를 가진 아이와 그 부모의 유전자는 비밀을 캐내는 중요한 단서를 가지고 있기 때문입니다.

여러분이 사는 지역에서 위에 열거한 특징을 갖는 환자를 만나게 된다면 펜실베이니아 대학의 FOP 연구실의 소장인 프레데릭 카플란 박사에게 연락주십시오. 그의 이메일 주소로 연락하셔도 좋습니다. 여러분의 도움은 비단 FOP뿐만 아니라 골다공증, 관절염, 심장판막증처럼 잘 알려진 질병의 치료에도 큰 보탬이 됩니다. 전 세계에 FOP에 관한 이야기를 알리는 데 여러분의 도움이 필요합니다. 이 작업은 FOP를 가진 환자와 가족들을 찾아서 그들이 결코 혼자가 아니라는 것을 알려주고자 하는 것입니다.

처음에 월트는 내가 스탠퍼드 동문회와 싸우고 입학거부 결정을 받아들이지 못하고 질질 끄는 것은 실수라고 생각했다. 스탠퍼드가 보내준 서한에도 '우리의 입학결정은 이것이 마지막이며 다른 어떤 구제조치도 없습니다'라고 단호하게 언급하고 있었다.

나는 빈센트에게 이의를 제기하고 싶은지 물었다. 빈센트는 그러고 싶다고 했다. 그럼 우리는 할 것이다. 그러나 나는 분명하게 사전경고를 했다. "만약 네가 다른 대학도 고려하기 시작한다면 이 싸움을 시작할거야." 아주 모순적으로 들리지만 그 외에 달리 방법이 없었다.

나는 스탠퍼드 대학의 교무 사무장, 부사무장, 그리고 총장에게 편지를 썼다. "미국 대통령에게도 편지를 쓸 거야." 저녁식탁에서 그렇게 말했지만 스스로도 좀 과한 것 같은 기분이 들었다. 그러나 어떤 면에서는 그리 과한 것도 아니었다.

나는 부시 대통령에게 편지를 쓰는 대신에 카플란 박사에게 처음에 그가 썼던 추천서를 다시 보내달라고 부탁했다. 흥미롭게도 카플란 박사가 쓴 추천서에도 빈센트는 쟁쟁한 인물들과 함께 존재하고 있었다. 그 추천서는 이렇게 시작한다.

✻ ✻ ✻

존경하는 학장님께

최고의 전기공학자 찰스 스타인메츠*Charles Steinnetz*, 삼중고의 성녀 헬렌 켈러*Helen Keller*, 물리학자 스티븐 호킹*Stephen Hawking*, 미국의 26대 대통령 프랭클린 루스벨트*Franklin Roosevelt*, 빈센트 웰런은 모두 신체적 장애를 가졌음에도 불구하고 평생에 걸친 싸움에서 인내하고 승리하고 대중을 압도한 사람들입니다.

학장님은 물론 앞선 네 명의 인물을 잘 아실 겁니다. 그럼 마지막 다섯

번째 인물에 대해서 이제부터 제가 소개해드리도록 하겠습니다. 물론 세계는 빈센트 웰런을 잘 모릅니다. 아직 고등학교 학생이기 때문이죠. 하지만 앞으로 빈센트가 성장하면서 더욱더 많은 사람이 그를 알게 될 겁니다. 저는 미래의 브리태니커 백과사전에서 빈센트 웰런이라는 항목에 어떤 이야기들이 쓰일 지 상상할 수 있습니다.

스탠퍼드 대학이 보낸 입학여부 결정 서신에서 단호하게 표현한 '추가 구제조치는 없다'는 선언은 아무런 법적 효력이 없을 거라고 나는 확신했다. 아마도 지금쯤이면 학장의 사무실에는 나처럼 구제를 요청하는 학생과 학무모의 청원서들이 쌓이고 있을 것이다. 우리는 전략이 필요했다. 나는 이탈리아에 있는 큰 아들 브라이언에게 전화를 걸었다. 입학허가를 위해 싸웠다는 브라이언의 친구가 전화로 연결됐고 그 친구는 대서양 너머로 내게 이렇게 말했다.

"학교의 진학 상담가가 대학 측에 직접 연락하도록 하세요."

"스탠퍼드 대학에 재심을 요구할 때는 합당한 근거가 있어야 해요." 빈센트의 진학 상담가가 말했다. "새로운 정보를 얻거나 아니면 스탠퍼드 측에서 무슨 실수가 있었거나 하는 경우여야 해요." 물론 실수는 스탠퍼드 측이 했다. 하지만 스탠퍼드가 나처럼 실수를 인식할지 의문이었다.

"우리의 경우는 새로 오신 교장선생님께서 빈센트에 대해서 제대로 알지 못한 상태에서 추천서를 썼다는 사실에 근거해서 재심요청을 할 수 있을 겁니다.”

상담가는 그렇게 말했지만 우리 둘 다 그것만으로는 근거가 미약하다는 것을 알고 있었다. 그러나 어느 대학의 관계자들도 장애인 차별금지법 때문에 입학여부를 고려해달라는 요청은 받아들이지 않을 것이다.

“빈센트의 신체적 장애를 실제보다 더 심각한 것으로 판단했을 수도 있잖아요. 이 질병은 아주 희귀하고, 아무도 이런 질병을 본 적이 없을 테니 말예요.”

“그런 점을 재심요구의 근거로 사용하길 원하세요?”

상담가가 물었다. “만약 스탠퍼드 대학 측이 장애학생을 위한 특별 설비에 드는 비용을 부담스럽다고 생각했다면 어떻게 되는 거죠?”

상담가는 고민했다. 만약 학교의 공간과 재정이 빡빡해서 압박감을 느꼈다면, 카플란 박사가 묘사한 것처럼 ‘무시무시한 신체조건’을 가진 한 소년에게 큰 모험을 하지 않으려고 결정했다면 어떻게 되는 걸까? 지원의 필수 조건으로 명시되어 있는 ‘대학재학 동안 높은 지적 성취를 하는 데 필요한 잠재력’에 FOP 같은 진행성 질병이 나쁜 영향을 줄 수 있다고 생각했다면? 만약 잘못된 선입견으로 입학여부를 결정했다면 우리는 그 선입견을 바로 잡을 필요가 있을 것이다.

상담가는 내가 제대로 포인트를 잡았다고 생각하는 거 같았다.

“스탠퍼드 측과 이야기해보죠.”

하지만 카운슬러의 표정은 그다지 낙관적이지 않았다.

나는 어떤 일에도 집중할 수가 없었다. 그래서 부활절 휴일을 중간고사 시험지를 채점하는 일로 보내는 대신 서로 티격태격하는 꼬마 숙녀들을 태우고 영화를 보러 가기로 했는데 아이들을 혼내다가 오히려 그게 화근이 되어 더 큰 싸움이 되었다.

나는 스탠퍼드 대학의 입학 사정관에게 탄원서를 보냈고 그 청원서를 사정관에게 전해준 행정직원으로부터 답신을 받았다. 입학사정관은 합당하고 분명한 이유가 없다면 결정을 번복하지 않을 것이라고 했다. 그 행정부 직원은 진심어린 목소리로 '댁의 아들이 앞으로 성공할 것이라는 데 의심의 여지가 없다'라고 말해주었다. 그러나 나는 빈센트가 언덕이 많은 어느 대학 캠퍼스에서 관료 시스템에 소중한 에너지를 더 쏟고, 의료적 시설을 이용하는 데 어려움을 겪어야 할지도 모르는 상황이 막막했다. '그래, 좋은 말은 고맙지만 다른 곳에서 내 아들이 지불해야 하는 노력과 비용은 아무도 이해하지 못하는 거야.'

빈센트의 학교 진학 상담가가 다시 연락해왔다. 구제신청을 할 수 없다는 것이었다.

"더 이상 이런 식으로 싸워서는 안 될 것 같아요."

빈센트가 말했다. 빈센트가 옳았다. 빈센트는 언제나 제 어미가 갖지 못한 품위로 상실감을 받아들였던 것이다. 사실 그동안 나는 비밀스럽게 이메일을 쓰는 등 뭐든 다 시도하고 있었다.

스탠퍼드의 입학 사정관이 보내준 답장을 읽고 나서도 여전히 불합격한 이유를 알 수 없었다. 스탠퍼드 대학의 입학 사정관은 좋은 소식을 전해주지 못해서 유감이라고 했다. 하지만 그녀는 전혀 미안해하지 않았다.

"분명히 말하고 싶군요. 빈센트의 질병은 우리의 입학 여부 결정에 긍정적이든 부정적이든 아무런 영향도 미치지 않았습니다." 빈센트의 입학 여부는 FOP와 상관없이 평가되었다고 했다.

유명한 심리치료사 로다 올킨 *Rhoda Olkin*은 장애를 '의료적인 문제가 아니라 사회적 소수자로서의 문제'라고 정의 내린 적이 있다. 그리고 스탠퍼드의 입학 사정관은 FOP를 '질병'이라고 표현했다. FOP는 불행히도 내 아들이 갖는 하나의 사실이며 그의 한 부분이 되었다. 그렇기 때문에 스탠퍼드 대학이 추구하는 '숫자상으로 측정하기 힘든 인격적 자질' 속에 FOP 역시 들어갈 수 있는 셈이다. 그러나 입학 사정관의 답장은 로다 올킨이 세상에 던진 말을 의식하고 있지 못하고 있었다.

나는 철학적으로 패배를 인정하려고 노력했지만, 그런 노력의 결실은 훨씬 후에야 맺게 된다. 나는 남편에게 말했다.

"나 역시 스탠퍼드의 결정은 빈센트의 인생에서 더 큰 계획의 일부라는 것을 알아요. 하지만 그렇다고 해서 개인적으로 스탠퍼드의 모든 걸 용서하고 싶진 않다고요."

화창한 봄날, 막 조깅에서 돌아왔을 때였다. 남편은 딸들의 아침식사로 달걀 요리를 하고 있었다. 남편은 내 말을 듣고는 조금은 너그러운 표정으로, 그러나 '지금 그런 대화할 때가 아니야'라는 표정을 지었다.

"이 문제를 이제는 그냥 덮어야 할 거 같아."

하지만 남편 역시 나의 결정을 마음에 들어 하는 표정이었다.

남편은 고개를 저으면서 프라이팬을 내려놓고 선반에서 접시를 꺼냈다. 그러나 그냥 덮어두기에는 너무 힘들었다. 산책을 나가도 두통이 가시지 않았고, 턱을 꽉 다물고 마치 총알을 씹는 것처럼 이빨을 부득부득 갈았다. 의사 친구는 그런 나를 위해 입속에 넣는 치아보호기구까지 만들어주었다. 앞니에 검 뭉치를 붙이고 있는 것 같았는데 이빨을 가는 것보다는 유용했지만 그렇다고 빈센트가 스탠퍼드에 들어가게 되는 것은 아니었다.

부활절 바로 전 금요일, 장을 보러 나간 나는 우편함에서 하얀 봉투를 꺼냈다. 몇 년 동안 만나지 못한 친구 테레사에게서 온 카드였다.

❅　❅　❅

캐롤에게.

얼굴 본 지도 꽤 오래 되었구나. 우리 가족은 매일 기도시간에 너를 위해 기도한단다. 하느님께서 네게 필요한 것과 원하는 것을 주시고 또 너를 축복하시길 기도하지.

캐롤. 너의 용기, 정열 그리고 인격에 늘 놀라곤 한단다. 부활절 축제의 기쁨이 너의 가슴을 가득 채우기를 바랄게.

―사랑으로, 테레사

나는 차 안에 앉아서 친구의 카드를 무릎에 놓고 속에 있던 것들이 씻겨나갈 때까지 울고 또 울었다. 용기, 정열 그리고 인격을 가지지 못했다고 생각했던 나에게 친구가 보내준 카드는 내게 그런 것을 전해주었던 것이다.

집에 도착했을 때는 식탁 위에 식기들이 말끔하게 차려져 있었고 근처 음식점에서 사온 음식들이 놓여 있었다. 우리 가족은 식탁에 둘러 앉아 소고기와 브로콜리 요리를 먹었다. 빈센트와 루카스의 친구인 피터와 피터의 빨간머리 형제인 자카리까지 함께 했다. 식사가 끝나고 우리는 게임을 하면서 행복한 시간을 만끽했다. 기분 좋게 웃는 것만으로도 세상은 다시 환하게 빛나기 시작했다.

월트의 장미정원이 막 꽃을 피우고 있었다. 저마다 우아한 자태를 뽐내는 장미꽃과 넝쿨들이 환상적인 색깔을 뽐내며 마치 무용단처럼 우리 집 뒷마당 여기저기서 춤을 추고 있었다. 그리고 봄날의 공기 속에는 맛있는 음식과 비누 냄새, 조그만 기적이 빚어내는 향긋한 내음이 떠다니고 있었다.

XI

빈센트가 가야 할 대학
2004년 4~5월

✿ 다른 아이들처럼 평범하게, 다른 사람이 날 쳐다보는 눈빛에 신경 쓰지 않고 학교를 다니고 싶었어요. 물론 아이들의 놀림감이 된 적은 전혀 없었지만요. 대신 FOP를 앓지 않는 제 남동생이 놀림감이 되었었죠. 지금 생각해보면 나를 괴롭히던 것은 FOP가 아니었어요. FOP를 견디기 힘들어서가 아니라, 학교생활이나 아이들의 눈빛 뭐 그런 것 때문에 힘들었어요. 우리 가족은 하루하루 FOP와 함께 살며 마치 생활에 필요한 뭔가를 채워 듯 FOP에 적응을 해나갔습니다.

—에이미 다넬*Amie Darnell*, 20세. 4세 6개월에 FOP를 진단 받음.

1997년 5월, 셀린이 다니던 블란체 선생님의 유치원에서 FOP 환자를 위한 자선 바자회가 열렸다. 그 파티는 카플란 박사의 연구팀을 지원하기 위한 첫번째 FOP 기금조성 바자회였다. 마술사가 아이들을 토끼로 만들어 버리고, 서커스단도 등장했으며, 잡동사니, 게임, 상품, 디즈니랜드 여행권, 맥도날드 햄버거에서 협찬한 음료수들이 바자회 물품으로 등장했다.

블란체 선생님이 주재한 이 파티는 1998년 9월 '별이 총총한 밤(Starry Night)'이라는 또 다른 자선 바자회로 연결되었고 우리 지역의 예술가와 작가, 블란체 선생님의 어머니인 재키 손튼 여사까지 합세하게 되었다. 그리고 손튼 여사를 비롯한 많은 친구들 덕분에 2002년 9월에는 한 FOP 소년과 젊은 간호사와의 기적적인 인연이 맺어지게 된다.

또한 자선 바자회를 계기로 FOP환자를 위한 기금조성 편지 캠페인이 피터의 집에서 열리게 되었다. 내 친구 체리가 주관하고 다른 학부모와 학생들이 1년에 몇 번씩 정기적으로 모여서 편지를 쓰고 붙이는 등의 일을 했다. 나는 그때마다 편지를 보낼 사람들의 명단을 보게 되었는데 그 중에는 익숙한 이름도 있고 전혀 새로운 이름도 있었다. 모두 빈센트 웰런을 위해 기부하고 있는 사람들이었다. 나는 그 명단에서 어렸을 적 친구와 학교 다닐 때의 친구의 이름을 발견하기도 했고, 아르헨티나에 있는 가족과 친척 그리고 대학 교수님, 유치원시절 친구의 부모님, 의사, 간호사, 치과의사, 교사, 이웃 그리고 내가 한 번도 본 적이 없는 친구의 친구의 친구 이름도 볼 수 있었다. 이 세상에 내 아이 그리고 내 가족을 지켜주는 사람들이 아주아주 많다는 것을 상기할 때의 기분이란 이루 다 표현할 수 없이 고맙고 감격적이다.

프레드니손 복용이 성공하지 못하자, 우리는 다른 약물치료가 필요했다. 왜냐하면 FOP는 계속해서 빈센트의 목과 등을 공격해댔기 때문이다. 카플란 박사와 동료 의사인 미시간*Michigan* 대학의 디나 미첼*Dina Michell* 박사가 실험적인 의약품 사용을 시도한다고 했을 때, 빈센트도 그 임상실험에 참여하길 원했다. 새로운 임상실험은 예전의 의약품들을 새로운 방식으로 복용하는 것이었지만, 그래도 조그만 희망을 가질 수 있었다. 헨릭슨 박사는 병원 게시판에 이 프로젝트를 게시해놓고 참가자들의 협조를 요청했다.

이 프로젝트에서 사용될 의약품은 탈리도마이드*thalidomide* 라는 것이다. 사실 탈리도마이드는 1950년대 유럽에서 각성제로 광범위하게 처방되었고 임신 중 입덧을 가라앉히기 위해서도 사용된 약품이었다. 그러나 1960년대에 들어서서 신생아의 사지기형과 임신 중 탈리도마이드의 복용이 관계가 있다고 밝혀졌다. 그 이후 이 약품의 일반적인 처방이 금지되었고 오늘날에는 생산 중단 품목 중 하나로, 면역이나 염증반응을 가라앉히기 위해 아주 제한적으로만 사용되고 있었다. 1998년 FDA는 이 약품의 제한적 전매만을 허용하였다.

이 탈리도마이드의 임상효과를 탐구해온 사람이 바로 미시간 의과대학의 소아과 의사인 미첼 박사와 펜실베이니아 대학의 카플란 박사였다. 탈리도마이드를 시도하는 목적은 아래와 같았다.

1. 진행성골화성이형성증(FOP) 환자들에게 나타나는 골형성 직전의 활동적인 진행에 대해 탈리도마이드가 어떤 효과를 미치는지 측정한다.
2. 탈리도마이드의 최대 허용치 용량이 얼마인지 측정한다.
3. 진행성골화성이형성증 환자에게 탈리도마이드가 미칠 수 있는 만성적인 중독성을 정확하게 파악한다.

우리가 다니던 아동병원이 그 프로젝트에 참가하는 것을 허용하자 오히려 이런 의문이 들기 시작했다. '우리가 해야 하나?' 처음에 가졌던 열정이 식은 뒤에도 과연 '진행성골화성이형성증 환자에 대한 탈리도마이드가 갖는 효과 실험 1단계'라는 프로젝트에 우리 아이를 등록해 계속 앞으로 나갈 수 있을까?

우리의 열정에 찬물을 끼얹은 것은 이 프로젝트의 목적에 있는 '탈리도마이드가 미칠 수 있는 만성적인 중독성을 정확하게 파악한다'는 구절이었다. 내가 가장 걱정한 것은 그 약물이 가져올 수 있는 일시적이거나 영구적인 신경장애 그리고 감각의 상실이라는 위험이었다. 위험을 감수하는 성격인 월트는 우리가 이 프로젝트에 참가해야 한다는 쪽으로 결론을 내리고 있었다. 그러나 걱정 많은 나는 망설였다. 우리는 막다른 골목에 있었다.

"나라면 그 연구에 내 아이를 내주지 않을 거야."

내가 프로젝트의 연구목적과 사전경고 문구를 읽어주자 친구가 말했다. 하지만 내 친구의 아이는 FOP를 갖고 있지 않았다.

"우리는 한번 해볼 필요가 있어."

남편은 마지막으로 그렇게 덧붙였다. 나는 지난 몇 년 동안 남편의 직관력을 신뢰해오고 있었지만, 결과적으로 그 프로젝트의 참가에 동의하게 된 것은 빈센트의 등 쪽으로 물결처럼 일어나는 돌기와 그로 인한 고통 때문이었다.

빈센트는 1999년 1월부터 약 1년에 걸쳐 탈리도마이드가 갖는 효과 실험 1단계에 참가하기로 했다. 그 전에 빈센트는 주기적으로 혈액검사, 전신 골 주사검사, 임상실험 마지막에는 전신 골격검사를 하고, 보호자는 정기적으로 설문지를 작성해야 했다. 빈센트는 병원 측의 관리 없이 집에서 직접 탈리도마이드 캡슐을 복용할 수 있었다. 만약 이 연구의 사전지침이 문서로 전달되지 않으면 그 약물복용은 언제라도 중지될 수 있다고 했다. 빈센트의 약물 복용실험에 드는 비용은 연구 프로젝트의 기금에서 지원받았다.

탈리도마이드는 약 상자 그 자체만 보면 다른 사람에게는 금지된 약품이었다. 진공 포장된 비닐 팩에는 굵은 글씨로 부작용과 임신 중 복용을 금지하는 경고문구들이 적혀 있었다. 우리 가족은 매달 빈센트 외에는 이 약품을 아무도 복용하지 않았으며 복용시 헌혈도 하지 않았다는 확인서를 제출해야 했다. 그만큼 탈리도마이드는 철저한 관리가 필요한 약품이었다.

탈리도마이드 일상실험에서 첫번째 난관 중 하나는 어느 정도의 용량을 복용해야 부작용이 없는지 알아내는 것이었다. 처음에는 전혀 영향을 미치지 않아 보이는 정도로 소량만 복용하다가 조금씩 양을 늘려나갔다. 그러자 빈센트는 하루 종일 몽롱한 상태에 있는 것처럼 보였다. 어느 날은 거실 소파에서 깨우기 힘들 정도로 아주 깊은 잠에 빠진 적도 있었다. 당황한 우리는 복용량을 줄였고, 헨릭슨 박사는 밤에만 복용하라고 권했다. 한번은 빈센트가 이마가 따끔거린다고 호소했고, 또 어떤 날은 손등을 바늘로 찌르는 듯 아프다고 말했다. 우리는 즉시 약물치료를 중단했고 이어 복용량을 조절했다. 간혹 빈센트가 수학시험에서 덧셈 뺄셈을 하지 못하고 헤매는 경우도 있었다. 수학 천재였던 빈센트에게 일어난 그 일은 우리에게 가장 충격적인 증상이었다. 탈리도마이드가 갖는 각성제 성분에 따른 부작용이었다. 이번에도 복용량을 줄이고 재 임상실험을 위한 계획을 잡았다.

과연 탈리도마이드가 FOP의 발화과정에 영향을 주었을까? 한마디로 말하기는 힘들다. 왜냐하면 FOP는 발화가 계속되어 빈센트의 왼쪽 어깨에 날개처럼 뼈가 새로 생겨났고, 등에는 또 다른 뼈가 생겨났기 때문이었다. 하지만 적어도 고통 때문에 잠에서 깨어나는 일은 없었고, 예전보다 체력도 늘어났고, 몸무게도 다소 증가했다. FOP의 발화는 주기적으로 변동하는 밀물과 썰물이 아니라 쉬지 않는 잔물결처럼 왔다갔다 했다.

우리가 시도하고 있는 임상실험은 임상실험이라고 하기에는 너무나도 규모가 작았다. 미국에 있는 2백 명의 FOP 환자들 중 극소수만이 그 프로젝트에 참여하고 있어서 피실험자를 여러 그룹으로 나누어서 살필 정도는 아니었다. FOP를 후퇴하게 만든 것인지 아니면 일시적으로 그 강도를 떨어뜨리는 것인지도 알 수가 없었다.

1년 후, 빈센트는 다시 방사선 동위원소 추적을 위한 약물복용과정을 되풀이하고, 골 주사 검사를 다시 해야 했다. 흑백 엑스레이 필름을 보았을 때 우리가 이미 알고 있는 사실에 아무런 변화도 없어서 나는 비탄했다. 그러나 남편과 류머티스과 의사, 방사선과 의사에게 내가 알 수 없는 새롭고 놀라운 사실을 가르쳐주었다.

대학 탐방-2004년 4월~5월

우리는 UC샌디에고를 향해 남쪽으로 가는 고속도로를 탔다. 남편 월트가 운전을 했고 빈센트가 옆 좌석에 앉아서 졸고 있었다. 들판에는 갈색과 황금색의 털을 가진 소들이 조용히 고개를 수그린 채 마치 너른 풀밭을 배경으로 풍경화 속의 정물처럼 서 있었다. 한쪽으로는 오렌지 농장이 펼쳐져 있었다. 나는 향긋한 재스민 냄새를 맡으려고 창문을 내렸다.

모든 걸 제 시간에 마치는 현명한 가족이라면 아이가 어느 대학에 지원할지 결정하기 1년 전부터 대학을 둘러보러 다닐 것이다. 현명한 가족은 등록금을 내기 1~2주 전에 탐방을 시작하지 않을 것이다. 그러나 우리 가족은 빈센트가 꿈꾸는 대학에 들어갈 거라고 너무나도 확신하고 있었기 때문에 여러 학교를 돌아다니는 일을 불필요하게 여겼었다. 그러나 이제 우리에게 대학 탐방은 급박한 일이 되어 버렸다.

나는 클레어몬트 대학에서 보낸 대학 안내책자를 보았다. 일정대로라면 UC샌디애고, UCLA를 둘러본 다음에 클레어몬트 대학을 탐방할 예정이었다. 안내책자에는 초록빛의 당당한 건물과 행복한 표정의 학생들의 모습이 담겨 있었다.

한참 후에 우리는 미국에서 유명한 롤러코스터인 '매직 마운틴'을 지나가게 되었다. 초록색의 거대한 롤러코스터가 하얀색의 골절 구조물 위에 놓여 있었다. 빈센트가 열세 살 때 함께 그 기구를 탔던 기억이 어제 일처럼 떠올랐다. 그때만해도 대학은 아주 먼 미래의 일처럼 보였었다.

"자, 마음을 열고 보자."

남편 월트는 빈센트에게 앞으로 2주 동안 방문하게 될 다섯 개의 대학에 대해서 설명했다. 우리가 사는 프레즈노 시에서 샌디에고 시는 멀었다. '집에서 너무 멀어, 너무.' 나는 속으로 그렇게 생각하고 있었다. 만약 비상사태가 생기기라도 비행기를 타도 너무 멀었다.

어느 순간 훈훈한 태평양의 공기가 확 끼쳐왔다. 그리고 고속도로를 따라 야자수가 보이기 시작하더니 이내 완전히 야자수 거리가 펼쳐졌다. 노란 서핑보드를 지붕에 실은 은색 차가 지나갔다. 드디어 캘리포니아에 도착한 것이다.

전원풍의 US샌디에고 캠퍼스는 사방으로 쭉쭉 뻗어 있었는데 건물보다 잔디와 나무들이 더 많아 보였다. 빈센트가 캠퍼스 탐방에 참가한 동안 나와 남편 월트는 다른 대학 탐방 무리에 합류했다. 센터의 매점과 극장가에서 록 음악이 울려나오고 있었다. 샌들, 금발 미녀들, 서핑하는 사람들, 짧은 민소매를 입은 학생들을 보니 이 학교가 해안에 있다는 사실이 피부로 느껴졌다. 캠퍼스는 학생들로 붐볐고 시끄러웠고 축제 같았다. 나는 빈센트의 안전이 염려스러웠다.

우리가 속한 그룹의 가이드는 청바지에 티셔츠, 매력적인 눈에 검은 머리를 한 여학생이었다. 우리 그룹은 도서관으로 갔다. 그 여학생은 간간히 걸음을 멈추고 여러 가지 지식과 학문적인 정보를 소개해주었다. 그녀는 '어디서 어떤 자료를 찾고 공부해야 하는지'에 대한 목록을 줄줄 꿰고 있었다. 가이드 여학생은 풍부한 몸짓으로 또랑또랑하게 설명을 했는데 손바닥을 위 아래로 우아하게 흔드는 모습이 플라멩고 춤을 연상시켰다.

그러나 나는 UC샌디에고가 마음에 들지 않았다. 무엇보다도 건물들이 기능적이고 단조로웠다. 그리고 이곳은 너무 멀었다. 한 가지 인정하는 사실은 자연 조건과 잔디밭은 천국 그 자체라고 할 만한 하다는 것이었다.

해외교육 프로그램 사무실에 있는 낮은 정원 한가운데에서 그 여학생 가이드가 말했다. "사실 우리 가족은 아르헨티나에서 왔어요." 이 말은 내가 다른 사람들에게 나를 소개할 때 숱하게 했던 것이 아닌가?

순서를 마쳐야 할 시간이 되자 나는 그 여학생 가이드와 반가운 마음에 스페인어로 몇 마디 주고 받았다. 그 학생을 보니 UC샌디에고가 그렇게 나쁜 곳은 아니라는 생각이 들었다. 남편과 나는 가이드와 악수를 하고, 서로 길을 나누어서 빈센트를 찾았다. 그러다 군중들 가장자리에 서 있는 빈센트를 발견했다. 하지만 사람들이 너무 많은 탓에 빈센트는 곧 배꼽티를 입은 아가씨들 속으로 사라져버렸다. 나는 팔꿈치로 무수한 가방을 헤치며 계단 위로 올라갔고 마침내 학생극장 옆에 서 있는 빈센트와 남편을 발견했다. 빈센트의 표정은 살아 있었다.

"가이드가 정말 좋았어요."

전기자동차를 타고 빈센트를 안내한 남학생은 과학전공이라고 했다. 나는 몇 마디 더 하고 싶었지만 빈센트의 결정에 영향을 주지 않으려고 노력했다. 그러나 행정실 건물로 걸어가는 동안, 더 이상 참을 수 없었던 나는 이 학교의 못마땅한 점에 대해서 투덜거렸다.

"집에서 너무 멀어. 캠퍼스는 크고, 언덕에 오르막에, 집에서 너무 멀어. 무슨 해안가 분위기에, 집에서 너무 멀어. 집을 구하기도 힘들고, 집에서 너무 멀어."

"가이드는 물리학이 전공인데 물리학과 교수 중 한 사람이 우주인인 샐리 라이드래요. 그 교수님이 버튼 하나만 누르면 인공위성이 찍은 지구상의 화면이 곧장 교수님의 연구실로 전송된대요."

나 역시 빈센트의 열정을 함께 나눌 수 있다면 얼마나 좋을까? 스탠퍼드에서 입학거부 편지를 받고나서 처음으로 빈센트의 활기찬 모습을 볼 수 있었다.

"멋진데."

나는 성의 있게 대답하려고 노력했다.

"하지만, 아직 가능성은 많으니까 마음을 열고 보자."

아직도 둘러볼 대학이 네 곳이나 더 남아 있었다.

"엄마는 내가 버클리에 갔으면 하죠?"

빈센트가 말했다. 다소 비좁아 보이지만 나름대로 멋진 기숙사를 둘러 본 후 그늘진 시골길을 자동차로 빠져 나오면서 나는 빈센트가 이곳을 선택할지도 모른다는 생각이 들었다. 그 이유는 세계 최고의 과학 프로그램과 우주인 교수가 있어서도 아니고, 해변가의 분위기나 의과대학 병원 때문도 아닐 것이다. 이유가 있다면 아르헨티나 출신 여학생이 자기 엄마를 데리고 유칼립투스 나무와 시가 있는 숲으로 데리고 갔기 때문일 것이다. 그 여학생은 하나의 신호 같았다.

우리는 이번에는 UCLA를 향했다. 빈센트에게 캠퍼스와 강의실 롤프 *Rolfe* 3112호를 보여줄 예정이었다. 그 강의실은 내가 대학원생 조교로서 당시 로스쿨 학생이었던 남편 월트의 이름을 출석부를 통해 처음 불렀던 곳이었다.

빈센트의 마음은 UCSD로 기울어진 듯 했고, UCLA로의 투어는 하나의 형식에 지나지 않는 듯 했다. 샌디에고에서 벗어나 야자수과 나무들을 지나쳐 가는데, 빈센트는 내가 이제껏 지켜

본 그 어느 때보다도 더 행복한 표정을 하고 있었다.

"앞으로 너 보려면 비행기 타고 와야겠는걸."

내 말에 빈센트는 혼자 빙그레 웃었다.

"마음을 열어놓고 보자."

남편은 UCLA에 가까워지자 다시 한 번 그 말을 상기시켰다. 우리는 새롭게 들어선 병원 건물들을 지나쳤다. 그 건물들에는 거대한 도시의 에너지가 농축되어 있는 듯 했다. 나는 이런 분위기가 좋았다.

"UC샌디에고에서 가졌던 기분이 여기에서는 안 나요."

빈센트는 그렇게 말했다. 말투가 시큰둥한 게 마치 팔짱을 끼고 하는 말처럼 들려왔다. 우리는 UCLA의 로이스 홀 *Royce Hall*에서 엘리베이터를 탔다. 로이스 홀은 미국의 대통령과 헐리우드 스타들이 행사를 위해 찾아오는 건물로 유명하다.

그러나 엘리베이터에서 내린 순간부터 상황이 나빠졌다. 나는 시간관념을 잃었고, 남편은 인내심을 잃어갔다. 나는 또 카메라와 남편과 빈센트를 잃어버렸다. 나는 어쩔 수 없이 혼자서 롤프 3112 강의실에 가보았다. 그곳은 이제 사무실이 되었는지 잠겨 있었고 문에는 보안상자까지 달려 있었다. 나는 아래로 내려와서 대신 하나도 변하지 않은 리놀륨과 벽돌로 된 계단통을 보았다.

나는 근처에 있는 영문학부로 갔다. 마찬가지로 초라했고 특별히 달라진 점이 없었다. 예전과 같은 창백한 벽과 바닥. 그리고 거기에 그가 있었다. 나는 반쯤 열린 문을 통해, 책이 빼곡한 조그만 연구실에 앉아 있는 오래 전의 내 멘토를 보았다. 그는 여전히 사자갈기 같은 은발에 테 없는 안경을 쓰고 엄격한 분위기를 풍기면서 뭔가를 읽고 있었다. 그는 내가 지나가는 것을 보지 못했고, 나는 망설이다 사무실 문을 지나쳤다. 하지만 나는 마음이 약해지는 걸 느꼈다. 그 순간, 그곳에 있는 모든 것이 나를 비난하고 있는 듯 했다.

그가 만약 질문을 던진다면 나는 어떻게 대답할까? 그가 내 대답을 이해할 수 있을까? 엄마로서의 의무와 사회적 목적 등에 관한 질문 그리고 내 인생에 대해서 말하는 내용을 과연 그 사람이 이해할까? 나는 과연 최선을 다 했는가? 아니면 그렇지 않은가?

또 다른 단과대학 도서관 계단에서 만난 빈센트는 "여기는 별로 마음에 들지 않아요" 라고 시큰둥하게 말했다. 빈센트는 내가 '선입견을 가지지 말자'고 말할까봐 긴장하는 듯 했다. 그래서 나는 그냥 고개만 끄덕였다.

"기숙사까지 봐야 할까?"

남편이 별 흥미 없이 물었다.

"뭐 하러?"

우리가 만난 그 장소는 내가 스페인어 시간강사로 당시 로스쿨 학생이던 남편 월트를 만난 곳이었다. 남편 뒷자리에는 사각턱을 지닌 어니스트 헤밍웨이의 손자 존 헤밍웨이가 앉아 있었고, 때로 학생들이 나를 너무 웃겨서 말을 제대로 못하기도 했다. 하지만 그곳 역시 예전의 그곳이 아니었다.

나는 이미 알고 있었다. 빈센트가 대학 신입생으로서 이곳에 있지 않을 것이라는 것을. 빈센트가 이미 UC샌디에고를 선택해서도 아니고, 계단이 너무 가파르기 때문도 아니라는 것을 나는 알 수 있었다.

"강당은 오히려 지금 다니는 학교가 더 큰데요."

빈센트가 팔짱을 낀 채 말했다.

우리는 조그맣지만 호화스럽게 지어진 클레어몬트 맥커나 대학의 극장에 있었다. 빈센트 역시 나처럼 건물의 외관을 학교 판단의 잣대로 사용하고 있었다. 물론 학생 수가 천명 남짓한 대학에 웅장한 건물을 바랄 수는 없을 것이다. 이곳이라면 빈센트가 돌아다니기에 너무 넓지도 않고 또 학생들도 붐비지 않을 것이다. 장소만 놓고 보면 더할 나위 없이 완벽한 곳이었다.은발에 풍채도 좋은 학생과장이 무대 위에 나타나 학장을 소개했다. 은발에 하얀 정장을 입은 멋진 여성이었다. 그녀는 아주 전문가적인 태도를 가지고 있었고 지식도 많고 책임감도 있어 보였다.

이곳 학생들의 분위기는 뭔가에 몰두하는 모습, 심사숙고하는 모습 그 자체였다. 세계 여러 나라와 미국의 여러 주 출신의 학생들이 아이비리그 *Ivy Leagues*나 스탠퍼드를 마다하고 이곳을 선택했다. 수업이 있는 시간에는 차들도 한산했다. 솔직하게 말하자면 무슨 유령도시처럼 조용했다. 하지만 그것은 완벽한 조건이 아닌가? 사람이 없는 곳!

우리는 점심에 대학 측이 제공하는 닭요리를 먹었다. 빈센트는 뭐가 언짢은지 밝은 표정의 학생들을 물끄러미 바라보았다.

"이렇게 깨끗한 대학건물은 처음 봐." 어떤 학부모가 지나가면서 한마디 했다. 월트와 나는 점심을 먹는 동안 클레어몬트를 극구 칭찬했다. '도대체 우리 애들은 왜 이렇게 힘든 거야?' 브라이언에 이어 두 번째 겪는 일인데도 그랬다. 사실 브라이언도 버클리에 들어가기 전에 똑같은 코스를 겪었다. 빈센트는 아무 말이 없었다.

"스탠퍼드보다는 나은 거 같아." 우리 부부는 합창을 했다.

"알았어요, 알았어. 여기 다니면 되잖아요! 하지만 여기서는 별로 행복하지 않을 거예요!"

빈센트는 그렇게 말하면서 화난 발걸음으로 걸어갔다. 등 쪽에서 뻣뻣함이 느껴졌다. 빈센트는 기숙사에서 흘러나오는 음악에서 멀어져 갔고 우리는 종종거리며 빈센트를 따라갔다.

"우리의 말은 가능성을 열어두자는 거야."

나는 빈센트를 따라잡으면서 어설프게 덧붙였다. 빈센트는 과학 학부 건물을 둘러보자는 우리의 제안에 동의했다. 과학 학부 건물 역시 이 대학의 여느 건물들처럼 아주 우아하고 구조적으로 잘 만들어져 있었다. 바닥은 모두 카펫이 깔려 있었고(안전!), 벽은 단풍나무 패널로 덧대어져 있었다(소리가 덜 울릴 것이다).

우리는 조그맣고 잘 정돈된 실험실을 지나 조그만 창문을 들여다보았다. 과학 전공 학생들이 벽에 뭔가를 전시하고 있었다. 마침내 우리는 과학 관련 강의가 진행되는 강의실을 찾을 수 있었다. 교수는 와이셔츠 차림의 체구가 큰 남자였고 배에 손을 얹은 채 편안한 자세로 앉아 있었다. 그다지 역동적인 모습은 아니었다. 그러나 그 교수는 우리가 점심을 먹은 테이블 밑에

도청장치라도 해서 알아낸 듯, 우리가 궁금해하는 것들을 설명해주었다.

"종합대학도 아닌 이렇게 조그만 대학을 왜 선택할까요? 어떤 사람은 모든 사람이 서로서로 아는 그런 장소를 좋아하죠. 또 어떤 사람은 학생이 수업에 들어오는지 마는지 전혀 신경 쓰지 않는 버클리 같은 곳을 더 편안하게 느끼기도 합니다."

교수는 그러고나서 참관온 학생들을 보며 관심분야가 무엇인지를 물었다.

"유전학요."

빈센트가 대답했다.

"우리는 지금 당장 무엇을 공부하고 싶다는 학생들의 말을 별로 믿지 않아요."

그 교수가 뭘 알고나 있을까? 그의 말은 아들에게 별 감흥이나 인상을 주진 못했다.

"버클리에 간 내 친구의 이야기를 해주죠. 그 친구는 모든 사람이 자신을 아는 대학엔 가고 싶지 않다고 하더군요. 그가 수업을 빼먹는지, 누구와 사귀는지, 죄다 아는 곳을 싫어했죠. 그는 익명이 보장되는 곳을 원했던 겁니다. 그러다 그 익명성이 진저리 쳐질 때는 밤에 캠퍼스를 걷곤 했는데, 불이 켜진 연구실을 올려다보며 '노벨상 수상자가 저곳에서 늦게까지 연구하고 있겠지'하고 생각하면 자신이 그 모든 것의 일부분이란 걸 느끼게 된다고 하더군요."

과학건물을 떠나면서 빈센트가 흥분한 목소리로 말했다.

"그 교수님은 내가 하루 종일 말하고 싶었던 걸 정확하게 표현했어요."

빈센트는 조그만 학교에서 FOP를 가진 아이라고 모든 사람에게 알려지는 것이 지겨웠던 모양이었다. 우리는 그 점에 대해서 더 이상 논쟁하지 않았다.

우리는 캘리포니아 지역의 대학들을 둘러보느라고 약간 지친 상태였다. "유럽이라면 벌써 몇 개 나라를 돌고도 남을 거리지." 남편이 말했다.

우리는 버클리가 있는 샌프란시스코로 향했다. 황금빛 캘리포니아 양귀비가 언덕에 무리 지어 피어 있었다.

"아직도 버클리에 가려면 멀었어요?" 이사벨이 물었다. 대학 설명회 날짜에 맞춰 버클리까지 가기에는 빠듯했다.

"얼마나 더 오래 가야 해요?" 이사벨이 다시 묻자 이번에는 빈센트가 거리를 계산해주었다. 우리는 빈센트가 마음에 두고 있는 샌디에고에서 상당히 멀리 와 있었다. 우리는 단 하루 동안 UC버클리까지 갔다와야 했다. 세계의 유수의 대학으로 순위가 매겨진 UC버클리는 여러 가지 큰 이점이 있었지만, 우리는 단지 후보에서 제외시키기 위해서 형식적으로 가고 있는 셈이었다.

빈센트에게 '가능성을 열어두자'라고 말하는 게 이제는 조금 어리석어 보였다. 사실 빈센트는 지난 2년 동안 형 브라이언의 편에 서서 우리가 버클리를 엄청 높게 평가하는 것을 들어왔던 터였다.

"빈센트는 버클리에 가야 해요. 그곳 사람들을 좋아하게 될 거에요. 내가 든든한 밧줄이 되어줄 수도 있고요."

브라이언은 이탈리아에서 전화를 걸어 그렇게 말했다.

버클리의 캠퍼스에 들어서자 우리는 예전에 브라이언이 살던 남자 기숙사 근처에 차를 주차시켰다.

"해리포터 성 같아!" 이사벨이 소리쳤다. 그 또한 위험스러웠다. 계단, 계단, 계단, 반질거리는 콘크리트, 잠긴 방, 비밀스런 통로들, 지하통로 문, 그리고 바닥에는 물걸레, 다른 한쪽에는 헤어 드라이기. 그리고 흔히 있는 남학생들의 짓궂은 장난, 한 지붕 밑에 사는 남자들 사이의 흔한 주먹다짐, 방문을 두드리는 경찰관, 할로윈이면 도시 절반의 인구가 한 건물에 모이는 곳. 그게 내가 아는 버클리였다. 빈센트는 이곳에서 공부하지도, 살지도 않을 것이다. 남자 기숙사를 올려볼 때마다, '로빈 후드' 서 나옴직한 건달패의 분위기가 떠올랐다.

우리 가족은 아스팔트길을 따라 샌프란시스코의 상징 금문교가 보이는 시계탑 캄파닐레 *Campanile*(버클리대학의 상징인 탑 − 옮긴이 주) 쪽으로 난 잔디밭을 걸었다. 우리는 푸른 색깔의 'NL' 표지판을 지나갔는데, 노벨 수상자의 월계관이라는 뜻의 'Nobel laurate'의 머리글자를 딴 주차장이었다. 우리는 NL 표지판 앞에서 빈센트의 사진을 찍었다. 빈센트는 "이곳도 나쁘진 않네요"라고 말했다.

남편이 전기자동차로 학교을 안내하는 그룹을 찾으러 간 동

안 빈센트와 이사벨 그리고 나는 대학 설명회장을 찾아갔다. 그
곳에서 빈센트는 인도출신 학생과 식물 유전학에 대해서 대화
를 나누었고, 자신은 인간 유전학을 공부하고 싶다는 말을 했
다. 그런데 호의적이고 친절한 그 인도학생이 이사벨에게 너무
친절하게 미소를 짓는 바람에 나는 빈센트가 식물에 관한 화제
로 이야기를 바꾸었으면 하고 조바심을 내기도 했다.

우리는 기숙사나 하숙을 소개하는 곳으로 갔다. 그 곳을 책임
지고 있는 에드워드와 대화를 나누었는데, 내 이야기를 주의 깊
게 들어주었다. 그는 빈센트의 이야기를 다 듣고 내게 명함을
주었다.

"필요하시다면 직접 저한테 편지를 쓰세요. 기꺼이 도와드릴
게요."

그는 단도직입적으로 말했다. 사실 버클리에 대해서 가장 우
려했던 것은 그 거대한 관료적 시스템이었다. 그런데 책임자가
직접 명함까지 건네주었던 것이다. 빈센트가 이곳에 오지 않는
다면 너무나 애석할 듯 싶었다.

우리 가이드는 빅토리아풍의 벽돌 건물이자 버클리 캠퍼스에
서 가장 오래된 교육학부 건물로 우리를 안내했다. 그 건물 건
너편에는 버클리의 상징인 종탑 새터 타워 *Sather Tower*가 있었
다. 가이드가 입구를 가리켰다. 나는 돌덩이로 조각된 고리 속
에 잠 자고 있는 조그만 곰을 발견하고는 한참을 쳐다보았다.
일행은 모두 교육학부 건물 앞에 서서 캘리포니아 만의 보석 같
은 푸른빛과 부적처럼 빛나고 있는 금문교를 쳐다보았다.

"저는 기분이 우울할 때마다 탑 꼭대기에 올라가서 저 만을
내려다봐요. 그럼 기분이 한결 나아져요." 가이드가 말했다.

다음 장소는 커다랗고 환한 방들로 가득 찬 오래된 기숙사 홀
이었다. 그곳 컴퓨터 센터에서는 젊은 여성이 버클리에서는 학
생들이 저마다의 소질과 적성을 찾을 수 있도록 모든 것이 열려
있다고 열변을 토하고 있었다.

"버클리는 아주 거대한 곳이고 또 빡빡한 행정체계가 있는 곳
입니다. 그리고 학생들은 교수들과 접촉하기를 두려워하기도 하
죠. 그러나 현재 이곳에는 네 명의 노벨상 수상자가 있습니다."

높은 언덕에 자리 잡은 기숙사를 빠져나와 빛나는 캘리포니
아 만의 눈부신 오후를 다시 대하자 빈센트가 생각에 잠긴 표정
으로 말했다.

"내가 버클리를 좋아하지 않았던 건 스탠퍼드를 가고 싶어 하
는 사람의 눈으로 보아서 그랬던 것 같아요."

집으로 돌아가기 위해 연료를 꽉 채울 요량으로 다시 주유소
에 들렀을 때, 빈센트는 갑자기 이렇게 선언했다.

"버클리로 갈 거 같아요."

"정말?"

우리는 동시에 물었다.

"네, 브라이언과 함께 학교에 다니는 꿈을 꾸었어요."

"정말 그랬니? 언제?"

"이틀 전에요. 브라이언과 함께 차를 타고 같은 학교로 가고
있었어요."

“그렇다고 해서 그걸 판단의 기준으로 삼지는 마라.”

나는 그렇게 말했다. 남편이 차의 주유구를 열며 말했다.

“안될 이유가 뭐야?”

“피터가 아마 깜짝 놀랄 거예요.”

빈센트가 말했다.

“할머니는 별로 좋아하지 않으실 거예요.”

나는 남편을 보고 말했다.

“할머니가 대학에 가는 건 아니니까.”

남편이 되받았다. 나는 아들이 대학을 결정했다는 것에 대해서는 안도했지만, 다른 한편으로는 후보대학 중에서도 가장 아담하고, 보호받을 수 있고, 품격이 있는 클레어몬트를 선택하지 않은 것이 안타까운 건 어쩔 수 없었다. 교수 대 학생의 비율이 1 : 9밖에 되지 않는 그곳을 선택하지 않다니. 버클리에서는 1400명의 학생이 출석부에 오르는 수업을 들어야 한다. 클레어몬트에서는 교수가 학생들에게 자신의 집 전화번호를 알려주고 또 학부모와 이런저런 이야기를 나누는 것을 좋아하는 반면, 버클리의 기숙사 사감은 내가 10여 년 전에 들었던 말을 지금도 되풀이했고, 그래서 브라이언이 아주 고된 시간을 보내기도 했다.

“버클리는 거대한 관료사회야. 하지만 진짜 세계를 만나기까지 아주 멋진 준비기간이 될 수 있어. 말하자면 인생을 대비하는 전진기지라고나 할까.”

FOP를 가진 아이에게도 과연 전진기지가 될까? 이 선택이 과연 옳은 것인가? 잘못된 것인가? 나는 알 수가 없었다.

XII

작은 기적을 만나다
2004년 4월~6월

✼ 저는 열네 살이 될 때부터 학교버스를 탈 수가 없었어요. 왜냐하면 한쪽 다리가 제대로 구부러지지 않았거든요. 그래서 아버지가 학교까지 태워다주시고 또 데리러 오셨어요. 아버지는 저를 통학시키려고 직장을 바꾸셨고 우리 집은 학교 근처로 이사도 갔죠. 아버지는 점심시간에도 학교에 오셔서 내가 필요한 게 있는지 살피셨어요. 학교의 의자나 책상이 저한테 맞지 않은 적이 많았는데 그럴 때마다 아버지는 저를 위해 만들어진 물건이나 휴대용 물품들을 가져오셨어요.

— 락쉬미 나타라잔 *Lakshmi Natarajan*, 18세. 5세에 FOP를 진단 받음.

FOP와 함께 하는 생활이 시작되면서 아이들과 차를 타고 움직이는 일에도 변화가 생겼다. 아이들이 차에서 하는 놀이 중에서 '슬럭벅'은 내 머리를 아프게 했다. 이 놀이는 도로에서 누군가 딱정벌레 같은 폭스바겐 차를 발견하면 '슬러벅' 하고 소리치며 옆 사람을 툭 건드리는 게임으로, 처음에는 별 문제없이 단조롭게만 보인다. 그러다 누군가 '슬럭벅' 하고 크게 소리치고 옆 사람을 건드리고, 살짝 건드린다는 것이 더 힘이 세져서는 나중에는 찰싹하고 때리는 수준으로 발전하기 일쑤였다. 만약 동시에 두 사람이 소리쳐서 누가 빨리 소리쳤는지 분간이 잘 안될 때는 아이들끼리 티격태격 싸운다. 그러면 나는 갓길에 차를 세우고 소리를 지르는 게 이 놀이의 뻔한 결말이다. 물론 아이들은 FOP도 알고 있고 빈센트를 절대 건드려서는 안 된다는 것도 잘 알고 있다. 역시 아이일 수밖에 없는 빈센트는 때로 자신은 상대방을 건드려도 되지만 상대편은 절대 자신을 건드려서는 안 된다는 규칙을 한껏 누리며 즐거워했다.

아이들만의 규칙이 있으면 그걸 내게 설명해주는 건 늘 빈센트의 몫이었다. 그리고 그런 설명 덕분에 나는 필요하다 싶으면 아이들의 일에 참견할 수가 있었다. 한번은 1학년이 된 셀린의 축구용 보호대를 사려고 상점에 갔다.

"셀린, 신발 치수가 뭐라고 그랬지?"

나는 뒷좌석을 향해 물었다. 대답이 없었다.

"셀린?"

역시 무반응. 나는 뒤를 돌아보며 셀린을 쳐다보았다. 셀린은 입술을 오므리고는 말없이 앉아 있었다.

"왜 아무 말도 안 하는 거야?"

"주문에 걸렸거든요." 루카스가 대답했다.

"주문이 풀려야 해요." 빈센트가 말했다.

주문을 거는 이 게임은 어린 여동생이 재잘대는 걸 막으려는 오빠들의 계략이었다. 오빠들이 노래를 부르는데 자꾸 방해를 하는 셀린 때문에 빚어진 일이었다. 셀린은 입술을 꾹 다물고 있었다.

"그럼 마법을 풀어줘!" 나는 루카스를 보면서 셀린의 안전벨트를 풀었다.

"루카스는 셀린의 마법을 풀 수가 없어요."

빈센트가 설명했다. 셀린은 여전히 말이 없었다.

"넌 이제 마법이 풀렸어!"

나는 마법사처럼 팔을 흔들며 말했다.

"그렇게 하는 게 아녜요."

빈센트가 말했다. 셀린의 입술은 아직도 꾹 닫혀 있었다. 빈센트는 주문을 푸는 과정을 자세하게 설명하고는 필요한 의식을 진행했다. 그러자 셀린은 즉시 안도의 한숨을 푹 쉬었는데, 그 조그만 몸속에 갇혀 있던 공기가 풀려나오는 듯 했다.

우리도 그렇게 쉽게 FOP의 주문을 풀 수 있다면 얼마나 좋을까. 언젠가는 되겠지. 그때까지 우리는 실험적인 여러 가지 노력이라는 의식을 행할 것이다.

빈센트의 1차 탈리도마이드 복용 실험은 2000년 1월에 끝이 났고, 남편은 빈센트를 데리고 사전에 계획된 또 한 번의 골 주사 검사를 위해 아동병원에 갔다. 약물 복용을 하던 사이에도 FOP는 진행되었고 우리는 그 광경을 목격해왔다. 빈센트의 목은 더욱 굳어졌고 등과 어깻죽지 사이를 따라 돌기가 돋아났다. 나는 엑스레이를 찍어봤자 이미 우리가 알고 있는 것을 다시 확인해줄 뿐이라는 점에서 마음에 들지 않았다. 탈리도마이드 시도는 실패로 돌아갔던 것이다. 물론 겉으로는 탈리도마이드가 통증을 감소시켜주고 체력도 증가시켜준 것처럼 보였지만, 카플란 박사의 말대로 실제 효과가 있었는지에 대해서는 아무런 의학적인 증거가 없었다. 그러므로 빈센트의 엑스레이 촬영은 나쁜 소식의 재확인일 뿐이었다.

"참, 잊은 게 있는데."

1월의 어느 날 밤, 남편과 빈센트가 1년 동안의 임상실험을 마치고 결과를 체크하러 헨릭슨 박사를 찾아갔던 그날 남편은 저녁에서야 말을 꺼냈다.

"방사선과 의사가 엑스레이에서 뭔가 다른 걸 발견했어."

나는 네 살 이사벨의 곱슬머리를 수건으로 말리면서 방안에서 있었다. 순간 나는 긴장했다. 남편이나 빈센트는 침착한 성격이라 목소리만으로는 어떤 이야기가 나올지 감을 잡을 수 없었다. 무슨 말을 꺼낼지 전혀 단서를 주지 않았다.

"1년 전에 왼쪽 허벅지의 근육 일부가 딱딱해졌었잖아. 그런데 그 부분이 사라졌어." 남편의 말은 복권에 당첨되었다는 말과 거의 동급의 희소식이었다.

"확실하대요?"

정말 믿기가 어려웠다. 지난 시간 동안 FOP가 아이의 몸을 할퀴고 간 잔혹함을 생각하면 더욱 그랬다. 남편은 나와 마찬가지로 희망적인 표정으로 고개를 끄덕였다. 나는 이를 닦으러 가는 이사벨을 목욕탕으로 보내놓고 침대 가장자리에 걸터앉았다.

"얼마나 없어졌대요?"

"이만큼"

남편은 엄지와 검지를 동전 크기만 하게 동그랗게 말았다.

"방사선과 의사가 예전의 필름과 오늘 찍은 필름 두 개를 놓고 보여주었어. 왼쪽 다리부분에 골화되어서 하얗게 나타나는 부분이 예전 사진에는 있는데, 오늘 찍은 사진에는 없더군."

"정말 확실하대요?" 나는 재차 물었다.

"방사선과 의사는 뭐래요?"

"특별한 조짐이라고 하더군."

"그럼 헨릭슨 박사는요?"

"마찬가지."

나는 그 순간 아주 실컷 웃거나 울고 났을 때 느끼는 고요한 감정을 느꼈다. 나중에 밝혀지듯이 하얗게 보였던 부분이 없다고 해서 탈리도마이드가 FOP를 억제했다는 증거가 될 수는 없었다. 디나 미첼 박사는 2000년 필라델피아에서 열린 국제 FOP 심포지움에서 자신의 탈리도마이드 연구결과를 시연하면서 빈센트의 엑스레이 필름을 제시했는데, 연구자들마다 없어진 하얀 부분에 대해서 의견이 분분했다.

탈리도마이드가 FOP의 증상을 완화시키는 것처럼 보인 환자도 있었지만 그 효과가 모든 환자에게 동일한 것은 아니었다. 게다가 종잡을 수 없이 후퇴했다가 공격하곤 하는 FOP에 대해 어떤 처방이 과연 효과가 있는지 가늠하는 것은 아주 어려운 일이었다. 그러므로 미첼 박사가 제시한 증거 중 가장 설득력 있는 것은 '환자는 천천히 축구를 할 수 있고, 팔꿈치를 움직일 수 있으며, 예전보다 더 편안하게 잠을 자고, 통증도 덜 느꼈다' 정도였다.

하지만 그런 자료는 무슨 '이야기' 같은 수준으로, 의학계에서는 소문 수준으로 가볍게 취급하고 있었다. 미첼 박사가 자신의 연구결과를 시연하고 나자, 실망감을 느낀 일부 FOP 환자 부모들이 문을 열고 밖으로 나갔다. 하지만 우리는 그 의사가 인용한 자료가 FOP와 싸울 수 있다는 증거가 되기를 간절히 희망했다.

미첼 박사가 발표를 마치고 호텔을 빠져나가고 하버드와 버클리 같은 유수한 대학에서 공부한 의사들이 FOP 환자들의 정보와 의견을 주고받았다. 그때 나는 보스니아에서 왔다는 한 어머니를 만났는데, FOP를 앓는 아이는 휠체어에 앉아 있었다. 그녀는 전쟁으로 찢긴 조국에서 아들을 헬리콥터에 태우고 빠져나왔다고 했다. 그녀는 나를 바라보더니 단호한 어조로 말했다.

"탈리도마이드는 내 아들에게도 효과가 있을 겁니다."

헨릭슨 박사와 카플란 박사, 우리는 빈센트의 FOP의 재발에 대비해서 탈리도마이드를 계속 복용하기로 결정했다. 확실한 의학적 증거가 있든 없든 계속 되어야 했다. 우리는 보스니아에서 왔다는 엄마의 절박한 심정과 다르지 않았다.

빈센트가 연구의 일환으로 탈리도마이드 임상실험에 참가할 때는 약값이 들지 않았다. 그러다 이제는 이 약값을 보험처리를 해줄 것인지 고민하는 보험회사와 통화를 하고 나서 약값이 한 번에 3,000달러나 든다는 것을 알게 되었다. 헨릭슨 박사는 보험회사에게 편지를 썼고 월트 역시 보험회사 관계자와 면담을 신청했다.

탈리도마이드 임상실험 연구가 끝나고 난 후 어느 날 저녁, 빈센트가 FOP 증상을 다시 느끼던 때에 나는 미시간 대학으로 전화를 걸어서 미첼 박사와 통화를 했다. 그녀의 목소리에는 종양을 가진 아이들과 절망적인 작업을 진행하면서 얻게 된 침착함이 있었고, 전화선을 통해서도 그 침착함이 고스란히 내게 전해졌다. 그날 절망적인 오후의 전화통화에서 미첼 박사는 탈리도마이드와 신생 혈관형성을 억제해서 실험쥐에게서 종양을 감소시키는 효과를 보여준 항·소염 약품을 함께 복용해봤다는 하버드 대학의 연구를 이야기했다.

"하지만 사람을 상대로 하는 임상실험은 거치지 않았어요."

미첼 박사는 그 약을 탈리도마이드와 함께 복용할 수 있느냐는 내 물음에 그렇게 말했다. 하버드 연구팀이 탈리도마이드와 함께 시도했던 약물은 비스테로이드 계열의 소염제인 술린닥 *sulindac*이었다.

미첼 박사는 혼합적인 약물 치료제에 익숙한 사람이었고,

FOP 발화과정에서도 더 큰 효과를 위해 역시 여러 가지 약물을 혼합해서 사용하고 있었다. 약품을 혼합하면 산술적인 효과 그 이상을 보여주기도 하기 때문이었다. 하지만 그런 미첼 박사도 술린닥과 탈리도마이드를 함께 복용하는 문제에 대해서는 선뜻 결론을 내리지 못하고 있었다.

그 절망적인 오후, 나는 FOP가 두 번째로 발화되었던 1997년 여름에 글래서 박사에게 했던 것과 똑같은 질문을 던졌다.

"약물의 부작용이 FOP보다 더 심각할까요? 만약 선생님의 아이가 이런 경우라면 어떻게 하시겠어요?"

결국 미첼 박사는 우리가 헨릭슨 박사와 카플란 박사의 관찰 아래 그 약물을 복용한다는 단서를 달고 술린닥을 처방해주었다. 탈리도마이드와 술린닥 그리고 프레드니손의 처방은 지금까지 FOP에 저항하는 주된 버팀목이 되고 있다. 하지만 나는 그런 약들이 완벽한 치료법이 아니라는 것을 잘 알고 있다. 오히려 불완전하다는 말을 강조하고 싶다. 왜냐하면 이 약물들은 효과가 일관되게 나타난 것 아니었고, FOP 환자 누구에게나 똑같은 방식으로 적용되는 것도 아니기 때문이다. 그리고 아들 빈센트는 약물치료를 하면서 그때까지 알려진 부작용과 심지어 알려지지 않았던 부작용까지 겪으면서 용감히 맞서왔다.

인간의 몸이 질병이나 약물에 대해 반응을 보일 때는 일정한 자연법칙의 메커니즘이 있듯이, 눈에 보이지 않는 메커니즘에도 법칙이 있을 것이고, 때로 그 메커니즘은 크든 작든 우연의 일치처럼 드러나기도 한다.

"하느님의 계획에 단순한 우연의 일치란 없습니다." 전임 교황 요한 바오로 2세가 이렇게 말한 적이 있다. 그리고 나 역시 정교하게 신의 섭리를 보여주는 하나의 기적을 만났다.

2년 전 6월, 네 아이들을 우르르 몰고 집을 나서려던 순간 전화벨이 울렸다. 대개는 자동응답 전화가 작동되게 했지만, 그날 나는 전화기 근처에 있었고 수화기를 들었다. 외국인의 억양이 섞인 낯선 목소리였는데 상대방은 내가 누구인지 물었다. 나는 약간 참을성 없는 목소리로 내 이름을 말했다.

"저는 프리스코 라미레즈 입니다." 낯선 목소리는 이렇게 자신을 소개했다.

"우리 가족은 얼마 전에 프레즈노로 이사를 왔습니다. 그리고 〈뉴스위크〉 지에서 당신의 기사를 읽었지요. 제 딸이 FOP 환자입니다."

나는 지갑을 내려놓고 이사벨에게 현관문을 닫으라고 말했다. 1999년 〈뉴스위크〉에 실린 기사는 FOP라는 질병을 세상 사람들에게 조금 더 알리려고 쓴 것이었다. 그 기사 덕분에 미국에서만 여러 사람들의 친절한 카드를 받았고 대안 치료사들로부터 많은 조언을 들었다. 그 기사는 FOP 연구기금을 조성하는 데 유용하게 이용되었지만, 낯선 목소리로부터 전화를 받기는 처음이었다. FOP가 인간의 유전자에 나타날 확률이 2백만분의 1이라면 FOP 환자 가족이 똑같은 도시에 사는 확률은 아마도 천문학적인 숫자일 것이다.

그렇게 생각하자 프리스코 라미레즈는 더 이상 낯선 사람이 아니었다. 물론 그 사람 가족사와 나의 가족사는 분명히 다르겠지만, 나는 그들이 겪었을 슬픔과 비탄을 마음 깊은 곳에서부터 느낄 수 있었다. 건강하게 태어난 아기, 완벽하게 정상적이고 평범한 삶. 그러던 어느 날 아침, 아이가 아프다고 호소하고 몸에는 이상한 돌기들이 생긴다. 그리고 정확한 병명을 얻기 위한 길고 긴 여정이 시작된다. 치료법을 찾기 위한 길고 긴 고투, 아이가 신발을 신거나 자전거를 타는 일조차도 하지 못할 정도로 몸이 굳어져가는 걸 보면서 느끼는 그 절망과 고통들.

라미레즈씨는 가족을 데리고 필리핀에서 이곳 미국으로 왔노라고 소개했다. 그리고 그의 딸 체리스가 곧 대학생활을 시작하게 될 것이고, 그들에게는 아직 주치의도 없으며 건강보험도 없고 빈센트가 FOP 발화를 억제하는 데 사용했던 의약품도 없노라고 말했다. 체리스는 몇 발자국을 걷고나서는 곧 주저앉을 정도로 심각하다고 했으며, 얼마 전 넘어지는 사고까지 있었다고 했다. 그게 무엇을 의미하는지는 너무나도 분명했다.

나는 라미레즈 가족을 만나러 갔다. 프리스코와 그의 아내 바베트는 둘 다 간호사였고, 취업비자로 이곳에 왔으며 네 명의 아이들과 함께 고속도로 근처의 아파트에서 살고 있었다. 그 조그만 아파트에 들어가서 체리스를 본 순간, 나는 미리 내 감정을 다잡지 못하고 왔다는 것을 느꼈다. 사랑스럽고 젊은 필리핀 아가씨인 체리스를 보면서 그 안에서 내 아들 빈센트를 발견했던 것이다. 눈물이 내 볼을 타고 흘러내렸다. 그녀의 굳은 상체와 가날픈 어깨 그리고 뻣뻣해진 목을 보자 체리스 역시 내 아들처럼 상실과 고통이라는 과거가 있음을 알 수 있었다. 그리고 체리스의 눈빛에는 사랑스러운 명석함이 있었고 힘들게 걷는 자세 속에는 어려움을 인내한 고귀함이 담겨 있었다. 그리고 바베트를 보면서 또 다른 나를 발견했다.

바베트와 나는 서로 포옹했고 바베트는 거실에 있는 접이식 의자를 내게 권하면서 미안하다고 사과를 했다. 우리는 둘 다 하얀 휴지를 말아 쥐고는 대화를 나누었다.

"체리스는 당신의 사진도 가지고 있어요."

바베트는 기억을 상기하듯 말했다. 그리고 조그만 탁자 위에 놓인 종이더미를 뒤적이더니 한 장의 사진을 찾아냈다. 그 종이는 1999년 7월 12일자 〈뉴스위크〉 지에 실린 빈센트와 나의 사진이었다.

"우리가 중동에서 살고 있을 때 한 친구가 보내준 거예요. 그리고 이곳으로 오면서 '혹시나 만날 수도 있겠네'라고 생각했지요."

지구상의 다른 편에서 우리 가족의 이야기를 보고, 또 그 기사를 오려서 간직하고 있는 가족. 그로부터 몇 년 후 우리가 살고 있는 똑같은 도시에 살게 된 가족. 우리를 만나고 싶어 한 라미레즈 가족의 이야기를 듣는 동안 나는 더 많은 휴지가 필요했다.

"전화번호부 책에서 당신의 이름을 찾았어요."

바베트는 울음 간간이 말했다. 나중에 바베트는 딸아이의 왼쪽 다리에 선명하게 그어진 흉터를 보여주었다.

"수술 자국이예요."

FOP를 앓는 많은 아이들이 악성종양으로 오진을 받는다. 체리스 역시 악성종양으로 오진을 받고 치료는커녕 결과적으로 골화 진행만 가속화시키는 수술을 받았던 것이다.

FOP는 결국 시간과의 싸움인지라 나는 라미레즈 가족에게 의사와 의약품 이름을 서둘러 적어주었다. 그리고 탈리도마이드의 실험적 복용에 대한 설명을 해주고 임신한 여성의 그림에 X자 표시가 되어 있는 캡슐의 모양까지 상세하게 설명해주었다. 그리고 유용한 커뮤니티, 다양한 지원과 협회 그리고 프레드니손과 기도문에 대해서 이야기를 나누었다.

해야 할 말을 미처 다 못한 듯한 느낌으로 나는 시계를 내려다보고 벌떡 일어서서는 그녀의 가족과 포옹을 했다. 아이들을 데리러 가야 할 시간이었기 때문이다.

물론 그 이후로도 라미레즈 가족과 자주 만났으면 좋았으련만 일상과 FOP는 그 자체로 버거운 일이었고 또 내가 너무 주제넘게 도와준다고 나서는 꼴이 될까봐 염려되어 자주 만나지는 못했다. 그러나 라미레즈 가족과 나는 또 다른 우연의 일치로 다시 만나게 되었다. 빈센트와 함께 백화점에 들렀을 때였다. 아동병원의 류마티스과에 들러서 헨릭슨 박사에게 체리스 라미레즈에 대해서 안부를 묻고 나온 직후였다. 샴푸 진열대 근처에서 있는데 누군가 내 이름을 부르는 소리가 들렸다. 바베트와 프리스코가 빨간색 쇼핑 카트를 밀면서 다가왔다.

"당신인줄 알았어요!" 바베트는 그렇게 말하고는 아주 반갑게 나를 껴안았다. 늘 함께 했던 친구처럼 그들의 눈빛에는 감사함과 사랑이 넘쳐나고 있어 우리 사이에는 설명이 필요 없는 든든한 유대감이 느껴졌다. 평범한 우정 이상의 감정이 우리 사이에 싹텄다.

내가 좋아하는 작가 가브리엘 가르시아 마르케스가 쓴 글 중에 내가 겪은 이런 마술을 보여주는 글이 있다. '우리 현실에는 소설보다 더 극적인 우연의 일치가 숨어 있다는 것을 아는 이는 별로 없을 것이다.'

운명의 동전 – 2004년 4월~6월

버클리로 가겠다는 빈센트의 생각이 흔들리는 모양이었다. 등록을 위해 서류를 내야 하는 마감시한이 며칠 남지 않았는데도 빈센트의 마음 속에는 버클리, UC샌디에고, UC데이비스가 겨루고 있었다. 그래서 우리 가족은 대학 사무실에 연락해서 각각의 캠퍼스에서 장애 학생들을 위한 보조프로그램이 어떻게 마련되어 있는지 알아보았다. 어찌됐든 3자 경합을 깨야 했다. 마감까지는 4일밖에 남지 않았다.

UCLA의 경우, 특별보조에 관한 정보가 필요하면 '장애학생을 위한 프로그램' 사무실에 연락해야 했다. 그 어느 대학도 FOP에 대해서는 알지 못했다. UC데이비스에서는 프로그램은 위원회에서 결정에 따라 빈센트가 전기자동차를 오후수업에만

이용할 수 있는지 저녁시간까지 이용할 수 있는지 결정된다고
했다. 나는 UC데이비스의 글자 위에 가위표를 쳤다. 이제 선택
은 버클리와 UC샌디에고만 남게 되었다.

　버클리의 경우, 그곳의 상담가와 나는 마치 오래된 친구처럼
친해졌다. 그녀는 우리를 위해 학생들에게 직접 부탁하여 학교
시설을 점검했고, 보조교통수단 생산업체에 전화를 하고, 서틀
버스를 알아보고, 우리가 관심을 둘 만한 서비스를 알아보았고,
전동스쿠터가 가장 안전할 것이라는 정보까지 전해주었다. 그
리고 이런 모든 정보는 이메일이 아니라 수많은 전화통화와, 음
성녹음 메시지를 통해 직접 전달되었다. 경합에서 버클리가 승
리하는 순간이었다. 나는 빈센트에게 버클리에서 제공하는 보
조 프로그램과 환상적인 시설에 대해서 이야기해주었다.

　"아직 UC샌디에고가 더 좋아요."

　빈센트가 대답했다. 물론 결정은 내 몫이 아니었다. 그래서
나는 UC샌디에고의 프로그램 담당자에 전화를 걸었다. 목소리
의 주인공은 아주 발랄하면서도 전문가적인 분위기를 풍기는
여성이었다. 하지만 버클리의 상담가만큼은 아니었다. 나는 그
녀에게 이 통화를 통해 우리의 최종 입학여부가 결정될 것이라
고 이야기했다.

　"솔직히 버클리는 캘리포니아 계열의 대학 중에서 장애학생
을 위한 지원과 서비스가 최고입니다." 그녀는 선선히 동의를
하고는 버클리가 제공할 수 있는 환상적인 지원 프로그램에 대

해서 이야기를 했다. 그러나 샌디에고에는 전기자동차가 아주 많고, 또 정확한 시간에 운행되기 때문에 장거리를 가기 위해 전동스쿠터를 이용하지 않아도 된다고 답해주었다. 버클리보다 캠퍼스가 덜 붐비고 더 안전할 것이라고 덧붙였다. 그리고 무엇보다도 기숙사 문제가 순조로웠다. 그녀는 내게 학교의 기숙사 관련 부서의 책임자 전화번호를 알려주었다.

UC샌디에고의 상담가는 아주 효율적인 사람이었다. 그는 빈센트가 전기자동차를 이용할 수 있고, 4년 동안 좋은 독실을 쓸 수 있다고 했다. 빈센트가 묵을 기숙사가 해변과 병원 건너편 거리에 있다는 말을 듣고 나는 샌디에고에 혹하고 말았다.

그날 아버지가 우리 집에 들르셨다. 아버지는 부엌 식탁에 앉아서 내가 흥분된 목소리로 장황하게 늘어놓는 UC샌디에고의 이야기를 들어주셨다. 그리고는 흥미롭다는 듯이 말씀하셨다.

"그래? 나는 빈센트가 버클리로 가는 줄 알았는데."

내가 샌디에고 쪽을 더 칭찬하자 아버지는 마침내 이렇게 말씀하셨다. "그럼 투우경기장에 가는 길에 샌디에고에 들를 수 있겠구나."

그때 빈센트가 부엌에 나타났다.

"버클리로 갈 거 같아요."

"엄마가 그리 갔으면 한다고 해서 꼭 버클리를 고집할 필요는 없어."

나는 UC샌디에고의 장애인 학생 지원 프로그램 관계자와 나눈 대화를 요약해주었다. 빈센트의 표정이 밝아보였다. 그러나 냉장고 문을 여닫고서는 빈센트의 마음이 또 흔들렸다.

"그래도 버클리의 학생들이 더 좋아요."

나는 컴퓨터 앞에 앉아서 모든 대화를 다 듣고 있던 루카스를 불렀다. 루카스는 열다섯 살이었지만 문제의 본질에 도달하는 데는 전문가였다. 루카스는 종이에 3개 대학 이름을 세로로 쓰고 가로에는 여러 가지 항목을 적었다. 과학쪽 성과, 친구/가족, 거리, 기숙사, 교통, 안전성 등 각 학교별로 최고 1, 최하 3점씩 매기게 했다. 그 결과 버클리는 23점, UC샌디에고는 25점이었다. 버클리가 다시 승리하는 순간이었다. 빈센트는 회의적인 표정이었다.

"오늘 세계사 선생님이 말씀하시길, 우리가 좋아하는 사람과 있다면 그곳이 세계 어디든 상관없다고 하셨어요. 그러니까 형은 버클리로 가야 해." 루카스가 말했다.

그런데 이상하게도 빈센트의 마음은 다시 샌디에고 쪽으로 기울기 시작했다. 나는 식탁 앞에 서서는 마치 강의하듯 선언했다.

"빈센트가 UC샌디에고로 가면 더 편안하고 더 재미있고 더 자유로운 시간을 갖게 돼. 그리고 버클리로 가면 더 힘들고, 안전성도 좀 떨어지고 신체적으로 더 어려워질 거야. 돌아다닐 때도 전기자동차가 아니라 스쿠터를 이용해야 해. 빈센트, 넌 말야 하버드 대학처럼 어렵고 힘들기로 유명한 대학과, 명망 있고 좋은 교육을 받을 수 있는 UC샌디에고 둘 중에 하나를…."

"엄마는 그렇게 생각하지 않잖아요."

빈센트가 끼어들었다.

"아냐. 그렇게 생각해! 샌디에고라면 더 재미있을 것이고 모든 게 더 편안하고 쉬울 거야. 그리고 더 안전해!"

"세상에." 루카스가 말했다.

"좋아, 그럼." 나는 잔뜩 흥분하여 지갑에서 동전 하나를 꺼냈다.

"그럼 이렇게 하자. 뒷면 UC샌디에고. 앞면 버클리."

나는 동전을 던지고 내 팔뚝에 딱 소리가 나게 손으로 엎었다. 뒷면! 샌디에고였다. 빈센트는 좋아하는 표정이었고 루카스는 의심스런 눈초리였다. 아버지는 좋아하셨다.

"좋아, 그럼 세 번 중 두 번이 나오는 걸로 하자."

나는 누가 말릴 틈도 없이 동전을 던졌다. 뒷면. 샌디에고였다.

"좋아. 그럼 다섯 번 하는 거야."

이번에도 아무도 반대하는 사람이 없었으므로 나는 동전을 다시 던졌다. 앞면. 나는 두 번 더 동전을 던졌다. 세 번 연달아 앞면이 나왔다.

"버클리!"

나는 빈센트가 결과에 만족하는지 어쩐지 알 수 없었다. 동전 던지기의 결과가 그렇게 나왔다고 해서 꼭 그대로 대학을 결정할 수는 없으니까.

"그럼 눈을 감아, 빈센트. 자, 네 자신이 어디에 있는지 떠올려봐."

안경 너머의 표정이 명상가처럼 변했다. 우리는 모두 기다렸다.

"버클리요." 아들은 눈을 뜨면서 그렇게 말했다.

저녁식사 후, 빈센트가 컴퓨터 앞에서 다른 대학의 순위를 확인하고 있었다. 나는 어깨너머로 화면을 쳐다보았다.

"아하! 버클리는 캘리포니아 계열의 다른 대학보다 순위가 낮은 걸."

"엄마는 늘 버클리를 좋아했잖아."

빈센트가 말했다. 그 순간 빈센트는 이제 더 이상 버클리를 원하지 않는 것처럼 보였다.

"그렇지 않아!"

마지막으로 빈센트는 형 브라이언에게 전화를 걸어 조언을 구했다. 아무래도 쉽게 결말이 날 것 같지 않았다. 내일은 아무래도 입을 다물고 있는 게 좋을 거 같았다.

친구의 친구가 목장 스타일의 집에서 졸업파티를 열어 우리 가족을 초대했다. 우리가 도착하자 의례적인 소개가 뒤따랐고 곧 여러 종류의 음식이 가득한 식당으로 안내되었다. 아무도 보지 않는 텔레비전, 수영을 즐기는 아이들, 그리고 낯선 얼굴들이 있었다. 나는 그날 졸업식에 해당사항이 없었던 터라 참을성 없이 불쑥 뒤돌아 나오지 않으려고 애를 썼다. 좋은 친구의 친구 아들 졸업을 축하하는 파티가 아닌가. 낯선 사람들과의 오후 잡담에 인내심을 발휘하리라.

셀린과 빈센트, 나는 차고 앞에 자리를 잡았다. 그리고 유령이 출몰하는 차고에 관한 대화에 끼어들게 되었다. 그때 내 친구가 명랑한 목소리로 나에게 이렇게 말했다.

"캐롤, 이 집은 유령이 나온데. 로리는 죽은 사람의 영혼을 보기도 하지."

로리는 그 파티의 주최자로 목장에서 직접 말을 먹이고 보살피고 있었다. 그러자 반원으로 모여 있던 사람 중에서 금발의 멋진 여성이 말을 덧붙였다.

"그리고 어떤 때는 매일 밤 똑같은 색깔의 망아지에 대한 꿈을 꿨는데, 실제로 똑같이 생긴 새끼 말을 얻었대요."

"멋지네요."

나는 다소 정중한 투로 말하고는 옆에 있던 아이스박스에서 맥주 캔을 하나 꺼냈다. 나를 초대한 친구는 둘 다 아주 상식적이고 합리적인 사람들이었기에, 친구가 '이 집에는 유령이 있어'라고 말하는 소리에 의외라는 생각이 들었다. 유령대화에 대한 대답으로 나는 안주인에게 이렇게 이야기했다.

"좋아요. 한번 들어보죠. 유령에 대해서 다 이야기해주세요."

모닥불에 둘러앉아서 그런 이야기를 마다할 사람이 누가 있겠는가? 그때 파티의 안주인이 한 손에는 담배를, 다른 손에는 맥주 병을 들고 지나가고 있었다. 그녀는 내 말을 듣고 멈추더니 나를 쳐다보았다.

"미래를 읽어볼까요?"

그러자 나는 '멈추라'는 신호로 손바닥을 세워 보이고는 고개를 저었다. 그녀는 어깨를 으쓱하고는 집안으로 사라졌다. 나는 내 미래를 미리 알고 싶지 않았다.

"뒤쪽 방문은 항상 잠가둬야 해요. 왜냐하면 유령이 드나들거든요." 그녀는 다시 바깥으로 나와 마치 식료품 저장실에 쥐가 있다는 말을 하듯이 덤덤하게 말했다.

"그곳에 들어가면 갑자기 온도가 뚝 떨어져요. 그리고 물건이 여기서 저기로 옮겨져 있곤 하죠."

안주인은 아예 의자에 자리 잡고 앉았다.

"진짜 미래를 알고 싶지 않아요?"

그녀는 설득력 있게 나를 쳐다보았다.

"아니요!"

전혀, 예언은 사절이다. 아이의 졸업축하 파티에서 만날 수 있는 사람이라면 나와 가족들에게 대해서 어느 정도 들은 이야기가 있을 테고, 그게 아니라도 미래와 초자연적인 일 자체가 나를 긴장하게 만들었다. 나는 거듭 거절했다. 수영장에서는 아이들의 즐거운 비명소리가 들려왔다. 그런데 그 순간만큼은 저 멀리에서 아련하게 들려오는 것 같았다.

"집마다 다른 차원의 세계에서 온 사람들이 있어요." 안주인은 담배를 한 모금 빨더니 말을 이어나갔다.

"일종의 에너지이기도 하고 한때 그곳에 살았던 존재의 기억이기도 하죠. 지금 여기에 그들이 있는 것처럼 말예요. 당신 뒤에는 세 명의 영혼이 있어요." 그녀는 나에게 손짓을 하며 말했다.

"저 아이에게는," 내 오른쪽에 있는 빈센트를 가리키더니 "일곱 명이 있군요. 그리고 이 꼬마 아가씨는," 안주인은 왼편에 있던 셀린을 가리켰다. "두 명이 서 있네요."

그녀가 뱉은 마지막 멘트는 영화대사처럼 상투적이지만은 않았다. 나는 항상 빈센트 주변에는 수호자들이 있다고 생각했다. 그리고 그 순간, 수세기 동안 내려온 라틴인의 피가 나를 압박하고 있었다. 그래서 나는 이렇게 물었다.

"그 유령들이 어떻게 생겼는지 하나만 설명해주실래요?"

나는 빈센트 쪽으로 고개를 돌리며 물었다. 나는 누가 빈센트를 보호하는 수호천사인지 궁금하기도 했고, 근래 몇 년 동안 그렇게 많은 기도에 응답하는 사람이 누구인지 알고 싶어졌다. 안주인은 빈센트의 어깨 너머를 바라보았다.

"흰 머리의 아주머니에요. 푸른색 드레스를 입고 있는데 당신과 비슷하게 생겼네요. 좀 살이 쪘고 아무튼 당신과 비슷해요. 당신이 좀 마른 것만 빼면 똑같네요. 그리고 남몰래 브랜디를 마시는 걸 좋아하네요."

"제 할머니가 부엌에서 그러시곤 하셨죠. 그래서 할아버지가 전혀 모르셨어요."

나는 나도 모르게 설명하고 있었다. 진주 목걸이에 진한 색깔의 드레스를 입고 유리병을 들고 조금씩 술을 따르는 할머니의 모습을 보고 있는 것만 같았다. 할머니는 언제나 뭔가 잘못되면 나와 함께 유쾌한 웃음으로 넘길 줄 아셨던 내 든든한 동지였다. 그리고 나는 할머니를 닮았다. 머리칼이 곤두서고 있었다.

"그리고 저 아이 뒤로는 여러 명의 의사들이 있군요." 안주인은 다시 빈센트를 보면서 말했다.

"가족 중에 의사가 많은가요?"

나는 그렇다고 대답했다.

"나는 어때요? 누가 내 뒤에 있나요?"

나는 그렇게 묻고 있었다. 내가 왜 이러지?

"당신에게는 아이가 있네요."

그녀는 내 어깨 너머 오른쪽을 바라보면서 그렇게 이야기했다.

"아홉 살에서 열 살 정도? 갈색 머리, 갈색 눈, 당신과 닮았어요."

그때 나는 목이 멨다. 내게는 아르헨티나에서 죽은 남동생이 하나 있었다. 나는 그를 기억하지도 못하고 사진을 본 적도 없다.

"내 동생요? 하지만 그는 죽었어요. 아기 때."

"팔에 뭔가 문제가 있었어요?"

"아뇨, 심장에 문제가 있었어요."

심장이 아니라 팔에 무슨 문제가 있었다는 느낌이었다. 알 수는 없지만 시공간 속에서 안주인이 본 것은 FOP의 공격으로 한쪽 팔이 굳어진 어린 빈센트인지도 모를 일이었다. 그리고 빈센트는 나를 많이 닮았다. 갈색 머리칼, 갈색 눈, 똑같은 얼굴 생김새. 그리고 언제나 나와 함께 있지 않았던가?

"그리고 당신 곁에는 아주 키가 크고 호리호리한 사람이 서 있어요. 턱수염에, 의사가 들고 다니는 왕진가방을 들고 있어요. 의사예요. 그리고 옛날 양복을 입고 있군요. 아주 개성이 뚜렷하네요."

"할머니 쪽의 의사 친척중 하나겠죠."

안주인은 이번에는 셀린을 보더니 자신이 가장 좋아하는 사람을 만난 양 즐거워했다.

"너한테는 두 명의 천사가 있구나."

셸린을 보며 미소를 지었다.

"이 아이는 아주 강인하군요."

내가 그걸 모를리 있겠는가? 셸린은 미래의 변호사 감이었다.

"한 쌍의 천사들이네. 아주 예뻐요. 아주 긴 금발이고요."

나는 가족 중에서 셸린에게만은 많은 수호천사가 필요하지 않을 거라고 생각했다.

오늘의 영매인 로리 여사는 빈센트를 다시 쳐다보더니 미래의 이야기를 시작했다.

"미래 이야기는 안돼요!"

나는 내 손을 꽉 잡은 채 그렇게 외쳤다.

"하지만 좋은 내용인데요."

그녀는 장난스럽게 미소를 지었다.

"이제까지 나쁜 미래를 예견한 적은 한 번도 없어요."

그러자 빈센트가 관심을 보였다.

"너는 앞으로 연구를 하게 될 거야. 하지만 별로 좋아하지는 않을 거야. 너는 직접 실무를 챙기는 것을 더 좋아하지"

안주인이 말하길 빈센트는 사람들에게서 뭐가 잘못되고 있는지를 잘 알기 때문에 아주 훌륭한 의사가 될 거라고 했다. 물론 나도 그 정도의 예언은 충분히 할 수 있다. 나는 다른 부부들과 카드놀이를 즐기고 있는 남편 월트를 찾았다. 월트는 방금 있었던 이야기에 대해서 별 것 아니라는 듯이 고개를 저었다.

나는 집으로 돌아가기 위해 앞마당으로 나왔다. 셸린이 안주인에게 자기 꿈을 해석해달라고 묻는 소리가 들렸다. 나는 서둘러 창고 앞으로 되돌아가서 정중하게 중지시켰다. 다행히도 셸린의 꿈 이야기는 그녀를 조금 난처하게 한 모양이었다. 이제 떠나야 할 시간이었다. 하지만 묻지 않고는 참을 수 없는 한 가지 질문이 있었다.

"대법원 계단에서 빈센트를 넘어지지 않게 손으로 받쳐준 사람은 누구인가요?"

그러자 안주인은 고개를 숙이고 뭔가 기억해내려고 애쓰는 표정이 되었다.

"당신의 부모님이 당신과 함께 사시나요?"

우리 부모님은 물론 살아계셨다. 감사하게도. 하지만 남편의 아버지는 남편이 아주 어렸을 때 심장마비로 세상을 떠나셨다.

"그 분이에요."

그녀는 확신하는 말투로 그렇게 대답했다.

"그 분은 이쪽저쪽 세계를 쉽게 돌아다닐 수 있는 아주 강인한 영혼이시죠. 그리고 오늘 일찍 이곳에 계셨는데, 처음 나를 보셨을 때는 별로 좋아하지 않으시더니 이내 내가 괜찮다는 것을 아시고는 곧 떠나셨어요."

목장의 안주인 로리 여사와 나누었던 대화는 시누이 조안을 방문한 다음날까지도 내 머릿속에서 떠나지 않았다. 조안의 집은 언덕 꼭대기의 오렌지 과수원이 내려다 보이는 곳에 있었다.

조안과 시어머니, 나는 부엌에 있었다. 시어머니 준은 나한테는 친어머니와 다름없는 분이셨고, 조안 역시 다른 시누이인 주니와 제니퍼와 마찬가지로 친자매 같은 존재였다. 나는 스스럼없이 그들의 대화에 끼어들어 나를 괴롭히는 간밤의 이야기를 줄줄이 풀어놓았다.

커다란 옥수수 냄비가 끓기 시작하면서 김이 나는 것을 쳐다보고 있었다. 조안은 커다란 초콜릿 케이크에 설탕을 입히고 마가린 덩어리를 냉장고에 집어넣었다. 시누이와 시어머니는 우리 가족의 수호자들과 미래에 관한 이야기를 들으면서 유쾌한 농담을 던졌다. 내가 말을 다 마치자, 조안이 지나가듯 말했다.

"왜, 어떤 사람들은 말이죠, 그냥 상대방의 마음을 읽어버린다니까요."

XIII

모든 일에는 이유가 있습니다
2004년 4월~7월

❋ 우리를 위해 정한 여러 가지 과제 중 하나는 아르헨티나에 있는 FOP 환자들끼리 연락망을 만드는 것이었어요. 활발한 의사소통이야말로 FOP와 맞서 싸우는 최선의 방법이니까요. DNA 연구를 위해 FOP 가족들의 유전자를 수집한다는 기사를 읽고, 우리도 우리 아르헨티나에서 이런 일을 해야 한다는 것을 깨달았습니다. 이를 위해 우리는 나름대로 대중들에게 관련 정보와 책자를 널리 알릴 방법을 찾게 되었죠. 정보를 공유한다는 것은 가능성 있는 환자들이 정확한 진단을 받을 수 있기까지 겪는 어렵고 지루한 과정을 단축시킬 수 있는 방법이든요. 2004년에 저희는 카플란 박사가 FOP 유전자를 가지고 있는 가족을 한국에서 찾도록 도왔습니다. 그리고 아르헨티나의 어느 여자아이가 신문에 난 FOP에 관한 첫번째 기사를 읽고 그때서야 자신의 병명을 알게된 경우도 있답니다.

－마누엘의 엄마 모이라 릴예스트롬 *Moira Liljesthrom*. 마누엘, 8세. 4세에 FOP를 진단 받음

　FOP 책자를 양말 서랍장 속에 넣어둔 채 걱정과 안도감을 동시에 느꼈다. 하지만 나는 지난 몇 년 동안 '어쩌면 첫번째 FOP 발화를 막았다면 빈센트가 움직이지 못하게 된 것도 막을 수 있었을 텐데' 하는 아쉬움이 사라지지 않았다. 만약 평상시의 인내심으로 그 질병을 더 연구했더라면, 여름캠프에 갔던 빈센트를 좀더 일찍 데리러 갔더라면 등등의 생각이 꼬리를 물었다. 1996년 여름에는 외상이 나쁘다는 정도만 알았지, 어떤 외상이 문제가 되고 심각한 결과를 초래하는지 아무런 개념이 없었다. 초기에 FOP를 진단해준 UCSF의 전문가가 외상의 심각성을 이야기 했을 때도 운동을 하면서 심하게 부딪히는 경우 정도의 외상만을 생각했던 것이다. 그리고 좀더 안전한 처방을 한다고 그해 여름방학에는 강연회 같이 앉아서 진행되는 프로그램에 빈센트를 등록시켰다. 심리학자의 충고대로 여름학교에 빈센트와 FOP에 대한 사전정보를 주지도 않았다. 빈센트가 자신을 희생자처럼 느끼지 않도록 하자는 의도였다.

　여름 학교에서 사고가 있었던 날도 나는 15분 늦게 도착했다. 그리고 그 이후 몇 년 동안 내 머릿속에서는 '만약 내가 그때 지각하지 않았더라면, FOP 책자를 미리 읽어두었더라면' 등 '만약~했다면'의 장면이 영사기처럼 쉬지 않고 돌아갔다.

　당시 나는 출산시기에 접어들어서 이른바 둥지 본능에 사로잡혔다. 알을 낳기 전 둥지를 청소하는 새처럼 집안을 정리하는 동안, 아홉 살의 빈센트는 도시의 저쪽편에서 콘크리트로 된 벤치와 벤치 사이를 건너뛰며 놀고 있었다.

"의무실에 있어요."

누군가 그렇게 말했다. 임신 9개월의 배를 안고 여름학교 사무실에 뛰어들어가자, 모든 사람들이 벌떡 일어났다. 빈센트가 바로 전에 다친 모양이었다.

"내 아들은 다쳐서는 안 된단 말예요!" 나는 책상 뒤에 앉아 있는 젊은 여자에게 소리쳤다. 그녀는 틀림없이 '대체 누구야?'라고 생각했을 거다. 그녀는 간이침대가 있는 좁은 사무실을 가리켰다. 그곳에 빈센트가 앉아 있었다. 그런데 멀쩡한 표정이었다. 어머니같이 푸근한 인상의 간호사가 빈센트의 다리에 일회용 밴드를 붙이고 있었다. "그냥 좀 긁혔어요." 간호사는 명랑하게 말했다.

"괜찮아?" 나는 그렇게 말하면서 빈센트를 껴안았다. 빈센트는 고개를 끄덕였다.

"벤치 위에서 뛰는 걸 봤어요." 컴퓨터 앞에 앉아 있던 사무원이 말했다. 나는 그곳에 있는 누군가가 빈센트에게 외상은 치명적이라는 주의사항을 알고 있었더라면, FOP에 대해 말하지 말라는 심리학자의 조언을 무시했었더라면, 또다시 '만약, 만약'이라는 생각이 머릿속에서 맴돌았다.

벤치에서 넘어졌다는 빈센트는 머리 한 쪽이 부딪쳐 조금 아프다는 사실 빼고는 괜찮아 보였다. 나는 혹시 돌기가 생겼는지 머리 안쪽을 살펴보았다. 돌기는 없었다. 그러자 다른 아이들이 친구네 집에 수영하러 가야 한다며 빈센트에게 가자고 보챘다. 그리고 한 시간 후, 간호사인 내 친구가 전화를 걸었다. "빈센트가 금방 토했어. 머리도 아프대."

"일시적인 충격 때문입니다." 소아과 주치의의 말이었다. "주의 깊게 살펴보세요. 중간에 잠든 아이를 깨워서 핑크색 코끼리를 봤다는 등 이상한 소리를 하는지 확인하셔야 합니다." 와인버그 박사 이후 우리의 새 주치의가 된 섬렐 박사가 말했다. 그역시 아주 존경받는 의사였다.

네 명의 아이들을 키우면서 보낸 지난 12년 동안, 그 어떤 아이도 머리를 부딪히지 않았다. 그런데 외상을 입어서는 안 되는 아이가 머리를 부딪혔다니 기가 막혔다.

나는 빈센트의 의료기록을 최근 것으로 갱신하고자 카플란 박사에게 전화를 걸었다. 그때까지 나는 실제 카플란 박사와 대화를 나눈 적이 없었다. 내가 안전하게 출산을 할 때까지 FOP와관련된 일은 모두 남편 월트가 책임지기로 한 약속 때문이었다.

펜실베이니아 대학의 이 전문가는 항상 정확한 의학적 조언과 유머 넘치는 비유, 연구팀의 연구결과에서 나온 새로운 소식들로 내 공포를 싹 거두어준다. 하지만 우리의 첫번째 대화는딱딱하고 어둡게 시작되었다.

"머리에 충격을 받았다구요?" 카플란 박사의 목소리가 갈라져 나왔다.

나 역시 아랫배가 뭉치는 느낌이 들었다. 물론 당장 분만실에들어간다 해도 조산은 아니었다. 아이는 이미 거의 달이 다 찬상태였다.

"FOP 아이들은 머리에 충격을 받으면 다른 반응을 보일 수 있습니다." 카플란 박사가 설명했다. 그의 목소리는 아주 젊고 명랑했지만 걱정스러움이 묻어 있었다. 그는 나를 진정시키려고 노력하면서 동시에 의학적인 정보도 전해주고자 했지만, 당시로서는 두 가지 사실이 너무나도 어색하게 들렸다. 그리고 뱃속의 아이는 팔꿈치로 연신 엄마 배를 치고 있었다. FOP를 가진 아이들은 다친 부분에 있는 혈관이 더 쉽게 파열될 수 있다고 했다. 말하자면 내부 출혈이 있을 수 있다는 말이었다. 그 누구도 몰랐던 사실이었다. 제발, 하느님!

나는 즉시 소아과 주치의에게 연락했고, 주치의는 CT촬영을 제안했다. 남편은 사무실에서 집으로 와서 빈센트를 데리고 아동병원으로 달려갔다. 그 동안 나는 한 손에는 묵주를 들고 다른 한 손으로는 배를 안고 동네를 걸었다. 지독하게 더운 날씨였다. 산책을 마치고 막 동네 입구에 들어서자 남편의 차가 나타났다.

"괜찮대." 남편이 유리창 문을 내리면서 말했다. 빈센트는 뒷좌석에 앉아 있었는데 역시 괜찮아 보였다. CT 촬영결과도 정상이었다. 하느님, 감사합니다.

하지만 몇 주 후 모든 것이 괜찮지만은 않았다. FOP가 적극적으로 실체를 드러낸 것이다. 1년 동안 아무 일 없이 잠잠하다가 갑자기 이유없이 불쑥 나타난 것일 수 있었다. 한편으로는 아무 이유없이 나타난 것이 '아닐 수도' 있었다. 카플란 박사의 말처럼 빈센트가 벤치에 머리를 부딪힌 일이 첫 번째 FOP 발화를 촉진시켰을 수 있었다.

'만약 내가 여름학교 측에 FOP에 대한 사전경고를 주었더라면….' 이후 몇 년 동안 내 머리 속에서 끊임없이 그런 생각이 반복되었다. 그래서 요즘에는 빈센트가 가는 곳마다 FOP에 대한 사전정보를 제공한다. 만약 1996년 7월, 내가 그 이후로 어렵게 알게 될 그런 사실을 미리 알았더라면 아들 빈센트는 벤치에서 뛰어내릴 수 없었을 것이다. 그럼, 머리에 충격도 없었을 테고, FOP 발화도, 움직이지 못하게 되는 일도 없었을 것이다. 아마도. 그러나 이제는 FOP의 돌기와 혹들이 늘 외상을 입은 자리에 나타나지는 않는다는 것을 안다. FOP를 발화시켜 그 무시무시한 공격성을 깨운 것이 무엇이었든, 그것이 중요한 것은 아니라는 사실을 알고 있다.

내가 다섯 번이나 출산을 했다는 사실은 스스로도 놀라운 일이다. 그것도 첫 아이부터 임신 중독증으로 고생하고 결국 제왕절개로 아이를 낳았다는 점을 생각하면 더 놀라운 일이 아닐 수 없다. "애를 아주 힘들게 낳으시네요." 한 간호사가 첫 아이의 임신과 출산과정을 지켜보면서 한 말이다. 물론 나의 임신상태는 갈수록 호전되었지만 출산은 여전히 끔찍했다. 빈센트를 받은 의사는 내가 진통을 할 때도 쇼핑센터 주변을 산책하도록 등을 떠밀었을 정도다. 덕분에 수많은 사람과 쇼핑카트가 내 진통주기가 지나가기를 기다려야 했고, 나는 신용카드를 꺼내든 채, 혹은 횡단보도를 건너다 말고 한참을 그대로 있어야 했다.

이사벨이 태어나던 날은 아르헨티나의 독립기념일로 기쁨과 안도가 가득한 밤이었다. 아기가 태어나자 다른 아이들과 할머니 할아버지는 경건한 분위기로 병실에 들어섰다. 우리에게는 막 다섯 번째 기적이 일어났고, 새로 태어난 아이는 그 후 몇 주 후에 등장할 첫 번째 FOP의 공격에서 우리를 지탱시켜줄 기쁨의 원천이었다. 내가 임신 중일 때는 아무 일 없다는 듯 잠복해 있던 FOP가 아주 특이한 일정으로 나타난 것이다. 임신 중 나는 아기와 나의 안전을 위해 염려를 떨쳐버리려고 걱정 대신 묵주를 가지고 산책을 했다. 그렇게 의식적으로 FOP를 떼어냈던 과정을 통해 나는 오히려 FOP를 인정하고 받아들이기 시작했던 것 같다.

FOP가 처음 우리 앞에 등장했던 해에, 나는 셀린의 같은 반 친구 부모를 알게 됐다. 그는 10대 때 얕은 강으로 뛰어들었다가 온몸이 마비되는 사고를 당한 이후 휠체어에 의존해 살아왔다고 한다. 물론 휠체어 옆에 붙은 스위치를 작동하며 혼자서 다닐 수는 있었다. 한번은 그가 작은 아들을 휠체어 손잡이에 앉히고 동네를 돌아다니는 것을 본 적이 있다. 아주 자유롭고 즐거워 보였다. 언젠가 그에게 장애에 대한 이야기를 꺼내고 싶었던 적도 있었지만 혹시 실례가 되지는 않을까 걱정스러워서 쉽게 말을 꺼내지 못했다.

그러던 어느 날, 나는 용기를 내어 그에게 온몸이 마비되는 끔찍한 상실을 어떻게 극복했느냐고 물었다. 신에게 화가 났었는지, 반항하거나 기분이 우울해지지는 않았는지 물었다.

그러자 그는 잠시 동안 생각하는 표정이더니 심각한 질문을

받은 사람답지 않게 대답했다. "전혀요." 그렇게 말하는 그의
표정은 전혀 복잡해 보이지 않았고, 목소리도 너무나도 선명해
서 그의 대답이 반은 믿기고 반은 믿기지 않을 정도였다.

그는 인생에 대해 특별한 시각과 전망을 가지고 있었고, 빈센
트와는 다른 환경과 여건을 갖고 있기 때문에 우리처럼 고문을
당하는 심정이 아니라 수월하게 자신의 십자가를 받아들일 수
있었을 거란 생각이 들었다. 물론 그가 자신의 옛 고통을 나누
고 싶지 않았을 수도, 그 누구에게도 자신의 상실감과 고통에
대해서 말하고 싶지 않았을 수도 있다. 그는 자신의 몸이 마비
된 그 지점에서 어찌됐든 앞으로 나아갔고, 예전으로 돌아가야
할 이유가 없었다. 나는 그의 대답에서 어렴풋이 희망을 감지할
수 있었다. 몸의 아주 작은 부분만을 움직일 수 있는 그 사람이
눈동자에 정직함과 평화로움을 담고서 말했기 때문이리라.

열 살의 빈센트는 FOP, 아픔, 잠 못 드는 밤, 마음대로 움직이
지 못한다는 사실에 화를 냈다. 친구와 형제들이 자전거를 타러
나간 후 자기 혼자 집에 덩그러니 남겨졌을 때, 빈센트는 계단
에 처량하게 앉아서 이렇게 불평했다. "왜 나죠?"

'왜 너만 그럴까 내 소중한 아이야.' 아이로서 너무나도 당연
한 질문을 던졌을 때, 부모가 아무것도 해주지 못하고 그저 무기
력하게 서 있는 것보다 더 큰 비애는 없을 것이다. 팔의 일부분
만 움직일 수 있는 그 학부모에게 생각이 미치자 나는 두 가지를
깨달았다. 즉 한 순간에 재앙이 일어나서 완전히 모든 걸 덮어버

렸을 때 그 재앙을 받아들이는 것과, 시간이 갈수록 더욱 거세지는 재앙을 받아들이는 방식은 다르다는 점이다. 당신이라면 현재 일어나는 재앙, 그리고 앞으로 일어날 수도 있고 일어나지 않을 수 있는 재앙 두 가지를 동시에 어떻게 받아들이겠는가? 누구라도 쉽게 수용할 수 없을 것이다. 모든 사람에게는 상실과 절망을 극복하는 서로 다른 프로그램이 있다. 그리고 모든 신체 역시 자신만의 치료 '일정'을 가지고 있는 법이다.

두번째 깨달음은 아들 빈센트가 FOP라는 잔인한 공격을 막기 위해 '생각하지 않기 요법'을 사용한다는 것이었다. 빈센트는 FOP를 잊고 싶어 했고, FOP에 대한 이야기를 가능한 한 하고 싶어 하지 않았다. 사실 나는 빈센트의 그런 대처가 별로 좋지 않다고 생각했고 염려했다. 그래서 심리학자에게 도움을 청했다. 그녀는 "부정이 갖는 효과를 과소평가하는 것 같군요"라고 말했다. 즉 FOP를 현명하게 모른 체 한다면 나쁠 게 없다는 말이었다. 그녀는 우리가 FOP를 받아들이는 과정에서 겪은 정서적인 오르막과 내리막, 후진과 전진을 명료하게 정리해줬다.

어느 날 나는 이렇게 말했다. "좋아요. 이건 내 삶이에요." 그리고 나는 앞으로 계속 나아갔다. 사실 빈센트는 나보다 더 빨리 그런 지점에 도달했을 거라고 생각한다. FOP를 가진 성인환자가 말하길, FOP는 어떤 면에서 당사자 아이들보다 부모에게 더 힘든 경험이라고 했다.

FOP라는 재앙이 시작되었을 때, 빈센트는 이렇게 물었다. "내가 왜 FOP에 걸렸어요? 형이 먼저잖아요?" 아홉 살 아이가 볼 때 첫째가 모든 걸 첫번째로 겪어야 하지 않느냐는 나름의 논리가 있었다. 당시 내 마음속에 있었고, 지금도 갖고 있는 그 질문에 대한 대답은 이렇다. '어떻게 네가 그 질병에 걸렸는지 엄마도 알 수가 없구나. 하지만 사랑한다, 아들아.' 나는 그것 때문에 내가 얼마나 슬프고 또 미쳐버릴 것 같은지 말했다. 그리고 빈센트에게 슬퍼하거나 화내도 괜찮다고 말했다. 잡지책을 주고는 속이 풀릴 때까지 찢고 내동댕이치라고 했다. 그러나 내가 하는 말과 행동이 과연 옳은지, 아니면 잘못된 것인지 확신이 서지 않았다.

이사벨이 태어나자, 네 명의 아이들과 더불어 엄마의 손이 가야 하는 일들이 더 많아졌고, 나는 늘 바쁘고 피곤해서 FOP를 상대할 시간조차 없었다. 다섯째는 행복이 넘치는 조그만 영혼으로 FOP의 징후는 전혀 보이지 않았다. 다섯째 딸은 내가 품에 끼고 살았는데도 다른 사람들의 귀여움을 받는 일에 익숙해갔다. 그래서인지 아이는 플라스틱 젖병을 물지 않으려고 했고, 젖으로만 키운 유일한 아이가 되었다. 야간 강의를 마치고 집에 돌아오면 이사벨은 흔들거리는 그네에 얌전하게 앉아 있었고, 그 통통한 발은 부드러운 호를 그리고 있었다. 오빠들은 나란히 식탁에 앉아서 숙제를 하고, 아버지와 셀린은 텔레비전을 보고 있었다.

1996년 7월 이사벨이 태어난 이후, 나는 빈센트를 위해서는 다른 사람들에게 FOP 주의사항과 세세한 지침을 알려야 한다는 사실을 깨달았다. 왜냐하면 빈센트는 돌기뿐만 아니라 오른쪽 팔을 자유롭게 움직일 수 없는 상태까지 왔기 때문이었다. 우리는 빈센트의 나머지 신체를 보호해야 했다.

이런 일이 기억난다. 어느 날 빈센트는 커서 신부님이 되고 싶다고 하더니 이렇게 물었다. "만약 축성을 해야 하는데 팔을 제대로 펴지 못하면 어떻게 하지?" 열 살짜리 아이에게 그건 중요한 문제였고, 사제직을 수행하는 데 꼭 필요한 요건을 갖추지 못할까봐 염려하는 모습이었다.

"너는 할 수 있어, 빈센트. 너는 할 수 있을 거야." 나는 그렇게 대답했다. 언젠가는 성당 내부가 꽉 차도록 아이의 두 팔이 펼쳐지는 걸 하나님이 보시게 되리라.

그로부터 몇 년 후, 여름학교 측은 빈센트 한 사람을 위해서 특별한 조치를 취해줬다. 우리는 빈센트가 여름학교 프로그램을 새로 시작할 때마다 FOP 관련기사, 안내책자, 편지들을 교사와 교장에게 일일이 보내야 했다. 열두 살 때 빈센트는 마술, 이탈리아어, 로켓과학 등의 프로그램을 들었다. 동생 루카스도 빈센트와 함께 수업을 들었는데 어느 날 루카스가 놀랄 만한 이야기를 했다.

"마술시간에 한 아이가 우리를 괴롭혀요."

"그 아이가 정확하게 어떻게 하는데?" 내가 물었다.

"우리 이름을 부르고 물건을 던져요."

"물건?"

"오늘은 고무 밴드를 던졌어요. 그리고 그 애 친구들도 같이 그랬고요." 이번에는 빈센트가 말했다.

"그밖에 또?"

"어떤 때는 클럽을 던지기도 해요." 루카스가 덧붙였다. 그러면 선생님은 "그만!"이라고 말하는 것이 전부였다고 한다. 아아. 그랬단 말이지.

"그 남자애는 우리보다 나이도 더 많고 옷에 사슬 같은 걸 달고 다녀요." 루카스가 말했다.

갈수록 가관이지 않은가. 그 아이들이 더 심한 신체적인 장난을 칠 것이 뻔했다. 다시 교장선생님과 상담할 시간이었다.

그 다음 날, 나는 이사벨을 유모차에 앉히고 여름학교 사무실에 들렀다.

"그 아이들을 나가게 해주세요." 나는 그렇게 결론을 맺었다. 그러자 교장선생님은 한숨을 쉬었다. "그렇게 할 수는 없습니다."

뭐라고요? 왜 안 되는데? 여름학교에 꼭 등록하라는 법도 없는데 반대로 나가라고 말하지 말라는 법도 없지 않은가?

교장선생님은 내가 주장하는 그런 이유로 아이들을 그만두게 할 수 없다고 말했다. "대신 다른 방법을 구해보죠." 나는 그 말을 별로 믿지 않았고, 직접 빈센트와 루카스를 더 안전한 프로그램으로 옮겨야겠다고 생각했다.

"보조원을 두도록 해보죠." 교장선생님이 말했다. 그런 보조원들, 많이 보아왔다. 할머니 같은 분이나 맘 좋게 생긴 여대생처럼 10대 남학생들을 휘어잡을 수 없는 그런 보조원들 말이다.

"좋아요. 고맙습니다." 나는 어설프게 대답했다. 그러자 이사벨이 나를 올려다보았다. 이사벨의 표정은 '엄마가 졌어요'라고 말하고 있었다.

그리고 그 다음날, 빈센트가 말했다. "마술시간에 보조선생님이 새로 오셨어요."

"오?" 내가 미리 손을 썼다는 걸 아이가 알게 하고 싶지 않았다. 하지만 빈센트는 내가 일을 꾸몄을 거라고 짐작하는 눈빛이었다. 아이들 말로는 그 보조원은 위험한 남자애들을 단숨에 제압했고, 덕분에 고무 밴드나 클립 같은 것이 날아다니지 않았다고 했다.

"그는 키가 아주 커요." 빈센트가 말했다.

그는? 나는 보조선생님이 남자일 수 있다고 한 번도 상상해보지 않았다. 그래? 아주 좋은 아이디어인데. FOP의 훌륭한 보디가드가 되어주겠어.

"아이들이 막 장난치려고 하니까, 보조선생님이 이렇게 말했어요. '어이, 꼬마! 지금은 그렇게 웃지만 그러다 너희가 나중에 큰집에 들어가면 내가 그렇게 웃어주마.'" 루카스가 카우보이처럼 큰 소리로 말했다.

'큰집?' 말하자면 감옥, 감방, 보호소 뭐 그런 곳을 말하는 건가?

"감옥에 갔다 온 적이 있대요!" 루카스는 여느 아이들처럼 무슨 비밀요원에 대해서 말하는 것처럼 말했다.

나는 백미러로 아이들을 힐끗 쳐다보았다. 아이들 표정이 그렇게 즐거워 보일 수 없었다. '내가 무슨 짓을 한 거지? 교장선생님이 마술 시간에 범죄자를 데려온 거야?' 물론 그가 살인자거나 극악한 범죄자는 아닐 것이다. 나는 애써 태연한 목소리로 물었다. "왜 그 사람이 교도소에 갔었대?"

"엄마, 엄마는 너무 걱정이 많아요. 그 사람은 괜찮은 사람이에요." 나는 아이들이 머리를 굴리는 것을 알 수 있었다. "그 보조선생님은 다른 아이들을 아주 확 휘어잡아요!"

문제 되는 아이들을 확 휘어잡는 것이야말로 가장 확실한 해결책 아닌가. 하지만 그렇다고 해도….

나는 교장선생님한테 그 교사 보조원의 자격에 대해서 확인해보았다. 1주일 내내 아이들은 그 보조원이 큰집에서 겪었다는 일화들을 이야기하며 즐거워했다. 그는 먼 친척집에서 듣곤 했다던 이상한 소리, 유령 등에 대해 이야기했다고 한다. 나는 아이들의 이야기를 통해서 그가 마약 때문에 잠시 교도소에 들어갔지만 그곳에서의 생활이 너무나 무서워서 이내 마약을 끊었다는 사실을 알 수 있었다. 그리고 모든 상황을 종합해볼 때, 남자애들이 더 이상 함부로 날뛸 수 없는 분위기가 됐다는 것도 알게 되었다.

"그 애들도 교도소에 가고 싶지는 않거든." 루카스가 설명했다.

"그런데 마술시간에 마술은 하나도 안 배웠어?"

"카드 속임수요." 빈센트가 말했다.

로켓 수업의 시연회 다음날, 학부모들이 수업에 초대받았다. 아이들은 아주 자랑스럽다는 듯이 자신들의 마술 보조선생님을 손으로 가리켰다. 산처럼 큰 몸집에 검은 머리칼의 그는 복도에 서서는 아이들을 멀찍이 지켜보고 있었다. 그는 목소리도 시원시원했고, 몇몇 짓궂은 사내아이들의 말과 행동을 확실히 제재

해왔으리라는 믿음을 주었다. 그는 이 세상에서 그 누구보다도 확실한 보디가드처럼 보였다.

여름학교 마지막 주에 나는 또 교장선생님을 만나 FOP에 관한 다른 기사를 전해주었다. "마술처럼 모든 게 잘 돌아가고 있지요?" 교장선생님이 말했다.

"예, 그래요. 정말요. 감사합니다."

"어머니도 아시다시피" 교장 선생님은 그렇게 말문을 열었다. 사려 깊은 모습이었다. "특정한 수업에는 특정한 보조선생님을 두는 것이 참 좋은 아이디어라는 걸 알게 되었습니다."

"당신은 할 수 있습니다"-2004년 4월~7월

빈센트는 캘리포니아의 우수한 고등학생들을 후원하는 '캘리포니아 스콜라십 페더레이션 *California Scholarship Federation*' 파티에 참가했다. 수상 학생들은 황금배지를 받고 무대 위에 서는 영광을 누린다. 다른 사람들에게 빈센트의 학창시절을 선보이기 위해 우리는 액자와 상장, 댄스 파티 때 찍은 사진, 밴드부에서 은제 트럼펫을 들고 서 있는 사진 등을 준비했다. 주최 측에서 빈센트에게 수여하는 상자 안에는 버클리의 입학승인 편지도 있었는데, 푸른빛에 광택까지 나는 아주 화려한 봉투였다. '캘리포니아 버클리 대학에 오신 걸 환영합니다'라는 글자가 빛났다.

* * *

캘리포니아 대학 / 버클리

당신이 이제까지 기다려왔던 기쁜 소식을 전하게 되어 영광입니다. 당신은 캘리포니아 버클리 대학에 입학승인이 되었습니다. 이 소리는 이 세계가 당신의 발 아래에서 펼쳐지는 소리이기도 합니다. 또한 온갖 새로운 아이디어가 떠오르는 소리이기도 합니다. 모든 세계의 언어, 모든 종류의 관점들이 펼쳐지는 소리입니다. 또한 당신이 이제까지 전혀 들어보지 못한 수천가지의 새로운 소리입니다. 진실로 버클리만한 곳은 없습니다. 그 어디에도 없습니다. 그리고 당신은 바로 이곳을 얻었습니다. 우리는 당신이 이 멋진 기회를 잡아 당신만의 것으로 만드리라 생각합니다. 세계의 아이디어를 접하고 새로운 것들을 창조해내십시오.

배우고, 상상하고, 실험하고, 창조하고, 세계를 바꾸십시오.

입학을 축하합니다, 빈센트 패트릭 웰란군.

당신은 할 수 있으며 바로 여기서 시작할 수 있습니다.

우리는 당신이 할 수 있다는 것을 압니다.

버클리로 오십시오.

얼마나 감동적인 편지였던지! 만약 빈센트가 버클리를 선택하지 않는다면, 내가 서명을 할 참이었다. 이 행사에서 빈센트와 나는 다른 대학에서 보내온 입학승인 편지와 더불어 버클리에서 온 편지를 펼쳐놓았다. 빈센트는 아직 어느 대학에 갈지 정하지 않았고, 우리는 기다리고 있었다. 다른 학생들이 상을 받기 위해 한 명씩 단상 위에 올라가서 그들이 선택한 대학을 발표하고 있었으므로, 머잖아 우리도 빈센트의 결정을 들을 수 있으리라.

그날 밤 행사에는 멋진 연설과 학생들의 놀라운 재능, 즐거운 쇼, 앳된 젊은이들이 가득했다. 드디어 빈센트가 연단에 서서 소감을 발표할 차례가 되었다. 남편, 피터의 부모님, 빈센트의 과학 선생님 그리고 나는 테이블에서 마음 졸이며 빈센트가 어느 대학을 발표할지 궁금해하며 기다렸다.

연단 뒤쪽의 스크린에는 수상 학생들의 모습을 담은 슬라이드 쇼가 펼쳐졌다. 빈센트의 사진도 있었다. 할머니 할아버지와 함께 있는 어린 시절의 모습, 꼬마 교황처럼 양팔을 쫙 펼친 동그란 얼굴, 친구 피터와 함께 찍은 사진, 훤칠한 키에 잘생긴 얼굴로 친구들과 검은색 턱시도를 입고 찍은 고등학교 시절 사진. 내 눈이 따끔거리기 시작했다.

지적인 표정의 빈센트가 마이크 앞으로 몸을 기울였다. "저는 이번 가을에 버클리로 가려고 합니다." 청중들은 박수를 쳤고 빈센트는 연단을 내려왔다. 남편 월트와 나는 벅찬 마음으로 서로를 바라보았다. 나는 양손으로 연신 눈 밑을 훔쳐댔다. 이제 스탠퍼드를 향해 이를 가는 일을 멈출 수 있으리라.

빈센트의 졸업식을 위해 모든 가족이 모였다. 할머니 할아버지, 고모, 삼촌, 사촌들이 학교 강당의 첫번째 줄에 앉았다. 우리는 2004년도 졸업생 빈센트를 지켜보았다. 큰 키의 빈센트는 진지한 표정으로 그랜드 피아노 앞에 앉아 있었다. 빈센트가 식전에 피아노 재즈곡을 연주하기로 한 것이다. 나는 아들에 대해 고마운 마음이 들었지만, 한편 마음이 아려왔다. 빈센트는 그 연주를 위해 1개월이나 연습했던 것이다. 빨간색과 푸른색 가운을 입은 학생들은 빈센트가 연주하는 'You've Got a Friend in Me' 라는 곡의 반주에 맞춰 졸업 작별곡을 불렀다.

  분노 때문에 이를 가는 걸 그만 두었지만 이미 때는 늦고 말았다. 나는 어쩔 수 없이 치과에 가야 했다.

  "이건 다 스탠퍼드 대학 탓이에요." 나는 친절한 눈빛에 젊고 잘생긴 치과의사에게 불평했다. "그쪽에다 청구서를 보내도 될 거예요." 나는 대학탐방, 장애 학생 프로그램, 아들의 결심에 영향을 끼치지 않으려고 노력한 배경에 대해서 설명했다.

  "그래서 아들은 버클리로 가기로 했어요." 그렇게 나는 장황한 설명의 결론을 내렸다. 그러자 그 의사는 고개를 끄덕이고는 한 손을 내 팔에 얹고는 이렇게 말했다.

  "아드님이 스탠퍼드에 가지 않게 된 일에는 이유가 있을 겁니다. 버클리에서 뭔가 새로운 것을 발견할 거예요. 그리고 스탠퍼드에서는 얻을 수 없었을 세상이 아드님 앞에 펼쳐질 겁니다. 그가 버클리로 가는 건 분명 이유가 있을 거예요." 젊은 의사는 그렇게 말했다.

  그러고 나서 그는 자기 이야기를 해주었다. 그는 고등학교 시절 반에서 1등을 할 정도로 우수했고 UCLA에 가는 것이 꿈이었다고 한다. 하지만 UCLA에서 떨어졌다. "그래서 재심을 청구하고 전화하고 편지를 쓰면서 할 수 있는 한 모든 것을 시도했었죠. 절박했어요. 그러다 마침내 저는 포기했지요." 그는 그렇게 이야기하면서 어깨를 으쓱했다.

"그래서 다른 대학에 입학했죠. 물론 학교 등급은 UCLA보다는 못했지만, 그 학교에서 모든 과학수업을 다 들을 수 있었습니다. UCLA였다면 그렇지 못했을 거예요. 덕분에 저는 최연소로 대학을 졸업했고, 취업 때 최고의 추천장도 받았구요."

실제로 그 의사는 아주 젊어보였다. "나이가 어떻게 돼요? 열네 살?" 나는 웃으며 농담했다. 그러자 의사는 완벽하게 고른 이를 드러내며 미소지었다. 그에게는 문이 열렸던 것이다. 만약 그가 '꿈의 대학' UCLA에 갔더라면 펼쳐지지 않았을 좋은 일들이 다른 선택의 길에서 일어났던 것이다.

"모든 일에는 다 그럴만한 이유가 있죠." 의사는 그렇게 말을 맺었다.

7월 어느 더운 날 아침, 나는 시골길을 따라 포도밭과 아몬드 과수원을 지나고 있었다. 가다보니 말똥 연료를 공짜로 주겠다는 농장의 간판도 보였다. 그러자 자연스럽게 브라이언이 떠올랐다. 아마도 브라이언은 스페인의 자갈돌 도로 위에서 열심히 황소들과 경주를 하고 있겠지. 아마도 하나님은 이 세상을 공평하게 하기 위해서 한 아들이 절대 외상을 입으면 안 되는 대신 또 다른 아들은 체육관에서 격한 운동을 하고, 비행기에서 낙하산을 매고 뛰어내리고, 아우토반에서 무한 질주를 하고, 황소들과 달리기 경주를 하도록 균형을 맞추신 것이 아닐까. 한 아들이 극도로 조심하며 세상을 헤쳐나가야 하는 반면, 다른 아들은 가슴 철렁할 모험에 푹 빠져야 하는 모양이었다. 하지만 두 아들 모두 용감하다는 점에서는 마찬가지였다.

그즈음 나는 나중에 허둥대지 않으려면 빈센트의 대학생활에 필요한 것들을 미리 챙겨야 한다는 긴장감을 느꼈다. 전동스쿠터, 치료사의 진찰, 청력 전문가의 처방전 등 필요한 내용들을 작성하고 있다. 나는 빈센트가 가족을 떠난다는 사실을 좀처럼 실감할 수 없었다. 빈센트만의 독립기념일이 생기는 거라고 생각하면서 우울한 감정을 갖지 않기 위해 애를 썼다.

빈센트는 이사벨의 여덟 번째 생일선물로 애완용 거북이를 사려고 섭씨 40도가 넘는 땡볕에 셀린을 데리고 마을 건너편에 있는 애완동물가게에 갔다 왔다. 그리고 그날 밤 거북이를 자기 방에 몰래 숨겨놓고 다음 날 아침식사 때 깜짝 등장시킬 계획을 세웠다. 빈센트는 나중을 위해 비상용 거북이 사육책을 사다놓았고, 알록달록한 알갱이 먹이와 물을 줄 수 있는 바위접시도 마련해두었다.

빈센트가 떠나고 나면 컴퓨터의 비밀번호가 무엇이고, 전선을 다시 배선하려면 어떤 선을 이어야 하는지 누가 알려줄 수 있을까? 나는 벌써부터 걱정이 됐다.

7월 23일 아침 7시 30분. 두통과 치통 때문에 잠에서 깨어났다.

물론 이제 이를 갈만한 일은 없었다. 예전에 있었던 일을 꿈꾸었는데 아주 생생했다. 꿈속에서 빈센트는 네 살, 그러니까 FOP가 발화되기 전의 나이였다. 나는 빈센트의 모습을 아주 또렷하게 볼 수 있었다. 동그스름한 얼굴, 부드러운 갈색 머리, 아기 때의 젖니, 초록색 반바지와 줄무늬 셔츠까지 모든 것이 또렷했다. 작은 빈센트는 너무나도 자유롭게 뛰고, 달리고, 두 팔을 머리 위까지 들고 흔들었고, 미끄럼의 계단을 잡고 올라가고 있었다.

'빈센트를 그 나이의 모습 그대로 자라게 할 수 있다면!' 나는 꿈속의 남편에게 말했다. 나는 꿈속에서도 아들이 훌쩍 커버렸고, 다시 지금의 나이로 돌아가리라는 것을 알고 있었다. 우리는 현재 FOP에 효과 있는 약품이름도 알고, 외상이 왜 안 좋은지도 알고 있다. 하지만 아이가 그 순간부터 다시 자라게 할 수만 있다면 몸이 굳어지지 않도록 보호할 수 있을 텐데.

그 꿈은 내가 어떻게 해야 할지 결정하기도 전에 막을 내렸다. 갑자기 내가 아무 말도 할 수 없게 되었기 때문이다. 하지만 그런 것들은 별로 중요하지 않았다. 내가 마음속에 그려보았던 그 광경은 그 무엇과도 바꿀 수 없는 멋진 보상과 구원을 주었기 때문이다.

빈센트는 앞으로 집에서 멀리 떨어져 살아야 하기에, 우리는 필요한 물건들을 준비하는 단계에 들어갔다. 나는 빈센트와 딸들을 데리고 재활훈련 사무실에 갔다. 내 친구이자 대학 동료인 게리는 몇 년 동안 빈센트의 운동지침, 발에 대는 보정물뿐만 아니라 용기라는 측면에서도 많은 도움을 주었다. 맨 처음 그곳을 찾았을 때가 생각난다. 게리는 빈센트에게 자신의 움직임에 책임을 갖도록 했다. "네 몸의 주인은 바로 너 자신이라는 걸 잊으면 안 돼." 게리는 빈센트의 걸음걸이를 살핀 다음, 플라스틱으로 된 엉덩이 모형으로 빈센트가 어떻게 움직이는지, 어떤 면을 개선해야 하는지 보여주었다. 재활훈련을 통해 가시적이고 실질적인 도움을 받았던 첫 기회였다.

오늘은 치료사를 만나러 갔다. 치료사는 젊은 여성으로 독일계의 억양이 묻어나는 영어를 사용했다. 그녀가 다른 FOP 환자를 보았노라고 말했을 때 나는 그녀의 말을 믿지 못했다. "그 환자가 체리스 라미레즈이던가?" 그녀가 말었다. 내가 어떻게 체리스를 잊을 수 있겠는가. 나는 깜짝 놀라며 그녀에게 그 가족이 나를 찾아왔던 소설 같은 이야기를 들려주었다.

재활훈련실은 초록색과 노란색의 고무공과 푸른색 패드, 운동용 자전거가 가득한 방이었다. 작은 소년이 휘청거리며 걸어갔고, 운동선수처럼 보이는 젊은 남자가 전동장치가 달린 사무실 의자 같은 전동의자를 타고 그 소년을 지나 우리 쪽으로 왔다.

"존은 혼자서도 잘 타죠." 우리의 치료사가 설명해줬다. 존이라는 그 남자는 그 전동의자에서 내리더니 빈센트에게 한번 타 보라고 했다. "먼저 이런 것 중 하나를 타보는 게 좋을 거예요." 치료사가 말했다. 빈센트는 사실 전동스쿠터를 기대했었다.

"가능성을 열어놓고 생각해." 치료사가 빈센트의 표정을 읽으려고 노력했다. 요즘 우리는 그 소리를 얼마나 많이 들었던가?

나 자신도 무엇이 좋은지 알 수가 없었다. 하지만 빈센트는 곧 미소를 짓고 즐거워하며 조종막대를 움직였다. 우리는 빈센트에게 다른 사람을 치지 말고 조심하라며 연신 농담을 던졌다.

"보험회사 측은 빈센트가 걸을 수 있기 때문에 이건 의료적인 필수품이 될 수 없다고 하더군요. 그래서 보험처리가 안 된대요." 치료사가 말했다.

"하지만 이런 전동기가 없으면 걷는 능력마저 위험한 지경에 빠지게 된다구요!" 나를 안타깝게 생각한 치료사는 '캘리포니아 아동 서비스' 센터에 일하는 사람을 알려주었다. 늘 그래왔듯이 헨릭슨 박사는 앞으로 더 많은 편지를 써야 할 것 같았다.

우리는 빈센트가 전동의자의 시험주행을 위해 건물 밖으로 나가는 걸 뒤쫓았다. 치료사와 우리는 빈센트가 코너를 돌 때마다 "조심, 조심!"을 외쳐댔다. 빈센트는 전동의자를 이리저리 조종하며 주차장 쪽으로 향했다. 대기실 벽에는 보호자들 줄이 늘어서 있었고 아이들은 가만히 있질 못했는데, 우리가 지나가자 모든 사람이 우리를 쳐다보았다.

빈센트는 최근 몇 년 동안 이런 적응장비를 철저하게 외면해왔다. 한번은 FOP가 다리에 활발하게 발화된 적이 있었다. 그러자 한 회사가 1주일 기한으로 전동스쿠터를 시험적으로 대여해주었다. 그러나 빈센트는 딱 한 번 그 스쿠터를 타고는 한 블록 정도 가보더니 곧 형제들에게 줘버렸다. 비오는 날이나 빈센트에게 FOP 증상이 나타나는 날이면 고등학교의 교감선생님께서 골프카트 같은 전기자동차를 손수 운전해서 빈센트를 태우러 오셨지만, 자신만의 신념을 지닌 빈센트는 모퉁이 어디론가 사라져버렸다. 그러던 빈센트가 이제는 직접 시운전을 하고 있다. 우리는 그 회사에 몇 가지 장비를 주문했고 말없이 차를 타고 집으로 향했다.

"스쿠터만 탈래요." 빈센트는 그렇게 선을 그어 버렸다.

"좋아. 그래 좋아." 나는 대답했다. 사실 치료사는 전동의자보다 전동스쿠터가 팔에 더 무리가 된다고 지적했다. 하지만 빈센트 자신의 신념에 비추어 볼 때, 전동의자보다 전동스쿠터가 낫다고 생각한 모양이었다.

"네 안전을 위해서 앞으로 이런 용품이 필요할 거야." 나는 빈센트의 기분이 안 좋아 보이는 것 같아 기운을 북돋아주고 싶었다. "선택의 여지도 없는 사람도 있다구. 빈센트, 넌 이제 버클리로 가잖아. 그곳에서는 누구도 다른 사람이 뭘 하든 신경 쓰지 않아. 기분이 별로 안 좋더라도…."

"내가 어떤 기분인지 아는 체 하지 말아요!" 빈센트가 소리쳤다. 우리는 집에 도착할 때까지 아무 말도 하지 않았다.

집에 오자 루카스가 식탁에 있던 카탈로그를 집어 들었다. 노인들이 전동의자에 앉아 장을 보는 사진, 학교를 오고가는 사진 등이 들어 있었다. "빈센트는 이걸 왜 그렇게 싫어한대요?" 루카스가 물었다.

적어도 나는 그 이유를 알 수 있었다. 그것은 수십 년 동안 오렌지 농장을 경영했던 시어머니가 무릎수술을 하기 전까지 절대 지팡이를 사용하지 않겠다고 거절했던 것과 마찬가지의 이유였고, 역사학자인 우리 할아버지가 절대 보청기에 의지하지 않고 고상하고 초연하게 계시는 걸 더 좋아하셨던 것과 똑같은 이유였다.

FOP가 우리의 삶 속에 공식적으로 모습을 드러나기 훨씬 전부터, 빈센트는 조금씩 청력을 잃어갔다. 이비인후과 전문의는 빈센트가 보청기를 사용하는 것도 괜찮다고 말했다. 그리고 또다른 전문가는 앞으로 몇 년 동안 빈센트의 청력이 더 나빠질 거라고 말했다. 또한 누군가는 당장 보청기를 사용하지 않으면 앞으로 영영 안 들리게 될 거라고 경고했었다. 카플란 박사는 이 건에 대해 '그건 빈센트에게 맡기죠'라고 결론을 내려주었다. 사실 빈센트는 고등학교에서 100점을 맞기 위해 늘 앞자리에 앉곤 했었다. 그래서 우리는 빈센트가 선택하도록 두기로 했다.

하지만 대학교에서는 상황이 다를 터였다. 교수는 멀리 있고 결코 빈센트를 위해 반복해서 말하지 않을 것이다. 레이더가 필요할지도 모를 일이었다. 그리고 대학교에서라면 보청기를 껴도 눈에 잘 띄지도 않는 그 조그만 플라스틱에 대해서 신경 쓰는 사람이 없을 것이다.

나는 청력센터에 대략 언제쯤 들르겠다고 말해놓았다. 그러나 경제적으로 별로 좋은 시기가 아니었다. 은행계좌에 125달러밖에 남아 있지 않았고, 그 센터에서는 처음 방문 때 비용의 절반을 선불로 받았다. 월트는 아직 변호사 수임료를 받지 못하고 있었고, 보험회사 역시 보청기 비용에 대해 책임지지 않으리라는 것을 나는 잘 알고 있었다. 그리고 치료사가 추천해준 캘리포니아 아동 서비스 센터 역시 당시 우리의 은행계좌에 충분한 현금이 없다는 이유로 우리를 도와줄 수 없다고 했다.

빈센트와 나는 청력센터의 대기실에서 기다렸다. 잡지를 꺼내들기도 전에 빈센트의 이름이 들렸다. 방음부스에서 테스트를 마치자, 청력 전문가는 빈센트의 언어 인지 능력이 아주 탁월하다고 칭찬했다. 그녀는 우리에게 보일듯 말듯 아주 작은 보청기 사진을 보여주었는데 정말 작아서 마음에 들었다. 청력 전문가는 그 보청기가 우리의 손에 들어올 수 있는 일정을 알려주면서, 동시에 무시무시한 비용에 대해서도 알려주었다. 그래서 나는 현재로서는 그 비용의 절반도 구할 수 없노라고 솔직하게 고백했다.

우리가 떠나려는데 그 청력 전문가가 접수계원에게 뭐라고 귓속말을 했다. 그 접수계원은 다음 예약일을 잡아주고 우리에게 손을 흔들었다. 보청기가 도착하면 돈을 지불할 수 있게 조치를 취해준 것이다.

"네 수호천사가 일을 제대로 하고 있는데?" 나는 앞장서서 현관 유리문을 열어주는 빈센트에게 그렇게 말했다. 빈센트는 영문을 알 수 없다는 듯 나를 쳐다보았다.

집에 도착하자 현관 그네에 기다란 상자들이 쌓여 있었다. 빈센트가 인터넷을 뒤져 직접 주문한 것이었다. 상자 안에는 기다란 손잡이용 빗, 양말을 신을 수 있는 장치, 미끄러지듯 발이 들어갈 수 있는 운동화 등이 있었다. 몇 년 전, 이와 유사한 물건을 파는 한 세일즈맨이 우리 집을 찾은 적이 있었다. 우리는 그 중 몇 개를 샀는데 얼마 후 물건들이 어디론가 사라지는가 싶더니 나중에는 다락방 신세가 되고 말았다.

브라이언이 건강한 모습으로 이탈리아에서 돌아왔다. 베니스에서 어떤 오토바이가 인도를 달리는 바람에 부딪쳐서 생긴 무릎 쪽의 기다란 상처와, 그리스에서 버스를 타다가 생겼다는 눈꺼풀 가의 긁힌 상처 등을 빼고는 다 좋아보였다. 셀린은 푸른색과 황금색으로 '집에 온 걸 환영해, 브라이언'이라고 쓴 포스터를 붙여놓았다.

하지만 정작 내가 걱정해야 할 사람은 스페인에서 황소를 쫓아다닐 브라이언이 아니라 학교 농구시합에서 체육관 바닥에 잘못 떨어지는 바람에 오른쪽 다리를 다친 루카스였다.

XIV

기금마련 바자회에서 있었던 일
2004년 8월

✳ **캐롤에게**

빈센트의 FOP가 프레드니손으로 해결되었으면 좋겠어요. 만약 그게 잘 안 된다면 조메타*Zometa* 물약이 효과가 있을지도 몰라요. 바닷가로 여행을 갔다 온 것 때문에 FOP가 다시 나타났는지, 아니면 아무 관련도 없는지에 대해서 나는 이렇게 생각해요. FOP라는 병은 발화하고 싶으면 어떻게 해서든 발화하는 방법을 찾는다고요. FOP는 우리가 생각하고 원하는 만큼 우리를 배려하지 않죠. 때로는 저도 특정한 사고나 과거의 어떤 일 때문에 FOP가 다시 나타난 것인지 궁금했지만, 대부분의 경우 FOP는 스스로의 의지나 힘을 가지고 진행된다는 생각이 든답니다. 캐롤이 생각하는 건 아마도 우연의 일치였을 거예요. 물론 현실은 제가 방금 말한 것과는 전혀 다르기에 저도 특별히 주의하고 있어요. 그러나 아무리 주의하더라도 FOP는 어디서나 일어나기 마련이죠.

샤론

─ 샤론 칸타니에*Sharon Kantanie*, 35세. 3세에 FOP를 진단 받음.

어느 날 저녁, 식사하면서 생긴 일이다. 빈센트가 열세 살 되던 해, FOP가 가슴에 진행되어 한쪽 팔이 무기력해졌을 때다. 빈센트는 그날따라 FOP 때문에 체육 시간에 혼자 고립되어 있던 일에 분통을 터트렸다.

"걔들은 내가 할 수 없는 게임을 해요." 빈센트는 얼굴을 조금 붉히며 성난 목소리로 말했다. 말하자면 하나의 폭로였다. 나는 그 문제를 '수정'했다고 생각했었다. "너도 할 수 있는 게임이 있었잖아?" 나는 예전 일을 떠올리며 물었다. 빈센트는 똑바른 자세로 앉아서 반쯤 먹은 스파게티 접시를 편치 않은 마음으로 바라보았다. 프레드니손을 복용하는 동안에는 식욕도 더 좋았다.

"그런 게임은 하고 싶어 하지 않았어요." 빈센트가 말했다. 진작 알았어야 했는데. 처음에는 아이들도 새로운 게임을 좋아했지만 점차 배구나 농구 같은 예전의 운동으로 되돌아갔다. 빈센트는 가족 앞에서 그런 이야기를 한 적이 없었다. 학교에서 자신이 관심의 대상이 되는 걸 원치 않았기 때문이었다. 나는 그런 마음을 잘 알고 있었다.

"그럼 너는 한 번도 같이 놀지 못했어?" 내가 물었다. 고무공을 철사담장에 튀기며 노는 안전한 놀이도 있지 않은가. 나는 무엇인가 울컥하는 기분이 들었다.

"시간이 거의 끝날 무렵에 한번 해봤어요." 빈센트가 애처로운 소리로 대답했다. "공이 오길래 헛발질을 했는데, 뒤에서 남들이 뭐라고 하는 소리가 들렸어요. '쟤는 던질 수 없잖아. 쟤한테 던지면 너무 시간이 오래 걸려.' 아이들은 내가 걸려서 내가 더 이상 게임을 할 수 없는 걸 좋아하는 눈치였어요." 도대체 '그 아이들'이 누구야? 내가 상대해주지!

"우리 학교에 소아마비에 걸린 남자 아이가 있었는데 우리랑 똑같이 늘 운동장에서 함께 놀았단다." 남편 월트가 말했다. 나머지 아이들은 아무 말 없이 침묵하고 있었다. "하지만 그 아이는 부딪혀도 되지만, 나는 부딪히면 안 되잖아요!" 빈센트가 일어나더니 의자를 쾅 집어넣고 나가버렸다.

우리 가족은 다들 충격을 받은 채 아무 말 없이 앉아 있었다. "프레드니손 때문이에요." 나는 마침내 입을 열었다. 프레드니손은 부작용으로 사람의 감정에 영향을 미쳤다. 그것도 부정적인 방향으로. "만약 약을 복용하지 않게 되면 모든 게 더 나아질 거야."

"네, 하지만 그래도 여전히 똑같은 생각을 하겠죠." 빈센트와 방을 함께 쓰는 루카스가 말했다. "차이가 있다면 프레드니손 덕분에 속으로 느끼는 걸 밖으로 표현하는 것뿐이라고요."

열한 살인 루카스는 엄마도 알아채지 못한 사실을 알고 있었다. 아무리 부모가 변화된 상황에 적응하고 또 '수정'해나가도 운동장에서 노는 아이들이나 사람의 감정까지 다 수정할 수는 없다는 것을.

1996년 8월, FOP 기금마련 바자회에서 나는 카플란 박사를 개인적으로 처음 만났다. 당시 빈센트는 열 살이었고 이사벨이 겨우 생후 1개월 정도 되었을 때였다. 장소는 산타 마리아 *Santa Maria* 시의 엘크스 클럽이었는데, 시의 유지들과 제니퍼 부부, 그녀의 작고 쾌활한 딸 스테파니가 있었다. 스테파니는 조그만 어깨와 목이 뻣뻣한 것에도 상관하지 않고 아주 열정적으로 춤을 추었다.

내 기억에 카플란 박사는 홀 앞쪽에 마련된 길고 하얀 테이블에 앉아서 그곳에 모인 사람들을 바라보고 있었다. 카플란 박사는 마치 50년대 흑백영화 시대의 배우 같은 외모를 가지고 있었다. 그는 에너지가 넘치고 남을 설득할 줄 알며, 청년 같은 열정을 가진 사람이었다. 저녁만찬을 마치자 카플란 박사는 자리에서 일어나 그곳의 모든 가족에게 감사의 인사를 했다. 그리고 잠시 후, 주변의 조명이 서서히 어두워지더니 뒤편에 설치된 스크린에 화면이 비춰졌다. 나는 약간 옆쪽에 서서 어린 아시벨이 울지 않도록, 그리고 나도 울지 않도록 이리저리 아이를 달랬다. 슬라이드가 다 끝날 때까지 그 자리에 있을 수 있을지 자신이 없었다. 스크린에는 등에 혹이 잔뜩 난 어린 아이, 고개가 숙여진 채 완전히 굳어버린 소녀, 그리고 세대를 따라 유전된 FOP 환자 가족들의 사진이 소개됐다. 좁아진 어깨로 마치 폭풍우 속의 나무처럼 서 있는 아빠, 약간 뻣뻣한 자세의 아이들, 그 중에서도 그나마 편안한 자세로 서 있는 엄마. 이어서 FOP에 대한 과학적인 오점들과 보이지 않는 이중 나선 분자식을 재현하는 DNA 복사기, 희고 검은 메시지 코드, 튜브가 가득한 실험실용 쟁반, 실험실 가운을 입고 있는 멋진 의사들의 사진 등 다소 덜 무서운 영상이 지나갔다. 나는 아이를 흔들고 어르면서 카플란 박사가 설명하는 내내 자리를 지켰다.

설명과 연설이 끝나자, 그곳에 모인 멋지고 친절한 사람들은 선물 바구니와 보석, 온천에서의 숙박권 등을 바자회 상품으로 내놓고 경매를 시작했다. 그 기금으로 과학자들은 스테파니의 FOP 유전인자를 찾고 내 자식의 질병 치료법까지 연구할 수 있으리라. 그 동안 나는 카플란 박사에게 바깥에서 잠시 뵙자는 신호를 보내고 출입구 쪽으로 갔다. 슬라이드가 진행되는 동안 자리를 뜨거나 기절하지 않고 끝까지 다 지켜보았지만, 그래도 마음은 여전히 불안했다. 그래서 이제 갓 1개월 된 어린 딸의 조그만 발을 카플란 박사에게 보여주었다. 그 어린 것의 발은 너무나도 작고 부드러워서 카플란 박사는 엄지와 집게손가락만으로 아기의 발가락을 촉진했다. 물론 나도 아기가 태어나자마자 그렇게 만져보았지만 전문가의 의견을 공식적으로 들을 때까지는 안심이 되지 않았다.

"정상이군요." 그가 말했다. "아주 예쁜 발이네요." 아기의 엄지발가락에 들어 있는 소품 같은 뼈들은 모두 정상적으로 제자리에 있었다.

제니 피퍼가 이미 여러 가지 면에서 내 염려를 잠재워주긴 했지만 그때까지 내가 외면했던 사실들, 즉 FOP로 인한 청력상실, 대머리, 정신지체의 가능성에 대해서 카플란 박사에게 물었다. 카플란 박사는 그런 주장은 잘못된 데이터에 근거한 확실하지 않은 이야기라며, 내가 미처 떨칠 수 없었던 마지막 염려의 그

늘까지 완전히 걷어주었다.

나와 남편, 카플란 박사와 어린 이사벨은 엘크스 클럽의 어두운 바의 조그만 테이블에 앉아 있었다. 산타 마리아 너머의 하늘은 서서히 어두워져갔고 대양에서 불어오는 바람은 덥고 화창했던 오후를 식혀주었다. 우리는 FOP 환자가 햄버거를 먹을 수 있는지 먹어서는 안 되는지, 어떤 제약회사가 현재 새로운 의약품 실험에 관심을 가지고 있는지, 면역체계가 어떻게 FOP와 연결되는지에 대해서 대화를 나누었다. 우리는 카플란 박사의 유머에 유쾌하게 웃었다. 그와의 첫 만남은 고등학교 동창을 우연찮게 다시 만나서 그 옛날의 순간으로 다시 돌아가는 것과 별반 다르지 않았다.

또한 산타 마리아에서의 기금마련 바자회에서 우리는 또 다른 FOP 가족을 만났는데 그때에도 FOP 가족들의 모임 때마다 느낄 수 있는 경외심이 생겨났다.

2000년 11월, 월트와 빈센트, 나는 3차 FOP 국제 심포지움에 참가하기 위해서 필라델피아로 날아갔다. 지니 피퍼와 불굴의 FOP 엄마인 아만다 칼리 *Amanda Cali*, 무적의 IFOPA 대원들이 함께 계획하고 진행시킨 행사였다. 그때 빈센트는 열네 살로, FOP 진단을 받은 지 5년째 되는 해였다. 빈센트는 FOP모임에 참가할 수 있을 만큼 준비가 된 상태였지만, 그래도 우리는 더 심각한 증상의 환자를 만날 수도 있다는 사실에 조바심이 났다. 호텔 로비에 있으면서 나는 FOP 어린이 환자와 성인 환자를 식별할 수가 있었다. 아직 나이가 어린 아이들은 엘리베이터 근처

휴게실에서 상체의 뻣뻣함이나 손가락이 제대로 말을 듣지 않는 상황에도 아랑곳하지 않고 능숙하게 게임을 즐기고 있었다. 반면 젊은 축에 속하는 몇몇 성인들은 필사의 노력으로 천천히 걸음을 옮기고 있었다. 구부정한 자세로 굳은 사람, 서 있는 자세로 굳은 사람, 그리고 앉아 있는 자세로 움직일 수 없는 사람들이 있었다.

빈센트는 어깨가 약간 뻣뻣하지만 열정적인 캐나다 소년과 친구가 되었다. 그 아이는 무엇을 쳐다보든지 늘 "어?"라고 친근감 있게 말꼬리를 다는 버릇을 가지고 있었다. 빈센트는 또 호주에서 온 젊고 잘생긴 남자도 만났는데, FOP로 턱이 약간 굳어 있었다. 그리고 직접 개 사육장을 운영한다는 그 남자는 자신이 사는 곳에 있다는 요정 같은 펭귄이야기를 들려주었다.

월트와 나는 지난 시간 동안 겪었던 FOP와 고통에 대해서 되돌아보았다 우리가 미처 알기도 전에 빈센트가 스스로 터득해야했던 그 무언가를 생각해보았다. 그리고 우리는 FOP를 가지고 있는 사람들에게서도 우리 아들이 지녔던 놀라운 정신과 영혼을 알아보았다. 필라델피아 심포지움에서 그들과 맺은 유대와 교류는 신의 얼굴을 가장 가까이에서 볼 수 있었던 내 생애 몇 안 되는 순간 중 하나였다. 우리는 전 세계에서 온 FOP 환자의 부모들과 친교를 맺었고, 페루와 칠레, 아르헨티나에서 온 가족들을 위해 관련 자료를 스페인어로 번역하기도 했다. 나는 어지럽게 돌아가는 이 세상에서 변치 않는 하나의 중심이자 비밀스러운 연대의식의 시작점에 있다는 느낌을 받았다.

수호천사 – 2004년 8월

산타 마리아에서 처음 카플란 박사를 만나고 난 지 8년 후, 우리는 다시 산타 마리아에 있었다. 그곳은 여전히 해안가 분위기에 떡갈나무 덤불 위로 선명하게 걸리는 빛으로 가득 찬 조그만 마을 모습 그대로였다. 우리는 해변가로 가족여행을 떠났다가 집으로 돌아가는 길이었다. 올해의 연례 기금마련 바자회는 이제 열세 살의 스테파니 스노우와 몇 년 전 FOP 진단을 받은 열다섯 살의 소녀 캐시 엑카르트를 위해 마련되었다.

우리는 집으로 돌아가야 할 마지막 순간에 FOP 바자회에 들르기로 결정했다. 카플란 박사는 올해도 저녁만찬이 끝나면 그동안 새롭게 진척된 연구결과를 발표할 예정이었다. 빈센트가 해변에서 엉덩이 부분에 FOP발화가 시작되어 카플란 박사를 꼭 만나야 했다.

우리는 기금마련 바자회 전날 개최된 가족 바비큐 시간에 맞춰 산타 마리아에 도착했지만, 호텔을 미리 예약하고 간 것이 아니었다. 조그만 산타 마리아 시는 관광지도 비즈니스 도시도 아니었기에 방을 쉽게 구할 수 있을 것이라고 생각하고 크게 걱정하지는 않았다. 고속도로를 빠져 나와 나는 홀리데이 인 호텔에 전화를 걸었다. 그러나 왠걸, 만원이었다. 그래서 우리 가족은 어쩔 수 없이 공항 바로 옆의 레디슨 공항 호텔로 차를 몰았다. 카플란 박사가 공항에 도착하자마자 곧장 그 호텔로 가서 빈센트를 진단했던 때를 떠올렸다.

그러나 안으로 들어갔던 남편은 곧 씩씩거리며 돌아왔다. 역시 방이 없었다. 레디슨 공항 호텔의 안내데스크에서 월트가 다른 호텔로 전화할 수 있도록 배려해주었지만 다른 호텔에는 킹사이즈 싱글 침대 하나만 있는 방뿐이었고, 그것도 하나밖에 남지 않았다고 했단다. 거기다 숙박비는 국왕의 몸값처럼 비쌌다. 우리 같은 대가족에게는 불가능했다. 차 안에 있는 가족 모두 시무룩한 표정이 되었고, 그중에서도 호텔을 가장 좋아하는 이사벨의 표정은 완전히 울상이었다.

"내 카드 줘봐요. 내가 한번 해볼께요." 나는 남편에게 그렇게 말했다. 검사 인상의 남편보다는 내가 간청하는 게 훨씬 더 행운이 따를 것이라고 생각했다.

나는 호텔 로비로 들어갔다. 가볍고 경쾌한 분위기에 채광창이 있어 아주 넓어 보였다. 나는 카운터로 가서 결혼식이나 교회 모임에 온 듯 연보라색 드레스를 입은 할머니 뒤에서 기다렸다. 나는 속으로 잠시 기도를 한 다음, 친구의 친구의 아들 졸업식에 가서 만났던 안주인이 말했던 팔에 문제가 있다는 어린 수호천사에게 간청했다. '네가 만약 지금 내 곁에 있다면 내가 방을 얻을 수 있도록 도와주렴.'

안내 데스크에 있는 접수계원은 머리를 뒤로 넘긴 젊은 여성이었다. 그녀는 기분 좋게 미소지었다. 일단 나는 운을 떼웠다.

"카플란 박사님이 체크인 하셨나요?" 그녀는 컴퓨터 모니터 쪽으로 돌아앉더니 키보드를 두드렸다.

"제 아들이 그분의 환자에요. 저희가 방을 미리 예약하고 온 것은 아니지만 카플란 박사님이 우리 아들을 진단했으면 해서요. 방이 없다는 것을 알지만 그래도 방을 좀 구했으면 하는데요." 나는 정말이지 절망적인 기분으로 또 절망적인 목소리로 그렇게 주섬주섬 말했다.

"FOP 그룹에서 오셨어요?" 그녀가 말을 끊었다.

"예?"

"당신 앞으로 방이 하나 예약되어 있어요." 그녀는 아주 경쾌하게 모니터를 보며 말했다. "포스터 시티에서 오셨나요?"

"프레즈노예요." 속으로는 맞아요, 포스터 시티예요!라고 말하고 싶었다. 그 이외에도 판타지랜드 혹은 프랑스 뭐라고 말하든 맞장구칠 준비가 되어 있었다. 하지만 어쩌면 다른 FOP 환자의 방을 빼앗을지 모른다는 생각이 들어 그렇게까지는 하고 싶지 않다고 말했다.

"아뇨, 괜찮아요." 그녀는 모든 것이 제대로 진행되고 있는 것처럼, 우주의 모든 것이 다 제자리에 있다는 듯 그렇게 말했다.

"비상상황을 위해 그쪽 그룹에서 참가자들에게 드리려고 몇 개의 방을 추가로 예약해두었거든요." 드디어 우리는 그곳에 편안하게 머무르면서 카플란 박사의 강연을 들을 수 있게 되었다. 산타 마리아에 신의 가호가 깃들길! 나는 또한 프레드 카플란 박사의 이름에도 축복을 기원했다. 나는 카플란 박사가 체크인을 했는지 물었지만 접수계원은 카플란 박사의 이름이 없다고 했다.

나는 우리 차 쪽으로 걸어가면서 승리의 미소를 지었다. 그리

고 신용카드를 마치 트로피인양 치켜들었다. 남편 월트는 놀라
워하는 눈치였다. 때로 나는 검사인 남편이 할 수 없는 방식으
로 현실에 힘을 발휘했다.

"하지만 카플란 박사는 아직 체크인을 하지 않았대요." 나는
덧붙여 설명했다.

"아마 체크인을 할 수 없을지도 모르지." 남편은 그렇게 말했
다. 좀 아쉬운 예견이었지만, 어쨌거나 우리는 아주 깨끗하고
안락한 방에서 하루를 보낼 수 있게 되었다.

작고 명랑한 금발의 스테파니 스노우와 그녀의 가족은 FOP치
료를 위해 산타 마리아 시 전체에게 많은 도움을 받았다. 엘크
스 클럽에서의 11번째 연례 FOP 기금마련 바자회에는 TV뉴스
팀도 참석했었다. 사실 몇 년 전, 주근깨에 또랑또랑 한 눈을 가
진 사랑스런 캐시 에카르트가 FOP 진단을 받자 산타 마리아는
캐시를 위해 시 전체의 힘을 모아 도움을 준 적이 있었다. 그 이
후 스노우 가족과 에카르트 가족은 산타 마리아 엘크스 클럽에
서 정기적으로 FOP 만찬 행사와 기금마련 바자회를 주최하고
있다. 그들은 전 세계 다른 FOP 환자 가족들과 함께 펜실베이
니아 대학의 FOP연구실에서 치료법을 개발하도록 연구기금을
조성해나가고 있다.

"카플란 박사 오셨어요?" 현관에서 금발에 호리호리하며 지
칠 줄 모르는 의지의 스테파니의 엄마 제니퍼를 보자마자 나는

다짜고짜 그렇게 물었다. 이미 도착해 있던 카플란 박사는 누구와도 비교할 수 없는 특유의 열정으로 우리를 반갑게 맞아주었다. 그리고 이제는 자신보다 머리 하나 정도 훌쩍 커버린 빈센트를 보며 환하게 웃었다.

우리는 제니퍼의 집에서 열린 바비큐 파티에서 친구들과 친척들을 만났고, 운이 좋게도 카플란 박사, 스테파니의 할머니이자 은발의 전형적인 어머니상인 조안 부인과 같은 테이블에 앉게 되었다. 나는 카플란 박사의 팔에 손을 얹고는 이렇게 말했다.

"박사님의 '열려라 참깨' 같은 이름 덕분에 호텔에 방을 얻을 수 있었어요."

카플란 박사, 아니 모든 사람이 프레드라고 친근하게 부르는 그는 호기심과 놀라움이 섞인 표정으로 나를 보았다.

"저도 제 이름이 열려라 참깨와 같은 주문처럼 저한테 마법을 발휘했으면 좋겠네요. 공항 옆 호텔에 빈 방이 없어서 홀리데이 인 호텔에 묵고 있거든요."

나는 조안보다 더 동그래진 눈으로 그에게 몇 번씩이나 "정말이에요?"를 되풀이하며 말했다. 그러자 카플란 박사는 잠시 뭔가를 생각하면서 미소를 지었다. "아마도 당신은 약간 비틀어진 시간과 공간 속에 있었나 봐요. 내가 작년에 예약된 방을 얻고 말입니다. 작년에 래디슨 호텔에 방을 예약한 적이 있었거든요."

내가 호텔 로비의 채광창 아래에서 방을 얻을 수 있게 해달라고 기도하는 그 순간, 나는 나와 똑같은 기도를 했던 사람이 있

었다는 사실을 발견했다. 그 주인공은 아홉 살과 열 살 사이에
팔을 잘 못 쓰게 된 남자 아이로, 대학에 입학하기 전 여름에 래
디슨 호텔 주차장의 차 안에 앉아 있었다.

XV

빈센트가 집을 떠난 날
2004년 8월

✳ 제가 임신했을 때, 저는 앞으로의 책임감에 대해 거의 공포에 가까운 압박감을 느꼈어요. 물론 당시에는 FOP에 대해서 전혀 들어보지도 못했고요. 그때 어느 심리학자가 저에게 말하길 아이들은 내가 걱정하는 것만큼 그렇게 쉽게 부서지는 존재가 아니라고 하더군요. 심리학자인 그녀는 내가 잘 모르는 어려운 단어를 사용했고, 나는 그저 어렴풋이 앞으로 힘든 길을 가겠구나라고 생각했어요. 하지만 지금 돌이켜보면 그 심리학자의 말과 표현들이 나를 구원하지 않았나 싶어요. 다니엘에게 뭔가 긍정적이고 희망적인 말을 해주고 싶은데 마땅한 말이 떠오르지 않으면 그냥 이렇게 말해요. "엄마도 몰라." 그리고 내가 다소 과장되게 반응한다거나 다니엘이 FOP에 대해서 불평을 하면 "미안해"라고 말해요. 그 순간에 꼭 해야 할 가장 적당한 말이라고 생각해요.

　—다니엘의 엄마 제리 리히트 *Jeri Licht*, 다니엘. 10세. 3세에 FOP를 진단 받음.

산타 마리아의 FOP 기금마련 바자회가 끝난 다음 날, 나와 빈센트는 대학에 입학하기 전에 마지막 검진을 받기 위해 류머티스과로 가는 엘리베이터에 올라탔다.

"늦었구나, 빈센트!" 간호사가 아주 곤란한 표정을 지으며 말했다. 사실 내 잘못이었다. 진료를 받기에 너무 늦은 시각에 도착한 것이다. 류머티스과는 이미 진료를 마감하고 마무리 중이었고, 의사는 추가로 환자를 진찰할 수 있는 시간이 없다고 했다. 카플란 박사는 해변의 산책으로 시작된 엉덩이 쪽의 FOP 발화가 가라앉지 않을 경우 헨릭슨 박사와 조메타 물약을 실험적으로 복용하는 문제에 대해서 상의하라고 말했었다. 오늘 우리가 온 이유도 이것이었다.

접수계원은 다음날 올 수 있는지 물었다. 하지만 나는 나 아닌 다른 사람의 몸을 위해 싸우고 있는 중이었다. '이건 모두 내 잘못이야.'

"울고 싶은 심정이에요." 나는 작은 유리문을 통해서 말했다. 그러자 그렇게 말하는 것만으로도 내 감정은 갑자기 복받쳤고, 나는 장난감이 가득한 상자와 코너마다 세계 국기 무늬의 벽지가 발라진 조그만 대기실에서 그만 울음을 터트리고 말았다.

나는 여태까지 병원에서 한 번도 울어본 적이 없었다. 심지어 빈센트가 FOP 진단을 받았던 순간에도 울지 않았다. 그리고 내 옆에는 그 순간 명민하고 냉철한 아들이 서 있었다. 아주 짧은 머리에 안경을 쓴 접수계원은 의도적으로 내 모습을 보지 않으려고 애썼고, 세상에서 가장 훌륭한 인물 가운데 하나로 꼽힐

만한 류머티스과 간호사가 아주 괴로운 표정으로 유리창 너머에서 바쁘게 업무를 처리하고 있었다.

나는 만국기로 장식된 병원 벽을 마구 치고 싶었지만, 가까스로 자신을 달래고 다음 날로 진료예약을 했다. 그리고 우리가 시도해보지 않았던 파미드로네이트(pamidronate : 골다공증 치료약 제재 – 옮긴이 주) 제재의 조메타라는 약물에 대해서 주치의에게 메모를 남겼다. 조메타는 파미드로네이트와는 사뭇 다른 약으로 정맥주사로만 처방받을 수 있는 약이었다. 작은 화살표 등을 써가며 메시지를 고치고 또 고치다보니 나중에는 줄무늬 편지가 되어버렸다. 나는 그 메모지를 우리 간호사에게 건네주었다. 간호사의 표정이 너무나도 슬퍼보였다.

나는 빈센트에게 진료예약에 늦어서 미안하다고 사과했다. 하지만 내가 운 진짜 이유는 이제 빈센트는 항상 약속보다 늦게 데리고 다니는 엄마 곁을 떠날 것이기 때문이었다.

"괜찮아요, 엄마" 빈센트는 상냥한 목소리로 그렇게 말하고는 엘리베이터의 1층 버튼을 눌렀다.

그로부터 1주일 후, 나는 다시 아동병원으로 갔다. 하지만 홀을 돌아다니다 그만 길을 잃고 말았다. 빈센트의 진료를 놓친 것이 불과 저번주였는데도 말이다.

헨릭슨 박사는 실험적인 조메타의 복용에 대한 이야기를 아주 주의 깊게 듣고는 나중에 정말 필요한 경우에 주사하자고 했다. 빈센트는 현재 왼쪽 다리가 약간 불편하긴 했지만 아직은 좋은

상태라고 진단을 받았다. 그리고 우리는 그 증상이 일시적인
FOP 발화로 지나가기를 간절히 희망했다.

"버클리에서도 행운을 빈다." 헨릭슨 박사는 자부심과 애정
을 가지고 빈센트를 축하해주었다.

그리고 1주일 후, 나는 다시 아동병원을 찾았다. 빈센트 때문
이 아니었다.

"제 딸아이를 찾는데요." 나는 홀 저쪽에서 내 방향으로 오고
있는 초록색 복장의 남자에게 물었다. "지금 엑스레이를 촬영
중이거든요."

"아이의 이름을 아세요?" 그 남자가 아주 경쾌하게 물었다.

"예, 내 딸이거든요. 셀린이예요." 내가 그 당시 그렇게까지
기진맥진하지만 않았다면 나는 그 남자의 질문에 크게 놀랐을
테지만 당시 나는 아주 지친 상태였다. 속으로는 이 남자가 나
를 보고 그 아동병원에 아이를 데려오기에는 너무 늙은 여자로
본 게 아닌가 하는 생각이 퍼뜩 들기도 했다.

그 남자는 나를 엑스레이 검사실로 데려다주었고, 나는 하얗고
기다란 벽에 기대 서 있는 셀린을 보았다. 간호사가 들어왔다.
"다시 한 번 찍어야 해요." 그녀는 명랑한 목소리로 말했다. 나
는 그 간호사에게 셀린을 위해 가져온 티셔츠를 건네주었다.

나는 슬슬 긴장되기 시작했다. 셀린은 척추만곡 검사를 받고
있었던 것이다. 엄마의 심정과는 정반대로 명랑한 표정이었다.
지난 주, 아주 정기적인 신체검사에서 우리의 소아과 주치의는
셀린의 발가락을 만져보았고, 나와 동시에 셀린의 등의 곡선에

서 조금 이상한 점을 발견했다.

"나쁜 건가봐." 셀린은 티셔츠로 갈아입더니 내게 병원복을 주면서 그렇게 말했다. "간호사가 아무 말도 안 했거든."

"간호사는 원래 아무 말도 안 하는 거야." 나는 그렇게 대답했는데, 그 말은 사실이었다. 엄마인 나도 기억해야 할 말이었다.

"걱정하지 마." 나는 셀린에게 그렇게 말했지만 나 스스로에게 한 말이기도 했다. 얼마 후 남편도 병원에 도착했는데 대기실에 앉아서 남편은 전혀 걱정하는 사람 같지 않게 노란 법률 노트에 뭔가 적느라고 바빴고, 게다가 아주 멋져 보이기까지 했다. '잘 해결 될 거야. 언제나 그래왔잖아.' 월트는 늘 그렇게 말하곤 했는데 양복을 입고 말할 때는 특히 더 신뢰가 갔다.

셀린과 함께 차를 타고 병원을 빠져나오면서 엄마로서 드는 죄책감에 마음이 너무 아팠다. "엄마가 수영장에서 그런 걸 알아차려야 했는데. 아니면 팔이 부러져 엑스레이를 찍었을 때 진즉 알아봤어야 했는데 말야."

셀린은 푸른 바다를 담은 눈으로 나를 쳐다보더니 이렇게 말했다. "엄마, 모든 일에는 다 이유가 있는 거야."

그 시기는 아주 이상한 달이고 또 이상한 주였다. 대리석과 돌로 된 타일 그리고 두 가지 색깔 톤의 나무로 만들어진 수술실, 엑스레이실, 신체 요법실, 요철실 등이 있는 광활한 정형외과 건물에서 오른쪽으로 돌아 가야 할 길을 왼쪽으로 돌아가며 헤매고 있었다. 이번에는 루카스 때문이었다. 루카스는 오른쪽 무릎 MRI 촬영을 하고 있었다. 농구장에서 무릎을 심하게 부덮힌 것이다.

지난 9년 동안 MRI 근처에는 가지도 않았었는데. 그리고 이번에는 하얀 터널 옆 구석에 앉지 않고 홀 아래 쪽에 있었다. 문득 나는 내가 그토록 찾아 헤매던 것을 어렴풋이 깨달았다.

바닥에서 천정까지 유리로 된 방에 어른 키에 맞춘 검사테이블이 있었다. 누군가 문을 두드리더니 루카스의 주치의인 젊은 의사가 들어 왔는데, 마치 경기에서 지고 돌아오는 풋볼 선수 같은 표정이었다. 그는 이제는 익숙해진 어두운 흑백 필름을 꺼내더니 밝은 빛이 나오는 패널에 끼웠다.

"여기 안쪽의 십자형인대 ACL이 찢어졌습니다." 그렇게 말하고는 내 눈에는 보이지 않는 시꺼먼 MRI 필름속의 그림자를 따라 손가락으로 더듬어 내려가고 있었다. ACL이라는 약어는 또 처음이었다. 루카스가 고개를 떨구었다. 나만 모르고 있었지 루카스도 알고 그 정형외과 의사도 알다시피 1년 동안은 농구를 할 수 없다는 의미였다. 그 형벌은 열다섯 살 운동선수에게는 날벼락 같은 소식이었다. 남편 월트도 고개를 떨구었다. 루카스는 손으로 눈가의 눈물을 훔쳤다.

의사는 인대용 고무밴드가 달린 플라스틱 무릎모형을 가져와서는 이리저리 만지면서 어떻게 인대가 찢어졌는지 보여주었다.

"루카스의 슬와근이나 죽은 조직을 가지고 ACL을 다시 재생시킬 수 있을 겁니다." 의사의 설명이었다. 두 가지 선택 모두 섬뜩하기는 마찬가지였다. 루카스는 9월에 수술을 하기로 일정을 잡았다. 어찌됐든 루카스의 다리는 고칠 수 있었다.

그때까지 내가 세상에서 알고 있던 정형외과적 질병이라고는
FOP 하나뿐이었다.

브라이언은 버클리에서 전화를 걸어와 농담으로 루카스의 기
분을 풀어주려고 했다.

"형이 '네 처지에 대해 속상해하지 마'라고 했어요. 그리고
화내지도 말래요. 형은 자기 턱뼈가 나갔을 때 아무렇지 않았다
고 했지만, 제가 보기에 형은 거의 미쳤었거든요!" 루카스가 말
했다.

그리고 같은 날 나는 빈센트 일로 류마티스과 아동 재활훈련
실로부터 전화를 받았다.

"아드님은 8월 26일에 예약되셨습니다." 상담원이 밝은 목소
리로 알려주었다.

"너무 늦어요!" 나는 소리쳤다. "우리 아이는 곧 대학에 들어
간단 말이에요." 마치 루카스의 찢어진 십자인대처럼 내 안의
어떤 것이 찢기는 소리가 들려왔다. 나는 그 상담원에게 그렇게
늦어서는 안 되는 이유의 목록을 읊었다. 빈센트가 고른 응용장
치들이 새로운 인생을 위해 떠나야 하는 그 순간까지 도착하지
못한다 해도 그것은 상담원의 잘못은 아니었다. 빈센트가 고른
전동스쿠터가 너무나 먼 공장에 있어서 구할 수 없는 것도 상담
원의 책임이 아니었다. 빈센트가 지금은 내 아이지만, 법률적인
포기각서를 쓰지 않는 한 부모가 간섭할 수 없는 학교에 들어가

게 되는 것 역시 그녀의 책임은 아닐 것이다.

누구라도 큰일과 씨름하다보면 자그만 일에 대해서도 통제력을 잃게 되고, 그렇게 되면 그 작은 일들이 다시 큰 일이 되어서 닥치는 악순환이 이어지는 법이다.

셀린은 몇 년 동안 귀걸이를 하게 해달라고 졸랐다. 아이의 요구사항은 결국 귀 뚫는 것을 대단치 않게 생각하는 엄마와 귀 뚫는 것을 탐탁치 않아 하는 아빠의 분쟁으로 이어지게 되었다. 셀린이 비록 척추만곡의 가능성을 갖고 있다 하더라도 귀걸이 한 쌍을 해주지 않을 수 없었다.

우리는 쇼핑몰에 가서 은도금 액서서리가 한쪽 벽을 가득 메운 액서서리 가게로 들어갔다. 아이의 귀를 뚫는 서류에 사인을 하자 젊은 여성이 스테이플러처럼 생긴 물건을 들고 와서는 내 딸아이의 귓불에 보석 귀걸이를 해주었다. 한 쌍의 황금색 귀걸이를 한 셀린은 영락없는 라틴 마녀처럼 보였다.

하지만 집에 가자 남편 월트는 아주 크게 화를 냈다. "그게 요즘 문화라는 거 나도 알아! 하지만 내 기분이 어떨지도 잘 알거 아냐!" 우리는 서서히 원을 그리면서 말다툼을 하고, 문을 쾅쾅 닫고 다녔으며, 나는 급기야는 아주 오래오래, 몇 달, 몇 년 아니 필요하다면 영원히 이 일에 대해서 화를 내기로 작정했다.

귀걸이 전쟁 두 번째 날, 자잘한 집안일을 위해 나갔다 와보니 빈센트가 옥수수 머핀을 만들고 있었다. 그리고 기다란 손가락으로 자신의 오른쪽 가슴팍을 가리키더니 이렇게 말했다. "이쪽이 아파요." 그곳은 팔과 연결된 근육 부분이었다. 이런.

빈센트는 1주일째 프레드니손을 복용하고 있었다. 만약 그 부분의 통증이 가라앉지 않으면 그 실험적인 물약을 시도하는 수밖에 없었다.

"냉찜질을 하자." 그런데 마침 상비약품과 의약용품이 다 떨어져서 나는 근처 약국으로 차를 몰았다.

그러나 약국은 이미 닫혀 있었다. 나는 어두운 바깥을 보며 차 안에서 잠시 생각에 잠겼다. FOP 진단 이후 내가 발견한 한 가지 사실이 있었다. 우리가 많은 약물치료를 시도하는 것과 상관없이, FOP는 인체의 면역체계와 관계가 있다는 사실이었다. 그리고 정서적인 영향이 면역성에 영향을 준다는 걸 과학자가 증명해주지 않아도 나는 이미 잘 알고 있었다. 물론 정서나 마음가짐이 모든 것을 다 해결해주는 것은 아니지만, 적어도 그날 하루만큼은 내가 도와줄 수 있는 일이 있을 거라고 생각했다.

나는 24시간 문을 여는 약국을 찾아내서 얼음팩을 충분히 샀다. 그냥 주먹으로 때려주기만 하면 차갑게 변하는 것이었다. 이런 것이라면 기숙사에서도 유용하게 쓸 수 있을 것 같았다. 그리고 중국 요리점에 가서 음식을 사면서 마음을 다잡았다. 비록 행복한 마음과 표정으로 현관문을 들어서지는 못할 지라도, 적어도 그때까지 남편에게 가졌던 염려와 분노를 다소 누그러뜨릴 수는 있을 거라고 믿기로 했다. 귀걸이를 두고 벌어지는 냉전에 대해서 당신이라면 어떻게 해결하겠는가?

그러나 집으로 돌아와 현관에 들어선 지 얼마 안 되어 우리 가족은 그날 중계되는 올림픽 게임에 열중하였다. 수영 국가대표

선수가 푸른색 레인에서 출발할 때, 두 명의 형제 체조선수가 링 종목에서 공중 십자가를 만들 때, 우리는 TV 쪽으로 몸을 기울이면서 열심히 응원을 했다. 어느새 우리는 웃으며 내기를 하고 있었다. 그때 월트가 내게 초콜릿이 가득 든 머그잔을 건네주었다.

나의 가장 절친한 친구이자 사랑하는 이 남자. 한 아들은 얼음 팩을 가슴에 얹은 채 뻣뻣하게 소파에 누워 있는 이런 상황에서, 그깟 귀걸이 하나 때문에 우리 부부가 화를 내야 하는 이유가 있을까? 그날 저녁의 웃음과 평화는 내가 약국 앞에서 얻은 어떤 깨달음만큼 FOP와 다시 맞서 싸울 수 있도록 힘을 주었다. FOP는 남은 인생 동안 남편에게 섭섭한 마음을 풀지 않고 살겠다던 내 계획을 수포로 돌아가게 만들었다.

"이제는 바람소리도 들을 수 있고, 신문이 사각거리는 소리, 식기에 포크 부딪치는 소리까지도 잘 들을 수 있을 거야." 청력 전문가가 말했다. "이제껏 잊고 있었던 소리들이 일상적으로 익숙해질 때까지는 조금 거슬릴지도 몰라."

루카스, 셀린, 이사벨이 사무실 문에 서서 동업자들끼리의 비밀스런 웃음을 짓더니, 간호사가 1주일 동안 빈센트의 귀에서 체온을 재면서 있는지조차 알아채지 못했다는 작은 보청기가 과연 진짜 그렇게 작은지 알아보려고 기웃거렸다.

우리의 청력 전문가는 아이들이 시끄럽게 해도 상관하지 않고 내가 말하는 소리를 들어주었다. 그녀는 컴퓨터로 보이지 않는 음향 수신장치의 주파수를 맞추었다. 이제 빈센트는 거대한 강의실에서도 수업을 들을 수 있고, 사람이 붐비는 인도의 소리도 다 들을 수 있는 준비가 된 셈이었다. 우리는 빈센트가 대학에서 스스로 설 수 있도록 도와준 청력 전문가에게 고맙다고 인사했다.

센터의 1층에서 마저 기록해야 할 서류를 모으고 있는데, 빈센트가 생전 처음 안경을 쓰는 사람처럼 낯설어 했다. 루카스는 고개를 숙인 채 빈센트 주변을 빙그르 돌다가 멈추고는 마치 휴대전화를 광고하는 사람처럼 "자기, 내 목소리 들려?" 하고 물었다. "잘 들려." 접수계에서 서명하면서 그 광경을 보던 한 남자가 유쾌하게 웃었다.

그날은 행복한 날이었다. 그런데 빈센트가 타고 다닐 전동스쿠터는 여전히 오리무중이었다. 나는 전화번호부 책을 들어 페이지를 훌훌 넘기고는 무작위로 번호 하나를 눌렀다.

"방금 아주 좋은 것이 하나 들어왔습니다." 스쿠터 판매자가 그렇게 말했다. 빈센트와 나는 더위를 참으면서 '휠체어 커넥션'이라는 가게로 갔다. 가게 안은 아주 말끔했고 에어컨 바람도 시원했다. 그곳에는 온갖 종류의 탈 것들이 줄줄이 진열되어 있었는데 그 가운데 빈센트가 그토록 원했지만 좀처럼 구하기가 힘들었던 스쿠터가 서 있었다. 선홍색의 그 스쿠터는 방금 상자에서 꺼낸 새 물건이었다. 그리고 예전에 농구 코치였다는 가게주인은 선뜻 보험회사가 비용을 지불할 것이라고 확답을 해주었다. 이게 바로 기적이 아니고 무엇인가?

마침내 새로운 스쿠터가 배달되었고, 달릴 날을 기다리며 우리집 거실에 세워져 있었다. 그것은 오히려 빈센트가 곧 멀리 가버린다는 사실을 실감나게 해주었다. 유리로 된 경첩문 안쪽에서 빈센트가 피아노 앞에 앉아 있었다. 안드레아 보첼리의 'Time to Say Goodbye'를 연주했다. 빈센트가 떠나면 우리 집은 어떨까?

이삿짐을 싣는 트럭이 우리 집 현관 앞에 서서 빨간색 스쿠터와 비닐 포장지에 싸인 빈센트의 침대 매트리스를 싣고 있다. 아버지는 카메라를 들고는 커다란 오렌지 트럭 앞에 서 있는 우리들의 사진을 찍어주셨다. 사진 속 내 모습은 아마 눈두덩이가 퉁퉁 부은 채로 나올 것이다. 하지만 진심으로 행복하고 멋진 날이었다.

우리가 버클리에 도착한 그 날은 따뜻하고 황홀할 만큼 화창했다. 빈센트의 기숙사에서 내려다 본 샌프란시스코 만의 바다는 은빛으로 빛나고 있었다. 캠퍼스에는 상자와 옷가지 가방들로 가득 찬 수레를 밀고 다니는 학부모와 학생들로 붐볐다. 우리 가족은 트럭 안에서 수레를 꺼내어 짐을 싣고 스페인 스타일의 정원과 분수대를 지나갔다. 아래쪽 홀로 내려가니 커다란 갈색 문 앞에 조그만 글씨로 이름표가 붙어 있었다. '빈센트, 트라비스, 톰.'

"와!" 빈센트가 열쇠로 문을 열고 넓고 볕이 잘 들며 부엌과 거실까지 딸린 기숙사 방으로 우리를 안내하자, 내 입에서는 감탄사가 절로 흘러나왔다. 욕실에는 욕조까지 있었고 두 개의 창이 있는 빈센트의 방은 거실 복도 안쪽에 있었다. 그렇게 화려하고 넓은 기숙사 방을 본 것은 처음이었다. 고마워요, 기숙사 담당 에드워드 밀론. 당신이 대학 설명회 때 내게 명함을 주신 것에 대해서 정말 감사드려요.

소파 위에 놓인 가방과 상자들, 부엌의 조그만 식탁을 보니 이미 다른 룸메이트가 왔다가 간 모양이었다. 남편과 브라이언이 어깨에 매트리스를 메고 복도 아래로 내려오는 동안, 나는 첫 번째 룸메이트인 톰을 만났다. 한쪽 귀에 귀걸이를 한 갈색 머리의 톰은 아주 예의바르고 강인한 인상의 남학생이었다. 그의 가족들이 뒤따라왔는데, 나를 보고는 아주 반갑게 인사했다. 우리는 일상적인 인사말을 건네고는 옷을 걸고, 서랍장을 채우고, 상자에서 프린터를 꺼내는 등 부산하게 움직였다.

나는 빈센트의 룸메이트를 다 만나기 전에는 기숙사를 떠나고 싶지 않았다. 나는 아직 못 만나본 다른 학생의 방문 가에서 책상 위에 놓인 사진을 슬쩍 쳐다보았다. 한 동양인 남자가 긴 생머리의 소녀를 팔로 두르고 찍은 사진이었다.

"너희들은 좋은 친구가 될 거야." 나는 빈센트에게 그렇게 말했다.

"엄마가 어떻게 알아요?" 빈센트가 웃으며 말했다.

다른 쪽 방에서 또 다른 새로운 목소리가 들려왔다. 곧 그 목소리의 주인공인 한 여성이 오더니 앞으로 옆방을 쓰게 될 그녀의 아들을 소개해주었다. "저는 게리 윙이에요." 우리는 곧 재잘거리고 웃기도 했다.

사랑스럽고 몸집이 작은 게리는 내가 방에서 본 긴 머리의 소녀와 아주 많이 비슷했다. 트라비스 역시 성실하고 착해 보이는 남학생으로, 검은 머리에 안경을 쓰고 있었다. 그는 앞으로 과학과 수학을 전공할 거라고 말하면서, 고등학교 밴드부에서 트럼펫을 연주했다고 했다. 그 말에 빈센트도 자신의 새 옷장에서 푸른색 트럼펫 케이스를 꺼냈다.

"어떻게 최고 수준의 과학수업에 들어갈 수 있었지?" 트라비스는 꼼꼼하게 은제 트럼펫을 감상하며 빈센트에게 물었다.

나는 그 순간을 놓치지 않았다. "장애가 있기 때문이에요. 먼저 다짐 좀 해줘요." 지난 9년 동안 FOP는 사람들에게 먼저 이런 정보를 주도록 나를 훈련시켰다. 이제 그것은 빈센트의 몫이지만 나나 빈센트나 지금은 과도기이니 어쩔 수 없었다.

대부분의 사람은 그런 말을 들으면 대개 점잖게 고개를 끄덕이곤 했는데, 게리 윙은 마치 신이 그렇게 시키기라도 한 듯이 물었다.

"장애의 이름이 뭐죠? 우리가 도와줄 수 있는 건가요?"

"진행성 골화성 섬유이형성증이예요." 이번에는 빈센트가 대답했다. 물론 트라비스와 그의 엄마는 그 질병 이름을 한 번도 들어본 적이 없었다.

"외상을 입으면 안 돼요." 내가 할 수 있는 말은 그게 다였다. "그러니 주먹다짐 같은 건 안 돼요." 나는 과학과 수학을 좋아하고 다른 사람과 주먹다짐 같은 건 하지 않게 생긴 트라비스에게 말했다. 그러자 게리 윙이 웃었다. 나는 그녀가 좋아졌다.

그들과 작별인사를 한 후 나는 방을 나왔다. 빈센트가 트럭이 주차된 곳까지 우리를 따라왔다. 집으로 돌아가려면 서둘러야 했다. 브라이언은 자신의 기숙사에서 있다는 모임에 가서는 나타나지 않았다.

트럭 뒤편에 세워둔 남편의 차에 타고 막 안전벨트를 매려는 순간, 나는 오븐에 뭔가를 올려놓고 나온 사람처럼 영 마음이 놓이지 않았다. 물론 기숙사와 대학 측은 FOP에 대한 정보를 다 가지고 있었다. 그렇지만 과연 빈센트가 하루 밤 사이에 내가 담당하던 일을 그대로 물려받아서 제대로 할 수 있을까?

"이제 빈센트도 자신에 관한 일을 다른 사람에게 분명하게 말할 수 있는 나이야." 남편이 말했다. 물론 남편의 말이 옳았다. 그러나 17세가 그 나이일까?

나는 마지막으로 한 번 더 점검해야 했다. 그리고 그 순간 빈센트를 위해서가 아니라 내 자신을 위해서 그 일을 하는 것이라고 위안으로 삼았다.

남편과 브라이언이 트럭의 문을 안전하게 잠그자, 나는 안전벨트를 풀었다. 트라비스의 엄마에게 대답을 해야 했다. 자신들이 할 수 있는 일이 있으면 말해달라던 그녀의 질문에 대답을 안 하지 않았던가.

내가 비상구로 다시 갔을 때 문은 이미 잠겨 있었다. 그때 빈 상자를 한 아름 안고 나오는 젊은 남학생 덕분에 나는 안으로 들어갈 수 있었다. 나는 내 아들의 이름이 적힌 갈색 문을 두드렸다. 트라비스의 엄마가 나를 보고 놀란 표정으로 인사를 했다.

"아들이 내가 이러는 걸 보면 싫어하는 데요…." 그렇게 나는 말문을 열었다. "하지만 이 말을 하지 않고는 떠날 수가 없을 것 같아요." 그러고 나서 우리 둘은 3개의 방이 연결되는 거실 복도의 벽에 기대 서서 이야기를 나누었다. 나는 가능한 빨리 FOP에 대해서 설명해주었고, 장애물, 치료법, 비상전화번호에 대해서 이야기했다. 그리고 게리 윙은 그 모든 것을 아들에게 전해주겠노라고 약속했다. 물론 완벽한 방법은 아니었지만 그래도 최선이 아닐까 싶었다. 빈센트가 조그만 복도에 서 있는 우리를 발견하고는 궁금한 듯 눈썹을 치켜 올렸다.

"엄마들끼리 하는 이야기가 있거든요." 게리가 말했다. 내 아들은 다시 한 번 나에 작별키스를 해줬다. 그리고 아주 가벼운 발걸음으로 새로운 룸메이트와 새로운 인생이 기다리는 방 문 너머로 사라졌다.

"신의 가호가 있기를." 게리가 마치 오랜 친구 같은 표정으로 말했다. 우리는 진심으로 서로를 끌어안았다. 그때 커다란 갈색 문을 두드리는 소리가 났다. 남편이 시계를 보았다. 이삿짐 트럭의 반환시간을 놓칠 참이었다.

"엄마니까요. 그냥 엄마로서 할 일을 하는 거예요." 게리가 남편에게 말했다.

남편과 나는 게리가 우리를 지켜보는 걸 뒤로 하고 기숙사를 떠났다. 나는 아주 사랑스럽고 능력 있는 엄마에게 책임을 맡기고 떠나는 듯한 신뢰를 느꼈다. 적어도 앞으로 몇 번은 트라비스의 엄마가 책임 있는 역할을 해줄 것이다.

XVI

별이 총총한 밤
2004년 9월

�֎ 저는 국가의 직업재활처 덕분에 대학에 갈 수 있었습니다. 국가에서 저의 책값, 등록금의 일부, 보조원의 비용을 모두 다 보조해주었지요. 하지만 여름학교 비용은 보조를 받을 수가 없어서 가족이 직접 행동을 취했지요. 아버지가 학교까지 태워다주셨던 겁니다. 아버지는 샌프란시스코 대학교의 교수님으로, 연구실에 계시다가 혹시라도 내게 비상상황이 생기면 곧장 제게 달려오셨어요. 엄마는 강의실과 실험실에서 내 조수처럼 도와주셨죠. 제가 들기에 너무나도 크고 무거운 교과서를 들고 다니는 일도 엄마가 안 계셨으면 불가능했을 거예요. 또 같은 학교에 다니는 오빠 조나단은 여름방학 때 실험실과 강의실에서 조수 노릇을 자처 했어요. 그리고 캠퍼스에서 조나단, 아빠, 나 이렇게 셋이서 소풍을 온 기분으로 점심을 먹곤 했죠. 그러고 나면 엄마가 오셔서 저는 다시 오후수업에 들어갈 수 있었답니다.

—사라 스틸*Sara Steele*, 20세. 2세에 FOP를 진단 받음.

1998년 9월, 세 아들의 생일이 들어있는 9월에 나는 친구인 재키 그리고 부루스와 '별이 총총한 밤'(Starry Night：화가 빈센트 반 고흐의 작품명에서 따온 것 – 편집자 주)이라는 이름의 바자회를 계획했다. 우리는 친구 수잔의 회사에서 만들어준 카드를 동봉해서 FOP 바자회 초대장을 발송했다. 카드는 흔히 볼 수 있는 빳빳한 카드에 별이 총총한 밤을 배경으로 빈센트가 불가사리를 들고 있는 합성사진을 붙여서 만든 것이었다. 그 행사는 구 시가지에 있는 교회에서 열렸다. 그 교회는 프레즈노 시의 상징으로, 붉은 벽 때문에 '크고 빨간 교회'라고도 불리는 곳이었다.

목사님은 연단에서 축복의 기도를 해주시고 사모님과 함께 입장티켓과 경품티켓 파는 일을 도와주셨다. 게다가 책 상자와 예술품들이 든 상자들을 나르고 음식을 서빙하는 일도 직접 해주셨다. 교회의 정원은 프레즈노 주변 지역과 다른 주에서 찾아온 친구들, 프레스노의 예술가, 음악가, 시인, 작가들로 가득 차 있었다. 아주 재능 있고 축복받은 사람들이 빈센트와 FOP와의 전투를 돕기 위해 모인 것이다. 카플란 박사는 필라델피아에서 기꺼이 비행기를 타고 와서 한 시인의 시구를 인용하기도 했다. '과학의 시중을 받는 예술.' 그것이 바로 카플란 박사가 '별이 총총한 밤'을 두고 한 말이다.

그날 있었던 바자회 '별이 총총한 밤'의 예술은 카플란 박사가 그날 강연에서 예견했던 것보다 훨씬 더 특별한 결과를 가져다주었다. 그 특별한 결과란 바로 젊은 간호사인 켈리 엘렉시가 역시 간호사였던 그녀의 어머니 그리고 자매이자 빈센트의 과학 선생님인 모니카 카터로부터 '별이 총총한 밤'의 이야기를 전해 들으면서 이루어지게 된다.

2003년 겨울, 나는 당시 UCSF 메디컬 센터의 집중치료실에서 신생아 담당 간호사로 일하던 켈리 엘렉시에게 편지를 썼다. 우연의 일치인지, 켈리는 신생아 의사인 죠셉 키터만*Joseph Kitterman* 밑에서 일하고 있었는데, 그 의사의 손자인 매트가 2000년에 FOP 진단을 받았던 것이다. 나는 켈리에게 기금마련 바자회가 있은 후, 정확히 4년이 지난 9월에 한 아기의 병명을 정확하게 그리고 기적적으로 진단하게 된 실타래 같은 인연을 자세하게 설명해줄 수 있는지 편지로 물었다. 그리하여 빈센트가 가장 좋아하는 과학 선생님의 자매인 켈리는 나에게 아주 생생한 설명이 담긴 편지를 보내주었다.

❋ ❋ ❋

친애하는 캐롤.

물론 저는 당신이 누구인지를 잘 압니다. 당신과 내 이야기를 나눌 수 있다는 게 저한테는 아주 기쁜 일이죠. 그 아이가 제대로 진단을 받을 수 있었던 것은 FOP와 관련된 정보를 널리 알린 당신의 헌신 덕분입니다.

저희 어머니와 언니 모니카는 당신이 몇 년 전에 열었던 자선 바자회에 갔었죠. 그 바자회에 다녀 온 어머니와 모니카는 제게 혹시 그런 질병을 가진 환자를 본 적이 있는지를 물었고요. 하지만 저는 그런 병명은 한 번도 들어본 적이 없노라고 대답했었답니다. 그러자 어머니와 모니카는 자신들이 아는 대로 그 질병의 여러 가지 증상들을 제게 알려주었습니다. 사연은 거기에서부터 시작된 겁니다.

아마 그 후 1년 혹은 2년 후일 겁니다. 저는 병원에서 근무 중이었고 조셉 키터만 박사가 자신의 손자의 질병에 대해서 다른 의사들과 토론하는 소리를 듣게 되었습니다. 우연히 그 자리에 있었던 저는, 제 언니가 학교에서 가르치는 한 남학생이 그런 질병을 가지고 있노라고 이야기했죠. 그러자 그 의사는 그 남학생이 어디에 사는지, 이름이 무엇인지 물었고 이후 모든 것이 연결되게 된 겁니다.

키터만 박사가 FOP에 관심을 갖게 된 후, 제 기억으로 2000년 7월에 UCSF의 카플란 박사를 초대해서 강연을 하도록 주선까지 하게 되었죠. 저도 그 강연을 들으러 갔었답니다. 카플란 박사는 바로 우리 어머니와 모니카가 비정상적인 엄지발가락의 기형에 대해서 이야기해주었던 바로 그 질병에 대해서 거듭 반복하며 설명을 했습니다.

2002년 9월, 저는 신생아실 간호사로서 신생아 집중치료실에서 근무하고 있었지요. 1주일에 3번 정도 방사선과에 가서 치료실에 있는 아기들의 MRI, 엑스레이, 초음파 결과를 확인하는 것도 제 업무 중 하나였죠. 간혹 다른 부서에서 자신들의 환자에 대해 논의하는 것이 길어지면 기다려야 했죠. 저는 그날도 신생아실 아기의 머리 MRI 결과를 보기 위해 방사선과에서 기다리고 있었습니다. 그때 방사선과에 모인 신경방사선과 의사들은 당시 2세인 아기의 목 부분에 생긴 돌기에 대해 열심히 토론하고 있었어요.

신경방사선과 의사들은 자신들은 목에 난 돌기의 유형이 정확히 무엇인지, 그 안에 어떤 조직이 들어 있는지 잘 모르겠다고 말하고 있었습니다. 종양학 의사인 골스바이 박사는 이미 생검은 했지만 결과는 부정적이며, 목의 돌기가 척추 아래로 이동되면서 돌기가 자란 부분은 움직이지 못하게 됐다고 보고했습니다. 나는 처음에는 아무 말도 않다가 같은 신생아실 동료에게 지금 의사들이 토론하고 있는 질병은 키터만 박사의 손자가 진단받은 질병과 아주 똑같은 것 같다고 이야기했죠. 하지만 동료는 그 질병에 대해 전혀 기억하지 못했고 카플란 박사의 강연도 기억하지 못했습니다.

그러자 그들 중 한 의사가 특정한 질병 이름을 대면서 그 질병일 것이라고 말했습니다. 그것은 질병을 가진 아이들이 대개 근육절개 생검을 하고 난 후 잘못 판단되기 쉬운 그런 종류의 질병이었다고 기억됩니다. 어쨌든 일단 한 의사가 특정한 질병이름을 거론하자 그에 부합되는 단서들이 제시되기 시작했지요.

저는 그 의사들에게 아무런 말도 하지 않았고, 나중에 골스바이 박사가 토론을 끝내고 방사선과를 나올 때를 기다렸습니다. 나는 그가 나오는 것을 보고 어깨를 살짝 두드리고는 좀전의 그 환자와 관련해서 한 가지 물어볼 게 있노라고 이야기했죠. 골스바이 박사는 그러라고 했고, 저는 그 아이의 엄지발가락이 기형인지를 물었습니다. 그는 약간 놀라는 표정으로 아니라고 대답했지만, 사실 그날 아침 아이의 엄지발가락이 좀 짧은 걸 눈여겨봤다고 하더군요. 그러더니 관심 있는 표정으로 왜 그런 걸 질문하느냐고 물었습니다. 저는 아이의 몸에 돌기가 생겨서 나중에는 골화되기 때문에 제대로 병명을 진단하기가 어렵다는 그 희귀질병에 대해서 알고 있는 것을 다 말해주었습니다. 그리고 그 질병을 가진 아이들은 대개 종양학과에서 다루는데, 생검에 생검을 거듭하다가 나중에는 화학요법까지 받게 된다고 말했죠. 그러자 그는 내게 그 병명이 무엇인지를 물었습니다.

골스바이 박사는 자신의 환자인 아이의 상태가 심각하기 때문에, 자신은 그 어떤 사례도 기꺼이 조사해보겠노라고 말했습니다. 저는 FOP의 이름을 댔죠. 그는 나에게 그게 무슨 약자인지 물었고 나는 이렇게 대답했어요. "기억할 수는 없지만 제 언니가 아마 알 거예요." 인터넷을 검색해보면 어떤 질병인지 금방 알아낼 수 있을 것이라고 덧붙였어요. 저는 신경방사선과에 있는 동안 키터만 박사와 연락을 해보려고 노력했지만 마침 그는 휴가중이어서 연락이 닿을 수가 없었답니다. 그러자 골스바이 박사는 내게 자신의 명함을 주었고 나와 신생아실 동료는 도서관 자료를 찾아보려고 이층으로 올라갔죠.

질병을 찾는 것은 어렵지 않았습니다. 제 신생아실 동료는 흥분해서 계속 이렇게 떠들어댔죠. "정말 놀라워! 네 말이 맞았어!" 마침 그때 또 다른 동료가 카플란 박사의 이름을 기억해냈고 나는 골스바이 박사에게 전화를 걸어서 그 사실을 알려주었답니다. 동시에 휴가 중인 키터만 박사에게 이메일을 보내서, 골스바이 박사에게 당신을 알려주었노라고 말했고 그날 신경방사선과 라운드에서 있었던 일들에 대해서 설명했죠.

다음날 아침 근무 중에 키터만 박사가 제게 전화를 해서는 내 이메일을 잘 받았으며, 이제 직접 골스바이 박사에게 전화를 할 거라고 했습니다. 또 몇 시간 후 키터만 박사는 다시 제게 전화를 해서는 엑스레이 필름이 필라델피아로 보내졌으며 그쪽에서도 FOP소견을 제시한다고 알려주었습니다.

그것은 정말이지 FOP만큼 아주 희귀하게 일어난 일이었어요. 복권에 당첨될 확률보다 아직 FOP로 진단받지 않은 한 아이를 두고 벌어진 의사들의 토론을 우연찮게 들을 수 있는 확률이 귀할 거라는 생각이 들었어요. 저는 그 아이가 더 이상 불필요한 테스트를 받지 않아도 되어서 정말 기뻤답니다. 그리고 그 일로 당신이야말로 아주 특별한 이유로 특정한 장소에 있었던 사람이 아닌가 하는 생각을 갖게 되었죠. 저는 제 인생에서 낯선 사람들이 내가 살아온 삶의 방식을 그때만큼 완전하게 바꾼 경우가 있었던가, 가끔 궁금해지곤 합니다. 그럼 건강하세요.

— 켈리

카플란 박사는 켈리의 이야기에 대해서 이렇게 언급한 적이 있다. "나쁜 소식은 키터만 박사의 손자인 헤이든이 실제로 FOP로 판명났다는 것이고, 그럼에도 좋은 소식은 그 아이가 수호천사인 간호사 켈리 알렉시를 만났다는 겁니다."

빈센트가 떠난 후 – 2004년 9월

2년 전, 오늘과 같은 날이었다. 셀린은 교복을 입고 머리를 빗어 뒤로 묶고는 시리얼을 그릇에 쏟아 부으며 학교에 갈 채비를 끝내고 있었다. 이사벨은 거실에서 첫 학년을 시작할 채비를 하면서 이제 유치원 생활이 끝이 나서 친구 사라와도 더 이상 실컷 놀지 못할 것이라고 한탄했다.

"서둘러!" 나는 이사벨에게 소리쳤다. "아빠가 곧 들어오실 텐데 만약 네가 아직도 학교 갈 준비가 안 됐다는 걸 아시면 안 좋아하실 거야! 자동차 열쇠를 못 찾아서 벌써 기분이 나쁘거든!"

"왜 그런 일에 화가 났어요?" 이사벨이 물었다.

"왜냐하면 열쇠를 찾을 수 없으면 운전을 할 수 없으니까."

내 대신 셀린이 설명을 해주었다.

"만약 네가 그런 경우라면 너는 화가 안 날까?" 내가 말했다.

"나는 애잖아요. 그리고 나는 운전을 안 하잖아요." 이사벨이 말했다.

어느 엄마라도 막내가 막 유치원에 들어가고, 동시에 큰 아이가 대학에 들어가면 어리둥절할 것이다. 같은 주에 유치원 오리엔테이션과 대학 신입생 오리엔테이션이 있다. 재미있는 것은 대학생들은 카페테리아에 모여 일부러 부모를 모른 체 하고 앉는데, 또 다른 오리엔테이션에서는 바닥에 앉은 아이들이 '우리 엄마는 어딨어요?'라고 묻는다는 것이다. 이렇게 애를 많이 낳아서 기르는 일은 시간과 공간의 연속체를 크게 분열시키는 일이다. 말하자면 어린 루카스가 큰 형 브라이언이 걸음마를 할 때의 사진을 보고는, "셀린이 걷고 있어!" 라고 말하는 것과 같은 것이다. 그러나 더 이상 그런 혼란스러움을 겪지 않아도 될 때가 다가오고 있었다.

"빈센트 오빠가 대학으로 떠나니 몇 사람이 집을 떠난 거 같아요." 셀린이 슬픈 목소리로 말했다. 딸이 내가 느끼는 기분을 대신 말해주고 있었다. 아이들이 다 자라서 집을 떠나면 그들을 그리워하는 것은 부모만이 아니다. 나는 옷가지들을 정리하러 브라이언의 방에 갔다가 컴퓨터 모니터에 새로운 황금색과 푸른색 메시지가 붙어 있는걸 보았다. '집에 들러줘서 고마워, 브라이언 오빠.' 브라이언은 1년 동안 외국에 있다가 이제 독립할 아파트를 구하러 일찍 집을 나섰다. 셀린은 두 오빠를 모두 그리워하고 있었던 것이다.

나는 냉장고를 열다가 우리 가족 중에서 빈센트만 먹던 콜리플라워를 보았다. 결국 나는 세탁실로 들어가서 훌쩍이며 젖은 양말을 건조기에 집어넣었다. 빈센트가 아주 어렸을 때의 모습이 생생하게 떠올랐다. 이사벨이 귀여운 아기를 볼 때면 '동그란 머리 아기'라고 불렀는데, 바로 그런 '동그란 머리 아기'가 살사리듬에 맞춰 춤을 추던 때가 늘 내 마음속에 새겨져 있었다.

한 아이를 키우면서 겪는 조그만 행사들이 다 치러지고 나면 그 다음엔 무엇이 남을까? "아이들이 다 떠나면 어떻게 하실 겁니까?" 어떤 아버지가 버클리 대학생 오리엔테이션 기간에 참석한 학부모들을 향해서 던진 질문이었다. 나는 이미 한 아이를 독립시켜 보냈지만, 여전히 부모라서 어떻게 해야 할 지 알 수가 없었다. 이제 2학년이 된 자녀를 둔 한 어머니는 눈가에 눈물이 그렁그렁한 채 이렇게 말했다. "그 아이는 우리 집을 밝히는 빛이었죠." 또 다른 아버지는 이제 신입생이 된 아들에게 몇 주 동안 매일 전화를 걸다가 결국 부인이 말리는 바람에 그만두어야 했다고 말했다.

우리 어머니는 우리가 빈센트를 그렇게 멀리 떠나보내도록 했는지 이해하시지 못했다. "가족은 몇 년 동안 빈센트를 지탱해준 힘이었어!" 어머니는 그렇게 말했다. 나 역시 라틴 사람들의 방식을 더 좋아한다. 가족과 함께 머무는 것, 그것도 영원히. 하지만 빈센트는 다른 것을 원했고, 꼭 그렇게 해야 할 필요가 있는 이별이었다. 어떻게 우리가 아들을 붙잡아둘 수 있겠는가? 기차를 타고 떠나야 하는 그 이상의 장소에 가서 그의 재능을 십분 발휘하는 걸 어찌 막을 수 있겠는가?

2003년에는 이사벨의 부러진 팔을 고치고, 몇 년 전에는 빈센트의 다리를 구했단 제라르디 박사가 2004년에는 셀린의 척추를 검진하고 있었다.

우리에게는 제라르디 박사, 그의 인내심, 브라이언이 프랑스에서 가져온 성수가 있다. 성수병은 아주 작은 반투명의 마리아 상으로, 붉은 장미와 푸른 색 왕관을 쓰고 있다. "네가 가장 어려울 때 쓰자." 내가 그렇게 말하자 브라이언이 활짝 웃었다.

제라르디 박사는 엑스레이 필름을 긴 패널에 끼워놓았다. 얼마 전에 본 루카스의 MRI 필름보다는 다소 작았다.

"오케이~." 이사벨의 부러진 팔을 보았을 때 내뱉은 말과 똑같은 톤의 목소리였다. 나는 의사의 그 "오케이" 소리에 집착했다. 왜냐하면 그는 패널에 끼워진 우리 딸아이의 흑백 척추 엑스레이 필름을 보고 있었기 때문이었다.

제라르디 박사는 한 장의 종이에 종모양의 곡선을 그렸다. "이 경우는 가벼운 정도, 중간 그리고 심각한 정도." 그는 펜으로 물결을 그으며 설명했다. 셀린의 척추는 눈에 띌 만큼 휘어 있었고, 앞으로 자라면서 성장이 완성될 때까지 주기적으로 엑스레이 검사를 받아야 한다고 했다. 제라르디 박사는 우리에게 척추 엑스레이 필름 사진을 자세히 보도록 했다.

"저것들은 해링톤 로드 *Harrington rods*라고 하는 것입니다." 제라르니 박사는 엑스레이 필름에서 척추 뼈와 뼈 사이의 하얀 흔적들을 가리키면서 설명했다. 나는 약간 불길한 예감이 들었다.

"좋은 소식은 셀린이 이제 거의 다 자랐다는 겁니다." 제라르디 박사는 셀린에게 말했다. 셀린의 키는 나와 비슷한 170센티미터나 되었다. 성장이 계속되면 오히려 문제를 더 악화시킬 수 있었다.

"더 이상 자라지 않는 건가요?" 셀린은 제라르디 박사가 척추만곡에 대한 문헌을 찾기 위해 나가려고 하자 당황해하며 물었다.

"그건 좋은 거야." 남편이 셀린의 기분을 풀어주려고 말했다. 하지만 딸아이는 별로 탐탁치 않게 여기는 것 같았다. 셀린은 농구를 좋아했다.

"만약 우리가 좀더 일찍 알아챘다면 어떻게 되었을까요?" 나는 제라르디 박사가 자료를 챙겨오자 그렇게 물었다. 내가 어떻게 그걸 모를 수가 있었지? 어떻게 내가? 하늘이 무너지는 걸 막기 위해서 분주하게 바빴었나? 내 딸아이의 등 한번 제대로 살펴보지 못할 정도로? 그런 것은 제때에 발견해야 했다.

"척추를 고정시켜서 효과를 보기에는 너무나도 높은 지점이
에요." 그는 만곡에 대해서 설명했고 그것은 초기 단계에도 마
찬가지라고 설명했다. 하지만 어떻게 우리가 아이의 척추만곡
을 모르고 지나칠 수 있단 말인가?

"마당에 있는 나무와 같아요. 늘 쳐다보기 때문에 늘 똑같은
나무로만 보이죠. 그러다 누군가 손님이 와서는 조그만 변화를
감지하는 겁니다. 대개는 가족 이외 다른 사람이 아이의 척추만
곡을 눈치 채죠. 수영선생님이라든가, 양호선생님 혹은 의사가
발견하는 경우가 많아요." 제라르디 박사는 부모로서 갖는 죄책
감에서 우리를 구해주고 있었다.

"그리고 아주 건강하고 잘 자라는 아이에게도 일어나지." 그
는 셀린에게 그렇게 말했다. 그는 아이의 팔을 가볍게 두드리고
는 수영, 달리기, 가방메기, 그리고 여러 가지 운동은 여전히 할
수 있다며 셀린을 안심시켰다. 그러고 나서 혹시나 있을 희귀한
원인을 규명하기 위해 MRI 검사를 해보라고 권했다. "드물지만
유전적일 확률도 있습니다. FOP와 유전적 연관성이 있는지 카
플란 박사에게 여쭤보셔도 될 겁니다." 제라르디 박사는 다소
호기심 있는 말투로 그렇게 물었다. 나중에 나는 영국에 사는
FOP 소녀의 엄마로부터 두 딸이 척추만곡을 가졌다는 이야기
를 듣게 된다. 하지만 아직 FOP와 척추만곡과의 상관관계가 밝
혀진 것은 없다.

셀린의 진단이 끝난 후 우리는 루카스의 수술일정에 대해서
대화를 나누었다. 제라르디 박사는 두 종류의 이식법을 설명하

면서 우리의 걱정을 잠재웠다. "루카스는 아주 유능한 외과의 사들 손에 맡겨질 것이니 걱정 마세요."

"이번 주는 정형외과의 주로군요." 내가 말했다.

"당신의 몫 이상의 것을 감당하고 계시는 것 같아 유감입니다." 제라르디 박사가 그렇게 말하면서 고개를 젓고는 아래쪽을 내려다보았다.

그 다음날, 나는 친구 체리와 레스토랑에서 생선으로 만든 타코 Taco 요리와 샐러드를 먹으면서 루카스에게 동종이식을 하기로 결정했노라고 말했다. 왜냐하면 그 방법이 덜 고통스럽고, 수술시간도 짧으며, 회복속도도 더 빠르기 때문이었다. "이렇게 다치는 경우는 백만 명 중에 한 명 꼴이래." 나는 그렇게 말했다.

체리는 늘 그랬듯이 걱정스런 어머니처럼 나를 쳐다보고는 내 손 위에 자신의 손을 얹었다. "하지만 캐롤, 너는 얼마나 특별한 운을 갖고 있니!"

FOP에 걸릴 확률이 이백만 명 중에 한 명 꼴이고, FOP가 엉덩이에 발화될 수 있고, 십자인대가 찢어지고, 같은 주에 또 다른 아이가 척추만곡 진단을 받는 기이한 확률을 떠올릴 때마다 체리의 말이 나를 붙잡았다.

루카스는 무릎수술을 위해 수술실에 있었다. 남편과 나는 병원 1층 예배당 아래쪽에 있는 대기실에서 기다렸다. 월트는 조용히 법률서류를 읽고 있었고, 나는 학생들의 작문을 체크했다. 전화벨이 울렸다. "엉덩이에 FOP가 다시 진행되는 것 같아요." 빈센트였다. 그리고 나서 빈센트의 전화만큼 중요한 소식을 또 듣게 되었다. 외과의사가 대기실로 전화를 걸었다. "수술이 아주 잘되었습니다!"

회복실에 온 루카스는 창백하고 기진맥진해보였다. 하지만 곧 루카스는 한쪽 다리를 든 채 휠체어를 타고 다녔다. 루카스에게는 비스테로이드계 소염제인 비옥스 *Vioxx*가 처방되었다. 그 약은 많은 FOP 환자들이 매일 같이 복용하고 있는 것이라 잘 알고 있었다. 그렇지만 헨릭슨 박사는 빈센트에게 비옥스가 아닌 술린닥을 처방해주었다.

집으로 돌아온 루카스는 양털이 둘러진 보조기구를 다리에 달고 거실의 소파에 누워 있었다. 그 기구는 다시 재생되는 관절이 유연해지도록 다리를 단단하게 묶는 역할을 했다. 두툼하게 동여매진 루카스의 무릎에 얼음팩을 대면서 나는 20분 단위로 내가 할 일을 처리해야 했다.

20분 후에 다시 냉찜을 해주고, 나는 헨릭슨 박사에게 전화를 걸어 정맥주사이자 실험적인 약품인 조메타에 대해서 물었다. 만약 빈센트의 엉덩이 쪽 FOP 발화를 최근의 약물요법으로 저지하지 못할 경우, 새롭게 시도할 수 있는 약물로서 어떨지 물어 보았다. 조메타의 부작용은 잠정적으로 심각할 수도 있었는데, 2차적 부작용으로 가장 흔한 것은 메스꺼움과 열이었다.

"조메타는 현재 생명과학위원회의 임상실험승인을 기다리고 있습니다. 현실적으로 그 약을 처방해도 좋다는 승인이 나기까지는 적어도 몇 달이 걸릴 겁니다."

별로 좋지 않은 소식이었다. 나는 또 염려되었다. 빈센트는 멀리 대학에 있고, 중요한 관절부분에서 FOP가 심각하게 진행되고 있었다. 어떻게 해야 하나?

"이 혼돈된 상황이 얼른 해결되기를 바랍니다." 헨릭슨 박사가 아주 친절하게 말했다.

그러나 하나의 혼돈이 진정되기도 전에 더 큰 혼돈이 찾아왔다. 빈센트의 전동스쿠터가 아무런 이유도 없이 후진하는 사고가 발생한 것이다. 어느 날은 언덕 위에서 멈추기까지 했다고 한다. 물론 아주 친절한 독일계 학생이 빈센트의 전동기를 밀어주는 바람에 순간적인 사태는 해결되었다. 나는 캘리포니아 지역에 있는 전동스쿠터 지점에 전화를 했지만 소용이 없었다. 또 셀린은 학교를 바꾸고 싶어 했다. 브라이언은 아예 나라를 바꾸고 싶어 했다. 그리고 언제나 밝고 균형감각이 있던 루카스가 집에서 화를 내며 자신의 부목을 두들기기 시작했다.

매일 아침 눈을 뜨면 시험을 앞둔 사람처럼 조마조마했다. 나는 세탁을 하면서 훌쩍거렸고, 인생이라는 전위예술 덕분에 편두통을 얻게 되었다. 내 주치의는 약을 처방해주었지만 그래도 나는 자연요법을 시도해보기로 했다. 어느 날 밤, 정확히 새벽 3시에 나는 인터넷을 뒤져 자연산 스트레스 해소제품을 주문했다.

루카스가 무릎수술을 마치고 난 지 며칠이 지났을 때였다. 텔레비전, 라디오, 인터넷, 신문에서 아주 놀랄만한 소식이 전해지고 있었다. 전 세계에서 FOP 환자들이 비스테로이드계 소염제에 대해 묻는 메일을 보내기 시작했다는 것이었다. 약품의 부작용으로 심각한 심장질환이 나타날 수 있다는 것이었다. 그러자 펜실베이니아 대학 측은 마침내 아래와 같은 메시지를 게시판에 올려놓았다.

❋ ❋ ❋

비옥스 리콜!!

갑작스러운 비옥스 리콜 때문에 여러 환자분들이 혼란스러워하고, 또 FOP 협회 역시 크게 우려하고 있는 게 사실입니다. 특히 FOP 발화를 막고 통증을 완화시키기 위해 이미 이 약품을 복용했던 환자들은 더욱더 걱정 하고 계시리라 짐작합니다. 해당 제약회사가 이 약품을 시장에서 전량 회수하기로 결정했으므로 환자분들은 이 약품의 복용을 당장 중단하기를 바랍니다.

—심심한 위로를 전하며, 글래서 박사와 카플란 박사

나는 몇 년 동안 비옥스 대신에 술린닥을 처방해주었던 헨릭슨 박사에게 감사한다. 그런데 빈센트가 아니라 루카스가 지금 비옥스를 복용하고 있지 않은가!

"모든 게 제대로 굴러가지 않아요." 나는 서식을 제출해야 할 일로 아이들 학교에서 줄을 서 있었다. "하지만 나아질 거예요." 나처럼 끔찍한 한 달을 보내고 있는 또 다른 엄마가 말했다. 그 엄마의 이야기를 듣고나서 신기하게도 갑작스럽게 모든 상황이 나아지고 있었다. 빈센트의 전동스쿠터가 캠퍼스에서 멈춘 다음 날, 그 전동기 회사의 사장과 기술자가 버클리로 순회AS를 실시한다고 했다. 헨릭슨 박사는 아동병원으로 조메타 물약을 공수했고, 그 비용 역시 보험회사가 내도록 해주었다. 그래서 우리 집 냉장고에는 엄청난 가격의 그 실험적인 약품이 대기하고 있었고, 비상시에 어느 병원으로라도 가져갈 수 있는 만반의 준비가 되었다. 옆집에 새로 이사 온 코레이와 웨인은 이사벨의 친구 쉘비의 부모로, 부부가 의사이고 간호사다. 그들은 만약 집에서 조메타를 주사해야 할 긴급한 상황이 온다면 자신들이 기꺼이 돕겠노라고 약속했다.

　내가 잊지 말아야 할 일은, 불운은 행운을 가져다주고 좋은 사람들이 어느 날 마술처럼 나타나도록 만든다는 것이었다.

XVII

이제는 염려하지 않으리
2004년 10월

✳ 매일 밤 휴고의 등을 살펴보는데 몸 전체가 점점 더 나아지고 있
어요. 그러나 잠시 동안 조용하다가 이틀 후, 갑자기 '펑!' 하고 다른
증상이 나타날지도 모르죠. FOP는 우리가 부모로서 손 쓸 수 없는 일에
대해서 지나치게 걱정하고 염려하며 에너지를 쏟게 만들어요.

그래서 저는 어느 날 걱정하는 것을 멈추기로 했지요. 그리고 앞으로
일어날 일에 대해서, 일어나지 않을 수도 있는 일들에 대해서 자료를 읽
고 그 날에 대비하려 노력합니다. 그러면 좀 더 행복해질 수 있을 거 같
아요. 휴고는 지금 FOP와 휴전상태지만 완전히 전쟁이 멈춘 것은 아니
에요. 희미하게 FOP 발화가 등 쪽에 진행되고 있는데 '예전에도 이랬
었나?' 하고 기억이 가물가물해지곤 해요. 그런데 우리의 삶이란 이런
게 아닐까요? FOP가 좀 잠잠해지면 우리도 보통 엄마들처럼 '안 돼!'

라고 소리치고, 이건 하지 마라, 동생 때리지 마라, 소리 지르지 마라,
밥 다 먹어라, 혼자서 바지 입어라 등등 그런 말들을 하며 아이와 실랑
이를 벌이는 것을 말이예요.

—휴고의 엄마 마리 할버트 *Marie Halbert*, 휴고. 6세. 4세에 FOP를 진단 받음.

이사벨이 6살 되던 어느 해 봄날 오후, 이사벨과 나는 스케이
트를 타러갔다. 나는 걷고 이사벨은 롤러스케이트를 타면서 가
는데, 이사벨이 환상적인 동작을 할 때마다 나는 소리를 지르며
마음 졸여야 했다.

"그건 너무 위험한 회전이야! 넌 너무 과감한 동작을 하고 있
는 거라고." 나는 이사벨에게 말했다.

"'너무 과감한' 게 뭔데요?"

"그렇게 모험하는 거"

"내가 방금 한 건 '과감한' 축에도 못 드는 거예요. 과감한 건
이런 거라구." 이사벨은 그렇게 이야기하고 팔 다리를 흔들며
더 위험천만한 동작을 했다. 그러다 다행스럽게도 이사벨은 곧
길가에 난 뭔가를 보고는 걸음을 멈추었다.

"소원을 들어주는 꽃이다!" 이사벨은 그렇게 소리치고는 거
친 땅에 피어 난 민들레 홀씨 쪽으로 터벅터벅 걸어갔다. 헬멧
을 쓴 예쁜 얼굴이 이내 경건한 모습으로 변했다. 이사벨은 갈
색 눈동자에 진지한 소원을 담고는 훅 공기를 불어 민들레 홀씨
를 공중으로 날려버렸다.

“무슨 소원 빌었어?” 내가 물었다.

“소원이 이루어질 때까지 말할 수 없어요.” 이사벨은 그렇게 말하고 줄기를 휙 던졌다. 이사벨은 자신이 기원한 소원이 이루어지면 그때 나한테 알려주겠노라고 약속했다. 그러고 나서 이사벨은 또 다른 ‘소원의 꽃’ 한 송이를 들고는 나더러 소원을 빌라고 했다.

“한 번에 다 불 필요는 없어요.” 내가 볼을 부풀려 약간 머리가 띵해질 때까지 공기를 불자 이사벨이 충고했다. “그리고 이것은 아주 작은 소원을 위한 거예요.” 이사벨은 아주 작은 민들레를 또 하나 집어 들었다. 그러고 나서 자기 언니 셀린을 위해 하나 더 꺾었다. 하지만 바람에 소원을 비는 꽃이 날아가려 하자, 이사벨은 손을 컵처럼 말아 쥐더니 민들레 주위를 감쌌다. 그리고 그 예쁜 야생화를 들고 천천히 스케이트를 타고 집으로 왔다. 마치 기도를 하듯이.

현관에서 셀린은 이사벨이 가지고 온 민들레를 받았다. 그리고 마찬가지로 경건한 표정으로 민들레를 들고는 푸른 눈으로 깊게 응시하며 속으로 자신의 소원을 빌었다. 그리고 후 하고 불었다. 하지만 아무것도 날아가지 않았다. 민들레 홀씨는 모두가 제자리에 있었다. 어찌된 건지 단 하나의 솜털도 움직이지 않았다.

“잠깐, 내가 도와줄게.” 이사벨이 말했다. “이렇게 해.” 그렇게 말하면서 이사벨은 쉿 소리가 나도록 바람을 불었다. 셀린도 푹푹 기차소리를 냈다. 민들레의 솜털 일부가 하늘로 날아갔다.

“잘했어! 이제 언니의 작은 소원이 아주 큰 소원으로 이루어질 거야." 이사벨이 말했다.

"사실 내 소원은 절대 이룰 수 없는 거야." 셀린은 그렇게 말하면서 민들레의 하얀 솜털을 손으로 뜯어내기 시작했다.

"소원을 빌 때, 힘들게 빌면 그 소원이 이루어질 확률도 더 높아진대." 나는 셀린을 위해 즉흥적으로 그렇게 설명했다.

나는 우리 모두가 똑같은 소원을 빌었다는 것을 알고 있다. 그리고 그 소원이 이루어지는 날 우리는 함께 비밀을 이야기할 수 있으리라.

선택의 시간 – 2004년 10월

화창한 가을 오후, 나는 차를 운전해 집으로 돌아왔다. 방금 전 FOP 활동가인 게리 화이트로부터 들은 소식에 의하면, 캘리포니아 주지사인 아놀드 슈워츠제너거가 마침내 캘리포니아의 10월을 'FOP의 달'로 선포하기로 결정했다고 했다는 것이다. 나는 영화 속에서 근육질 몸매를 과시한 캘리포니아 주지사를 떠올리고는, 그가 근육이 골화되는 질병을 가진 아이들을 도와준다면 그것도 나쁘지 않은 일이라고 생각했다. 그건 분명 좋은 소식이었다. 그건 우리 아이들이 어려운 시험과목에서 새로운 친구들을 제치고 A를 받았다고 말해준 소식과 더불어 좋은 소식이었다. 바야흐로 삶이 제대로 흘러가기 시작한 모양이다.

"저는 FOP에 대해서는 아무것도 모릅니다." 샌프란스시코의

한 의사는 솔직하게 말했다. "그리고 지금으로선 더 이상 새로운 환자를 받을 수도 없습니다." 아무래도 쉽게 일이 풀리지 않을 모양이다.

우리의 존경하는 친구이자 UCSF의 신생아 전문의이고 FOP의 대부이기도 한 키터만 박사는 하루 종일 우리를 도와줄 동료의사를 찾느라고 바빴다. 빈센트의 왼쪽 엉덩이 FOP는 더욱 악화되고 있었고, 나는 냉장고에 보관하고 있는 조메타 주사약을 사용할 준비를 하고 있었다. 이사벨의 머리 위로 붉은 벨벳 드레스를 입히면서 휴대전화로 류머티스과 의사와 통화를 했다. 그날은 베이 에어리어에서 어머니의 생일파티가 있는 날이었다. 빈센트와 브라이언도 그곳으로 오기로 되어 있어서, 만약 앞서서 병원 주사실에서 보지 못하면 파티에서 볼 수 있었다.

샌프란시스코의 류머티스과 의사는 자기 병원의 레지던트 의사가 빈센트를 담당할 수 있을 거라고 했다. 레지던트가? "하지만 이번 주말까지 정맥주사를 주문할 수는 없습니다." 그는 그 점을 확실하게 했다. 빈센트를 꼭 그의 환자로 등록해야 했다. 우리는 아주 정중하게 논쟁했지만 나는 결국 지고 말았다.

나는 셀린이 푸른색 드레스의 지퍼를 올리는 걸 도와주었다. 금발에 푸른 눈동자, 셀린은 르네상스 시대의 미인으로 변신했다. "이거 마음에 안 들어요." 셀린이 싫은 표정으로 말했다. 이제 중학교 1학년인 셀린은 남들 눈에 띄고 싶어 하지 않았고 거울 앞에 선 자신의 모습에 별로 기뻐하지 않았다. 사실 그 순간, 거울 앞에 선 모습이든 아니든 나는 내 자신의 모습에 기쁘지

않았다. 내가 할 수 있는 일이라고는 파스텔 톤으로 꾸며진 옆
방으로 가서 절망적인 기분을 억누르며 울지 않기 위해 참는 것
뿐이었다. 거울에 비쳐진 내 모습은 지쳐 보였다. 푸른 실크 드
레스와 붉은 벨벳 드레스를 입은 두 명의 젊은 미인들 옆에, 눈
아래는 거무죽죽하고 기진한 모습의 한 여자가 서 있었다. 나는
한 폭의 그림 앞에 너무나도 초라하게 서 있었다.

　'내가 감히 어떻게 베이 에어리어 지역에서 전문가를 찾는 일
이 수월할 거라고, 시간적 여유가 있을 거라고, 어떻게 그렇게
여유만만할 수 있었지?' 지난 몇 년 동안 가족과 다름없는 주치
의들과 전화 통화만으로도 FOP의 진행과정을 다루어왔다. 지
금　한번도 FOP 증례를 본 적이 없는 의사에게, UCSF의 레지
던트에게 '다리를 필요 이상으로 잡아당기지 마세요. 안 그럼
당신을 죽일 거예요'라고 말했던 사전경고를 다시 되풀이하며
아들을 부탁하는 일이 너무나도 아득하고 어렵게 느껴졌다.

　우리 냉장고에는 1,200달러나 하는 조메타 주사약이 있다. 그
런데 아들 빈센트의 다리가 계속 움직일 수 있는 확률을 높이기
위해 그 주사약을 처방해줄 사람이 아무도 없었다.

　나는 어둑한 새벽에 인터넷에 접속했다. 나는 베이 에어리어
에 사는 젊은 FOP 남자 환자에게 이메일을 보내 그의 주치의 이
름을 알려달라고 부탁했다. 그리고 똑같은 요청을 켈리 알렉시
에 의해 FOP 진단을 받게 된 헤이든의 엄마 메간에게도 했다.
고등학교 동창과 다른 대학에 있는 의사에게 부탁하고, 마지막
으로 테네시에 사는 FOP 환자이자 내 친구인 샤론에게 이메일

을 보냈다. 내겐 기대어 마음껏 울 수 있는 그녀의 어깨가 필요
했다. 나는 영국의 시인 윌리암 버틀러 예이츠 *William Butler
Yeats*가 말한 '재앙의 힘'이라는 단어를 절감하고 있었다. '사물
들은 부서져서 떨어진다. 중심은 이를 붙들어둘 수가 없다.'

그것은 어두운 영혼의 밤이었다. 그 어떤 것보다 더 어두운 영
혼의 밤이었다.

나는 가족들이 모인 식당 파우더 룸에서 머리를 매만졌다. 근
래 발화한 빈센트의 FOP가 너무나도 걱정스러웠다. 과연 잘 해
결될 수 있을까? 빈센트에게 실험적인 정맥주사가 과연 필요할
까? 그 요법은 안전할까? 나는 그런 염려를 떨치지 못한 채 어머
니의 생일 파티장소로 온 것이다. 어머니는 꽃으로 장식한 아주
멋진 모습으로, 흥이 잔뜩 난 표정으로 고운 린넨과 근사한 하
얀 접시가 연어와 샐러드를 기다리는 원탁에 앉아 계셨다. 어머
니는 나이보다 젊어보였고, 심지어 딸인 나보다도 훨씬 더 젊어
보였다. 그리고 거울 속에 비친 나보다 더 아름다웠다.

나는 지갑에서 얼굴빛을 맑아보이게 한다는 화장품을 꺼내서
눈가의 가뭇한 부위에 발랐다. 그 화장품은 이름값을 하는지 겉
피부만큼은 조금 팽팽해 보였다.

나는 늘 학생들에게 문학 속에 등장하는 선택적인 '푼또 디시
시보 *punto decisivo*'에 대해서 말한다. 이 말은 문학작품 속에
나오는 등장인물들은 언제나 하나의 길을 선택하거나 해결책에
이르는 분명한 결정을 할 수가 없다는 의미다. 그러나 그 순간

의 나는 푼또 디시시보를 할 수 있다. 이 길로 가는 것, 혹은 저 길로 가는 것. 그렇다면 나의 선택은 무엇인가? 내게 선택할 수 있는 길은 과연 존재하는가?

그때 파우더 룸의 문이 활짝 열리더니 조깅복을 입은 몸집이 큰 여인이 멍한 나를 보고 미소를 지으며 들어왔다. 나는 바로 옆에 낯선 이방인을 두고 화장을 계속 할 수가 없어서 나오기로 결정하고 마지막으로 내 모습을 힐끗 보았다. 얼굴색은 너무 어둡고, 얼굴 표정은 너무, 뭐랄까. 어쨌든 나는 결정을 내릴 것이다. 잠시 후에.

하얀 나무목과 조그만 샹들리에, 조약돌로 된 바닥이 있는 레스토랑 바깥에서 이제 대학생이 된 두 아들을 만났다. 브라이언이 빈센트를 태우고 버클리에서 오는 길이었다. 브라이언은 빈센트가 캠퍼스에서 스쿠터를 타고 달리면 옆에서 함께 달렸다. 그리고 브라이언은 동생을 친구들에게 소개하고 시설물을 알려주고 늦은 밤 약국으로 달려가는 일도 마다하지 않았다. 또한 화학조교가 빈센트의 실험실 보고서를 잃어버리고는 빈센트에게 약 40% 정도만 참고하겠다고 하자 그 일을 중재한 사람도 브라이언이었다.

FOP와 만성적인 고통, 위협적으로 다가오는 다리의 운동성 상실, 캠퍼스의 언덕, 부주의한 조교, 교만한 교수들, 광활한 강의실 등등의 상황에서도 빈센트는 무기화학과 수학에서 최고점수 A를 받았다. 그 과목들은 의과대학원에 가고자 하는 많은 학생들을 솎아내는 악명 높은 것들이었다.

"그 조교가 자신도 장애를 가진 동생이 있다고 그러더군요."

브라이언이 말했다.

FOP는 그때까지 나의 두 아들을 운동과 음악이라는 전혀 동떨어진 세계로 분리시켜 놓았었다. 그런데 이제 1년 동안 그들은 똑같은 세계를 경험하게 될 것이다. 그 세계는 두 사람 모두에게 결코 녹록하지 않을 것이다. 그러나 뭔가 중요한 의미가 다가 올 것이다. 아니, 그때 이미 왔는지도 모른다.

빈센트의 엉덩이에 진행된 FOP 발화는 좀 가라앉은 듯 했다. 그래서 우리 가족은 만약 8일 동안 프레드니손으로 상황이 호전된다면, 굳이 집에까지 와서 실험적인 정맥주사를 맞지 않아도 될 거라고 잠정적인 결론을 내렸다. 그리고 카플란 박사는 내가 베이 에어리어에서 다급하게 의사를 찾던 것을 중지시켰다. 이렇게 실험적인 치료법은 오로지 빈센트를 오랫동안 보아왔던 경험 있는 아동병원의 류머티스과 의사만이 해야 한다고 결론 내린 것이다. "한 번에 한 가지 이상의 변수를 만들지 않도록 하세요. 안전이 최우선입니다." 내게 사전경고를 한 셈이다.

'제발, 예수님. 빈센트를 보호해주세요.' 나는 할머니가 좋아하셨던 성 앤서니 *Saint Anthony*, 샌 안토니오 *San Antonio* 성인에게 아들 빈센트를 위해 기도해주십사 간구했다. '제발, 치료법을 찾아주세요. 성 앤서니! 빈센트가 나을 수 있는 길을 알려주세요!'

루카스의 다리는 무릎 수술 후 계속 호전되었다. FOP와 더불어 나는 거의 이 방면에는 준전문가가 되었다고 생각했다. 하지만 루카스의 무릎 회복에 관한 한 내가 정상적인 신체의 운동의 법칙에 대해서 얼마나 문외한인지를 새삼 알게 되었다. 운동처방사에게 설명을 들을 때, 아주 이상한 감정이 들었다. 일종의 안도랄까? 재활훈련실은 외상으로 입은 손상을 씻은 듯이 회복시킬 수 있는 곳이었고, 뼈와 근육과 신체 메커니즘과 통증을 전혀 예상할 수 없는 것도 아니었으며, 결국 정상적으로 다시 움직이는 것을 배우는 곳이었다.

내가 재활훈련실에서 알게 된 또 다른 기이한 일은 바로 루카스가 다리에 불편함을 느껴도 계속 운동을 해야 한다는 것이었다. "아파도 계속 밀어요." 모든 처방사들은 그렇게 말했다. 여기서 통증이 위험한 재앙의 전조가 아니었다. 루카스가 제대로 무릎을 다시 움직일 수 있으려면 통증은 필수였다. 그리고 루카스는 실제로 통증을 느꼈고, 무릎을 차갑게 식혀주는 얼음팩에 대해 고마워했다. 그리고 이런 운동은 그 자체로 내게 이상한 안도감을 주었는데, FOP의 세계에서 통증이란 아주아주 나쁜 것이기 때문이다. 고통이 적이 아니라 동맹군이라는 것을 깨닫자 묘한 안도감이 밀려왔다.

나는 루카스가 재활훈련을 마치기 전에 병원을 빠져나와 저녁거리를 사기 위해 서둘러 슈퍼로 갔다.

"고기코너에 가서 진짜 닭을 한 마리를 사볼까?" 나는 여덟 살 딸에게 물었다. 이사벨이 태어난 이후 한 번도 닭고기를 통째로 요리해본 적이 없다는 걸 깨달았다. 늘 부위별로 사서 요리해주었다는 사실이 떠올랐다. 이사벨은 진짜 닭처럼 보이는 닭고기를 산다는 생각에 기분이 들떠 보였다.

"오늘 저녁에는 이걸 요리해 먹자." 나는 기분 좋게 말하고 시계를 확인했다. 벌써 루카스가 치료를 끝냈을 시간이었고, 이러다가는 이사벨 축구연습도 늦을 참이었다. 루카스를 데리러 재활 훈련실으로 들어서자 루카스는 다리를 검정색 보정대로 단단하게 고정한 채 유리문 앞에서 기다리고 있었다.

"오빠! 엄마가 닭고기를 통째로 샀어. 통째로 있는 닭! 다 붙어 있다구!" 이사벨이 소리쳤다.

✻　✻　✻

안녕하세요, 카플란 박사님.

왼쪽 어깨 위에 조그만 돌기가 났습니다. 바로 어깨와 목선이 만나는 지점이에요. 등 쪽에 돌기가 자랐던 자리에서 바로 오른쪽 위 부분입니다. 브라이언이 오늘밤 그 돌기를 살펴보더니 조그맣게 부풀어 올랐다고 하더군요. 그 부분이 눌리면 신경이 쓰입니다. 마치 등으로 누울 때처럼요. 가끔 깊게 숨을 들이쉬면 통증이 조금 느껴지기도 합니다. 이런 돌기가 자랄 때의 통증을 저울 눈금으로 5라고 하면 그렇지 않을 때의 경우는 1, 2라고 할 수 있습니다. 다리는 지금 나아지고 있습니다. 다만 신경 쓰이는 게 있다면 오래 앉아 있어야 하는 경우입니다.

그리고 이번 주말에 제가 조메타 정맥주사를 맞아야 한다고 생각하시는지 궁금합니다. 문제는 화요일에 화학 중간시험이 있다는 겁니다. 만약 정맥주사를 맞아야 한다고 생각하신다면 화학 교수님에게 전할 의사의 소견이 필요할 것 같습니다.

ㅡ다시 한 번 도움에 감사드리며, 빈센트

빈센트는 환자로서 처음으로 직접 의사에게 보낸 메일을 나에게도 보내주었다. 성인으로서 자신의 주치의와 나눈 첫번째 의사소통이었다. 그 메모는 내게 주는 일종의 신호로, 내가 행진할 순서를 알려주는 메시지였다. 나는 다 자란 아들의 다리가 나아질지, 아니면 그렇지 않을지, 왼쪽 어깨선에 난 돌기가 더 자랄지 아니면 가라앉을지 그런 문제를 계속 염려하겠다고 선택할 수도 있었다. 그러나 어쩌면 나는 걱정하지 않는 걸 선택할 수도 있었다. 나는 그래서 선택했다. 염려하지 않기로.

내가 할 수 있는 것이 더 이상 없었다. 그래서 나는 진지하게 결정했다. 이제 빈센트가 열여덟살 생일을 맞으면 걱정스러웠던 일이 어떻게 결론이 나는가에 상관없이, 내가 이제껏 스스로에게 다짐했던 그 충고를 받아들이기로. 그리고 모든 것을 신뢰하기로 선택했다.

물론 염려하지 않는다는 선택과 결정은 한번 결심하면 말이나 다짐처럼 '끝!'이 되는 건 아닐 것이다. 나 같은 사람, 즉 낙관 결핍증을 가진 사람에게 염려를 완전히 떨쳐버리는 일은 비타민을 잊지 않고 꾸준히 먹는 것과 같은 일일 것이다.

XVIII

빈센트, 앞으로 가는 거야!
2004년 10월~11월

친애하는 캐롤

나는 빈센트가 너무나도 자랑스러워요. 그리고 늘 빈센트를 생각하며 항상 마음을 다해 기도합니다. 나는 앞으로도 이제껏 그랬던 것처럼 빈센트를 위해 계속 기도할 겁니다. 내게 빈센트는 동생과 같지요. 나는 빈센트가 아주 탁월한 사람이며 앞으로 그가 시도하는 모든 일을 잘 해나가리라는 것을 압니다. 이제 빈센트는 그저 조심조심 앞으로 나가면 되는 거겠죠. 카플란 박사가 빈센트에게 FOP 연구실에서 일해달라고 부탁했다고 들었어요. 그 순간 '빈센트, 앞으로 가는 거야!'라고 생각했어요. 내 FOP 동생 빈센트는 앞으로 나를 위해서, 자기 자신을 위해서, FOP를 앓는 모든 사람을 위해서 치료법을 발견할 겁니다.

어쨌든 모든 것이 잘될 거라고 믿으세요. 마음을 편하게 먹고 긴장을 풀고 심호흡을 하세요. 그리고 당신을 위해 기도하고 응원하는 사람들이 아주 많이, 많이 있다는 걸 잊지 마세요.

사랑과 기도를 보내며, 로빈

— 로빈 라이스Robin Rice, 34세. 2세에 FOP를 진단 받음.

2002년 10월, 온화한 날씨의 저녁이었다. 우리 가족은 풋볼 경기장 가장자리에 줄지어 있는 푸른색과 붉은색 유니폼의 밴드부를 바라보고 있었다. 곧 있으면 선수들이 달려 나오고, 치어리더들이 스탠드로 뛰어 올라올 것이다. 전광판에는 전반전 종료라고 쓰여 있었다. 마침내 깃발을 든 소녀들이 등장했고, 우리는 강한 드럼소리, 힘찬 관악기로부터 흘러나오는 정겨운 음악을 들었다. 고등학교 2학년인 빈센트는 약간 긴장한 모습으로 트럼펫을 들고 행진동작에 집중하고 있었다. 그날은 루카스가 처음으로 구장에 나서는 행진이었다. 루카스는 배운지 얼마 안 되는 색소폰에 온 정신을 집중했다.

몇몇 아이들은 관중석을 따라 행진하며 루카스의 이름을 불러댔다. "루카스 웰란! 루카스 웰란!" 악의없는 친구들의 연호는 루카스가 사교적인 아이라는 것을 나타내는 동시에 색소폰에 서투른 밴드부원에게 치는 친구들의 장난이었다. 그리고 자기네들끼리 학교에서 잘나가는 사람은 밴드부 같은 데는 들어가지 않는다는 이유였다. 그러나 타고난 운동선수인 루카스가 밴드부에 들어간 것은 빈센트 때문이었다. 경기장 안에서 행진을 마친 밴드부원들은 관중석으로 돌아왔고, 몇몇 남자 아이들은 루카스를 데리고 먹을 것을 사러 갔다. 빈센트도 여자 아이들 뒤를 따라 매점으로 갔다. 그러나 빈센트는 혼자였다.

그 순간 내 마음은 또 아려왔다. 늘 걱정 많은 이 엄마의 눈에 비친 빈센트가 외로워 보였기 때문이다. 나는 빈센트가 좀더 외향적이었으면 하고 바라기도 했다. 루카스처럼 그리고 형 브라이언처럼 좀더 사교적이었으면 하고 아쉬워했다.

물론 빈센트에게도 피터와 같은 좋은 친구들이 있다. 그러나 그 순간 나는 빈센트가 형과 동생들처럼 많은 친구들에게 둘러싸여 있으면 얼마나 좋을까 안타까워했다. 유전적 질병이라는 조건 때문에 청소년기의 우정을 풍부하게 경험하지 못한 것이다. 이백만 명 중에 한 명 나타난다는 아주 희귀하고 재앙적인 질병 때문에 사랑하는 내 아들 빈센트가 홀로 떨어진 고독을 느낀다는 생각에 그날 밤 내내 괴로웠다.

그런데 그날 두 딸의 손을 잡고 풋볼구장의 가장자리를 따라 걷고 있는데, 구불구불한 황금빛 머리를 한 빈센트의 수학 선생님이 구장 가장자리에 서 있었다. 나는 그녀에게 빈센트와 루카스의 엄마라고 나를 소개했다. 지금 생각해보니 나는 바로 그 자리에서 바로 그 선생님을 만나야 할 운명이었다.

"혹시 빈센트가 어제 수업시간에 있었던 일을 이야기했나요?" 선생님은 그렇게 물었다. 나는 전혀 아니라고 대답했다.

"빈센트가 머릿속에서 어떻게 문제를 해결하는지 정말 놀라워요." 그녀는 그렇게 말했다. 선생님의 설명은 이랬다. 선생님이 칠판에 상당한 정도의 계산력을 필요로 하는 문제를 쓰고 있었다. 그러자 빈센트가 손을 들더니 말했다.

"선생님, 그 모든 단계를 다 거쳐야 하나요?"

그러자 선생님은 빈센트에게 혹시 더 빨리 증명하는 방법을 알고 있느냐고, 자신은 그 외의 방법은 모르겠노라고 말했단다. 그러자 이미 그 문제를 다 이해한 빈센트는 연필을 쓰지도 않고 문제를 세 단계로 압축해서 증명했다. 빈센트가 말을 마치자, 교실에 있는 한 학생이 박수를 치기 시작했고, 그러자 전체 아이들이 다 박수를 쳤다고 한다.

프랭클린 선생님의 말을 듣자 내 눈은 촉촉하게 젖었고, 의기 양양해져서 그 구장을 떠날 수 있었다. 그리고 우리 부모들은 가끔 아이들에 대해서 필요 이상으로 초조해한다는 사실을, 그 래서 아이들에게 타당치 않은 꿈을 바란다는 사실을 깨달았다. 그리고 하느님은 우리 아이들을 이 세상에 내보낼 때 그들이 살 면서 필요한 바로 그 재능을 갖추어서 보냈으며, 우리가 해야 할 일은 다만 아이들에게 아낌없는 사랑을 주는 것이라는 사실 을 새삼 느끼게 되었다.

마법의 산을 찾아서 – 2004년 10월 – 11월

1. 어머니의 생일 전날 어둑한 새벽에 인터넷으로 숱한 메일을
   보낸지 얼마 되지 않았을 때였다. 나는 고등학교 동창이자

UCSF에서 정형외과의와 공동작업을 하고 있는 제프로부터 답장을 받았다. 이메일을 통해 제프는 내게 UCSF의 전문의인 지거드 버웬 박사를 소개시켜주었다. 그는 옥스퍼드대 재학시절부터 FOP와 카플란 박사를 잘 알고 있는 의사라고 했다. "어서 빈센트를 만나고 싶군요." 지거드 박사가 그렇게 말했다.

2. 그리고 테네시에 사는 샤론 칸타니에는 나에게 제프 타바스 박사를 소개시켜주었다. 그는 예전에 FOP 연구실에서 있었던 연구자로서, UCSF 부속 샌프란시스코 병원에 근무하고 있었다. 타바스 박사는 빈센트를 도와주겠노라고 약속했고, 자신의 응급실 소장에게 비상시 조메타 정맥주사를 요청하겠노라고 말했다.

3. 우리의 UCSF 생명줄인 키터만 박사는 소아종양학 의사인 로버트 골스바이 박사에게서 받은 편지를 내게 보여주었다. 골스바이 박사는 버클리에 있는 FOP 학생 환자 에 관한 소식을 들었고, 또한 UCSF 정형외과 원장 모하메드 디아브 박사에게서도 별도의 연락을 받았던 것이다. 골스바이 박사는 빈센트의 치료요법을 기꺼이 지켜볼 것이다.

이제 우리는 베이 에어리어 지역에서 무려 세 명의 전문의의 도움을 받게 되었다. 내 영혼의 어두운 밤을 지나자, 이메일의 황금빛 서클이 샌프란시스코 주변에서 위력을 발휘하기 시작했다.

그뿐만이 아니다. 펜실베이니아의 카플란 박사로부터도 좋은 소식이 있었다. 현재 빈센트의 FOP는 등에만 나타날 뿐, 다리 쪽의 증상은 계속 호전되고 있으므로 실험적인 주사는 필요없을 거라고 했다. 아직까지는 말이다.

버클리의 홈커밍 데이*Homecoming Day*(기숙사에서 학생의 가족들을 초대하는 날 – 편집자 주)에 맞춰 우리 가족은 학교로 갔다. 캠퍼스의 좁다란 거리는 다양한 연령대의 사람들로 붐비고 있었다.

풋볼경기를 관람하기 위해 빈센트는 우리가 드나드는 출입문과는 좀 멀리 있는 학생 출입구를 이용해야 했지만, 그냥 우리와 같은 줄에 서 있었다. 머리가 희끗희끗하고 푸른색과 황금색 점퍼를 입고 티켓을 받고 있는 여성이 재학생은 이 문으로 들어가서는 안 된다고 주장했지만, 나는 그 여성에게 빈센트와 FOP의 역사에 대해서 장황하게 늘어놓을 수가 없어서 짧게 말했다.

"이 아이는 장애가 있어요." 때론 그 정도면 충분했다. 그러나 그 여자는 미동도 않고 말했다. "학생은 학생용 카드를 제시하고 다른 입구로 들어가야 해요."

"거긴 너무나 멀다고요!"

"어쨌든 다른 쪽 출입문에서 학생용 카드를 내야 합니다." 아, 버클리의 이 관료성!

"그럼 내가 가서 카드를 보이고 오겠어요!" 표를 아예 다 씹어버리고 말리라.

그러자 그 가련한 여자는 잠시 주저하더니 애매모호하게 우리 쪽으로 손을 흔들었다. 앞으로는 빈센트가 이런 일을 스스로 해결해야 하리라. 그리고 그 순간, 우리는 빈센트만 아니라 루카스의 다리도 생각해야 했다. 남편은 루카스가 뻣뻣한 오른쪽 다리를 엉덩이 쪽에서부터 들어 올리며 관중석으로 올라가는 동안 그 옆에서 루카스와 빈센트를 보호하고 있었다. "떨어져서 다리가 부러졌거든요." 루카스는 주위 사람들에게 그렇게 얘기하며 수월하게 길을 터나갔다.

버클리와 UCLA간의 경기는 축제분위기에다 상대적으로 교양 있는 경기였다. 경기의 점수나 내용을 기억할 수는 없지만 그날의 경기는 왁자지껄하고 화려하게 펼쳐졌으며, 군중 파도타기가 벌어졌고, 물론 두 팀 중 한 팀이 이겼다. 캘리포니아 만 건너편 다른 대학과의 게임에서 볼 수 있는 날카로운 경쟁의식 같은 것은 없었다. 캘리포니아 만이 내려다 보이는 빈센트의 기숙사는 여전히 평화로웠다. 그곳에는 뻐딱한 남학생이나 버클리의 또 다른 남자 기숙사에서 느낄 수 있는 악의 없는 장난스러움도 전혀 없었다. 브라이언은 더 이상 의자에 친구를 앉히고 테이프로 붙여놓거나 매트리스 사이에 끼워놓고 언덕 위로 끌고 올라가는 등의 일을 하지 못하게 되었다고 불평이었다. "이건 75년 동안 내려온 전통이라구요!" 브라이언은 갈색 눈동자를 빛내며 그렇게 주장했다. 월트는 미소를 지으며 고개를 저었다.

빈센트의 기숙사 방으로 돌아와보니 방마다 연결된 간이 복도에 멋진 관악기, 가방, 타월, 책들이 어지럽게 바닥에 널려 있었다. 빈센트는 자신의 다른 룸메이트에게 FOP와 외상을 입힐 수 있는 장애물에 대해서 전혀 이야기하지 않은 듯 했다.

"빈센트가 해결하도록 해." 월트는 내게 그렇게 말했다. 남편 말이 옳았다. 하지만 그건 원칙에 불과했다. 그래서 나는 빈센트가 여동생들과 밖으로 나간 사이 얼른 다른 룸메이트들에게 메모를 썼다.

'안녕, 탐. 빈센트 엄마에요~' 안 돼, 이건 무슨 초등학생처럼 들리잖아. 다시 '안녕, 탐, 멋진 대학생활 하고 있길 바라요.' 너무 우습잖아. 다시 쫙쫙 지우고. 그래서 마침내 나는 이렇게 썼다. '탐, 바닥을 좀 정리해주겠어요? 빈센트에게 외상은 아주 안 좋답니다.' 나는 그 메모를 책상 위에 가능한 눈에 잘 띄도록 올려놓았다.

빈센트가 방으로 돌아오자 스쿠터가 도심지의 울퉁불퉁한 곳을 지나갈 때면 쑤시는 통증이 느껴진다고 말했다. 나는 빈센트가 말한 통증은 말을 탈 때와 마찬가지로 움직이는 스쿠터에 근육이 적응하면서 생긴 것이길 빌었다. 아스팔트 도로를 달려서 다시 버클리로 돌아오고 싶지는 않았다.

홈커밍 데이를 마치고 집으로 돌아가야 할 시간이었다. 그러나 마지막으로 신경 써서 확인해야 할 것이 하나 있었다. 내 지갑 속에는 의사들의 전화번호와 의료적 주의사항이 적힌 작고 하얀 비상카드가 있다. 온갖 학생들이 모이는 이곳 버클리에서 기숙사 사감이 FOP에 대해 필요한 모든 정보를 다 알고 있을 거라는 확신이 들지 않았다. 그래서 빈센트와 월트가 1층 세탁실로 바구니를 들고 내려가자, 나는 FOP 비상카드를 꺼내들고 사감 사무실 표지판을 따라갔다.

사감실의 문을 두드렸다. 그러나 아무 대답도 없다. 나는 근처 벽에 붙어 있는 봉투 속에 비상용 카드를 넣었다. 그러나 아무런 메시지도 남기지 않고 그냥 떠날 수가 없었다. 그래서 화이트 보드에 꼭 필요한 메시지를 적었는데 제대로 다 쓰기까지는 약 15분이 걸렸다. 그리고 필요치 않은 부분을 지우려고 보니, 내가 그만 수성이 아닌 유성 펜을 사용하고 있었다. '한 엄마가 보내는 영원히 지워지지 않을 메시지!'라니! '엄마'라는 글자를 스웨터 소매부리로 지우려고 하는데 사감실 문이 열렸다. 곱슬머리의 여학생이 어리둥절한 표정으로 나를 보았다.

"음, 지워지지 않을 메시지를… 쓰고 있던 참이에요." 나는 그렇게 말했다. 그건 엄마로서 아들을 위해 그냥 지나칠 수 없는 일을 확인할 때 일어나는 그런 종류의 사건이었다.

그 후 나는 유성펜을 지우는 알코올을 찾아냈다. 다음에 버클리에 갈 때는 유성펜과 아스팔트를 지우는 알코올을 꼭 가지고 가리라.

우리는 스탠퍼드 동창회를 일찍 마치고 FOP 기금마련 바자회인 '헤이든의 희망, 두 번째 연례 기금조성 바자회'로 향했다. 장소는 캘리포니아 만이 내려다 보이는 아주 품격 있는 클럽이었다. 이 클럽은 내부가 모두 나무 판넬로 장식되어 있었고 곳곳마다 촛불과 오래된 스페인풍 샹들리에가 달려 있었다. 나는 살면서 한 장소에 그렇게 아름다운 젊은이들이 많이 모여 있는 것은 처음 보았다. 그곳은 마치 할리우드의 풍경 내지 영화 세트장 같았다. 남자들은 모두 운동선수 같은 균형 있는 몸매에 정장차림을 하고 있었고, 여자들은 세련된 청바지 차림이었는데 굉장히 근사했다. "이렇게 예쁜 여자들을 쳐다보느라 아주 즐거운 시간을 보내고 있죠." 파리로 여행을 떠나는 길에 바자회에 참석했다는 한 남자의 말이었다.

산더미처럼 쌓여 있는 버섯요리, 초콜릿 볼, 적포도주와 백포도주, 촛불, 크리스털 유리잔 등등. 나는 초콜릿 볼을 한주먹 들었다. 아주 젊고 멋진 금발 미인인 헤이든의 엄마 메간 페이프는 지난 번 헤이든의 자선 바자회에서 120만 달러를 모았다고 했다. 그리고 올해도 더 많은 기금을 모을 수 있을 것이라고 말했다.

유치원생인 헤이든은 아주 천진난만한 모습으로 엄마의 다리를 붙들고 있었다. 가슴이 아리도록 사랑스러운 아이었지만, 아이의 조그만 목과 어깨가 뻣뻣하게 움직이는 걸 보고 FOP가 할퀸 자국을 알아볼 수 있었다. 헤이든과 많이 닮은 헤이든의 아빠는 지난 해 가을 아이가 감기 예방접종을 맞은 후 FOP 발화가 시작되어 병원에 입원하던 때를 회상했다.

간호사 켈리 알렉시와 키터만 박사도 바자회에 참석했는데, 그들 옆으로는 UCSF의 내과의사 두 명이 서 있었다. 바로 얼 마 전 어두운 새벽 인터넷을 통해 이메일에서 줄줄이 연결 된 사람들이었다. 나는 FOP 연구실에서 일했던 제프 타바스 박사를 만났다. 또한 소아종양학 의사인 로버트 골스바이 박사와도 인사를 나누었다.

그리고 그 자선 바자회의 중앙에는 역시 프레드 카플란 박사가 있었다. 나는 오즈의 마법사의 주인공인 도로시가 된 듯했다. 대재앙의 꿈에서 깨어나서 그 꿈속에 등장했던 현실세계의 사람들을 생생하게 알아보게 된 도로시였다. 헤이든과 빈센트, 칵테일 테이블에 앉아 있던 키터만 박사의 손자 매트를 위한 그 기금마련 바자회에서 나는 아주 멋진 깨달음을 얻었다.

매트 역시 우리 아들 빈센트와 마찬가지로 그 눈빛 속에 예사롭지 않은 깊은 그 무언가를 담고 있었다. 그것은 고통을 감내한 영혼의 표정이었다. 매트는 빈센트에게 가려고 일어섰다. 그때 나는 매트가 허리 위 부분을 똑바로 펼 수 없다는 것을 알게 되었다.

그리고 그때 아주 특별한 일이 일어났다. 키터만 박사가 축배를 들려는 듯 포도주 잔을 들고 특별한 소식을 발표했다. "우리는 UCSF에 FOP 상담센터를 개설하기로 결정했습니다."

키터만 박사 주변에 서 있던 모든 의사들이 미소를 지었다. 그의 발표는 순간 장내의 분위기를 확 바꾸어놓았다. 정말이지 놀라운 진보였다. FOP를 처음으로 난치병으로 규정한 펜실베이니아 대학이 아닌, 다른 곳에 생기는 첫번째 FOP 센터였다. 그리고 그 프로젝트를 조셉 키터만 박사가 주도해나갈 예정이었다.

내 영혼의 어두운 밤과 '별이 총총한 밤'은 곧 헤이든의 희망으로 이어지고 있었다. 유리창 너머의 샌프란시스코는 캘리포니아 만의 가물가물한 어둠 위로 피어나는 안개 속에서 빛나고 있었다. 그리고 촛불이 켜진 우리의 자선 바자회는 촛불 그 이상의 환희로 더욱더 빛나고 있었다. 빈센트를 위한 '별이 총총한 밤' 바자회 5년 후, 우리는 빈센트 때문에, 매트 때문에, 그리고 신의 섭리에 따라 우리가 그 안개를 벗기려 노력하는 가운데 우리를 걱정하는 여러 사람들을 만났다. 우리는 정확히 그 장소에서, 바로 그 순간에 신이 계획하시고 또 인간이 계획한 또 하나의 기적을 만나게 된 것이다.

카플란 박사는 무대에서 빈센트가 펜실베이니아 대학의 FOP 연구실에서 여름 동안 연구에 동참하게 될 것이라고 발표했다. 그러자 골스바이 박사도 "빈센트, 내 부서에서도 인턴을 할 생각이 없는가?"라고 물었다. 빈센트는 의과대학에 가기도 전에 여름 방학마다 의료 인턴십을 할 수 있는 소중한 기회를 얻게 되었다.

카플란 박사가 연단에 올라 빈센트는 버클리의 신입생이라고 소개하자 그곳에 모인 사람들과 멋진 여성들이 크게 환호했다. "빈센트, 너무 멋져요!" 우리 아들 빈센트는 나와 남편이 어깨를 맞대고 지켜보는 가운데 아주 환하게 미소 짓고 있었다. 내 눈은 따끔거렸고, 단순한 영광 그 이상의 것에 마음이 울컥했다.

"여기 있는 우리들 절반은 캘리포니아 대학을 다녔죠." 존 페이프가 우리에게 말했다. 그리고 그날 밤 그 자리에 온 의사들은 모두가 UC샌프란시스코나 버클리 대학의 의사들이었다. 이게 바로 그 이유야. 여러 가지 중 하나. 스탠퍼드의 입학처장이 빈센트의 FOP를 전혀 고려하지 않기로 했던 이유 중 하나. 그리고 젊은 치과의사가 "그에게 스탠포드에서 열리지 않았던 문이 버클리에서는 활짝 열릴 겁니다"라며 예견했던 그 이유였다. 미래의 문이 빈센트 앞에 활짝 열리고 있었다. 버클리에서 빈센트라는 존재는 그 자신뿐 아니라 다른 사람들과 그들의 미래를 위해 더 많은 문을 여는데 공헌하도록 정해져 있었다.

우리는 빈센트가 이사벨의 생일선물로 준 거북이 올리버에게 먹이를 주러 갔다. 아빠와 오빠들이 올리버가 살만한 집을 만들어주었다. 우리는 올리버에게 브로콜리를 주고 바위 그릇에 물을 뿌려주었다.

그때, 버클리에서 빈센트가 전화를 걸어 말했다. "왼쪽 다리, 허벅지 한 가운데가 아파요." 나는 마침 고등학교로 루카스를 데리러 가는 길이었고, 신호대기중이었다.

"통증의 눈금이 얼마니?"

"6이요."

나는 즉시 조메타 정맥주사요법이 필요한지를 알아보려고 류머티스과로 전화를 걸었다. 하지만 전화가 제대로 연결되지 않았다.

학교에 있을 루카스를 데리러 가는 길에, 다시 류머티스과에 전화를 했다. 학교에 도착하자 학생들은 2~3 명씩 또는 무리를 지어서 성큼성큼 내 곁을 지나갔다. 그 중에서 차창에 얼굴을 비춰 보고 있는 한 남학생에게 경적을 살짝 울렸다. 나는 갈색 머리에 교복을 입은 키 큰 남학생을 루카스로 잘못봐서 경적을 울린 게 아니길 바랐다. 다행히 그 남학생은 내 쪽을 쳐다보더니 다리를 절룩거리며 다가왔다. 그날 루카스는 재활치료를 빼먹고 함께 영화를 보러 갈 예정이었다.

나는 루카스와 친구들을 극장까지 태워다주기로 했다. 그리고 극장 근처에 주차할 장소를 찾았을 때, 헨릭슨 박사로부터 전화가 왔다.

"죄송해요, 이렇게 귀찮게 해드려서요." 나는 스웨터를 꺼내고 차 문을 잠그며 다른 아이들과 루카스한테 먼저 가라고 손짓했다. 사실 빈센트가 대학에 들어가고부터는 너무 자주 FOP 발화가 일어났다. 그에 따라 나의 질문과 의료적인 선택도 덩달아 많아질 수밖에 없었다. "제가 너무 걱정이 많다고 생각하시죠?" 나는 그렇게 사과를 대신했다.

극장 출입문 앞의 차양 아래로 걸어가는데 헨릭슨 박사는 그 이후 내 일생 동안 함께 할 어떤 결단에 지대한 공헌을 할 말을 해주었다.

"바로 그런 염려와 걱정이 여기까지 그렇게 빨리 도약하게 도왔던 것입니다. 또 그런 염려 덕분에 빈센트가 아직까지 잘 하고 있고 또 빨리 상황에 대처하는 법을 배운 것이죠."

물론 앞으로도 나는 금새 나타났다 사라지곤 하는 아주 이상한 희귀질병 FOP에 대해 마음을 놓지 못할 것이다. 하지만 헨릭슨 박사의 말 덕분에 처음으로 나는 유치원 때부터 늘 나를 집요하게 따라 다녔던 염려와 걱정이라는 결함을 인정하고 받아들일 수 있게 되었다.

재활 치료사가 루카스의 다리에 예전보다 화려한 초록색 금속성 버팀목을 조립해주고는 걸어보라고 했다. 루카스가 뻣뻣한 자세로 걷기 시작하자 모든 재활 치료사들이 루카스 곁에 둘러 서서 말했다.

"무릎을 더 굽혀요. 지금 구부릴 수 있어." 그러자 루카스는 갑자기 나무토막 같은 동작을 멈추고는 앞뒤로 자연스럽게 걷기 시작했다. 루카스의 얼굴에 나타난 그 밝은 표정이란!

셀린과 이사벨은 오빠의 뒤를 졸졸 따라다녔고, 루카스는 다른 쪽 다리를 두드리며 소리쳤다. "와!" 우리는 안내 데스크를 지나서 접수계원에게 말했다. "이제 다 나았어요!" 그러자 그 안내원은 우리를 보고 미소를 지었다.

어느 날, 빈센트와도 함께 병원건물을 걸어 나오면서 이와 똑같은 말을 하게 될 거라는 걸 나는 알고 있다.

지금으로부터 4년 전 가을, 빈센트의 14번째 생일인 9월 10일. 그날은 일요일이었고 빈센트는 FOP 때문에 한쪽 다리에 통증을 느끼며 고생하고 있었으며, 나는 무척이나 걱정을 했다. 우리는 그날 미사에 늦었지만 첫번째 성경구절을 강독하는 시간에는 늦지 않게 도착했다. 먼저 도착한 어머니는 나에게 성경의 어떤 페이지를 조용히 가리키셨다. 그 곳에 그 구절이 있었다. 그날 9월 10일, 오래도록 자신의 정체를 밝히지 않을 재앙적인 질병을 가진 열네 살 소년의 엄마에게 축복을 주는 말이 거기에 있었다. 예언자 이사야의 말이었다.

✳ ✳ ✳

겁내는 자에게 이르기를 너는 굳세게 하라, 두려워 말라, 보라 너희 하나님이 오사 보수하시며 보복하여 주실 것이라 그가 오사 너희를 구하시리라 하라 그 때에 소경의 눈이 밝을 것이며 귀머거리의 귀가 열릴 것이며 그 때에 저는 자는 사슴 같이 뛸 것이며 벙어리의 혀는 노래하리니

(이사야 35:4~6)

내 아들의 생일에 나는 깨달았다. FOP의 저주에 대해서 공포심을 느꼈던 그날, 신의 구원은 바로 그 순간 숨겨진 섭리 안에 존재한다는 것을. 그리고 나는 이해했다. 원수에 대한 하느님의 보복은 우리 자신이 고통 속에서도 다가오는 기적을 보고 들을 수 있을 때 비로소 온다는 것을. 그 순간 원수에 대한 보복은 곧 축복으로 변하게 되리라.

나는 진심으로 알고 있다. 빈센트가 언젠가는 힘찬 수사슴처럼 지금처럼 멀리 멀리 도약할 것이라는 것을, 그리고 공포에서 해방된 혀로 앞으로도 계속 발견하게 될 사실들을 소리 높여 세상에 전할 것이라는 것을. 또한 FOP의 흔적을 더듬어가는 어려운 그 길, 그 길에 선 인생은 우리의 눈이 닿는 저 멀리까지 넓게 펼쳐져 있는 꿈의 구장 가운데 우뚝 솟아 있는 마법의 산과 같다는 것을 나는 알고 있다. 그 마법의 산을 알아보는 일은 언제일지라도 결코 늦지 않다는 것을 나는 알고 있다. 그리고 언제고 눈을 뜬다면 결코 패배하지 않으리라는 것을 나는 잘 알고 있다.

❋　❋　❋

우리 어머니는 내가 가족 중에서 가장 눈썰미가 좋고 꼼꼼한 사람이라고 말씀하신다. 그리고 어느 해 여름, 우리가 새로 집을 지었을 때 어머니는 내게 벽, 문, 타일에 난 흠과 미비한 부분을 확인해서 건축업자에게 항의하는 일을 맡기셨다. 왜냐하면 집안에서 그런 세심한 부분을 알아채는 사람은 바로 나였기 때문이다.

나는 이런 비전이야말로 앞으로 의료세계에서 내가 제대로 일할 수 있도록 해줄 것이라고 확신한다. 의학이란 건강에 커다란 문제를 안고 있는 사람들을 돕기 위해 무엇이 잘못되었는지 세세한 일에 관심을 기울이는 법을 배워야 하는 분야이기 때문이다.

─빈센트 웰란, 17세, 대학에세이

개인적인 서술문

FOP의 축복이란

✳ 친애하는 캐롤

빈센트에게 계속 앞으로 전진하라는 나의 말을 전해주길 바랍니다. 빈센트는 집에서 멀리 떨어진 대학에 들어갈 정도로 용기 있는 사람이었어요. 나는 빈센트와 당신을 자주 생각해요. 빈센트에게 내 아들 코디의 멋진 우상이 바로 그라는 것을 꼭 말해주세요.

사랑으로, 젠

—코디의 엄마 젠 데닝스*Jen Dennings*, 코디. 11세. 9세에 FOP를 진단 받음.

빈센트는 버클리에서 첫 학기를 보내는 동안 FOP의 발화를 힘겹게 막아나갔다. 학문적으로 놀라운 재능을 보이면서, 약물과 캠퍼스 언덕과 먼 거리에 고군분투해가면서 헤쳐나갔다.

2005년 1월 월트는 아동병원으로 가서 조메타 정맥주사를 맞추기 위해 빈센트를 집으로 데리고 왔다. 그 주에 시어머니는 고속도로 사고에서 가까스로 살아남아 5명 자녀의 간호를 받으며 중환자실에서 기적적으로 소생하고 있었다.

우리는 또 다른 기적이 필요했다. 어느 금요일 나는 가톨릭 학교의 수녀님들에게 아침 미사에 우리를 위해 기도해 달라고 부탁드렸다. 그날은 헨릭슨 박사가 새로운 실험적 치료법을 실행하기로 결정한 날이기도 했다. 빈센트는 벽지로 만국기가 발라진 조그만 방 안에 놓인 안락의자에 앉아서 손등에 조메타 주사 바늘을 꽂고 주사약이 다 들어갈 동안 모니터를 통해 영화를 보았다. 최근 여러 가지 사건들 때문에 지친 남편 월트는 나무로 된 흔들의자에 앉아 잠이 들었다.

조메타 주사를 다 맞는 데는 한 시간 남짓한 시간이 걸렸다. 조메타 주사가 갖는 일반적인 부작용이라는 열이나 메스꺼움의 증세가 나타나지는 않았다. 하지만 그날 저녁 남편이 시어머니의 불침번을 서려고 병원으로 떠나고, 우리 어머니가 저녁으로 손자들에게 갈비를 사주려고 오셨을 때, 빈센트가 갑자기 아프다고 말했다.

"갑자기 귀가 멍멍해요." 그리고 얼굴 한쪽이 위 아래로 따끔거린다며 통증을 호소했다.

나는 침실로 달려가서 제일 먼저 카플란 박사에게 전화를 했다. "우유를 마시게 하세요." 그는 그렇게 지시했다. 그 약이 혈청칼슘을 고갈시켜 그런 증상을 만들어낸다는 설명이었다.

빈센트가 몇 잔의 우유를 마시고 칼슘탄산 알약을 복용한 후 저녁까지 기다리자 걱정했던 부작용은 사라졌다. 빈센트의 다리에서 증상이 점차 약화되기 전까지 FOP는 몇 주 동안 계속 모습을 드러냈지만, 다행히 몸을 굳게 하거나 움직이지 못하게 하지는 않았다.

빈센트는 아픈 데 없이 집에 돌아왔다. 동생 학교의 강당에서 할아버지 옆에 앉아 루카스가 연극에서 탭댄스를 가르치는 코치로 나오는 것을 지켜보았고, 셀린이 잠자는 공주를 연기하는 모습을 보았다. 우리는 FOP와 새로운 그 약물에 대해 확실히 알 수 없었으며 의료적으로 확신할 수 없었다. 그러나 조메타가 FOP를 물리치는 것은 가능성 있는 일이었다. 하지만 조메타는 역시 위험부담이 큰 처방으로 1년에 2~3번 이상은 사용할 수 없었다.

나는 조메타 정맥주사가 FOP를 멋지게 속아 넘겼다고 생각한다. 빈센트는 건강하게 버티고 있고, 현재의 약물요법으로 FOP의 발화과정을 지연시키고 있다. 그러나 얼마 전, FOP는 아주 다른 방식으로 일상적인 경고도 없이 공격해왔다는 사실을 알게 되었다.

안과 검진을 받으면서 나는 빈센트에게 왜 콘텍트 렌즈를 사용하지 않았느냐고 물었다. 사실 빈센트는 고등학교 때부터 렌즈와 안경을 번갈아 사용해왔었다.

"오른손이 눈까지 닿지 않아요." 빈센트는 아무런 경고음도 없이 덜컥 그렇게 이야기했다.

"어떻게?" 나는 놀란 가슴을 진정시켰다.

빈센트는 오른손을 겨우 눈썹 근처까지 올렸다. 몇 달 동안 한 번도 그런 말을 한 적이 없었는데.

"팔은 별다른 증상 없어?" 나는 지난 몇 달을 되돌아보면서 빈센트에게 물었다. 빈센트는 고개를 저었다. FOP는 비밀리에 자신의 일을 진행했던 것이다.

"괜찮아요, 엄마." 빈센트가 전혀 동요되는 기색없이 말했다. "어차피 렌즈 끼는 걸 별로 좋아하지 않았는데요, 뭘."

그 말을 듣자 나는 상황에 적응해나가는 빈센트의 능력에 다시 한 번 감탄했다. 그러나 그 사실 때문에 FOP의 잔인성에 대해서 다시 한 번 온가족이 경각심을 느꼈다. 그 이상한 유전자는 후퇴하고, 숨고, 심지어 항복하는 척 하기도 하지만, 언제나 거기 있다는 것을 말이다.

2005년 가을, 월트와 나는 로스쿨에서 첫 해를 보내고 있는 브라이언을 보기 위해 필라델피아로 여행을 떠났다. FOP 연구실도 보고 남아프리카 환자를 위해 FOP 치과치료 센터를 계획하고 있는 파트리샤 델라이 의사도 만나기 위한 다목적 여행이었다. 하지만 우리는 결국 필라델피아로 가지 못했는데 비행기를 놓치고 말았기 때문이다. 그러나 우리는 FOP 연구실을 방문하기 위해 어찌 됐든 펜실베이니아로 떠났다. 내 기억 속에 있던 조그만 FOP 연구실은 많이 변해 있었다. 규모도 커졌고 '펜실베이니아 의과대학 부속 FOP와 관련 질병 연구센터'로 이름도 바뀌었다.

분자세포 생물학자로서 하버드를 거쳐 이곳에 온 폴 박사는 우리를 연구실로 안내해주었다. 그는 하얀 가운을 입고 운동화를 신고, 박테리아와 먼지의 감염을 위해 만들어진 유리 패널후드를 통해 주사액을 실험용기에 주입하고 있던 참이었다.

빌링스 박사는 라텍스 장갑을 벗고 우리와 악수를 나눈 후 우리를 커다란 냉동 니트로젠 탱크가 있는 공간으로 안내했다. 니트로젠 탱크는 세포 배양액을 살아 있도록 보관하기 위한 약품이라고 했다.

커다란 연구실의 한쪽 벽에는 기숙사의 냉장고처럼 생긴 조그만 기계가 사람 체온인 36.5도로 유지된 채 줄지어 있었다. FOP 환자의 세포를 배양하기 위한 것이었다. 그 외에도 빌링스 박사는 여러 가지 실험도구와 세포들을 보여주었다. 월트와 나는 박물관에 서 있는 사람처럼 경외심을 갖고 연구실을 둘러보았다. 블링스 박사는 우리로서는 잘 알 수 없는 기구와 물건들을 능숙하게 집었다 놓았다 하며 BMP4라는 FOP 골화단백질 연구에 대한 최근의 연구성과에 대해 설명해주었다.

우리는 카플란 박사와 연구팀을 위해 준비한 선물을 그의 연구실에 가져갔다. 조금이라도 여유 있는 공간과 벽, 혹은 벽장 문에는 FOP 환자들과 그들의 가족사진, 아이들이 직접 그린 그림이 붙어 있었다. 창문 아래쪽에는 2년 연속 크리스마스 때 찍은 우리 아이들의 사진, 빈센트가 아이였을 때 웃으면서 막대사탕을 들고 카플란 박사 옆에 서서 찍은 사진이 있었다. 나는 펜실베이니아 연구실에서 카플란 박사의 오른팔이라고 할 수 있는 케이 레이 박사에게 우리가 준비한 상자를 열어보라고 부탁했다. 케이는 하얀 포장지를 젖히고는 황금색 포춘쿠키를 보고는 탄성을 질렀다. 케이는 포춘쿠키에서 조그만 종이를 꺼내 읽으면서 웃기 시작했다. 케이는 부드러운 스코틀랜드 억양이 섞인 목소리로 포춘쿠키의 메시지를 다시 한 번 읽었다. "당신은 FOP 치료약을 발견하게 되고, 그 약은 체리 맛입니다."

FOP의 치료와 연구를 위해 바자회를 하고 편지를 보내면서 싹튼 연대감으로 이사벨은 친구 사라, 레이첼, 셸비와 함께 'FOP 최고의 친구들'을 결성하게 되었다. 이사벨이 정한 그 클럽의 규칙을 담은 선언문이 펜실베이니아 FOP 연구실 미팅 중에 낭독되었는데 사람들의 열렬한 환영을 받았음은 물론이다.

펜실베이니아로 가는 여행 중 나는 두 명의 소중한 친구들과 조우하게 되었다. 그들은 우리와 함께 FOP와의 전쟁을 함께 겪으며 살았던 사람들이지만, 2000년 심포지엄 이후 못 보던 친구들이었다. 바로 코니 그린과 베레나 돕닉이었다. 베레나 돕닉은 AP기자로서 처음으로 국제적으로 FOP에 관한 뉴스를 전해준 친구고, 코니는 뉴욕 메트로폴리탄 오페라단 소속 소프라노 가수다. 코니는 FOP와 용감하게 싸우고 있던 아홉 살의 딸 소피아를 위해 '소피아를 위한 노래'를 작곡하여 부르기도 했다. 그리고 플라시도 도밍고 등 여러 유명한 사람들과 공연했는데, 그녀는 후에 베르디의 오페라 '팔스태프 *Falstaff*' 공연에서 다시 노래를 부르게 된다. 뉴욕의 가을밤에 남편 월트, 브라이언, 시누이 제니퍼, 시동생 켄, 사촌 니콜과 나탈리 등과 나는 함께 팔스태프 공연을 보았다. 나는 그렇게 꿈결처럼 생생하고 아름다운 목소리의 오페라 공연은 처음 보았다. 그순간 카플란 박사의 말이 내 머릿속에서 울려 퍼졌다. "FOP야말로 친구를 만들게 해주는 아주 멋진 기회죠. 그것도 그냥 친구가 아니라, 진짜 말입니다. 아주 축복받은, 진짜 축복받은 친구를 만나게 해줍니다."

뉴욕 메트로폴리탄 오페라에서 오케스트라의 자리를 들여다본 지 2주일이 지났을 때였다. 우리는 캘리포니아에서 가장 오래된 단과대학에서 또 다른 오케스트라의 청중으로 초대되었다. 그곳은 빈센트가 2학년이 되면서 옮겨간 단과대학 캠퍼스로, 언덕이 없고 아담했는데 조금 더 평화로울 것이라는 생각에 옮겨갈 결심을 하게 되었다. 물론 그 결정은 아주 적절한 것으로 증명되었다. 우리는 그곳 교회에 앉아 있었다. 바닥은 윤기나는 벽돌바닥으로 푸른 하늘색에 금박을 입힌 재단이 오래된 사진 속처럼 반짝이고 있었다.

나는 비디오 카메라를 들고 빈센트의 은제 트럼펫이 다른 악기의 튜닝을 위해 앞서 음을 조율하는 소리를 들으면서 벅찬 자부심을 느꼈다. 나는 카메라로 '라'음을 조율하는 오보에와 현악기 파트를 찍다, 부랴부랴 마음을 수습하고 검은 정장을 입고 오프닝 인사를 하려고 나온 훤칠하고 잘생긴 빈센트를 찍었다.

우리 가족 모두가 그곳에 있었다. 월트의 여동생 준, 삼촌 토니, 사촌 조까지 플롯과 바이올린, 트럼펫의 소리가 마치 강물처럼 흘러가는 그 곳에 앉아 있었다. 그리고 황금색 감실에 모든 음들이 반사되어 울리고 난 후, 열렬한 박수와 뜨거운 포옹, 붉은 장미 꽃다발 세례가 있었다. 빈센트가 푸른색 케이스에 은제 트럼펫을 담고 지퍼를 잠그는 동안, 이사벨은 과달루페 성모 마리아 상을 가리키며 이렇게 말했다. "엄마, 성모상의 눈이 반짝거렸어요." 하느님의 영광된 우리 다섯 아이들에게 그 말은 진실이었다.

❆ 헌사

빈센트와 그들의 가족의 용기를 위해

―마이클 헨릭슨*Michael Henrickson, MD*

빈센트와 그의 가족의 이야기는 늘 나를 들뜨게 한다. 또한 그들의 이야기는 언제나 만족스러운 결과를 향해 흘러간다. 어떤 독자는 이 책을 단순하게 빈센트의 소개 정도로 읽은 사람도 있을 것이다. 그러나 이 이야기는 최신 의약품에 관한 이야기도 아니고, 상실에 적응해 나가는 한 사람의 인생 이야기도 아니다. 빈센트와 그의 부모님의 이야기를 통해 무기력함을 말하는 것도 아니다.

나는 지난 10년 동안 그들의 여정을 함께 할 수 있는 특권을 누렸다. 그리고 늘 그들의 쾌활함과 발랄함에 경탄했다. 나는 그들과 함께 하면서 인간이 경험할 수 있는 여러 가지 본질적인 것들에 대해서 배웠다. 용기, 적응, 풍부한 재략, 인내심, 위기상황을 헤쳐 나가는 현명함, 지속적인 사랑 등 여러분이 이 책을 읽으면서 목격했을 바로 그런 것들을 말이다.

FOP가 빈센트의 몸을 딱딱하게 만들려고 노력하는 동안, 빈센트는 태도, 상상력, 계획이라는 더 큰 유연성을 발휘함으로써 질병에 적응해왔다. 빈센트는 침착함 덕분에 신체의 제약이 있었음에도 몸이 허락하는 것 이상으로 창조적인 영적, 정신적인 탈출을 감행하면서 일상의 어려움을 헤쳐 나갔다. 성공을 측정하는 것이 무엇이 됐든, 빈센트는 분명 여기까지 도달했다. 이것이야 말로 그의 이야기가 널리 알려져야 하는 이유다.

나는 빈센트와 그의 부모님이 참을 수 없는 의심과 불만의 순간들을 겪었을 것이라고 짐작한다. 그런 시기가 있었기에 이렇게 재능 있는 사람들이 그들의 강철 같은 성품을 단련하였으며, 앞으로 있을 더 어려운 것들에 대비할 수 있었을 것이다. 여기서부터 진정한 성숙이 시작된다. 가족 전체가 갖고 있는 강인한 성품은 앞으로 예측할 수 없는 미래의 불확실성을 헤쳐 나가고 이겨내는 데 큰 도움이 될 것이다.

빈센트는 불굴의 힘이라는 점에서 놀라운 역할모델이 됐다. 그는 '안 돼'에 만족하지 않았고, 처음의 용기와 의지가 흔들릴 때마다 놀라운 에너지를 발휘해왔다. 물론 빈센트와 그의 가족이 의지만으로 병을 고칠 수 있다는 낭만적인 희망에 취해 있는 것은 아니다. 그들은 빈센트가 직면한 위험을 제대로 이해하고 있다. 변덕스러운 FOP의 발화과정에 따라 중요한 근육이 하루 아침에 굳을 수도 있고, 가슴뼈를 둘러싼 근육이 제대로 움직이지 못해서 사소한 감기가 폐렴으로 발전할 수도 있다는 것을 잘 알고 있다. 이들 가족은 과학적인 진보에 대한 호기심과 옹호, 열정적인 지지로 아주 빠른 기간 동안 국제적인 단체들과 유대를 맺게 되었다. 그리고 그들은 FOP의 분자 생물학적 규명이 성공한다면 분명 치료전략도 나올 수 있을 것이라고 굳게 믿고 있다.

만성적인 질병의 다양한 증상과 평행을 이루는 것은 개인이 어떻게 그 질병과 어깨를 겨루며 극복해 나가느냐 하는 문제이다. 만약 FOP와 같은 무자비한 적군과 싸운다면 빈센트가 가졌던 용기를 배워야 한다. 그의 집요한 의지는 아마 부모님으로부터 물려받았을 것이다. 그는 가족들로부터 완벽한 지원와 용기를 얻었고, 그의 부모는 빈센트와 함께 올라야 할 그 가파른 언덕에서 조금도 흔들리지 않았다. 캐롤과 월트는 빈센트가 극복할 수 없는 것처럼 보이는 불합리한 것들을 어떻게 넘어야 하는지, 결코 쉽지 않은 그 길의 고난을 헤치나가면서 스스로 성공의 길을 찾는 모습을 다른 자녀들에게 보여주었다.

나는 이 멋진 가족의 이야기를 통해 그들의 인생에 감추어진 가르침을 터득하기 바란다. 그리고 여러분의 삶에서 겪는 역경을 극복하는 길을 찾기를, 혹은 극복할 수 없다면 가능한 지점에서 창의적으로 그것을 받아들일 수 있기를 기원한다.

❋ 헌사

FOP 연구실(FOP LABORATORY)
해답을 찾는 위대한 여정

—베레나 돕닉 *Verena Dobnik*

프레드릭 카플란 박사는 자신의 삶에서 만난 범상치 않은 도전거리에 대해 이렇게 말한다. '그것은 산의 정상을 가늠하고, 테러리스트와 마주하고, 쥐와 인간의 몸속 깊은 곳을 탐험하는 일과 같다.'

그가 말하는 도전거리란 단 한 가지다. 그의 삶은 한 가지 질병을 정복하기 위한 여정이다. 그 질병의 라틴어 이름은 인간의 몸속에 제2의 뼈를 만든다는 뜻의 '진행성 골화성 섬유이형성증(fibrodysplasia ossificans progressiva)' 또는 줄여서 FOP라고 한다.

펜실베이니아 대학의 FOP 연구팀의 연구 진척 연례 보고서에서 카플란 박사는 이렇게 말했다. "몇 년 전, 알래스카의 산을 등반할 때였다. 우리 중 한 사람은 그 중에서 가장 전망이 좋아

보이는 가장 높은 봉우리로 올라갔다. 아니, 적어도 겉으로는 그렇게 보였다. 그러나 점점 더 높이 오를수록 한 가지 사실을 깨달았다. 정상이라고 생각했던 것이 사실은 수많은 봉우리 중 겨우 하나에 불과하다는 것을. 진짜 높은 봉우리는 구름 속에 가려진 채 아주 멀리 있었다. FOP의 연구 또한 이와 마찬가지라고 할 수 있다.”

아이들의 몸을 공격해대는 일명 ‘바이오테러리스트’라고 부르는 유전적 질병과의 전투는 현재 필라델피아 연구실에서 수행중인데, 나는 2000년 AP(연합통신) 기자로서 처음으로 FOP에 대해 취재를 하려고 그 연구실을 찾았다.

모든 사람들, 심지어 조그만 아기 환자들까지도 ‘프레드’라고 부르는 프레데릭 카플란 박사는 그 웃음과 빛나는 정신으로 FOP와의 싸움에 활력소 그 자체였다. 그는 의사생활 53년 중 15년째 FOP와 싸우고 있었으며 앞으로도 싸우는 기간은 길어질 것이라고 했다.

개인적으로 카플란 박사가 더 짧은 단어로 자신의 역할을 요약한 적이 있다. ‘정상을 향해 탐험대를 이끄는 사람.’ 이것이 바로 카플란 박사다. 이 말은 효과적인 FOP 치료법, 나아가 결과적으로 완치 치료법을 발견하는 대장정의 선봉장이라는 의미였다.

기다란 복도에 연결되어 있는 연구실에는 기계들이 윙윙거리는 소리를 내며 돌아가고 있어서, 12명의 연구원들에게는 24시간 배경음이나 마찬가지였다. 분자 생물학 박사인 에일린 쇼어 박사가 이끄는 연구팀에는 정형외과 의사인 데이비스 글래서 박사, 골절 전문가인 로버트 피그놀로 박사를 포함해 최첨단 과학 분야에서 정열을 쏟으려는 수많은 인턴들로 구성되어 있었다.

실험실에는 하얀 냉장상자들, 실험을 위한 튜브, 인간세포에서 유전자를 분리해내는 원심분리기들이 살균상태로 유지되고 있었다. 연구원들은 한 과제에서 다른 과제로 옮겨 다니고 있었는데 조용히 집중할 때는 아무런 표정도 읽을 수가 없었다. 그러나 그들의 내면에는 지칠 줄 모르는 목적의식과 따뜻한 피와 살을 가진 인간들의 모습이 있었다. FOP의 수수께끼를 깨는 일은 지난한 과정임이 분명했다.

그들은 가끔 그 싸움에서 놀라운 점수를 올리기도 한다. 최근에 아주 커다란 성과가 있었다. 실험실의 연구원들은 FOP를 발화시키는 정확한 유전자를 가려내기 위해서, 그 과정 중에서도 가장 중요한 부분을 직접 겨냥하며 연구를 해왔다. 과연 인간 몸속 어떤 경로 때문에 그 잔인한 유전자가 부드러운 인간의 세포를 뼈로 만드는 것일까?

'FOP는 마치 게임처럼 그 신호를 1비트의 정보를 옆 사람에게 전달하면서 그 유전적 실수도 같이 전달'한다는 것이 쇼어 박사의 말이었다. "그래서 만약 우리가 골화가 시작되기 전에 그 신호를 막을 수 있다면 치료법과 치료약을 위한 위대한 진보라고 할 수 있죠."

최근의 성과는 펜실베이니아 대학에서 분자생물학으로 박사 과정을 밟고 있는 27세의 제니퍼 피오리라는 연구자에 의해 이루어졌다.

쇼어 박사와 카플란 박사의 지도 아래 있는 제니퍼는 FOP의 연구에서 아주 중대한 돌파구를 마련했다. 실험실 인큐베이터와 FOP 세포를 이용한 실험에서 피오리는 첫번째의 실질적인 반역 유전자의 ‘로드맵’을 그려낸 것이다. 즉 인간의 조직이 목표하는 경로로 분화될 때, 무엇이 건강한 골생성 단백질인지를 추적하는 과정에서 놀라운 사실을 발견했다. 그녀는 한 가지 경로, 즉 충분한 양의 단백질이 일종의 ‘돌아다닐 수 있는 문’을 통과하면 그 문이 바로바로 닫혀야 하는데, 그렇지 못할 때 골생성 과정이 진행되는 것을 발견한 것이다. 연구자들은 이 치명적인 결함이 FOP의 발화를 촉진하고 있다고 보고 있다.

필요 이상의 에너지가 인간의 분자상태를 통해 어디서, 어떻게 물결치는지에 대한 이 새로운 지식 덕분에 앞으로 과학자들은 골생성 단백질이 더 진행되지 않도록 막을 수 있는 신약까지 개발할 수 있을 것이다.

카플란과 그의 연구자들은 이런 발견을 통해 골생성을 막을 수 있는 다양한 항생제를 실험하고 있었다.

“이것은 아주 흥미진진한 연구입니다.” 연구자 피오리의 말이다. 그녀는 3년전 이 실험실로 오기 전에 몇 차례 다큐멘터리 필름을 통해서 성인과 아이 FOP 환자를 보았는데 크게 감동을 받았다고 한다. 그러나 이런 연구 작업에 즉각적인 보수와 보상은 없다. 그러므로 FOP연구는 연구자들에게 극도의 직업적인 인내심을 요구하는 작업이라고 할 수 있다.

인간이 이용할 수 있는 FOP 항체를 개발하기까지는 앞으로 몇 년이 더 걸릴 것이다. 그리고 그런 약품을 실험하고 제조하는 데 제약회사의 관심이 있어야 할 것이다. 그러고 나서 그 약품이 인간에게 제공되기까지 정부의 정밀한 검사와 진단이 이어질 것이다. 그러나 제약회사들이 FOP에 효과적인 항체가 다른 증세, 즉 사고로 인한 머리외상과 혹은 엉덩이 수술 후의 전형적인 부작용인 추가적인 골생성을 조절하는 데도 효과적일 수 있다는 사실을 안다면 신약을 개발하기 위해 기꺼이 투자할 것이라고 카플란 박사는 말한다. 이런 식의 접근은 FOP처럼 비용 대비 치료효과가 뛰어난 질병을 위한 신약의 개발을 가능하게 만든다. 비용과 효과야말로 경쟁적인 제약산업에 있어 가장 중요한 요소가 아닌가?

피오리의 발견과 함께 카플란 박사가 말한 다른 성과도 있었다. 그 연구 결과는 '쥐와 인간'이라고 불린다. 이는 FOP를 가진 인간과 쥐와 관련된 새로운 의학적인 발견이었다.

한 FOP 남자 환자는 그 질병과 전혀 관계없는 건강상태에서 골수이식수술을 받았다. 카플란 박사는 그 환자를 아주 면밀하게 관찰하면서 '병원 치료를 통해 한 시간동안 FOP를 연구하는 것이 실험실에서 25년 동안 연구하는 것보다 더 많은 것을 알려줄 수 있다'고 보고서에 썼다.

실험용 쥐에서 새로운 것을 발견한 것은 시카고 실험실 팀이었다. 그곳은 유럽과 미국의 FOP 관련 실험실 중 몇몇 안 되는 한 곳으로 펜실베이니아 대학 의료팀과 공동연구를 수행하고 있었다. 두뇌의 발달을 연구하던 시카고의 신경과학자들은 실험용 쥐에게 특정한 단백질을 과다 분비되도록 만들었는데, 분석 결과 FOP 환자에게 2차적인 뼈를 성장시키는 바로 그 단백질로 판명되었다. 연구자들은 환자에게 2차적인 뼈의 성장이 시작되는 하나의 기념비적인 패턴을 관찰한 것이다.

펜실베이니아의 FOP 연구팀 멤버들은 종종 전 세계에서 걸려 오는 비상전화를 받느라 한밤중에 깨어나기도 한다. FOP 발화로 생긴 돌이킬 수 없는 뼈의 성장 때문에 아이들이 고통을 받고, 그 때문에 그들의 부모들에게 분노의 전화가 온다는 것이다.

"지금 당장 어떤 능력도 없이 FOP를 겪는 환자를 지켜보는 것은 우리가 하는 연구에서 가장 힘든 부분입니다. 우리는 현재 할 수 있는 모든 방법을 다 동원하고 있습니다. 물론 이 연구가 아주 더디게 진행되고 있는 것도 잘 압니다. 물론 많은 사람들이 FOP를 멈출 수 있게 되길 원하죠. 그것도 지금 당장 말에요." 쇼어 박사의 말이다.

그럼에도 결코 연구를 멈추지 않을 수 있는 것은 바로 과학적 정밀성이라는 고된 연구를 통해 얻는 희망 때문이라고 한다.

"희귀한 질병을 겪는 사람들의 가장 큰 고통 중 하나는 아무도 그에 대해 관심이 없다는 것이죠. 그 질병에 대해서 뭔가 행동하는 사람이 없다는 것입니다." 카플란 박사의 말이다. "그러나 전 세계의 모든 FOP 환자들은 저녁에 잠들어서 아침에 깰 때, 매일같이 그들의 질병을 생각하는 과학자와 공동연구자들의 팀이 있다는 것을 기억합니다. 저는 이것이 그들에게 커다란 희망을 준다고 생각합니다."

카플란 박사와 그의 동료 과학자들은 종종 근무시간이 지나서도 실험실에 머물면서 실험을 계속하는데, 어떤 실험은 해질 녘을 지나서 밤을 지나 그 다음날까지 계속되기도 한다. 그들의 연구는 당장 결과가 눈앞에 보이지 않으면서 늘 고된 작업이 필요한 힘든 일인 셈이다.

"이건 어느 순간 불쑥 나타나는 유레카의 발견과는 달라요." 쇼어 박사의 말이다.

카플란 박사는 1주일에 6일, 어떤 날은 7일 연구에 몰두하는데, 중간에 종종 그를 보러 찾아오는 손님 환자들까지 만나야 한다. 그는 찾아오는 환자들의 뼈마디를 촉진하고 아이들과 웃고 장난도 치지만, 그의 눈 속에는 고통스런 빛이 비친다. 그런 애정으로 카플란 박사는 FOP 환자 부모들과 더불어 FOP와 함께 하는 삶을 공유하고 있었다. 그는 독일, 영국, 프랑스 그리고 남아프리카와 미국 전역을 돌며 강연을 한다. 때로는 연구 기금 조성을 위한 바자회에 참가하기도 하는데, 이 기금은 개인적인 기부와 워싱턴 소재 국립보건원의 지원으로 이루어진다.

마지막으로, 그들에게서는 인간의 냄새가 있었다. FOP 실험실에 있는 과학자들에게서는 근대 의학의 아버지로 숭상받는 히포크라테스 선서의 사명감이 엿보인다. 고대 그리스 선서의 일부는 이렇다. "나는 환자에 대한 나의 의무 외에 그 어떤 사사로운 이익이나 발전도 우선하지 않겠다."

카플란 박사는 연례 보고서에서 FOP 연구팀은 꿈에 이끌려서 나아가고 있다고 말한다.

"여전히 FOP를 가진 아이는 태어날 것이다. 그러나 조금도 굴복할 것 같지 않은 FOP에 대해 모든 것이 알려질 것이다. 유전적 배경, 분자구조, 경로의 본질, 수용성 세포의 규명, 그리고 다운 스트림 타켓(downstream targets), 이를 막기 위한 신약과 완치 치료법들이 밝혀질 것이다. 비록 그날이 우리 눈앞에 있진 않지만, 그 정상을 향한 여정과 등반은 꿋꿋하게 지속될 것이다."

❄ 지은이

캐롤 자파타 - 웰란

캐롤 자파타 - 웰란*Carol Zapata - Whelan*은 아르헨티나와 미국을 오고가며 자랐고, 미국 UCLA에서 비교문학 박사학위를 받았으며, 현재 캘리포니아 주립대학에서 스페인어와 히스패닉 문학을 가르치고 있다. 첫째 아들 브라이언, 둘째 아들이며 FOP 환자인 빈센트, 셋째 아들 루카스, 넷째 딸 셀린, 다섯번째 딸 이사벨까지 5명의 자녀를 둔 엄마로서 아무리 벅차고 힘든 일이 있어도 남편 월터와 함께 삶의 축복을 누리고자 최선을 다하고 있다.

FOP에 대한 추가적인 정보

국제FOP협회 www.ifopa.org ㅣ together@ifopa.org

옮긴이

정경란

동국대학교를 졸업하고 한국학중앙연구원 박사과정을 수료했다. 라디오 방송 작가, 영상번역작가를 거쳐 현재 전문 번역가로 활동 중이다. 《몸과 영혼의 에너지 발전소》, 《영혼을 깨우는 100일간의 여행》, 《New Normal : 부와 비즈니스가 움직이는 새로운 기준》《선택이 이끄는 성공》 외 여러 책을 번역하고 있다.

한언의 사명선언문

Since 3rd day of January, 1998

Our Mission
- 우리는 새로운 지식을 창출, 전파하여 전 인류가 이를 공유케 함으로써 인류문화의 발전과 행복에 이바지한다.
- 우리는 끊임없이 학습하는 조직으로서 자신과 조직의 발전을 위해 쉼없이 노력하며, 궁극적으로는 세계적 컨텐츠 그룹을 지향한다.
- 우리는 정신적, 물질적으로 최고 수준의 복지를 실현하기 위해 노력하며, 명실공히 초일류 사원들의 집합체로서 부끄럼없이 행동한다.

Our Vision
한언은 컨텐츠 기업의 선도적 성공모델이 된다.

저희 한언인들은 위와 같은 사명을 항상 가슴 속에 간직하고
좋은 책을 만들기 위해 최선을 다하고 있습니다.
독자 여러분의 아낌없는 충고와 격려를 부탁드립니다.

· 한언 가족 ·

HanEon's Mission statement

Our Mission
- We create and broadcast new knowledge for the advancement and happiness of the whole human race.
- We do our best to improve ourselves and the organization, with the ultimate goal of striving to be the best content group in the world.
- We try to realize the highest quality of welfare system in both mental and physical ways and we behave in a manner that reflects our mission as proud members of HanEon Community.

Our Vision
HanEon will be the leading Success Model of the content group.